a vigília perdida

a vigília perdida
NADEEM ASLAM

tradução
LÉA VIVEIROS DE CASTRO

EDITORA RECORD
RIO DE JANEIRO • SÃO PAULO
2009

CIP-Brasil. Catalogação-na-fonte
Sindicato Nacional dos Editores de Livros, RJ.

Aslam, Nadeem, 1966-
A858v   A vigília perdida / Nadeem Aslam; tradução de Léa Viveiros de Castro. - Rio de Janeiro: Record, 2009.

Tradução de: The wasted vigil
ISBN 978-85-01-08137-7

1. Relações humanas - Ficção. 2. Afeganistão - Usos e costumes - Ficção. 3. Romance paquistanês (Inglês). I. Castro, Léa Viveiros de. II. Título.

09-3459   CDD: 828.9954913
                                     CDU: 821.111(549.1)-3

Título original em inglês:
The Wasted Vigil

Copyright © Nadeem Aslam, 2008

Editoração eletrônica: Abreu's System

Texto revisado segundo o Novo Acordo Ortográfico da Língua Portuguesa

Todos os direitos reservados. Proibida a reprodução, no todo ou em parte, através de quaisquer meios.

Direitos exclusivos de publicação em língua portuguesa somente para o Brasil adquiridos pela EDITORA RECORD LTDA.
Rua Argentina 171 - Rio de Janeiro, RJ - 20921-380 - Tel.: 2585-2000
que se reserva a propriedade literária desta tradução

Impresso no Brasil

ISBN 978-85-01-08137-7

PEDIDOS PELO REEMBOLSO POSTAL
Caixa Postal 23.052 - Rio de Janeiro, RJ - 20922-970

EDITORA AFILIADA

Para Sohail e Carole

O que é mais importante para a história do mundo — o Talibã ou o colapso do Império Soviético? Um punhado de muçulmanos loucos ou a libertação da Europa Central e o fim da Guerra Fria?

ZBIGNIEW BREZEZINSKI, chefe Nacional de Segurança do presidente Jimmy Carter, ao ser perguntado se estava arrependido por "ter apoiado o fundamentalismo islâmico, fornecendo armas e assessoria para futuros terroristas". *Le Nouvel Observateur*, 15-21 de janeiro de 1998

E o poeta em sua solidão
Direcionou um canto de sua mente para o guerreiro
E aos poucos passou a observá-lo
E conversou com ele.

DAULAT SHAH OF HERAT, *Tazkirat-ush-Shuara*, 1487

SUMÁRIO

LIVRO UM

1 O grande Buda 13

2 Construindo o novo 43

3 A partir de separações 71

4 Carta Noturna 98

5 A rua dos contadores de histórias 118

LIVRO DOIS

6 Casabianca 161

7 As flautas silenciosas 213

8 O califado de Nova York 263

9 A vigília perdida 310

10 Todos os nomes são meus nomes 329

Agradecimentos 333

LIVRO UM

1

O grande Buda

SUA MENTE É UMA CASA MAL-ASSOMBRADA.

Lara fica atenta a um ruído imaginário. Guardando a carta que estava relendo, vai até a janela com vista para o jardim. Lá fora, o céu da madrugada se enche de luz, embora algumas estrelas da noite anterior ainda estejam visíveis.

Após algum tempo, ela se vira e atravessa a sala até o espelho circular encostado na parede oposta. Carregando-o até o centro da sala, coloca-o no chão virado para cima, delicada e silenciosamente, uma gentileza para com seu anfitrião, que está dormindo no aposento ao lado. No espelho, ela ignora a própria imagem, examinando o reflexo do teto, iluminado pela luz pálida da madrugada.

O espelho é grande. Se fosse de água, ela poderia mergulhar e desaparecer nele sem tocar as beiradas. No teto amplo há centenas de livros, cada um preso por um prego enfiado no meio. Um ferro nas páginas da história, um ferro nas páginas do amor, no sagrado. Ajoelhando-se no chão empoeirado, ao lado do espelho, ela tenta ler os títulos. As palavras estão ao contrário, mas assim é mais fácil do que ficar olhando para cima durante vários minutos.

Não se ouve um som, exceto sua respiração lenta e, do lado de fora, o vento arrastando seus trajes ondulantes de beduíno pelo jardim maltratado.

Ela arrasta o espelho pelo chão como se visitasse outra seção de uma biblioteca.

Os livros estão todos lá no alto, os grandes e também os que não são mais grossos do que as paredes do coração humano. De vez em quando, um deles cai sozinho porque o prego se soltou. Quando desejados, eles podem ser baixados com a ajuda de uma vara de bambu.

Nascida na longínqua São Petersburgo, que longa viagem ela fez para chegar ali, na terra que Alexandre, o Grande atravessou com seu unicórnio. Uma região de famosos pomares e densos bosques de amoras e romãs que aparecem nas bordas de manuscritos persas, escritos há mil anos.

O nome de seu anfitrião é Marcus Caldwell, um inglês que se casou com uma afegã e passou a maior parte da vida no Afeganistão. Ele tem 70 anos e sua barba branca e seus movimentos lentos lembram um profeta, um profeta arruinado. Ela não está ali há muitos dias; portanto, ainda sente uma hesitação em relação à falta da mão esquerda de Marcus. A taça de carne que ele podia fazer com as palmas das mãos está partida ao meio. Uma noite, ela perguntou o que acontecera, delicadamente, mas ele não quis falar no assunto. Em todo caso, não são necessárias explicações neste país. Não seria surpresa se um dia as árvores e videiras do Afeganistão parassem de crescer, temendo que, se suas raízes aumentassem muito, elas pudessem encostar em uma mina enterrada.

Ela leva a mão até o rosto e respira o perfume de sândalo que a moldura do espelho deixou em seus dedos.Marcus disse outro dia que a madeira de uma árvore viva de sândalo não tem cheiro, o perfume só se materializa depois que ela é cortada.

Como a alma abandonando o corpo depois da morte, ela pensa.

Marcus percebe sua presença não importa em que parte da casa ela esteja. Ela adoeceu assim que chegou, há quatro dias, sucumbindo às diversas exaustões de sua viagem em direção a ele, que cuida dela desde então, tendo ficado sozinho por muitos meses antes disso. Na primeira tarde, cheia de febre, ela disse que, pelas descrições que tinham feito dele, ela esperava um asceta vestido de casca de árvore e folhas e acompanhado por um cervo da floresta.

Ela contou que o irmão dela tinha entrado no Afeganistão como soldado do exército soviético havia um quarto de século e que ele foi um dos que nunca voltou para casa. Ela visitou o Afeganistão duas vezes antes, nas décadas anteriores, mas nunca encontrou provas de que ele estivesse vivo ou morto, até, quem sabe, este momento. Ela está no Afeganistão desta vez porque soube que a filha de Marcus talvez tivesse conhecido o jovem russo.

Ele lhe disse que sua filha, Zameen, não vivia mais.

— Ela algum dia mencionou alguma coisa? — perguntou ela.

— Ela foi levada desta casa em 1980, aos 17 anos. Nunca mais tornei a vê-la.

— Alguém a viu?

— Ela morreu em 1986, eu acho. Ela tinha um filho, um menino que desapareceu mais ou menos na mesma época em que ela morreu. Ela e um americano estavam apaixonados, e eu soube tudo isso por intermédio dele.

Isto foi no primeiro dia. Então ela mergulhou num longo sono.

Das diversas plantas do jardim ele extraiu um unguento para passar no machucado na base do pescoço dela, a pele quase preta acima do ombro direito, como se parte da escuridão do mundo tivesse tentado entrar nela por ali. Ele gostaria que estivesse na época de romãs porque seu sumo é um ótimo antisséptico. Ela disse que quando o ônibus enguiçou durante a viagem, todos os passageiros desembarcaram e ela dormiu na beira da estrada. Foi então que recebeu três pancadas seguidas no corpo com um aro de pneu. A dor e a surpresa a fizeram gritar. Ela estava deitada com os pés apontados para o oeste, na direção da cidade sagrada de Meca, a 1.600 quilômetros de distância, um desrespeito que ignorava, e um dos passageiros tinha se encarregado de castigá-la.

Seu verdadeiro erro foi ter escolhido viajar vestida como as mulheres do país, achando que seria mais seguro. Talvez, se seu rosto estivesse exposto e a cor do cabelo visível, ela tivesse sido perdoada por ser estrangeira. Por outro lado, todo mundo tinha o direito de fazer uma afegã ignorante de exemplo, até mesmo um garoto com idade para ser seu filho.

Marcus abre um livro. A luz do início da manhã entra pela janela num ângulo baixo. As sombras alongadas das fibras da página dificultam a leitura do texto. Ele inclina o livro para que fique na luz, fazendo desaparecer a textura do papel.

Dentro dele, encontra uma pequena folha prensada, perfeita exceto por um pedacinho no centro que estava faltando, como se tivesse sido roído por um bicho-da-seda. O buraco desce também pelas páginas, de onde ele tinha tirado o prego para ter acesso às palavras.

Quando ela tinha sede, ele só lhe dava a água mais pura. Este país sempre foi uma mistura de coisas se movendo de um ponto da bússola a outro, religião e mito, obras de arte, caravanas de seda chinesa passando por camelos carregados de vidro da antiga Roma. O gigante cujas atividades criaram um dos desertos do Afeganistão foi morto por Aristóteles. E, agora, helicópteros Comanches trazem caixotes de água mineral para as Forças Especiais Americanas que operam na região, dando continuidade à caçada aos terroristas. Esta água é descarregada em diversos pontos combinados nas montanhas e desertos, mas há dois invernos a rede de um dos carregamentos deve ter se rompido — ele caiu do céu com uma explosão perto da casa de Marcus, uma explosão causada por água e não por fogo. O barulho o fez chegar à janela, de onde viu a lateral de sua casa toda molhada e centenas de garrafas transparentes boiando no lago em frente à casa. Um instante depois, outro pacote caiu na água e desapareceu. Talvez ele tenha se rompido e soltado as garrafas, ou será que ficou preso em alguma coisa lá no fundo? Água enterrada debaixo d'água. Ele catou diversas garrafas antes que elas se dispersassem e, nos dias e semanas seguintes, encontrou outras, inteiras ou quebradas, espalhadas pelo capim que cobria seu pomar abandonado.

Ele baixa os olhos azuis para o livro.

É uma coletânea de poemas, o mais nobre dos assuntos, tratado com as palavras mais nobres. Como sempre, as duas primeiras páginas estão enfeitadas por bordas trabalhadas, um bordado delicado feito de tinta. Na noite anterior ele tinha cortado as unhas, que normalmente apenas lixa em qualquer superfície abrasiva. Quando ela partir, precisa levar um volume da biblioteca empalada. Talvez todo mundo que venha aqui deva ganhar um para que eles possam reconhecer uns aos outros não importa em que lugar do mundo estejam. Parentes. Uma irmandade de feridas. Eles estão muito solitários ali. A casa fica na margem de um pequeno lago e, embora danificada pelas guerras, ainda dá a impressão de ser bem esculpida, extremamente leve. Nos fundos, há um semicírculo formado pelo jardim e pelo pomar. Zonas móveis de cantos de pássaros, de perfumes. Um caminho ladeado de lilases persas estende-se, sinuoso, até onde a vista alcança, os galhos ainda carregados de frutas do último ano, que os rouxinóis evitam por serem tóxicas.

O chão começa a se elevar aos poucos, até alcançar o céu. A linha grossa de neve eterna lá em cima, a 6 mil metros de altura, é a importante cadeia de montanhas que contém os labirintos de caverna de Tora Bora.

Na frente da casa, a 1 quilômetro e meio da margem do lago, fica a aldeia que tem o mesmo nome do lago. Usha. Gota de lágrima. Cinquenta quilômetros mais adiante está a cidade de Jalalabad. Como Lara é russa, o primeiro temor de Marcus em relação à doença dela foi de que tivesse sido envenenada durante as horas que passou em Usha esperando por ele, já que o país dela provocou grande parte da destruição do Afeganistão ao invadi-lo em 1979.

Uma noite, pouco depois das 4 horas da manhã, no meio da escuridão, Lara se levantou da cama. À luz de vela, ela percorreu os diversos aposentos da casa, movendo-se sob aquele revestimento de livros, precisando movimentar-se depois de passar tantas horas imóvel. Ela evitou o aposento onde Marcus estava, mas entrou nos outros, olhando de dentro da esfera de luz amarela que vinha da vela em sua mão. Em algum lugar, muito longe, um muezim chamava para as preces do amanhecer, definida pelo islamismo como o momento em que uma linha preta pode ser diferenciada de uma linha branca sem necessidade de luz artificial.

Quando começou a entrar luz suficiente na casa, ela colocou espelhos no chão para fitar os livros do teto, embora nem todos tivessem sido pregados com os títulos virados para fora, e muitos deles fossem numa língua que ela não conhecia.

Alguns anos antes, num momento em que os talibãs poderiam ter atacado a casa, a esposa de Marcus tinha pregado os livros no teto dos cômodos e corredores. Pensamentos originais eram heresia para os talibãs, e eles teriam queimado os livros. Esta foi a única ideia que ocorreu à mulher, cuja deterioração mental já estava completa nessa época, para salvá-los do perigo.

Lara imaginou estender uma rede num aposento e ir até o aposento superior para bater com os pés no chão até que todos os livros se despregassem do teto e caíssem, intactos, na rede. Marcus disse que quando Tora Bora começou a ser bombardeada dia e noite em 2001, o estrondo dos B-52s soltou todos os livros de um lado de um dos aposentos. A chuva intermitente se intensificou na casa durante aquelas semanas.

O inglês contou que tinha comprado a casa havia mais de quarenta anos, pouco antes de se casar com Qatrina, que, como ele, era médica.

— Eu costumava dizer que ela trouxe o Afeganistão como dote — ele disse.

A casa foi construída por uma antigo mestre calígrafo e pintor nos últimos anos do século XIX. Ele pertencia ao que era quase a última geração de artistas muçulmanos a ser treinada no estilo do incomparável Bihzad. Quando a casa de seis cômodos estava pronta, o mestre — que tinha pintado imagens nas paredes de cada cômodo — levou para lá a mulher que queria transformar em sua companheira. Começando no térreo, cada um dos primeiros cinco aposentos era dedicado a um dos cinco sentidos, e à medida que ele lhe fazia a corte, vagarosamente, ao longo dos meses seguintes, o casal passava de um aposento a outro.

O primeiro era dedicado à visão e, nas paredes, dentre outras coisas, Subha, num gesto gracioso, oferecia seu olho a um vagabundo na floresta.

"*Alá criou por meio da palavra*", dizia a inscrição sobre a porta que levava ao interior do aposento dedicado à audição, onde as paredes mostravam cantores e saraus musicais, um bandolim com um pássaro pousado no seu braço — talvez ensinando, talvez aprendendo.

De lá, eles foram para o sentido do olfato, onde anjos inclinavam-se para os pés de humanos, para verificar, pelo seu odor, se esses pés já tinham andado na direção de uma mesquita. Outros inclinavam-se para barrigas para verificar se elas tinham jejuado durante o mês sagrado do ramadã.

No aposento dedicado ao tato, havia uma imagem de Maomé com a mão enfiada num jarro. Ele não apertava a mão de mulheres, então, para fazer um pacto, enfiava a mão num recipiente com água e a retirava, e depois a mulher enfiava a sua mão na mesma água.

Em seguida entraram no aposento do paladar e de lá subiram para o local mais alto da casa: ele continha e combinava tudo o que tinham visitado antes — um interior dedicado ao amor, a maior maravilha humana —, e foi lá que ela disse sim.

As imagens ainda estavam nas paredes, mas, com medo do Talibã, Marcus cobrira de lama as figuras de coisas vivas. Até uma formiga numa pedra fora borrada. Era como se a vida tivesse retornado ao pó. Havia um certo consolo no fato de que a maior parte das imagens de coisas inanimadas tivesse sobrevivido, como as árvores, o céu, os rios. Desde a derrota do Talibã, Marcus tinha começado, lentamente, a remover a cobertura de lama. O aposento mais alto já estava completamente revelado.

Marcus levou Lara para um canto e apontou para a folhagem pintada ali. Quando ela olhou de perto, viu que havia um camaleão inteiramente camuflado numa folha. Ela se inclinou mais para perto daquela bela ficção e tocou nela.

— Os talibãs eram capazes de queimar uma carta valiosa para a família se o selo tivesse uma borboleta — disse Marcus. — Mas eu não vi isto aqui, e nem eles.

Vagando pela casa à noite, sob a luz de uma vela, sua sombra tremendo junto com a chama, Lara entrou no aposento mais alto. As paredes eram originalmente de um tom delicado de dourado, pintadas com cenas de amantes se abraçando ou correndo na direção um do outro numa floresta ou campina. As imagens foram muito danificadas por balas. Quando os talibãs chegaram à casa, destruíram tudo que consideraram anti-islâmico. O que tinham ouvido falar sobre este cômodo os havia deixado enraivecidos. Eles quiseram explodir o quarto, embora os amantes tivessem desaparecido atrás do véu de terra colocado por Marcus.

Os olhos de Lara percorreram a pele danificada das paredes, a vela iluminando traços de dourado aqui e ali. Este país era uma das maiores tragédias do século. Destruído pelos muitos braços da guerra, pelos diversos ódios e fraquezas do mundo. Dois milhões de mortos nos últimos 25 anos, começando com a invasão soviética. Muitos dos amantes nas paredes estavam sozinhos por causa dos buracos feitos pelas balas — um corte profundo ou um rasgão feio onde antes havia o homem ou a mulher correspondente. Um membro arrancado, um olho perdido.

Um som vindo de um dos outros aposentos a deixou imóvel, o coração disparando ao pensar nas possibilidades.

Não era um ladrão, disse para si mesma, nem um guerreiro talibã procurando um lugar para se esconder. Nem um terrorista árabe, paquistanês, uzbeque, checheno, indonésio — broto nascido no solo empapado de sangue dos países muçulmanos. A al Qaeda estava fugindo desde o outono de 2001, mas estava se reagrupando para sequestrar estrangeiros, organizar ataques suicidas e degolar aqueles que considerasse traidores, aqueles que suspeitasse que fossem informantes dos americanos.

"Quem foi o tolo que desenhou isto?", quisera saber o czar ao ver uma fortaleza que um estudante da Academia Militar de Engenharia de São Petersburgo tinha desenhado inadvertidamente sem portas. O jovem era Fiodor Dostoievski, e Lara desejou que esta casa também fosse desprovida de entradas enquanto percorreria lentamente o corredor, a cera quente pingando da vela vermelha em sua mão.

Ninguém se aproximava da casa, Marcus tinha dito a ela, porque a área em volta do lago tem fama de conter um djinn, uma criatura sobrenatural. Vento do lago, vento da montanha, vento do pomar encontram-se nas vizinhanças, mas para os muçulmanos o ar também permanece vivo com as raças invisíveis, boas e más, do universo. Se isso não fosse suficiente, um fantasma, que diziam ser o da filha dele, Zameen, tinha aparecido num dos aposentos no dia em que os talibãs foram lá, e a aparição os afugentou.

Depois do som, ela se deu conta do silêncio profundo da noite. Talvez Marcus tivesse derrubado algum objeto. A palavra "manco" descrevia uma pessoa que tivesse danificado ou perdido um pé ou uma perna, mas ela não conseguiu pensar num termo específico para a perda de um braço ou de uma das mãos, embora o corpo ficasse igualmente desequilibrado.

Ela entrou num aposento e parou quando viu o livro que tinha se soltado e caído com um estrondo. O prego ainda estava espetado nele e havia um lugar vazio no teto diretamente acima. A poeira deslocada do chão ainda estava em movimento ao redor do livro.

Lara o apanhou e, pondo a vela no chão, arrancou o prego. Ela abriu o livro e começou a ler, sentando-se com o queixo encostado nos joelhos ao lado dele.

Diga aos ladrões da terra
Para não plantarem mais pomares de morte
Sob esta nossa estrela
Ou as frutas vão devorá-los

No jardim, Marcus abre os olhos, sentindo como se alguém tivesse se aproximado e bloqueado o sol, mas não há ninguém. Cartas, mensagens e visitas são recebidas daqueles que partiram. Portanto, ocasionalmente, e por um breve instante, não é estranho esperar uma coisa dessas daqueles que morreram. Isso dura uma fração de segundo e aí a mente recorda os fatos, lembra-se de que algumas ausências são mais absolutas do que outras.

Foi durante a noite, em 1980, que o bando de soldados soviéticos invadiu a casa para prender Zameen. O toque frio do revólver na têmpora foi o que acordou Marcus. A escuridão estava pontilhada de luzes prateadas das diversas lanternas. Qatrina, ao lado dele, acordou ao ouvir os ruídos confusos. O casal não pôde acender a luz, mas parecia haver dez intrusos. Marcus tinha, de fato, ouvido quando eles se aproximaram da casa e tinha se obrigado a permanecer acordado por alguns minutos, caso aquilo fosse uma repetição do que acontecera na última semana: um paciente foi levado à casa no meio da noite, vítima de uma arma química soviética no dia anterior; seu corpo já estava apodrecendo quando foi descoberto num campo, uma hora após o ataque, seus dedos ainda enlaçados pelo rosário que ele segurava. Ele devia estar sentindo dores atrozes, e, embora não pudesse falar, seu olhar era tão forte que era quase um som.

O casal não pôde acender a luz, mas parecia haver dez soldados. Pelas vozes deles, Marcus calculou que teriam cerca de 20 anos. Ele imaginou se seriam desertores, rapazes assustados fugindo do exército soviético, da União Soviética. Gente da Alemanha Oriental, até mesmo de lugares distantes como Cuba, vinham para Cabul e depois fugiam para o ocidente. Ele estava pensando nisto quando os soldados perguntaram por sua filha, chamando-a pelo nome.

Qatrina apertou o braço dele com força. Havia notícias de soldados soviéticos que pousavam seu helicóptero para raptar uma moça e fugiam com ela. Pais ou amantes seguiam o rastro de suas roupas pela paisagem e finalmente encontravam o corpo nu e desconjuntado onde ela havia sido atirada do helicóptero depois que os homens se haviam saciado.

Dois dos soldados sabiam falar um pashto capenga e perguntaram por Zameen e não deram explicações de como a conheciam ou por que tinham vindo atrás dela. Seguiram-se momentos de ódio e violência contra eles. Os homens tinham revistado a casa antes de acordá-los e não tinham conseguido encontrar a moça.

Um dos soldados ficou com Marcus e Qatrina enquanto os outros tornaram a se espalhar pela casa, falando em voz baixa: era tempo de guerra, e eles tinham que estar sempre alertas para a possível presença de rebeldes por perto. Alguns revistavam o jardim e o pomar; outros, a fábrica de perfume de Marcus, que ficava do outro lado do jardim, uma voz se fazendo ouvir de vez em quando. Eles tinham muita pressa, e Marcus pensou na noite em 1979 em que o exército soviético entrou em Cabul, os soldados Spesnatz correndo pelos corredores do palácio presidencial procurando pelo presidente, a quem mataram assim que encontraram.

Marcus e Qatrina conseguiram conversar com o soldado que falava pashto.

— Sua filha é simpatizante da revolta. O nome dela está na lista que nos foi dada por um informante.

— Deve haver algum engano — disse Marcus com dificuldade por causa da boca machucada.

— Então, onde ela está a esta hora? Nós estamos aqui no meio de uma operação importante em Usha esta noite, para prender aqueles que atacaram a escola no início do mês. Vamos fazê-los pagar pelas 27 vidas que perdemos.

O sol estava começando a aparecer quando alguém entrou e disse que Zameen tinha sido apanhada.

O lápis-lazúli da terra deles sempre foi desejado pelo mundo, usado por Cleópatra para pintar as pálpebras, empregado por Michelangelo para pintar os azuis no teto da Capela Sistina, e, pela aparência de certos trechos do céu sobre Marcus e Qatrina quando eles saíram para o jardim, as alturas do Afeganistão é que poderiam ter sido escavadas para extrair lápis-lazúli e não suas profundezas.

O casal revistou a vizinhança e depois foi para Usha, tentando entender o que tinha acontecido.

Horas depois, ao anoitecer, Qatrina parou ao lado de uma acácia, segurando com as duas mãos o varal amarrado no tronco da árvore. Marcus achou que tinha sido para se equilibrar, mas então ele viu que o pedaço de corda entre as mãos dela estava manchado de azul onde um dos vestidos de Zameen tinha escorrido tinta uma vez, o vestido que ela devia estar usando quando eles a prenderam porque tinha desaparecido do quarto dela.

Ele a levou para casa, o perfume da acácia ainda impregnado nela. Diziam que o djinn vivia no perfume da flor da acácia, só ficando visível para os jovens para atraí-los para um amor sobrenatural.

POR UM LONGO TEMPO ANTES QUE Lara chegasse na casa a cozinha era o lugar onde Marcus vivia. Não havia eletricidade, então a geladeira era usada como armário, para guardar roupas. Ele raramente visitava os outros cômodos, as portas fechadas, um barulho abafado indicando que um livro tinha caído do teto. Qatrina e ele tinham juntado esta coleção ao longo de décadas, e ela continha obras-primas, conhecidas e desconhecidas, em diversas línguas. Lá em cima, Priam implorava a Aquiles pelo corpo mutilado de seu filho Heitor. E Antígona desejava dar ao irmão o enterro correto, sem conseguir suportar a ideia de que ele permanecesse "sem lágrimas, sem sepulcro".

Ele partia em viagem sempre que ouvia falar num rapaz, em algum lugar, que poderia ser seu neto desaparecido. Embora temesse não conseguir localizar alguém cujo rosto nunca tinha visto, cujo rosto não conhecia. A última excursão foi a uma cidade no sul do país durante o regime Talibã e, como das outras vezes, foi infrutífera. Lá, ele viu uma escola para meninas, abandonada e fechada, na qual, disseram a ele, todo livro encontrado na cidade foi jogado por ordens do Talibã. Quando encostou o ouvido no buraco da fechadura, pôde ouvir o som de vermes devorando os milhões de páginas.

Quando Marcus estava cavando no jardim, uma tarde, no mês anterior, com a luz do sol entrando cada vez mais fundo no buraco, centímetro a centímetro, sua pá bateu numa coisa dura. Ele retirou o toca-fitas enrolado numa lona, que tinha sido enterrado ali durante a época do Talibã. Tentou recordar onde tinha enterrado as fitas cassetes. Fósseis sonoros! Há uma fome que só se declara enquanto está sendo saciada, e durante as 12 horas seguintes ele ouviu música sem parar, cada pedacinho ao redor dele coberto de cassetes.

Uma gravação que ele tinha feito havia duas décadas — das notas longas que saíam da garganta de um bulbul, o pássaro conhecido como rouxinol asiático — era seguida de Bach e, depois, de jazz americano.

— Duke Elington visitou o Afeganistão — disse ele a Lara quando ela chegou na casa. — Ele se apresentou em Cabul, em 1963.

— O ano em que eu nasci.

— Minha filha também.

Ele trabalhava no jardim ou, com um livro na mão, sentava-se na soleira da porta, próximo de onde havia cinco grandes ciprestes, ou molhava um pedaço de pano com água quente e limpava cuidadosamente a terra que cobria os homens e as mulheres pintados nas paredes, camada por camada, pacientemente, levando três horas para revelar um braço enroscado no tronco de uma pequena árvore carregada de flores. Uma veia vermelha numa pétala, como um ligeiro tremor. Ao retirar a crosta grossa que cobria o punho da mulher, ele descobriu uma esmeralda pintada por baixo. Sentiu-se como um minerador de pedras preciosas. Pensou em David Town, o negociante de pedras preciosas americano que sua filha tinha amado nos meses anteriores à sua morte. Pensou quando teria sido a última vez que David o tinha visitado.

Carregando um lampião em sua única mão, desceu a trilha cercada de lilases persas. A fábrica de perfume que tinha construído logo depois de comprar a casa ficava para aquele lado, homens e mulheres vinham de Usha para trabalhar lá, colhendo as flores nos campos adjacentes. Embora, é claro, ela agora estivesse fechada. Ele entrou e, pisando as folhas secas no chão, atravessou o pequeno escritório e então, cuidadosamente, começou a descer a longa escada que era um funil de calor represado.

A fábrica fora construída no subsolo para que o frescor e a luz suave ajudassem a preservar os ingredientes. Logo depois que iniciaram a escavação, eles encontraram uma pedra grande com uma mossa no topo, uma depressão não maior do que as tigelas de argila nas quais Marcus cultivava as samambaias de Nuristão. Enquanto retiravam a terra, encontraram um fino sulco ao redor da pequena depressão, e então viram que se tratava de uma grande orelha humana. Continuando a cavar para baixo e ao redor da massa, viram que estavam escavando a cabeça de um grande Buda, deitado de lado. Verticalmente, ela media 3 metros de uma orelha a outra. Horizontalmente, tinha 4,5 metros do alto até o pescoço decapitado.

Um rosto de outra época.

Embora soubesse que esta província tinha sido um dos locais de peregrinação mais importantes do mundo budista do século II ao século VII d.C., com mais de mil *stupas* budistas na área ecoando os cânticos mágicos dos monges na época, Marcus nunca conseguiu saber quando aquela estátua tinha sido enterrada ou por quê. Pesada demais para ser removida, decidiu continuar com seus planos para a fábrica com a cabeça lá dentro. Ela ficou ali deitada no chão e, no espaço retangular que eles abriram ao redor dela, construíram estações de trabalho, estantes e locais para depósito.

Olhos semicerrados em meditação. O sorriso da serenidade. O buraco entre as sobrancelhas, formando um círculo perfeito, como a boca redonda de um violão. A cabeça inteiramente coberta de mechas esculpidas de cabelo. Marcus caminhou em volta dela, a manga da camisa absorvendo o calor do vidro quente do lampião. Uma imobilidade de pedra. Ele imaginou se o resto do corpo estaria enterrado ali perto, inteiro ou fragmentado.

O local estava empoeirado. No ar iluminado pelo botão de fogo havia um número incontável de partículas de poeira, como pelo deslocado por uma colisão de mariposas. Sob a escada havia jaulas onde antes eram guardados gatos-almiscarados nepaleses — três ferozes felinos azuis e brancos, cuja secreção retirada das glândulas pélvicas era um valioso fixador de perfume.

Apoiando o braço na boca de pedra, ele se inclinou para apanhar um vidrinho no chão. Tanta destruição e, no entanto, aquilo tinha sobrevivido. Um poema de quatro versos em dari estava gravado nele. Retirou a tampa do tamanho de um crânio de cotovia e cheirou, recordando que recipientes encontrados em túmulos egípcios ainda eram perfumados depois de três mil anos.

Onde estava Zameen na noite em que os soldados soviéticos vieram até a casa? Marcus só soube a resposta quando conheceu David Town, muitos anos depois.

Ela desapareceria da vida de Marcus, mas entraria em seguida na vida de David, e então, passado mais um tempo, David conheceria Marcus. *"Como as histórias viajam — em que bocas e em que mentes elas vão parar."*

A moça tinha se esgueirado para fora de casa no escuro quando uma pedrinha foi jogada contra a sua janela, o som como o de um bico de pássaro batendo acidentalmente no vidro. Ela e o rapaz caminharam pela beira do lago, na direção de Usha. Ela não tinha medo do djinn, Marcus e Qatrina haviam lhe ensinado a não dar ouvidos aos diversos boatos acerca daquele lugar — de um modo calmo, discreto, porque Marcus, com seu nervosismo de estrangeiro, não queria ferir a susceptibilidade de ninguém.

Na semana anterior, disseram que um homem havia apanhado um pássaro verde e levado para a noiva, mas a moça devota, que era versada em todos os sete ramos do conhecimento islâmico, cobrira imediatamente o rosto, exclamando que aquele não era um comportamento adequado para um marido, levar um estranho à presença de sua esposa. Ela explicou que o pássaro era, de fato, um homem que tinha sido transformado em pássaro pelo djinn.

Zameen e o rapaz estavam no espaço dominado pelo demônio quando viram o clérigo da mesquita de Usha com uma tocha acesa ao lado dele. Era um homem forte, de 30 e muitos anos, que tinha quatro esposas, o número máximo de esposas simultâneas permitido a um muçulmano. Ele estava de costas para Zameen e o rapaz, e os dois já iam mudar de direção quando o clérigo olhou por cima do ombro. Mais tarde Zameen chegou a imaginar que o perfume que ela estava usando tinha chegado até ele. Mas o solo revirado do túmulo que ele estava cavando deve ter liberado odores bem mais fortes. Eles se encararam, e então os jovens amantes deram meia-volta e saíram correndo, sem saber se eram seguidos.

Eles sabiam o que ele estava fazendo, porque ele já tinha feito aquilo antes.

Logo depois de comprar a casa, Marcus e Qatrina tinham descoberto que o mito do djinn só existia havia uma década, datando do tempo em que a esposa mais velha do clérigo — uma mulher de cerca de 40 anos que o havia tirado da pobreza — tinha desaparecido. Um mês depois, ele se casou com uma menina de 13 anos. E então ele começou a dizer que a região ao redor do lago era um ninho de coisas malignas, proibindo as pessoas de irem até lá. Isto se mostrou um grande problema para Marcus e Qatrina, que queriam usar sua casa como consultório médico. Mas ninguém de Usha, por mais doente que estivesse, tinha coragem de ir até a casa deles por causa da proibição imposta pelo líder espiritual. Qatrina e Marcus adquiriram duas pequenas salas em Usha e iam para lá todas as manhãs. O clérigo se mostrou igualmente intratável quando Marcus começou a pensar na fábrica de perfume, mas mudou de ideia quando Marcus se ofereceu para produzir o perfume de rosas *sat-kash* para ele: para produzi-lo, era necessário destilar o extrato das melhores flores sete vezes consecutivas, e as pouquíssimas pessoas que tinham dinheiro para comprá-lo levavam-no até a Arábia para borrifá-lo sobre o túmulo de Maomé. Uma imensa honra. O clérigo concordou em produzir talismãs para os operários da fábrica de perfume para protegê-los em sua viagem até a casa de Marcus, desde que eles só caminhassem pelo caminho principal ao redor do lago. Mais tarde, ele começou a distribui-los também para os muito doentes, avisando-os com muita clareza que eles não deveriam desviar-se do caminho principal.

A vida toda, Zameen tinha ouvido Marcus e Qatrina exporem teorias variadas sobre o djinn, mas sempre esteve muito claro para eles que a esposa desaparecida estava enterrada ali.

E naquele momento Zameen tinha provas disto.

Os dois estavam no caminho ao redor do lago, cuja água estava tão plácida aquela noite que poderia ter refletido até mesmo a mais fina das 14 faces da lua. Buscando acalmar-se, ela estendeu a mão no escuro e tocou no rosto do rapaz. Houve tempo em que entre a palma da mão dela e o rosto dele teria havido uma fina seda. A beleza dele era tão grande que, temendo que fosse raptado, seus pais o mantinham confinado dentro de casa. Um segundo Joseph, um segundo Yusuf, ele era embrulhado num tecido diáfano quando permitiam que ele saísse na rua. Tinham havido diversas tentativas de sequestro, a casa abalada pela violência e pela organização de certos ataques.

Zameen e as outras moças de Usha tinham beijado o rapaz através do véu, sua boca a boca de uma boneca para elas.

Ele estava mais velho, tinha 18 anos, e ela o amava de verdade. Ele ia regularmente à casa dela para pegar livros emprestados e ela sempre o via em Usha, escrevendo em seus cadernos — às vezes muito depressa, como se usasse uma pena cuja ponta estivesse em chamas, mas outras vezes devagar, com tanto cuidado quanto uma bordadeira que desejasse agradar um sultão. No começo ela era tímida demais para dizer alguma coisa a ele e se consolava com o que Maomé tinha dito sobre aqueles que morriam de um amor secreto — que eles seriam admitidos imediatamente no Paraíso como mártires —, mas duas semanas antes ela tinha revelado seus sentimentos por ele. O que não sabia era que quando ele removesse timidamente o seu capuz na presença dela, ela o veria melhor.

Ali, no bosque escuro próximo ao lago, ela tremia enquanto eles tentavam pensar no que fazer. Eles tinham certeza de que no dia seguinte se espalharia a notícia de que mais uma das esposas mais velhas do clérigo tinha desaparecido, e então, poucas semanas depois, ele se casaria com uma menina.

— Ela ainda estava viva.

— Eu também ouvi a voz dela. Temos que voltar.

Eles passaram pelos restos queimados da escola que o regime comunista tinha aberto em Usha no mês anterior. A primeira do lugar; a própria Zameen estudava em Jalalabad e ia para casa no fim de semana. Em atenção aos sermões dados na mesquita, e com o envolvimento ativo dos membros das duas famílias de ricos proprietários de terras — cuja riqueza e terras os comunistas prometeram distribuir entre a maioria de pobres e infelizes de Usha —, os professores e suas famílias tinham sido violentamente massacrados uma semana antes e atirados no lago. Os pobres de Usha fazendo de tudo para anunciar sua lealdade aos proprietários de terra e a Alá — seus únicos protetores. Eles também queriam matar o amante de Zameen, porque ele estava sempre lendo, e um jovem que passava tanto tempo com livros tinha que ser um comunista. Ele tinha conseguido fugir, só aparecendo para Zameen esta noite com aquela bicada de pardal em sua janela.

Os dois voltaram ao covil do djinn, mas, apesar de procurarem por uma hora, não conseguiram localizar o túmulo.

Nenhum deles sabia que Usha estava cheia de soldados àquela altura. Dentre os professores assassinados, estava o diretor soviético da escola e sua jovem família. E esta noite os soviéticos tinham revidado.

No escuro, Zameen segurava a mão do rapaz e só quando ela sentiu um puxão no braço foi que percebeu que ele tinha sido atingido por um tiro, ouvindo então o barulho da arma. Os soldados soviéticos a cercaram e a levaram para Usha, onde o clérigo confirmou sua identidade com um aceno de cabeça. Ela viu a lama na bainha das calças dele.

A mesquita foi um dos primeiros lugares que os soldados visitaram ao chegar em Usha, suspeitando, com razão, que ali era o centro da resistência. Para salvar a própria vida, o clérigo deu a eles uma lista de nomes. Aproveitou a chance para eliminar também os dois amantes, para ter certeza de que o que eles tinham visto não sairia dali. Ele disse que Zameen e o rapaz tinham participado do massacre e que estavam no meio das pessoas que tinham marchado pelas ruas carregando as cabeças decepadas dos professores da escola, da esposa do diretor e dos seus três filhos.

Parada num canto do quarto dourado no alto da casa, Lara examina com seus olhos sérios o chão vazio à sua frente. Uma vela está acesa num vão do quarto. Ao lado dela, está a caixa de papelão que ela descobriu na casa e ela enfia a mão lá dentro, sem olhar. Tira uma peça de gesso onde está pintada uma boca. Dando cinco passos, ela se agacha e coloca o sorriso no chão.

Enfiando outra vez a mão na caixa, desta vez ela retira um galho pintado. Ela olha ao redor e decide onde este fragmento deve ser colocado. A uma distância de meio metro da boca vermelho-escura.

Ela tem pó colorido nos dedos, como se fosse pólen.

Em seguida vem um pedaço de cabelo de mulher enfeitado com fitas. Ela consulta sua imaginação — o esboço do quadro que está tentando construir — e então posiciona a peça no chão, de acordo com ele. Marcus deve ter salvado estas peças quando o aposento foi atacado, e os tiros arrancaram estes fragmentos das paredes. Com que cuidado ele retirou a lama destes fragmentos. Movendo-se para a frente e para trás, ela posiciona outras peças. Algumas são grandes, do tamanho de sua mão. Uma tem metade de um rosto pintado, um sinal numa bochecha carmim. Há ainda uma mariposa voando, as asas desenhadas como um tabuleiro de gamão.

Da vela vem o cheiro de cera queimada e uma linha sinuosa de fumaça. A imagem no chão vai se formando, pedaço a pedaço. É uma espécie de outra vida que ela está construindo para todos aqueles que foram eliminados das paredes. Das dezenas de imagens que havia neste interior, emergem das ruínas um rapaz e uma moça.

Ele deveria ter olhos castanhos, diz Lara a si mesma e faz a troca, movendo os olhos verdes para o rosto da moça. De repente, ele parece incrédulo. Um amante está sempre maravilhado.

Lara tira outro fragmento e olha para ele — uma tulipa negra, uma rara flor nativa do norte do Afeganistão. Ela fecha a mão em torno dela até doer. Na primavera de 1980, um tenente soviético morreu segurando esta flor, tendo-a colhido momentos antes que a bala de um atirador o encontrasse. Um camarada prendeu-a em seu colarinho, e ele voltou para casa com ela no peito. Mais tarde, durante a guerra, os grandes aviões de transporte que levavam soldados mortos para casa ganharam o nome de Tulipas Negras, e esta flor tornou-se o símbolo da morte na União Soviética.

Esta é a terceira vez que ela vem ao Afeganistão. Ao longo de meses e anos ela foi atrás de soldados que conheciam seu irmão, reunindo pistas vagas, e então planejou uma viagem. O número de soldados soviéticos que ainda estão desaparecidos é 311, mas isso pode ser uma mentira de Moscou, assim como o número verdadeiro de mortos é quase cinquenta mil, quatro vezes o número oficial. Disseram que o general que supervisionou a invasão inicial matou-se em seguida, mas durante os primeiros anos da guerra a União Soviética negava que tivesse havido mortes. Quando os mortos se multiplicaram, os parentes foram desencorajados a realizar funerais e não se fazia nenhuma menção ao Afeganistão quando, ocasionalmente, a morte de um soldado era noticiada nos jornais — ele simplesmente *"morreu no cumprimento do seu Dever Internacional"*. Quando as perdas não puderam mais ser negadas nem abafadas, eles julgaram que era melhor torná-las fantasticamente heroicas, e então soldados soviéticos feridos estavam sempre explodindo a si mesmos com granadas a fim de levar trinta rebeldes afegãos com eles. Lara no início não sabia, mas Benedikt não tinha morrido ou desaparecido em combate — ele tinha desertado. A própria Lara estava sob suspeita devido ao que o irmão tinha feito, como se as coisas já não estivessem ruins por causa das atividades e opiniões da mãe deles. Eles não disseram a Lara nem mesmo onde ele estava baseado no Afeganistão na época de seu desaparecimento. Mais tarde, com o passar dos anos e a desintegração da União Soviética, continuaram a contar mentiras ou a mandá-la de uma pessoa a outra para cansá-la e frustrá-la.

Mas neste momento parte da história está clara. Benedikt estava com outro soldado quando desertou, um recruta de 17 anos. Ambos fugiram juntos de sua base militar, mas Piotr Danilovich acabou perdendo a coragem e voltando antes mesmo de darem pela falta dele. Ele foi o último russo a ver Benedikt. Ao localizar Piotr Danilovich, ela conseguiu saber dos últimos movimentos de seu irmão. O plano deles, disse o recruta, era caminhar até a aldeia afegã mais próxima no meio da noite, carregando armas roubadas da base para dar de presente aos afegãos em sinal de boa-fé. Ladrões de comida, de remédios, de fotografias de namoradas — todo soldado sabia se virar; e assim Benedikt ia pegar as armas no arsenal enquanto Piotr Danilovich entrava no quarto de um dos oficiais, um coronel. No Afeganistão, os nomes dos desertos diziam tudo a respeito deles. *Dasht-e-Margo*, Deserto da Morte. *Saro-o-Tar*, Desolação Vazia. *Dasht-e-Jahanum*, Deserto do Inferno. E, poucos meses antes, num desses desertos, onde a temperatura chegava a mais de cinquenta graus e nas dunas as aranhas juntavam grãos de areia com sua seda para fazer lençóis para se abrigar, o coronel tinha encontrado um velho esqueleto com uma massa de pedras preciosas espalhadas de cada lado da coluna vertebral, onde deveria ter estado o estômago. Na noite de sua deserção, Benedikt mandou Piotr Danilovich ao quarto do coronel — Piotr deveria achar e engolir essas pedras. Não conseguindo abrir o cofre, ele caminhou no meio da escuridão até onde, tendo roubado sete Kalashnikovs, Benedikt tinha saído do arsenal e dado de cara com o coronel. O homem provavelmente estava indo, roubar algumas armas, contou Piotr Danilovich a Lara anos depois, para vender ao inimigo afegão. Piotr ficou observando das sombras enquanto Benedikt e Rostov se encaravam em silêncio.

Sempre com fome, sempre doentes, os fracos antibióticos soviéticos quase sempre inúteis, muitos soldados tinham pensado e falado em desertar, fugir para um país da Europa Ocidental, talvez até para os Estados Unidos. Eles tinham sido recrutados e mandados para o Afeganistão e bebiam anticongelante para escapar da vida por algumas horas ou deixavam cera de engraxar sapato derretendo ao sol e depois a filtravam no pão para obter um gole de álcool. Havia histórias terríveis sobre o que os rebeldes afegãos faziam com soldados soviéticos capturados, odiando-os tanto por não serem muçulmanos quanto por serem invasores — eles que, tentando destruir uma metralhadora Dashaka, ou um jornalista do ocidente, arrasavam completamente uma aldeia inteira. Os soldados às vezes acordavam gritando de pesadelos em que tinham caído nas garras dos afegãos e passavam horas sem conseguir dormir de novo. Travesseiros de espinhos. Mas havia outras histórias sobre como os afegãos recebiam bem os desertores, especialmente se eles concordassem em se converter ao islamismo.

O tempo parou em volta deles enquanto Benedikt e o coronel olhavam um para o outro, Piotr observando da escuridão. Recentemente, Rostov tinha vendido uma arma antiaérea ZPU-1 para um comandante afegão, dando-a como perdida em combate, mas ele tinha começado a suspeitar de que um dos capitães da base pretendia desmascará-lo, então ele mandou o capitão e dois outros homens escolhidos ao acaso — Benedikt e Piotr Danilovich — realizarem uma missão de reconhecimento numa área próxima conhecida como abrigo de guerrilheiros extremamente perigosos. Seria no dia seguinte. E embora, por razões de segurança, fosse costume usar dois veículos, Rostov insistiu que os três levassem apenas um. Benedikt e Piotr tinham sonhado muitas vezes em desertar, mas esta noite era, realmente, sua última chance.

Piotr viu Benedikt tirar os Kalashnikovs dos ombros, com o tempo se acelerando de modo a não haver mais discrepância entre eles e todos os relógios do mundo. O corpo de Benedikt se lançou na direção de Rostov. Piotr contou a Lara que sentiu o baque do corpo, dizendo que sabia que ele estava repleto de toda a fúria, toda a humilhação e todo o abuso sofridos pelos jovens soldados nas mãos dos oficiais. A lâmina moveu-se para a frente e para trás três vezes. Duas vezes no estômago e uma vez nas costelas. O homem caiu de lado no chão, um dos braços sob o corpo, o outro meio erguido no ar, com o dedo indicador tremendo.

Quando Piotr e Benedikt estavam a mais de 1,5 quilômetro de sua base militar, correndo em direção à aldeia que eles sabiam que estava mais adiante, na escuridão, Benedikt parou de repente.

— Nós temos que voltar. — E ele não quis dar mais um só passo, apenas sacudiu a cabeça quando Piotr lhe pediu para esquecer as pedras.

— Não, as joias não. Nós temos que voltar para buscar a moça.

— Não.

— Ela vai morrer.

— Antes ela do que eu.

— A maior parte do sangue de Rostov está nas minhas roupas. Ele estava vivo quando o deixamos. Então, ou nós voltamos para nos certificar de que ele está morto ou para pegar a moça. Eles vão matá-la tentando salvá-lo.

Morte por hipovolemia. Sempre que soldados feridos necessitavam de transfusões de sangue, o exército soviético matava prisioneiros tirando todo o sangue deles.

A moça, Zameen era seu nome, não tinha dado nenhuma informação sobre a rebelião depois que foi capturada, embora outros tenham sido obrigados a falar. Então, descobriu-se que Rostov e ela tinha o mesmo tipo raro de sangue. Ela foi separada dos outros prisioneiros. Numa ocasião, Rostov chegou até a levá-la com ele quando visitou outra cidade, na hipótese de ele ser ferido lá.

Benedikt levou Piotr até uma pequena ponte de madeira, pediu que ele esperasse sob ela e, surpreendentemente, voltou com a moça duas horas depois. Rostov, disse ele, tinha se arrastado para dentro do arsenal, deixando um rastro de sangue no caminho. Embora ele ainda estivesse vivo no final daquele caminho de sangue, Benedikt tinha ido para o quartinho onde Zameen estava presa.

Ela continuava tão estupefata como sempre — não tinha pronunciado uma única palavra ou som desde sua captura —, mas naquele momento ela falou, surpreendendo-os, dizendo que Piotr e Benedikt tinham que mudar o destino de sua viagem. Ela disse que ia levá-los para um lugar chamado Usha e, de lá, para a casa de seus pais. Piotr tinha certeza de que ela os estava levando para uma armadilha — um mês antes, três soldados soviéticos tinham sido encontrados mortos, pendurados num açougue. Apavorado, ele quis voltar para a base, chegando lá pouco antes de Rostov ser descoberto. Soldados foram enviados no meio da noite para procurar Benedikt e a moça, mas não conseguiram encontrá-los.

A brisa sussurra nos galhos da paineira. Lara ouviu este som capturado na gravação do canto do bulbul que Marcus tinha feito no jardim décadas atrás.

Mais alguns dias e ela partirá, mais alguns dias sentada ao lado desta árvore centenária, enquanto os dois tomam o chá vermelho que ele aprecia, um sorriso ocasional nos lábios quando ele ergue os olhos de uma página para dizer alguma coisa a ela. Um Próspero em sua ilha.

O vulto da cadeia de montanhas sobre a casa. Naquelas alturas de quartzo e feldspato, soldados americanos tinham enterrado reverentemente um pedaço de entulho tirado das ruínas do World Trade Center, no final de 2001, depois que os terroristas lá em cima foram mortos ou obrigados a fugir. Antes de enviar soldados para atacar o Afeganistão, o secretário de defesa dos Estados Unidos disse-lhes que eles tinham sido "comissionados pela história".

"Nós afiamos os ossos de sua vítima e fizemos um punhal para golpeá-lo, e agora deixamos repousar a arma."

Não. Talvez algo sagrado nasça do fragmento de entulho. Ela pensa na Igreja da Ressurreição nas margens do canal de Girboyedov, em São Petersburgo. Ela é conhecida também como o Salvador sobre o Sangue, por ter sido construída no local em que uma bomba atirada por um membro do movimento revolucionário Vontade do Povo feriu mortalmente Alexandre II, em 1881. O canal foi estreitado para que o altar pudesse ficar exatamente no lugar em que o sangue real manchou o chão.

Sempre, como uma dor dentro dela, está a ideia das minas, por isso ela não consegue andar até muito longe no jardim. Ela viu sapatos sem par sendo vendidos nas lojas do Afeganistão. Ela volta para dentro da casa. Crepúsculo, a hora entre a borboleta e a mariposa. Parada na cozinha escura, Lara bebe um copo d'água. Põe o copo na mesa e fica imóvel, ouvindo a própria respiração.

Ela contou tudo o que sabe sobre Zameen e Benedikt, tudo o que Piotr Danilovich relatou a ela.

— Eles vieram para esta casa? — perguntou ela. — Eles estavam a caminho daqui no ponto em que termina a história de Piotr Danilovich.

— Qatrina e eu não estávamos aqui naquela época, a casa tinha sido tomada por outros — respondeu ele, olhando para ela. O olhar desolado. — Eu não sei se ela o trouxe para cá. Eu fui para uma aldeia a oeste daqui, onde uma batalha entre o exército soviético e os rebeldes, financiada pelos Estados Unidos, deixou quase uma centena de civis feridos. Mulheres e crianças principalmente. A Guerra Fria só era fria nos lugares ricos e privilegiados do planeta. Qatrina ficou aqui enquanto estive fora. Não dava para saber quando um médico iria ser necessário *aqui*. Eu voltei e ela tinha desaparecido e me disseram que fora levada pelo comandante Gul Rasool, o homem de Usha que era um dos líderes da resistência nesta área. Ele queria que ela acompanhasse seus homens no combate para tratar dos feridos. Nabi Khan, o outro líder da resistência nesta região, um grande rival de Gul Rasool até os dias de hoje, teve a mesma ideia e veio *me* buscar. Não restou nada aqui, ninguém na casa.

— Até os dias de hoje, você diz.

— Sim. Só os mortos viram o fim da guerra. Gul Rasool é o dono do poder em Usha agora, e Nabi Khan está em algum lugar conspirando para derrubá-lo.

Ela olha para a lua refletida no vidro da janela, grande em tamanho e brilho. Dá a impressão de que se ela fosse quebrada, esta sala e todo o jardim e o pomar seriam inundados de um líquido luminoso. Nos anos 1950, quando a União Soviética estava na frente dos Estados Unidos na corrida espacial, a força aérea dos Estados Unidos pediu aos cientistas para planejar uma explosão nuclear na lua. As pessoas veriam um clarão e também, provavelmente, nuvens de escombros mais altas do que seriam na Terra por causa da diferença de gravidade. Ela sabe, pelas histórias do pai cosmonauta, alguém que caiu sobre a terra numa máquina em combustão, que Moscou também tinha tido a ideia de uma explosão nuclear. Sim, depois de tal demonstração, quem não se curvaria diante de uma lua-soviética nuclear, uma lua-americana nuclear? Isto nunca aconteceu, mas ela se pergunta se os terroristas muçulmanos não chegaram perto de algo parecido em setembro de 2001, um espetáculo grandioso visto no mundo inteiro, plantando horror e choque em cada coração.

Ela se encosta na parede e fecha os olhos.

Mesmo se não tivesse ficado doente, teria pensado em pedir a Marcus para abrigá-la quando o encontrasse, depositando um pouco de seu peso em outro, buscando apoio. Enquanto quase todo mundo dava a entender que o fracasso vem acompanhado de vergonha, porque, obviamente, você não foi sábio ou forte o suficiente para evitar um desastre em sua vida, Marcus parecia ser um daqueles poucos seres humanos que emprestavam dignidade a tudo que seus olhos contemplavam. Como um santo que entrava em sua vida a partir de um sonho. Para ele, ela teria admitido que os anos a tinham deixado desnorteada.

No aposento do último andar, ela olha para os fragmentos que arrumou no chão. Os dois amantes evocam um exército de amantes fantasmas, o homem representando todos os outros homens, a mulher simbolizando todas as outras mulheres, todos correndo perigo.

Em Usha, Marcus Caldwell é conhecido por seu nome muçulmano. Ele não acredita em nenhum deus, mas se converteu ao islamismo para se casar com Qatrina, para calar qualquer objeção. Como ele, ela teria ficado satisfeita com uma cerimônia não religiosa, indiferente à ideia de seres supremos e seus mensageiros sagrados, mas concordou, desde que uma mulher realizasse os ritos.

— Nós temos que ajudar a mudar as coisas — disse ela. — Não está escrito em lugar algum do Corão que só os homens podem oficiar o casamento.

Hoje em dia, Marcus raramente diz uma palavra para alguém em Usha, comunicando-se no bazar apenas com acenos e gestos e depois indo embora. Ele sabe que não é a única vítima neste lugar. O Afeganistão ruiu e agora a vida de todo mundo está quebrada em diferentes níveis dentro dos destroços. Alguns estão presos perto da superfície, enquanto outros estão enterrados bem no fundo, presos sob toneladas de reboco e vigas, e seus gritos não podem ser ouvidos por ninguém na superfície, apenas — e inutilmente — por aqueles ao seu redor.

Sim, ele sabe que não é o único que está sofrendo, mas não pode saber ao certo quem, dentre os habitantes de Usha, esteve presente no dia em que Qatrina foi executada pelo Talibã. Um espetáculo público depois das preces de sexta-feira, o apedrejamento de uma adúltera de 61 anos. Uma chuva de tijolos e pedras, seu castigo por viver em pecado, os 39 anos de casamento com Marcus inexistentes aos olhos do Talibã porque a cerimônia tinha sido realizada por uma mulher. Um microfone foi colocado perto dela para que seus gritos fossem ouvidos claramente por todos.

Marcus começou a evitar a luz do sol, limitando-se às horas de escuridão tanto quanto possível. Ele pegou todos os relógios da casa e guardou-os numa gaveta. A princípio o tique-taque suplicante foi amplificado pela madeira, mas, um por um, todos pararam, como que sufocados. Assim, ele removeu a consciência e a medida do tempo de perto dele. Derrubou também o pedestal do jardim onde havia um relógio de sol. Um tempo da mais profunda escuridão. Os numerais pintados no relógio de sol pareciam datas gravadas num túmulo. A comida que havia nos armários terminou e ele não tinha nada para comer. O mundo todo, ao que parecia, tinha lutado neste país, tinha cometido erros neste país, mas erros tinham consequências, e ele não sabia a quem culpar por elas. O próprio Afeganistão, a Rússia, os Estados Unidos, a Inglaterra, a Arábia, o Paquistão? Um dia, pensou em capturar um bulbul que tinha voado para dentro da casa. No fim, soube que jamais poderia comer algo que tinha ouvido cantar.

Ele recordou a desolação que às vezes tomava conta de sua mãe, uma tristeza que tinha como causa central a morte de seu pai. O pai de Marcus era um médico na fronteira do Afeganistão e foi morto por um membro de uma tribo em 1934, poucos meses antes de ele nascer. O motivo do assassinato nunca foi esclarecido, embora o seu autor tivesse um filho que tinha declarado recentemente um interesse no cristianismo. A família tinha tentado fazê-lo passar fome. Como isso não fez efeito, o pai amarrou uma granada no rapaz e ameaçou tirar o pino se ele não renovasse seu voto de fé no islamismo. Depois de matá-lo desse jeito, resolveu se vingar dos médicos do hospital missionário onde o filho tinha entrado em contato com as ideias que o tornaram um infiel. Nenhuma tentativa de conversão foi feita no hospital, mas um capítulo da Bíblia era realmente lido nas enfermarias toda noite.

A mãe de Marcus continuou como enfermeira no coração da província mais turbulenta do Império Britânico, só voltando para a Inglaterra quando Marcus estava com 5 anos. Cabul, Kandahar, Peshawar, Quetta — algumas das primeiras palavras que ele ouviu foram os nomes destas cidades da Ásia. E ele as visitou durante os seus anos de juventude, conhecendo a majestosa Qatrina em Cabul e continuando a amizade e o romance quando ela se mudou para Londres para estudar medicina. E então foi viver com ela junto ao lago, perto de Usha, a 50 quilômetros da cidade de Jalalabad, a cidade que enviava seus narcisos para os fevereiros cobertos de neve de Cabul, a quatro horas de distância.

Farinha e outros mantimentos básicos. Aquele chá vermelho. Querosene para o lampião. Ele raramente vai a Usha hoje em dia. Abandonado por todos, sua primeira reação é de incredulidade toda vez que alguém se aproxima dele. Eles me enxergam. E então, esta semana, alguém se aproximou dele e contou-lhe sobre Lara, uma mulher que tinha chegado no ônibus diário de Jalalabad na véspera e que estava esperando por ele duas ruas adiante. Algum aspecto disto ele tinha percebido na mulher ao encontro da qual tinha sido levado, tão intensamente voltada para dentro que mal conseguia falar ou encarar alguém. Ela se levantou e sorriu de leve para ele. Ele viu os olhos insones, o pescoço machucado. A contusão e o cansaço eram físicos, mas pareciam conectar-se em algum lugar com seu espírito.

Marcus pegou a mala dela e os dois iniciaram a viagem para a casa dele. Não trocaram palavras durante a caminhada pela beira do lago. Mais tarde ele descobriu que as roupas na mala estavam úmidas. Lara explicou que durante sua longa viagem para encontrá-lo ela tinha visto uma garota acender uma fogueira defronte de uma casa e aquecer uma bacia de água para alvejar um tecido. Quando ela terminou e estava prestes a jogar fora o resto da água, Lara se aproximou e perguntou se podia mergulhar suas três mudas sobressalentes de roupa ali. Desejando repentinamente aquela brancura, aquela claridade. O único enfeite que usava depois disso era um colar de contas pequeninas que parecia uma fileira de ovos postos por insetos ao longo de suas clavículas.

De olho no rosto gigantesco do Buda, Lara se senta no primeiro degrau da escada da fábrica de perfume. Ela contempla as feições do belo rapaz. Ele parece vulnerável e íntimo, como se olhasse para alguém na cama.

Vestidos de preto, os talibãs naquele dia, em março de 2001, estavam se preparando para dinamitar a cabeça quando um deles atirou, cheio de desprezo, uma saraivada de balas no rosto de pedra que sorria para si mesmo. Em algumas versões dos eventos daquele dia, um fantasma tinha aparecido na casa de Marcus para afugentar as figuras sinistras e malévolas. Mas outros insistem que foi o que ocorreu ali embaixo, na fábrica de perfume. Eles levaram Qatrina embora com eles, para sua eventual execução pública, e teriam levado Marcus também se não fosse pelo que aconteceu aqui.

Depois que a arma foi descarregada no rosto horizontal, observou-se que um pontinho de luz se materializou em cada buraco de bala, uma faísca fraca e hesitante. Nos instantes seguintes, à medida que mais homens perceberam e olharam espantados, cada um dos pontinhos foi ficando mais brilhante e adquirindo uma cintilação fluida. Saindo das feridas de pedra, o ouro começou a escorrer muito lentamente pelas feições, formando poças no chão.

Como se tivessem saído de um transe, os homens, com uma raiva desafiadora, atiraram mais uma dezena de balas no ídolo, obtendo o mesmo resultado. Ainda por cima, ele parecia estar abrindo seus olhos quase fechados, as pálpebras cinzeladas na pedra começando a subir sem fazer nenhum ruído, no que pareceu ser um momento interminável.

2

Construindo o novo

O AMERICANO, DAVID TOWN, É ACORDADO pouco antes do nascer do sol por um muezim. As duas primeiras palavras do chamado para as preces muçulmanas são também o grito de guerra muçulmano, ele observa para si mesmo enquanto permanece deitado no escuro, sem nunca ter feito esta relação antes.

A voz vem de um minarete a três quarteirões de distância, dissolvendo-se no ar de Jalalabad, a cidade que o cerca. Ele viajou por quase todo o país ao longo das décadas, levado por seu trabalho como negociante de pedras preciosas às minas de âmbar de Kandahar, a Badakshan em busca dos rubis que Marco Pólo mencionou em sua *Descrição do mundo*. As esmeraldas que financiavam guerras do vale do Panjshir. Ele descobriu que o rio Murghab era tão cheio de corredeiras que poderia estar no Colorado.

David ouve a voz enquanto torna a adormecer. *"Venham adorar"*, diz ela, *"Venham para a felicidade."*

Uma hora depois, ele se levanta e vai para uma casa de chá ali perto. Há um samovar e estão tirando pão do forno de barro enterrado no chão. Ele se lembra de Marcus Caldwell dizendo-lhe que o chá é um ingrediente de alguns perfumes. Ou talvez tenha sido Zameen, transmitindo conhecimentos adquiridos com o pai. Nós aprendemos com detalhes sobre as coisas que existem em abundância ao nosso redor. O povo do deserto produz bons astrônomos.

À esquerda dele, uma perdiz *chakor* morde as grades de sua gaiola. Elas são aves gregárias, deslocando-se em grandes grupos familiares, mas são mantidas assim em quase todo o Afeganistão. O lugar vai ficando cada vez mais movimentado à medida que o dia fica mais claro, a rua se enche com o tráfego. Vans e caminhões, animais e seres humanos. Embrulhado num grosso cobertor, ele está sentado numa cadeira, fazendo um cumprimento com a cabeça e dizendo *salam aleikum* toda vez que alguém novo se aproxima para se sentar perto dele. Ele está sentado com um ar calmo e vigilante. Uma tampa de míssil serve de açucareiro neste lugar. Numa parede próxima, ele pode ver as palavras *"Morte à América"* e *"Matem os infiéis"* escritas em pashto, com dois tipos diferentes de tinta e de caligrafia. Um vendedor de jornais chega, uma criança de 6 anos no máximo, e um homem compra uma revista com Osama bin Laden na capa, o terrorista fotografado como sempre com o Kalashnikov de um soldado soviético que ele matou nos anos 1980.

— Marcus?

David, voltando do café, chama a pessoa que está do outro lado da rua estreita.

O homem de barba branca para, olha e então se aproxima, tomando-o nos braços num longo e silencioso abraço. Só emite alguns sons abafados com a garganta.

— Eu não sabia que você estava no país — diz Marcus quando eles se separam.

— Por que você está na cidade?

— Cheguei ontem. Um lojista de Usha, que visitou Jalalabad recentemente, me falou sobre um rapaz de uns 20 anos que podia ser... nosso Bihzad. — Esse era o nome que Zameen tinha escolhido para o filho. Bihzad, o grande mestre da pintura de miniaturas persas do século XV, nascido no Afeganistão, em Herat. — David, ele se lembra de um monte de coisas, ele se lembra do nome dela.

— Onde ele está? — Ele olha para Marcus, seus olhos como os de um animal ferido.

— Eu o conheci ontem. Passei a noite com ele. — Marcus aponta para o minarete com a cúpula alta, ao longe, com uma meia-lua de bronze no topo. — Lá em cima. Ele chama para as orações lá de cima.

— Então eu acho que o ouvi esta madrugada.

— Nós passamos a noite quase toda conversando, ou melhor, eu conversei. Ele é reservado, distante. Às vezes parecia aflito. — Do bolso, Marcus tira uma chave presa num barbante. — Ele me deu isto. Venha, vou levá-lo até lá.

— E quanto à cicatriz? — Quando criança, Bihzad tinha se queimado com fogo.

— Sim, eu a vi.

— Ele está lá em cima agora?

— Ele disse que tinha umas coisas para fazer, mas que voltaria. Eu vim ontem de manhã, pensando em voltar no ônibus noturno, mas a viagem foi cancelada. Então tive que ficar.

— Eu levo você de volta esta tarde. — Uma viagem ao longo de vinhedos que produziam cachos de uvas do tamanho do seu braço.

— Eu ia mesmo visitar você nos próximos dias.

— Eu devia ter voltado como planejei. Ela passou a última noite sozinha. — Marcus para. — David, tem uma mulher lá em casa.

— Sim?

— Ela é russa.

Ele tinha continuado a andar e agora está dois passos à frente de Marcus, mas para.

— Uma russa?

— Larissa Petrovna. Ela diz que seu irmão foi um soldado que conheceu Zameen.

David balança a cabeça. O homem mais velho não diz o nome do soldado soviético, mas David o escuta em sua cabeça assim mesmo. Benedikt Petrovich. O homem que estuprou Zameen e era o pai de seu filho, o filho que David depois considerou como seu, que possivelmente cresceu e hoje é o rapaz no topo do minarete ali adiante, a luz do sol fazendo a meia-lua parecer em chamas. Na base militar, Benedikt Petrovich guardava o quarto onde Zameen era mantida presa, e à noite ele abria a porta e a violentava.

— David, Zameen alguma vez falou num soldado soviético, de uns 24 anos de idade?

— Não. Nunca. E então, de que tipo de coisa este Bihzad se lembra?

Um camelo passa com a carroceria queimada de um carro amarrada em suas costas, o objeto de metal balançando a cada passo.

Quando David conheceu Zameen, na cidade paquistanesa de Peshawar, Bihzad tinha 4 anos e aprendeu a considerar David como seu pai. Alguns meses depois, Zameen morreu e o menino desapareceu. Por ter se perdido numa idade tão tenra, era surpreendente ele ter conseguido guardar o próprio nome. Agarrando-se a este único bem durante os anos violentos e caóticos.

— Ele se lembra de Zameen ter dito a ele que Qatrina era médica, pareceu ter esquecido que eu também era, embora soubesse que eu tinha alguma relação com a Inglaterra. Ele se lembra de você, se lembra de Peshawar, tudo muito vagamente.

David o procurava havia quase vinte anos, fazendo diversas viagens em busca de pistas dele, sempre sem saber o que alguém seria capaz de se lembrar de quando tinha 4 ou 5 anos. Isto deve variar de pessoa para pessoa. Houvera muitas pistas no passado, uma ou duas tão convincentes quanto esta, mas elas não tinham dado em nada. David vai fazer 48 anos este ano e, de suas lembranças, a mais antiga que recorda é de sentir uma emoção forte — que mais tarde na vida ele iria aprender a chamar de amor — por aquilo que um conjunto de lápis de cor fazia num pedaço de papel, aquelas linhas e marcas brilhantes com uma fina camada de luz tremendo sobre elas. Ele queria ter sempre aqueles lápis por perto. Calculava que devia ter uns 3 anos, na época. Mas não tem nenhuma memória de algo que disseram que ocorreu quando ele era um pouco mais velho, uma lenda familiar: ele mordendo a perna de um médico que ia dar uma vacina em seu irmão Jonathan, e Jonathan chorando de medo da agulha.

Marcus abre a porta na entrada do minarete e eles entram em silêncio, subindo a escada em espiral no centro. Hoje em dia, os minaretes costumam ser estreitos, meros detalhes de arquitetura, mas esta escada é larga o suficiente para um cavalo. No meio da subida há um grande buraco que deve ter sido causado por um foguete perdido durante uma das muitas batalhas que a região assistiu na década anterior, numa das diversas guerras. É como se alguém tivesse dado uma mordida no lado da torre.

Bem no topo fica o hall, com uma porta que dá para uma varanda que rodeia o minarete, um terraço circular logo abaixo da cúpula, banhado de sol a esta hora.

— Ele mora aqui? — Eles passaram por um colchão no hall. Um pequeno baú de lata estava aberto e revelava utensílios de chá. Leite em pó derramado num pedacinho de manchete de jornal. E, no chão, marcas de uma fogueira feita com pedacinhos de madeira, galhos e gravetos. Há um catre para sentar, com as cordas desfiadas. Ele pensa nos meses de verão com suas tempestades de areia cobrindo a cidade por vinte minutos de cada vez.

— Esta região não tem eletricidade de madrugada, então eles não podem usar o alto-falante para chamar para as orações. Alguém tem que subir aqui e fazer isto. Ele faz, mas, na verdade, ele mora em outro lugar. — Marcus aponta para leste. — Naquelas redondezas.

Eles estão parados na sacada, contemplando a cidade abaixo deles. Acima deles há um telhado de chapa ondulada, onde se pode ouvir o barulho das unhas dos pombos.

— Ele disse que, há muito tempo, costumavam ensinar o Corão para os djinn aqui em cima. No início eles iam ao mosteiro lá embaixo, mas a presença deles era impressionante demais para os seres humanos, algumas crianças desmaiavam de medo. Então este minarete foi construído para que eles pudessem subir sem serem vistos nem percebidos pelos humanos. Bihzad diz que ninguém quer ser muezim, com medo que o efeito dos djinn ainda perdure.

— Como ele é? Quando ele vai voltar?

— Por volta do meio-dia. Eu disse a ele que preciso voltar para casa antes do anoitecer.

David concorda com a cabeça.

— Então esta russa, Larissa Petrovna, você disse que ela se chama.

— Lara. Ela vai voltar dentro de poucos dias. Ela não fala muito, mas perdeu o marido há poucos meses e está, obviamente, passando por um período de depressão. Ela está sempre se desculpando por ser um fardo para mim, embora isto não seja um problema. Ela é historiadora de arte no Hermitage em São Petersburgo. Você tem certeza de que Zameen nunca mencionou um soldado soviético chamado Benedikt?

— Absoluta.

— Você vai conhecê-la. Mas você não me disse o que está fazendo aqui. Ouça os pássaros, David, o bater de suas asas. — Ele está sentado no catre, com as costas apoiadas na parede. — É estranho estar longe de casa depois de tanto tempo. Eu olho para o teto e, por um segundo, espero ver um livro pregado lá em cima.

David olha para a paisagem da cidade enquanto ouve o que ele diz, a cadeia de montanhas coberta de névoa, ao longe.

— O grande livro de pinturas de Bihzad precisou de três pregos para ficar no lugar. Tanta brutalidade teve que ser empregada para evitar que ele fosse queimado, e ele era um homem tão sutil que pintava com um pincel que terminava num único pelo tirado da garganta de um esquilo.

A preocupação principal de David é Marcus: o que a visitante russa contou a ele sobre os ataques do irmão a Zameen? O choque seria devastador para ele, mas quanto ela própria saberia? Zameen não tinha escondido nada de David, mas ele sempre tivera o cuidado de não revelar muita coisa a Marcus — nem a Qatrina quando ela estava viva. Qatrina morreu em 2001, no longínquo verão de 2001, quando os Estados Unidos acreditavam estar em paz, seguros e imunes a tudo isto.

O inglês fecha os olhos, os pássaros andando de um lado para o outro no telhado.

Zameen contou a ele que tinha ouvido a porta sendo aberta naquela noite, tinha ouvido Benedikt entrar no quarto, no escuro. Estranhamente, ele não se aproximou da cama dela como fizera nove vezes antes. Ele fechou a porta, mas não a trancou. Uma corrente, pendurada de um gancho na parede ao lado da cama, estava presa numa algema de ferro em volta de seu pulso, então ela não pôde correr para a porta aberta. A respiração dele era rápida e ofegante, como se tivesse corrido. Ele murmurou o nome dela e acendeu um fósforo. Falando em inglês, uma língua que ele conhecia um pouco por causa da mãe, disse que estava desertando e que ela deveria ir com ele, disse que tinha saído da base mais cedo, mas que tinha voltado para buscá-la.

Quando, durante os estupros, ela tinha vontade de gritar, mas não conseguia, suas mãos — por humilhação e raiva — arranhavam a pele dele. Mas naquele momento ela prestou atenção, fitando o rosto dele na luz amarela que logo se apagou.

— Aqui está a chave de sua algema. — Ela ouviu alguma coisa cair a seus pés. Como uma gota de chuva sobre uma folha. Ele chegou mais perto. Uma vez ele tinha adormecido ao lado dela por um minuto depois do ato, e ela tinha ouvido aquela respiração se tornar muito mais profunda.

Ela não fez nenhum movimento para pegar a chave, sacudindo a cabeça embora estivesse escuro. Então ele acendeu outro fósforo e disse a ela que Rostov estava sangrando lá fora e que ela devia saber que tirariam todo o sangue dela para salvá-lo.

— Por favor, não me obrigue a matá-lo. — Havia uma súplica naquele murmúrio, como quando, sua sede saciada, ele às vezes pedia a ela que o perdoasse pelo que tinha acabado de fazer. Durante o dia, ele ficava envergonhado do que fazia com ela, mas no escuro ele se aproximava, preparado para subjugar, tonto e doente de desejo e poder.

Apanhando a chave, ela soltou a mão da corrente.

Lá fora, depois de correr uma hora no escuro, eles encontraram outro soldado, outro desertor. Zameen convenceu-os a ir para Usha, mas Piotr Danilovich deixou-os logo depois que partiram. Da escuridão de um pomar, as flores e o perfume de árvores de damasco, Zameen e Benedikt viram passar o pequeno grupo de soldados da base soviética. Depois que os soldados desapareceram e os dois estavam pensando em continuar na direção de Usha, eles se deram conta de outro perigo, outras vozes ali perto. Estava escuro, mas o céu começava a clarear no leste, alguns traços de azul. O som e o movimento dos soldados soviéticos deve ter atraído gente da aldeia próxima, ou, talvez, as pessoas estivessem ali no meio das árvores o tempo todo e tivessem ficado quietas. Para evitar a artilharia soviética, muitos fazendeiros só iam trabalhar nos campos e pomares à noite, acompanhados de pequenos lampiões.

Benedikt disse a ela para esperar enquanto ele ia investigar, se arrastando no chão, apoiado nos cotovelos. Ela jamais tornaria a vê-lo nem saberia o que aconteceu com ele, que forma de vida ele encontrou, que tipo de morte. O pomar era grande, e havia muitos outros ao redor, mas ele tinha dito que a encontraria facilmente porque eles estavam num grupo de três árvores que eram as únicas no meio de centenas que não estavam em flor. Ela se encolheu no capim e talvez tenha adormecido ao lado dos Kalashnikovs roubados. Quando acordou, as vozes ao redor tinham aumentado e o dia tinha amanhecido, e ela viu, como numa alucinação, que os galhos acima dela tinham desabrochado com os primeiros raios de sol, os botões tinham florido pedacinhos de rosa e branco contra o azul-claro do céu.

David caminha pela sacada circular e contempla os picos distantes. A cidade de Jalalabad é limitada ao norte pelo Hindu Kush e ao sul pelas Montanhas Brancas, a cadeia que se ergue sobre a casa de Marcus e onde fica a última moradia conhecida de Bin Laden. Se você segurasse o Afeganistão pelas beiradas e puxasse, o número de montanhas no país é tão grande que você terminaria com uma área dez vezes maior do que o seu tamanho atual.

Marcus se junta a ele, ambos olhando na direção da casa de Marcus. Dizem que o Buda visitou esse vale para matar o demônio Gopala, e peregrinos chineses escreveram a respeito das relíquias sagradas um dia abrigadas em santuários ali. Um fragmento do crânio de Buda inteiramente coberto com folhas de ouro. Um *stupa* (tipo de mausoléu em forma de torre) erguido onde ele cortou as unhas. A cidade resistiu à expansão do islamismo até o século X.

— Ela passou a noite sozinha na casa — diz Marcus baixinho. — Eu devia ter voltado.

— Tenho certeza de que está bem — responde David; ele não tem no que se basear para dizer isso, mas não tem outra coisa para dizer. Ele está em Jalalabad porque está financiando um certo número de escolas no país. Ele se manteve na retaguarda, deixando que um grupo de pessoas locais, inteligentes e comprometidas, cuidasse dos detalhes. Até a escolha do nome foi delegada a eles, que querem Escola do Afeganistão Tameer-e-Nau. Construindo o Novo Afeganistão. A filial desta cidade entrou em operação há 15 dias, e ele está aqui para visitá-la, passou a noite anterior lá, com o cachorro do prédio vizinho perturbando o seu sono. Antes de deixar os Estados Unidos, tentou contatar Marcus, bem como tentou outras vezes depois que chegou ao Afeganistão, mas o telefone celular que tinha deixado com ele numa de suas visitas anteriores não tocava.

— Não há eletricidade para recarregá-lo — diz Marcus quando ele toca no assunto.

— E quanto ao gerador?

— É um exagero ligá-lo só para carregar o telefone.

Em sua voz, está presente o temor de não ser compreendido, de parecer uma teimosia. Então David toca na manga de sua camisa.

— Tudo bem. Eu me preocupo com você. Não vou mentir e dizer que às vezes não tenho vontade de que você saia do Afeganistão, mas — ele ergue a mão — eu sei, aqui é a sua casa, e se você não estivesse aqui, nós não teríamos sabido deste rapaz.

É mínima, a vida dele, precisando de ajustes toda semana, quando não todo dia. Uma vez, David chegou dos Estados Unidos e encontrou um camelo amarrado no pomar para dar leite. Uma vez havia uma ovelha e um cordeiro. Alguns patos, uma fileira de milhos maduros. Às vezes, artigos da casa são levados ou mandados para os comerciantes de Cabul. A maior parte do dinheiro que David o obriga a aceitar todo ano, ele tem certeza, ainda está por lá ou foi dado para outras pessoas.

— Pode-se ver sua escola daqui? — A pele dele está tingida de marrom depois de décadas de sol forte e calor, tornando-o quase igual a um nativo do país, talvez um nativo da província de Nuristão.

— Sim. Não fica longe daqui. Basta seguir aquela rua curva, depois aquela avenida. Está vendo aquelas palmeiras? É o prédio amarelo logo depois delas, ao lado daquele prédio branco, grande.

— Estou vendo. O amor de uma palmeira macho pela fêmea é tão grande que ela sempre cresce inclinada para ela, mesmo que esteja em outro jardim. Você sabia disto?

O centro da cidade logo adiante está cheio de árvores cítricas, o vale é famoso por suas flores de laranjeira, poetas de todo o Afeganistão se reúnem em Jalalabad em meados de abril, todos os anos, para uma Conferência de Poetas, para recitar poemas dedicados às flores.

David esfrega o rosto com suas mãos grandes.

— Daqui, temos uma visão de todos os lados, como no Pentágono, em Washington DC.

— E do O de madeira do Shakespeare's Globe Theatre.

Eles ficam olhando para a cadeia de montanhas, para os picos azuis e brancos. O ar é muito rarefeito naquelas alturas. O exército dos Estados Unidos descobriu que as hélices dos seus helicópteros não conseguiam levantar voo de lá, as máquinas ficavam balançando a poucos metros do chão.

Até o ar deste país tem uma história para contar sobre a arte da guerra. Ali é possível erguer um pedaço de pão de um prato e, seguindo-o de volta às suas origens, juntar uma dúzia de histórias a respeito da guerra — como ela afetou a mão que o tirou do forno, a mão que preparou a massa, como a guerra prejudicou o campo onde o trigo foi cultivado.

Participando de uma batalha quando tinha uns 10 anos, Bihzad viu um incêndio começar no capim alto e ressecado da campina onde os mortos e os moribundos estavam espalhados. Ele se lembra de ter sentido vergonha porque sua fome aumentou com o cheiro de carne queimada.

Neste momento, ele abre os olhos e vê as flores de ópio. Avança pela beirada do campo, as flores cor-de-rosa manchadas de branco balançando na brisa da manhã. De Jalalabad até um momento antes ele estava com os olhos vendados. O homem que tirou sua venda o conduz na direção de um prédio que fica do outro lado da plantação de papoulas.

Ele já foi levado ali antes. Há três dias, outra viagem sem poder enxergar. Mais uma vez, ele passa de pessoa a pessoa no interior do prédio. Numa das portas há uma batida em código. Três batidas, uma pausa, duas e depois mais duas. Houve uma mudança desde a última vez, ele percebe.

— Você entendeu todos os detalhes? — Diz o homem que desce com ele por uma escada escura. — Você vai sair daqui dirigindo o caminhão e vai estacioná-lo ao lado da nova escola, entre a árvore com as flores vermelhas e a placa que mostra ao público como identificar diferentes minas.

Bihzad não foi apresentado a ninguém pelo nome, mas, em um momento inesperado de camaradagem durante a visita anterior, teve coragem para perguntar a este homem se ele se chamava mesmo Casa, o modo como tinha ouvido um dos outros se referir a ele. O homem concordou com um rápido e quase inaudível "sim" e então, delicadamente, agarrou o colarinho de Bihzad e disse a ele para não tentar ser esperto demais. Todo os outros que encontrou ali são duros e tensos, exalam desconfiança e hostilidade.

Casa diz a ele, com firmeza:

— Não se desvie de suas instruções de jeito nenhum.

Eles entram num quarto subterrâneo onde, numa prateleira, iluminada de cima por uma pequena lâmpada, há duas molduras quadradas contendo os nomes de Alá e Maomé. Entre elas, numa caixa de vidro, há um mangusto com os dentes enfiados na cabeça de uma serpente, e o corpo da serpente está enrolado três vezes no corpo de seu adversário. Do outro lado do quarto fracamente iluminado, uma figura está sentada de pernas cruzadas numa cama. O Kalashnikov em seu colo tem um segundo cartucho preso no primeiro. Casa apresenta Bihzad respeitosamente e dá alguns passos para trás.

Obviamente uma pessoa de poder e autoridade no grupo, o homem se dirige a Bihzad num tom comedido:

— Já lhe mostraram o que fazer? Você vai apertar o botão preso nos fios vermelhos e sair do caminhão e se afastar.

— Ele não vai explodir enquanto as crianças ainda estiverem dentro da escola, vai?

— Não duvide de nossa palavra — o homem diz calmamente, mas com uma ameaça na voz. Mais cedo, Casa tinha dito a Bihzad que ele estava tendo a honra de fazer isto pelo islamismo e pelo Afeganistão.

— Você não se aborrece com o fato dos meninos estarem sofrendo uma lavagem cerebral lá dentro e das meninas estarem sendo ensinadas a ser indecentes? — Casa tinha perguntado.

O homem ergue uma das mãos na direção de Casa. Um cobertor fino está jogado sobre seus ombros, aberto no meio como que para mostrar seu coração puro e transparente. Ele devia estar escrevendo alguma coisa antes porque seus dedos estão sujos de tinta.

— Nós não temos controles remotos, e nossos cronômetros não são tão sofisticados. Caso contrário, não teríamos envolvido você, teríamos simplesmente deixado o caminhão do lado de fora da escola que foi construída por americanos e que pertence a eles. Alguém tem que estacionar o veículo e ligar o cronômetro. A explosão vai acontecer horas depois. Você deve saber que Alá e o profeta Maomé, que a paz esteja com ele, ficarão muito contentes com você.

Bihzad foi informado de que esta operação era apenas o começo, uma demonstração para atrair e obter ajuda para coisas mais importantes. O homem neste porão, antes um grande e festejado guerreiro, não pode voltar para a sua aldeia nativa, um lugar que Bihzad ouviu chamarem de Usha. Um inimigo se apoderou do poder dessa região, tendo aceitado dinheiro e armas dos americanos no final de 2001 para ajudar a encontrar o Talibã e a al Qaeda. Mas, logo, ele — estes homens o chamavam de traidor do islamismo e do Afeganistão — iria se arrepender de tudo, embora estivesse feliz neste momento por ter obtido um lugar no governo da província. Um ataque em larga escala estava sendo planejado para Usha, uma ofensiva espetacular para expulsar o infiel e seus mercenários e guarda-costas americanos. Haveria uma guerra.

O prédio ao lado da escola era seu alvo original, um depósito que pertence a seu grande inimigo, mas eles ficariam encantados em ver a escola reduzida a escombros também.

Casa disse a Bihzad que alguém de dentro da escola informou-lhes que o proprietário americano está ali em visita, passando uns dias no prédio. É por isso que eles querem prosseguir com a operação, sem esperar pela chegada do equipamento apropriado. Matar um americano seria mandar uma mensagem muito importante.

Cada americano que morre no Afeganistão, disse Casa, morre com um ar de incredulidade no rosto, incredulidade com o fato de que este lugar distante e insignificante tenha dado origem a um povo capaz de afetar o destino de alguém de uma nação tão grandiosa quanto a dele.

Os americanos também tinham vendado Bihzad quando o levaram para o centro de detenção da Base Militar de Bagram, uma das muitas prisões que eles estabeleceram no Afeganistão para supostos membros da al Qaeda. Alguém o havia traído em troca de dinheiro. Em Bagram, todos os prisioneiros amaldiçoam os muçulmanos noite e dia — os *munafikeen!* — que os tinham vendido para as autoridades americanas por 5 mil dólares cada. Embora de certa forma todos estivessem contentes porque Alá os havia escolhido especialmente para sofrer pelo Islã. Não havia um grão de areia naquele lugar que não fizesse Bihzad ter vontade de gritar — fora qualquer outra coisa, havia o medo constante de que ele pudesse ser transferido para a baía de Guantánamo —, mas ele tinha se sentido muito próximo de Alá durante aqueles meses, todo mundo passando cada minuto livre em oração, o ambiente muito mais espiritual do que qualquer lugar que tivesse encontrado do lado de fora. Todo dia, sua vida muda de rumo, ele se vê desejando coisas mundanas. Que Alá o perdoe, mas, com uma recompensa tão atraente, ele até fantasiou algumas vezes que se aproximava dos americanos para dizer que alguém inocente de suas vizinhanças era um membro da al Qaeda.

O motivo principal de ter concordado em realizar esta tarefa é o dinheiro que estas pessoas vão pagar-lhe depois.

O cheiro de terra revolvida é intenso em volta dele, neste quarto sem ar.

— Não se esqueça de que não só os americanos o prenderam, como causaram a morte de sua irmã. É assim que você vai se vingar deles — diz o homem. — Mas ela não era sua irmã de verdade, era?

— Não. — Eles tinham se conhecido no orfanato quando eram crianças e ele começara a chamá-la de irmã. E sempre a havia tratado como se fosse sua irmã.

O homem tira do bolso um papel dobrado e o entrega a Casa.

— É uma declaração que preparei — diz ele —, a declaração que vai ser enviada para a televisão e o rádio depois da explosão. E, você vai notar, eu decidi dar à nossa organização o mesmo nome da escola. Construindo o Novo Afeganistão. Eu aprovo o que isto transmite.

Ele convida Bihzad a se sentar ao lado dele e, segurando sua mão, começa a ler em voz alta versos do Corão — nem sempre com exatidão, nota Bihzad. Maomé, que a paz esteja com ele, tinha aparecido em sonhos para muitos na prisão de Bagram. E uma noite

Cristo visitara Bihzad, carregando o Corão na mão direita e a Bíblia na esquerda. Quando Bihzad quis beijar sua testa, Cristo perguntou a alguém:

— Quem é ele? — Quando o grande profeta foi informado de que Bihzad era um prisioneiro dos americanos, ele se aproximou e beijou a testa *dele*. Ele pediu perdão pelos cristãos que tinham prendido os muçulmanos ali. Bihzad foi sacudido neste ponto pelos outros prisioneiros: eles tinham sido despertados de seu sono pelo perfume forte que saía da testa de Bihzad. Ele contou-lhes que foi ali que Cristo pousou seus lábios, e eles enxugaram o suor perfumado de sua testa e o passaram em suas roupas.

— O desejo de livrar o meu país de infiéis e traidores — diz o homem, chegando ao fim do seu recital e soltando a mão de Bihzad — fez de mim um fugitivo. Eu adoraria executar pessoalmente este trabalho, mas não posso sair daqui, por medo de ser preso; não posso nem usar um telefone porque os americanos estão na escuta e poderiam enviar um míssil.

De volta ao nível do solo, Casa diz:

— Ele esfolou vivo um soldado soviético com as próprias mãos antes que eu e você tivéssemos nascido. E fez isso bem devagar para aumentar o sofrimento dele. Dizem que o processo demorou quatro horas e que nas primeiras duas horas o homem estava vivo. Aparentemente, algumas partes são simples como descascar uma fruta, outras são difíceis. Por volta dessa época, ele tinha tirado uma foto apertando a mão de Ronald Reagan, em cujo coração infiel Alá em Sua sabedoria tinha plantado um ódio profundo pela União Soviética.

Quando eles saem do prédio, Casa tira um molho de chaves. Bihzad entende que são do caminhão e fica mais apavorado do que nunca, sem força nos músculos. Ele tem que fazer isso, diz a si mesmo. Depois ele vai falar com o inglês, vai continuar a fingir que é o seu neto desaparecido. Balançando a cabeça vigorosamente, às vezes duvidosamente, quando o velho tenta avivar sua memória. Eu me lembro disso. Não, não tenho lembrança disso. O velho parece rico — um médico. Ele tinha ouvido falar no inglês pouco tempo antes e tinha mandado uma mensagem para ele dizendo ser o seu neto Bihzad. Ele tinha sido informado de que a criança desaparecida tinha uma pequena cicatriz por causa de um acidente com uma vela, e ele tinha queimado a si mesmo para se preparar, e a queimadura levara um mês para cicatrizar. O nome é a única coisa que ele tem em comum com o neto desaparecido.

Talvez ele consiga ir para a Inglaterra. Finalmente, uma chance de fazer algo com sua vida. Até mesmo achar amor: pertencer a alguém, ter alguém que seja seu. Ele tinha amado uma garota uma vez, uma garota na qual ele ainda pensa, mas como não tinha recursos nem perspectivas, a família dela o havia humilhado quando foi pedir sua mão.

O caminhão está estacionado, parecendo dócil como uma vaca, encostado num muro próximo. Bihzad e Casa caminham na direção dele, passando por duas figuras sentadas sobre motocicletas paradas debaixo de uma amoreira. Uma picape preta entra pelo portão e Casa levanta a mão para fazer Bihzad parar. Homens surgem de todos os cantos do prédio, o veículo para, e do banco de trás é retirado um velho, puxado por uma corrente em volta do pescoço, com uma expressão de absoluto terror no rosto. Seu cabelo, barba e roupas estão empoeirados, e ele é levado como um urso de circo relutante, puxado por aquela corrente. Casa diz a Bihzad que ele era um empregado da organização até seu súbito desaparecimento alguns anos antes. Uma nota de um dólar foi encontrada costurada no forro do casaco que ele tinha esquecido de levar com ele.

— Há uma chance de que seja um informante, o que obrigou o grupo a se mudar para esta fazenda — diz Casa enquanto eles continuam a caminhar na direção do caminhão.

Bihzad sabe qual é o castigo para traição. Com um funil e um tubo, eles despejam ácido ou água fervendo no ânus do homem. Isso e muito mais, e depois cortam-lhe a garganta. E uma confissão não significa liberdade — significa apenas que eles o matarão mais depressa, significa menos tortura.

As motocicletas despertam ruidosamente, o cheiro de gasolina enche o ar. Os dois motociclistas vão guiar Bihzad até a cidade. E Bihzad entende agora — como se o cheiro forte tivesse trazido com ele este conhecimento — que ele será acompanhado até a cidade por estes homens armados, até a escola, para o caso de ele mudar de ideia e tentar abandonar o caminhão ou informar a polícia.

Os homens levam as motocicletas até perto do caminhão. Eles usam as pontas de seus turbantes para cobrir a metade inferior do rosto, deixando apenas os olhos de fora, como devem fazer os motociclistas para evitar a fumaça e a poeira do trânsito. Bihzad sobe no caminhão, tentando controlar o ritmo de sua respiração. Mostraram a ele como a almofada do banco do passageiro pode ser facilmente retirada e levantada: embaixo dela está o par de fios ligados ao interruptor que ele tem que ligar quando estacionar o caminhão do lado de fora da escola. Há um botão que ele tem que apertar depois que ligar o interruptor, e então ele tem que sair do veículo.

Sentado no chão de um quarto dos fundos, cercado por uma quantidade de fios azuis, verdes, vermelhos, amarelos, Casa demonstrara e explicara tudo a ele na sua visita anterior. Mais tarde, naquele ambiente cheio de caixotes de mísseis, pacotes de explosivos que cheiravam a amêndoas e caixas de DVDs e CDs que documentavam o jihad como Alá, o Todo-poderoso, o via e não como a mídia estrangeira o deturpava, Bihzad e Casa conversaram sobre suas infâncias: a fome, os campos de refugiados, a morte, um a um, dos adultos em volta deles por diversas causas, os orfanatos, as surras e coisas piores, o ganha-pão de cada dia como mendigos ou trabalhadores nos bazares. Nenhum dos dois se lembrava da data ou do lugar em que tinha nascido, nem tinha uma imagem nítida do pai ou da mãe. Apontando para os fios azuis, verdes, vermelhos e amarelos que estavam espalhados em volta deles, Casa disse:

— Quando eu era criança, derrubei uma cesta de carretéis de linha de bordar, provavelmente de minha mãe. Essa é a única memória que tenho dela. Os carretéis se desenrolando no chão em muitas linhas coloridas e depois saindo pela porta aberta e descendo a escada. — Ele ficou em silêncio, depois disse, suspirando: — Sim, essa é a única coisa de que me lembro.

Casa se aproxima e fecha a porta do caminhão, prendendo Bihzad lá dentro.

Ele engata a marcha e atravessa o portão da fazenda, deixando para trás o colorido de milhares de papoulas.

A estrada está iluminada pelo sol da manhã. Um dos motociclistas está na frente dele e o outro ele pode ver pelo espelho retrovisor. Parece que essas pessoas não estão mais preocupadas com o fato de Bihzad agora saber onde a fazenda está situada. Das outras vezes, ele foi apanhado nos arredores de Jalalabad e vendado antes de ser levado até lá. O procedimento foi o mesmo quando ele foi levado de volta à periferia da cidade. Mas desta vez eles o deixaram sair dali sabendo como encontrar de novo o lugar. Mais alguns instantes e tudo fica perfeitamente claro para ele: assim que ele ligar o interruptor a bomba estará armada — e assim que ele apertar o botão o caminhão explodirá. Não é um cronômetro; é um detonador.

Ele sente um aperto no coração. Quando, numa curva da estrada, sua sombra começa a se deslocar para o assento ao lado, o sentimento se intensifica. É o mesmo medo que sente quando está numa região que ainda não foi examinada em busca de minas — tem vontade de puxar sua sombra para mais perto dele, achando que o peso dela é suficiente para disparar seja qual for o artefato mortal que estiver escondido lá.

Ele só pode contar com a compaixão de Alá para se livrar disso. Talvez ele pudesse virar o caminhão, desaparecer numa rua lateral e tentar desarmar a bomba.

Gostaria que a rua e a paisagem parassem de se desenrolar diante dele, gostaria que elas fossem apenas uma tela pintada que ele pudesse atravessar e entrar num mundo mais ameno. Apenas um lugar que não fosse este Inferno. Pedir o Paraíso exigiria alguém menos humilde. Mas o caminhão prossegue em sua viagem, na direção da cidade.

DAVID SAI DO MINARETE DO DJINN bom. Marcus está dormindo lá em cima, cercado por uma paisagem de montanhas milenares. Ele precisa voltar para a escola, para cuidar de alguns papéis. Seu carro está estacionado sob um plátano *chinar* dentro dos muros da escola. Ele vai trazê-lo para cá e então, depois de conhecer Bihzad, vai levar Marcus para Usha. Examinando a folhagem das árvores *chinar* numa pintura, dizia Zameen, é possível dizer se ela foi pintada em Herat no final do século XV. Serrilhados e formas de colorir distintas.

David vai ter que interrogar cuidadosamente o rapaz para ver se ele é quem afirma ser.

Bihzad Benediktovich Veslovsky.

Há um ronco fraco e contínuo no céu sobre a rua. Provavelmente um avião teleguiado Predador recolhendo informações para a CIA, ou talvez um avião de combate do exército dos Estados Unidos usado pelas Forças Especiais para lançar mísseis sobre o esconderijo de rebeldes, mentirosos do Talibã e da al Qaeda. Ele sabe que tecnologia guia os mísseis Hellfire com precisão para seus alvos, mas a informação que seleciona o alvo nem sempre é correta. Em Usha, no final de 2001, a casa do comandante Nabi Khan foi reduzida a escombros, tudo e todos num raio de 100 metros foi queimado, mas depois verificou-se que ele não estava nas redondezas. Seu rival, Gul Rasool, tinha mentido para os americanos só para ver o prédio destruído, para que o máximo de parentes e companheiros de Nabi Khan fossem mortos. Gul Rasool agora ocupa um posto no ministério da Reconstrução e do Desenvolvimento, que detém o poder em Usha. Nabi Khan ainda está livre, embora tenha havido boatos de sua morte, boatos de ele ter ido para o Iraque para lutar, de lá, contra os americanos. Os dois homens são pouco menos que bandidos, são bárbaros sanguinários, enxergando todos os problemas da vida em termos de injúria à sua autoestima, seus lugares garantidos na infâmia.

Ele abre caminho pela multidão de gente no bazar, o lugar mais movimentado destas cidades asiáticas. O cheiro de flor de laranjeira. Uma menina passa por ele, caminhando na direção do dia em que desaparecerá atrás da burca, em que seu rosto nunca mais será visto. Em nenhum outro lugar a *Mona Lisa* é mais amada do que na Ásia, e ele se lembra de Zameen dizendo-lhe que quando era criança, costumava imaginar o que era aquela linha preta na testa da Mona Lisa. Era, é claro, a extremidade de seu véu. Zameen só tinha visto o quadro numa reprodução malfeita que não tinha a gaze fina cobrindo a cabeça. Naquela idade, disse ela, nunca lhe ocorrera que as mulheres do Ocidente pudessem usar véus.

Em vez de caminhar na direção da escola, ele faz um desvio e entra no bazar, procurando um lugar que venda telefones celulares. O cabo para a casa de Marcus tinha apodrecido há muitos anos, então eles não podem ligar para Larissa Petrovna daqui para ver se ela está bem. Ela tem um telefone celular, mas aparentemente ele ficou sem sinal quando ela entrou no Afeganistão. David resolveu comprar um telefone para ela usar enquanto estiver aqui.

Ele para num cruzamento e olha em volta, vendo-se, de repente, perdido, cercado de barulho e vozes. Os homens e as mulheres do Afeganistão compartilham um estoque de histórias tão grande, tão rico e antigo que já foi dito que não se compara ao de nenhum outro lugar. Alexandre passou por aqui em 329 a.C. com um exército de 30 mil soldados, e agora um homem vendendo o que parecem ser moedas gregas de séculos passados se aproxima de David. Os anos de guerra e de guerra civil esvaziaram os museus do país. Um diamante de 190 quilates do cetro de Catarina da Rússia, comprado por ela de um comerciante armênio, foi primeiro o olho de um deus num templo da Índia, e por isso ninguém pode ter certeza de onde foram parar os tesouros roubados do Afeganistão.

Ele se vira e volta pela rua, pensando em quanto tempo fazia, quando ambos eram estudantes, que seu irmão Jonathan tinha pedido a ele para encontrar o caminho de um labirinto num livro de passatempos: ele não conseguiu e percebeu que Jonathan tinha bloqueado astutamente a única saída, desenhando uma linha com tinta preta no caminho certo, deixando apenas becos sem saída para ele.

Com um sorriso, Marcus ergue a mão quando vê que Bihzad é — era — o motorista de um veículo que acabou de passar por ele. Marcus torce para que tenha sido rápido o suficiente, para que a saudação tenha sido vista pelo espelho lateral. A roupa do rapaz está manchada e suja, sua boca cheia de dentes tortos, mas ele é jovem e, como Qatrina disse uma vez, duas coisas fazem todo mundo parecer bonito: a juventude e o luar.

Marcus está andando na direção da escola. Ele acordou no minarete e viu que David tinha ido embora, mas sabia para onde ele teria ido.

O caminhão de Bihzad está indo na mesma direção que ele. A mão de um controlador de tráfego, em algum cruzamento localizado mais adiante, liberou o fluxo de veículos, e a visão de Marcus do caminhão ficou obstruída, embora ainda possa ver o prédio da escola.

Ele não consegue parar de pensar em Lara. A ideia dela sozinha na casa a noite passada! Uma noite de pedra. Ele vê em sua mente a escuridão em volta, o lago coberto da mais negra das tintas e o tremor da chama pálida da vela numa janela. Ele a vê vestida de branco, que foi só o que ela usou desde que chegou. A muda de roupas que estava usando quando mergulhou o resto para branquear é a única que tem cor, e ela a guardou em algum lugar.

Foi um erro ele ter vindo para cá. Isto não poderia ter esperado até ela voltar para a Rússia? O jogo de forca — em que a pessoa tem que adivinhar uma palavra letra a letra, cada palpite errado fazendo o oponente desenhar uma forca, depois uma corda e depois a pessoa pendurada na corda — sempre aterrorizou Marcus, a ideia de que toda vez que alguém faz uma escolha errada se aproxima da desgra-ça, da morte.

O tráfego melhorou e ele vê que o veículo de Bihzad está esta-cionado do lado de fora da escola. Talvez ele tenha visto Marcus e esteja esperando por ele. Ele caminha mais depressa e passa pelo conjunto de palmeiras que David apontou do minarete, ouvindo o canto dos pássaros na folhagem. No instante seguinte, é como se o caminhão fosse, na verdade, a foto de um caminhão, uma fotografia impressa em papel fino, e como se os raios de sol se concentrassem na imagem com uma lente de aumento. E então o chão foge debai-xo de seus pés e uma luz forte como o sol batendo num espelho enche sua visão. Numa parte da rua o asfalto pega fogo. *"Em breve eles o suprirão com o mundo inteiro."* A explosão cria estática e uma centelha pula de seu polegar para um fragmento de metal que voa por cima dele. Ele cai no chão. Ao lado dele cai a perna de madeira de uma criança, em chamas, as correias de couro queimando com uma intensidade diferente da madeira e do pedaço de carne ensan-guentada da coxa na qual ela ainda está presa. O sangue chia, sol-tando vapor. Uma mulher com uma burca em chamas atravessa sua visão, deixando pegadas de fogo. Ele não ouve nada e então, deva-gar, quando se levanta no meio desta guerra do fim do mundo, só há gritos e mais gritos. Ele acha que o silêncio foi o resultado de uma surdez momentânea, mas os sobreviventes tinham, muito provavel-mente, precisado de tempo para compreender inteiramente o que tinha acabado de acontecer. As almas vão precisar de mais tempo ainda, ele sabe, e talvez só comecem a soltar seus urros dentro de meses e anos.

Só no início da noite é que Marcus e David partem de Jalalabad para Usha, viajando sob as primeiras constelações.

David tinha ouvido o caminhão explodir de uma distância de 1,5 quilômetro. Se estivesse em outro lugar, teria pensado tratar-se de uma trovoada, mas neste país sabia exatamente o que era, o que não podia deixar de ser.

No local, encontrou Marcus e o ergueu nos braços no meio da fumaça preta. Ele não estava ferido, só tinha alguns arranhões. Uma mulher levou uma mão arrancada até eles e teve que ser informada de que Marcus havia perdido a própria mão muito tempo antes. David entrou no talco preto de fumaça para saber mais sobre a carnificina. Ao redor dele a palavra "destino" estava sendo usada com referência aos passantes que tinham sido mortos junto com os funcionários e as crianças. Destino — é a primeira palavra disponível quando o nome do destruidor ou daquilo que destrói não é conhecido.

Quando Marcus contou a ele que tinha visto Bihzad ao volante do caminhão, David foi à polícia. A casa do rapaz foi revistada, e eles descobriram que ele tinha passado algum tempo preso, suspeito de pertencer a al Qaeda. A história da morte da irmã no ano anterior também veio à luz. Uma irmã de posse de uma carta de amor: enquanto o irmão dava nela a surra que achava que merecia por ser desavergonhada, ela escapou e correu para um campo perto de um antigo depósito de armas dos talibãs que os Estados Unidos tinham atacado diversas vezes em 2001 com bombas de fragmentação. Algumas bombas não tinham explodido e permaneceram ali — naquele campo e em outros lugares dentro das cidades e dos campos já cheios de minas.

David e Marcus também foram informados pelos vizinhos de que o rapaz não tinha nenhum parentesco com médicos ou ingleses. Embora ele tivesse crescido em diversos orfanatos e colégios, sua linhagem era conhecida de todos — seus pais eram ambos afegãos e tinham morrido durante o bombardeio soviético de uma caravana de refugiados nos anos 1980.

A declaração dos terroristas apareceu quatro horas depois: o grupo chamava a si mesmo de *Tameer-e-Nau*. David e Marcus ouvem a fria mentira das palavras quando elas são repetidas no rádio durante a viagem de volta a Usha.

Um servo apaixonado de Alá executou uma ação gloriosa em Jalalabad. Ele escreveu pessoalmente esta declaração para ser lida depois de sua morte. Temos mais centenas de jovens como ele, amantes de Maomé, que a paz esteja com ele, que estão dispostos e ansiosos por sacrificar suas vidas neste jihad contra os infiéis...

Não se vê nada na escuridão do lado de fora. David pensa na noite como sendo uma criatura que lambe os objetos e os faz cair em esquecimento.

Lamentamos a morte das crianças. Mas aquelas crianças já estavam numa condição pior do que a morte porque estavam sendo ensinadas a esquecer o islamismo na escola fundada por americanos. Elas estavam destinadas ao Inferno, mas devido aos nossos atos, elas agora se tornaram flores do Paraíso...

David recorda que, nos anos 1980, quando o túnel Salang, ao norte de Cabul, era uma rota importante de suprimento para o exército soviético, os guerrilheiros apoiados pelos Estados Unidos tinham planos de dinamitá-lo. Mas como o túnel tinha uma importância vital, os soviéticos o guardavam dia e noite e não permitiam que nada obstruísse o tráfego em seu interior — não era possível estacionar um caminhão cheio de explosivos dentro dele, sair e depois ligar o detonador. A única forma possível de explodir o túnel era se alguém explodisse junto. Os afegãos ficaram horrorizados quando os americanos sugeriram isso a eles. Eles não conseguiram nenhum voluntário porque suicídio era pecado. O caminho não se dividiria no momento da explosão, mandando o causador da explosão para o Paraíso e os infiéis para o Inferno. Não, os afegãos disseram aos americanos, ele levaria ambas as partes para o inferno de Alá.

A declaração continua:

Os muçulmanos inocentes que morreram são como os muçulmanos inocentes que morreram nos ataques às Torres Gêmeas: Alá os enviou ao Paraíso...

Na idade em que David está, nos anos intermediários de sua vida, ele é responsável tanto pelos jovens quanto pelos velhos. Os que estão acima dele e os que estão abaixo. Enquanto dirige, ele põe a mão no braço de Marcus para transmitir conforto. Os ossos do inglês são finos sob o peso de sua mão.

David conheceu Zameen na cidade paquistanesa de Peshawar, quanto tinha 27 anos e negociava pedras preciosas. Conhecia de cor as coordenadas para a localização de diversas pedras. Espinélio: 34° 26'N; 64° 14'E. Esmeralda: 35° 24'59"N; 69°45'39"E. Sabia que Kublai Khan tinha pagado até 170 mil ting por rubis afegãos. E que o primeiro espinélio do mundo fora descoberto num túmulo budista perto de Cabul em 101 a.C.

Em Peshawar, um rubi tinha se materializado de repente a seus pés um dia, ao entardecer. Ele chegou mais perto por causa da falta de luz e viu que era uma esfera de seda bordada. Havia outras em volta dele. Esmeraldas. Safiras. Opalas. Elas tinham rolado de uma porta no alto de uma escadaria a poucos metros dele, caindo numa cascata e depois num rio de beleza. Uma moça estava parada ali, segurando a outra ponta do filamento vermelho que estava na mão dele, e por alguns segundos eles ficaram ligados por ele, olhando um para o outro.

Pura vida destilada, uma linda criança atrás dela se espreguiçava num longo bocejo, a camisa erguida, revelando seu umbigo.

CASA DOBRA UMA FOLHA DE PAPEL ao meio. À luz do lampião pousado no chão, o papel brilha em suas mãos. Ele é rápido, mas cuidadoso. Uma série de dez dobras — algumas pequenas, outras tomando toda a largura do papel —, e o aviãozinho está pronto. Segurando-o entre o indicador e o polegar, ele caminha na direção de uma clareira e lança o aviãozinho no ar diversas vezes para testar o seu arco. Após alguns ajustes, caminha para outra área daquela extensão vazia de terra atrás de sua casa.

Ele ergue o pequeno avião branco acima da cabeça e enfia a outra mão no bolso da frente da camisa. Sem olhar, acende o fósforo no tronco de uma árvore próxima, lançando um cheiro de fumaça no ar, e põe fogo no rabo do aviãozinho. A chama toca nele quase como uma carícia, e então o avião de papel pega fogo.

Casa o joga, vendo-o flutuar por cima dos galhos baixos das árvores.

Então ele vai embora, na direção oposta do aviãozinho em chamas, só se virando quando está a uns 15 metros de onde estava, com um olhar sério e intenso. O avião — ou o que resta dele — cai precisamente onde ele queria, e o capim seco em volta começa a arder. As chamas crescem rapidamente em tamanho e intensidade. Ele tapa os ouvidos e o chão explode, uma fonte de terra ou um pequeno cipreste sobe 3 metros no ar. As pedras e os pedaços maiores de solo caem de volta imediatamente, mas partículas de poeira flutuam, levadas pelo vento.

Ele achara a mina trinta minutos antes e avisara imediatamente aos outros nas casas vizinhas para não se aventurarem a sair, dizendo às mulheres para manter as crianças dentro de casa. Em seguida começara a agir. Era uma mina do tempo dos soviéticos, talvez tivesse a idade dele. Ele derramou gasolina no capim sobre ela. Depois de passar a infância na companhia de estilingues e os anos posteriores lidando com diferentes tipos de arma nos campos de treinamento do jihad no Paquistão e no Afeganistão, sabia que podia fazer o aviãozinho de papel pousar exatamente sobre o alvo. Ao redor dele há diversos aviões cuja trajetória ele não conseguira controlar, os que tinham caído de bico ou em parafuso neste ou naquele galho.

Uma vez ele vira uma mina detonar num bosque de romãzeiras com tanta força que a casca de todas as frutas que estavam nos galhos rachara, lançando as sementes vermelhas para fora.

Ele entra no pequeno prédio de tijolos que divide com mais sete pessoas — na maioria motoristas de táxi — como ele já tinha sido um dia — ou operários que trabalham no centro da cidade, não muito distante dali. Depois que o Afeganistão foi invadido em retaliação aos ataques de 11 de setembro de 2001, ele — um soldado do Talibã e da al Qaeda — começara a dirigir táxis, primeiro em Cabul e depois em Jalalabad. Um dia ele levou um passageiro para uma fazenda de criação de papoulas nos arredores da cidade, ao norte, e acabou sendo apresentado às pessoas de lá, homens de Nabi Khan, e está com eles desde então.

Embora queira tirar a camisa e cair na cama, Casa faz suas abluções e espera a hora de dizer as últimas preces do dia. Foi um longo dia e ele está cansado, mas a organização de Nabi Khan conseguiu tudo o que queria. Uma mensagem tinha chegado do Paquistão, se eles conseguissem promover este espetáculo — a proposta tinha sido enviada para Peshawar no mês anterior —, eles teriam apoio e dinheiro para outras grandes missões, culminando na possível tomada de Usha, terra natal de Nabi Khan, em algum lugar ao sul da cidade. Embora nada ficasse explícito, a mensagem que chegou do Paquistão pelo desfiladeiro de Khyber era de um antigo oficial do exército paquistanês chamado Gidh. Ele tinha estado no ISI, a agência de espionagem paquistanesa, mas quando o Afeganistão foi atacado em 2001, foi demitido em protesto porque o governo paquistanês escolheu ficar do lado dos americanos em vez do Talibã. Algumas pessoas dizem que ele não se demitiu, mas sim que foi obrigado a sair. Quando o Talibã foi expulso, ele sorriu e disse que os americanos não deviam se alegrar: "A guerra não acabou. A *verdadeira* guerra está para começar." Dizem que ele é um renegado, um embusteiro. Ele e outros indivíduos como ele no Paquistão são indispensáveis ao jihad contra os americanos e seus aliados afegãos. A mensagem que ele tinha mandado terminava com um estímulo a não se perder a esperança, a nunca desistir da luta contra os inimigos do islamismo.

Quando Nimrod construiu uma pira para queimar o profeta de Alá Ibrahim, a poupa carregou água em seu bico e a jogou nas chamas. Um observador, algum Dick Cheney do seu tempo, perguntou à poupa se ela achava que duas gotas de água iriam apagar a fogueira. "Eu não sei", respondeu o pequeno pássaro. "Tudo o que sei é que quando Alá fizer uma lista daqueles que construíram esta fogueira e daqueles que tentaram apagá-la, eu quero que o meu nome esteja na segunda coluna."

Casa escuta o chamado do muezim e estende seu tapete no chão. A noite caiu e o chamado para a última prece do dia começou a ser feito dos minaretes. O mecanismo do mundo islâmico funcionando com precisão.

3

A partir de separações

O SOM DE UM VEÍCULO SE aproximando leva Lara à janela. Uma árvore treme e balança no vidro da janela, seus folhas delineadas por uma luz forte contra o céu. Afastando-se do livro que estava lendo e do lampião que arde numa alcova ao lado de sua cadeira, ela sai da casa para esperar o inglês no escuro. Ela para no meio do caminho e, enterrando o rosto nas mãos, começa a chorar silenciosamente. Ouve os passos dele cobrindo a distância que os separa. Encostando o rosto no peito dele, começa a soluçar, as mãos agarrando as lapelas de sua jaqueta, o tecido cheirando a fumaça. Quando ele não voltou na véspera, ela teve certeza de que ele tinha morrido. Passou longas horas imaginando o pior, assustada demais para ligar o rádio.

Ele a abraça e, ao sentir seu toque, ela segura com mais força as lapelas da jaqueta, achando que é uma tentativa de separação. Um gemido breve de protesto, até ela entender que ele só quer abraçá-la. Eles ficam juntos assim por dois minutos. No escuro que os cerca, as roupas brancas dela parecem brilhar, a luz do lampião penetrando nelas.

Passando pelo alecrim que dizem que nunca fica mais alto do que Cristo, ela o leva para dentro de casa. Em um dos cadernos dele sobre perfume, ela aprendeu que, depois de 33 anos, o alecrim aumenta mais de largura do que de altura.

Ele pede que ela dilua leite condensado em água e ferva para ele tomar. Durante todo este tempo eles não dizem uma palavra. Ela ainda está tremendo de tristeza. Só quando está em outra parte da casa para enxugar as lágrimas do rosto é que pensa no homem que trouxe Marcus para casa. Ela volta e o vê parado ao lado de Marcus.

Ele segura em suas mãos sujas de terra uma garrafa de uísque. Deve ter ido cavá-la na escuridão da noite assim que chegou. Como um músculo ou um tendão de ouro ele despeja uma medida de uísque no leite de Marcus.

Já passa da meia-noite, e os três estão imóveis, os dedos dela entrelaçados com os de Marcus, deitado num quarto do térreo. David está numa cadeira no canto oposto.

— Uma filha, uma esposa, um neto — disse Marcus mais cedo.

— Pode-se dizer que este lugar levou tudo o que eu tinha. — Ela estava sentada na cama, ao lado dele, exatamente como neste momento. — Eu poderia tão facilmente dar a impressão de ser um desses brancos infelizes de quem se ouve falar, que tinha carinho demais pelas outras raças e civilizações do mundo, que deixou o próprio país no Ocidente para vir morar com elas no Oriente e que se destruiu em consequência deste erro tolo. Teve a vida despedaçada pelos bárbaros que o rodeavam.

Os olhos de David pareciam fixar um livro qualquer no teto.

— Mas, sabe, o Ocidente teve culpa na ruína deste país, na ruína de minha vida. Não teria havido decadência se este país tivesse sido deixado em paz pelos outros.

— Não faça isso — tinha dito Lara baixinho. — Você precisa tentar dormir.

Ela se levanta e gira a rodinha que tem do lado do lampião, reduzindo o diâmetro da luz de modo que a escuridão parece dar um passo à frente.

— Eu estarei no quarto ao lado esta noite, caso você precise de alguma coisa. Bem ao lado desta parede; vou ficar prestando atenção em você.

— Então nós formamos elos a partir de separações — murmura ele.

Há uma pilha de livros em cima da cama do quarto ao lado, e, quando ela os está tirando, David entra e começa a ajudá-la. Eles só trocaram umas poucas palavras até o momento e ficam trabalhando juntos em silêncio.

Por meio de histórias, julgamos nossas ações antes de cometê-las, disse o inglês, então esta era uma casa de leitores, proclamando uma cidadania do reino da mente. Ela viu cinco edições diferentes do *O leopardo* ali, quatro de *In a Free State* e de *Rustam Sohrab*. Cada livro amado tem mais de um exemplar — alguns pequenos, com o texto amontoado em um número, talvez, insuficiente de páginas, outros em que a letra e a página são generosamente proporcionadas. A princípio ela não tinha entendido, mas agora entende. Às vezes há uma necessidade de apreciar um livro favorito apenas por sua história, e as edições menores facilitam isto porque o olho se move mais rápido pela página apertada. Outras vezes a pessoa deseja saborear a linguagem — o ritmo das frases, a precisão com que uma palavra foi usada para adornar uma frase —, e nestas ocasiões o tamanho maior ajuda a pessoa a fazer uma leitura lenta, parando em cada vírgula. Demorando-se na paisagem.

Quando a cama fica vazia, ela agradece, e ele olha para ela. E então ela o vê desaparecer no corredor escuro, na direção da parede pintada que está banhada pelo luar que entra pela janela, os inúmeros tons de rosa e vermelho. As solas dos sapatos dele estão gastas como as extremidades de uma borracha arredondadas pelo uso. Como se ele caminhasse corrigindo os seus erros.

Ela se pergunta se os olhos dele e a qualidade do seu olhar são sempre como de alguém prestes a adormecer ou, ao contrário, de alguém que ainda não acordou de todo.

Durante as primeiras horas e dias de febre, sua mente tinha tremeluzido com as coisas que tinha encontrado nesta casa. Eram miragens de deserto. Fenômenos que não podia ter certeza de ter visto. Ela afastava os lençóis e descia a escada escura só para checar. Na cozinha, havia mesmo pauzinhos de canela guardados numa caixa de plástico que antes havia contido um videocassete. Marcus devia ter deixado o pote cair acidentalmente e então guardado o tempero no que estivesse mais à mão. *"Estamos em 1573"*, ela leu no resumo impresso na caixa, à luz de um fósforo, *"e o Japão está sendo devastado por uma sangrenta guerra civil..."*

Ao perceber movimento durante a noite, ela sai e vê David na mesa da cozinha.

Ela se vira para ir embora, achando que ele talvez queira ficar sozinho. Ele está de costas para ela, mas a quantidade de luz no aposento aumentou quando ela se aproximou, a luz refletindo nas suas roupas brancas, o clarão indo até o teto com sua armadura de livros. Ele se vira.

— Perdoe-me, achei que era Marcus — diz ela.

— Não, sou eu.

Hesitante, ela entra e fica do outro lado da mesa, diante dele, que faz um gesto para ela se sentar.

— Achei que ele estava precisando de alguma coisa — diz ela.

Ele não faz nenhum movimento. *"Para você, mundo insano, uma só resposta: eu recuso."* Ela pensa neste verso de um poema de Marina Tsvetaeva.

— Sinto muito que você tenha estado doente — diz ele. — Você fez uma viagem dura para chegar até aqui.

— Marcus foi muito amável. Vou partir dentro de alguns dias.

— Ele disse que você trabalha no Hermitage. Qatrina fazia lindas pinturas quando tinha tempo.

Ela sabe. Os frascos para os perfumes de Marcus, e suas tampas, foram desenhados por ela, bem como os labirintos de caligrafia e flores para serem gravados no vidro.

— Às vezes eu estremeço com os livros lá em cima — diz ela. — Eles são, afinal, um lembrete da loucura de alguém, de alguém que perdeu a razão diante da crueldade e do horror. Você a conheceu bem?

— Eu a amava. Ela era infinitamente bondosa em sua conduta pessoal. Mas havia algo muito duro em sua inteligência, às vezes. Ela não teria concordado com o que Marcus estava dizendo mais cedo.

— Não?

— A causa da destruição do Afeganistão, ela me disse no fim de sua vida, é o caráter e a sociedade dos afegãos, do islamismo. O comunismo não era a solução ideal para nada, mas, segundo ela, seus compatriotas teriam resistido a *qualquer* mudança. — Ele para, sem dúvida para pensar na sua observação acerca do comunismo. — Sempre que Marcus falava do jeito que falou hoje, ela lhe pedia para se lembrar das circunstâncias da morte do pai dele.

Ele abre a porta que dá para fora e para na soleira, olhando para o céu. Segundo os afegãos, cada estrela representa uma vítima das guerras do último quarto de século.

— Zameen alguma vez mencionou um soldado soviético chamado Benedikt Petrovich?

— Não que eu me lembre.

— Ou alguém chamado Piotr Danilovich?

— Não, sinto muito. — Ele olha para o relógio e liga o rádio, com o volume baixo. — Eu não consegui dormir, então pensei em esperar aqui pelo próximo boletim de notícias, para ver se houve algum desdobramento em Jalalabad.

São 4h30. O rádio informa que gangues que andam pelas ruas procurando crianças para raptar, para arrancar seus olhos e rins, tinham tentado arrastar diversas crianças parcialmente surdas do local da explosão.

— Talvez eu não devesse ter criado a escola — diz ele depois de desligar o rádio. — Foi uma provocação aos mujahideen.*

Ela não sabe o que dizer.

— Vou voltar para Jalalabad bem cedinho, mas retorno à noite. Você pode dizer isto a Marcus?

— É claro.

— Obrigado. Boa noite.

Depois que ele vai para o quarto, ela se senta na cadeira, olhando de vez em quando para fora, para as silhuetas das romãzeiras, para os morcegos que surgem de repente como mata-borrões alados. "*Você fez uma viagem bem dura para chegar aqui.*" No quarto, ela folheia o maço de cartas que Benedikt mandou desta terra. "A *princesa Maria, tendo sabido apenas pelos jornais que seu irmão estava*

---

*O original usa "jihadi" para o integrante do jihad. Mas segundo a Sociedade Muçulmana do RJ, o termo correto é mujahid (sing.) e mujahideen (plural).

ferido e sem conseguir nenhuma informação segura, saiu à procura dele..." Quando sua coragem falhou pouco tempo antes de uma viagem anterior ao Afeganistão, Lara encontrou esta frase no grande livro de Tolstoi e ficou firme de novo. Quando ela está guardando as cartas de volta num compartimento dentro da bolsa, seus dedos entram num buraquinho do forro e tocam em alguma coisa. Ela fecha os olhos assim que puxa para fora a bala embrulhada em celofane. Seu marido as amava, elas eram cor de morango. Depois que ela o fez abandonar o cigarro, ele ficou viciado nelas. Ela não sabe o que fazer com a bala agora, a respiração desordenada, e então, com muita pressa, ela a desembrulha e põe na boca, mastigando com força, engolindo, deixando-a entrar em seu corpo.

Como numa canção, a lua tem o brilho de uma joia. Através da vidraça, ela contempla as romãzeiras, as flores e a folhagem que estarão cobertas de orvalho de manhã.

Ela levou de presente uma única romã quando foi visitar Piotr Danilovich em dezembro, tendo-o localizado depois de tantos anos. Quando ele voltou do Afeganistão, não conseguiu se ajustar à vida, tornando-se calado como todos os soldados que voltam da guerra. Havia um período sobre o qual ele se referiu vagamente para Lara, mas que ela sabia de outras fontes ser um tempo de colapso mental. Agora ele vivia a uma centena de quilômetros de Moscou, num lugar conhecido como a Casa dos Dez Mil Cristos.

Levando a fruta coroada, cor de cobre, embrulhada em papel preto fino, Lara foi no meio de uma nevasca, ao monastério cuja imagem central de Cristo tinha sido emprestada aos exércitos para ser levada nas batalhas contra os tártaros da Crimeia. A fé indo para a guerra. Os soldados soviéticos no Afeganistão chamavam os rebeldes de *dukhi*, fantasmas, em russo, sem nunca saber quando eles iam chegar, sem nunca entender como eles podiam ir embora tão de repente, achando que a única explicação era eles terem ajuda do outro mundo.

A responsabilidade de Piotr Danilovich na sagrada Casa dos Dez Mil Cristos era restaurar as imagens danificadas, seus dedos sujos de resina, tinta e pigmento, ouro derretido debaixo das unhas. Houve um período durante o regime soviético em que a grande mesquita de Leningrado foi transformada em depósito de armas. Assim, o trigo era estocado no monastério. Os ícones foram apodrecendo nos quartos dos fundos, sendo comidos por ratos.

— Como você me achou? — perguntou ele.

— Meu marido, Stepan Ivanovich, era militar. Um de seus amigos me contou sobre você, sobre a história, ou boato, de que você tentou desertar junto com Benedikt, mas que mudou de ideia e voltou.

— Você diz que seu marido era militar. Ele saiu?

— Ele morreu no ano passado.

— Então você é a esposa de Stepan Ivanovich. — Ele manteve a voz baixa durante toda a visita e a cabeça imóvel enquanto falava.

Três oficiais tinham ido a julgamento por matar prisioneiros na Chechênia, torturando até a morte pessoas suspeitas de serem guerrilheiros ou que apoiaram a rebelião contra o governo russo. Stepan Ivanovich tinha servido de testemunha de defesa para dois deles. "*Se temos em nossas mãos alguém que sabe onde foi colocada uma mala cheia de explosivos, regulada para explodir em poucas horas, mas que se recusa a falar, não temos o direito de torturá-lo para que ele revele a informação — queimá-lo, congelá-lo?*" Esta teria sido sua linha de defesa.

— Sinto muito por sua perda — disse Piotr.

Ela assentiu com a cabeça, olhando para a neve em frente do prédio, depois se virou para ele. Com sua magreza e a escuridão de seus olhos, ele parecia uma figura saída das beiradas de um desses ícones, parecendo muito mais velho do que realmente era.

A romã estava numa mesa perto da lareira.

Ela a abriu. A camada exterior de sementes vermelhas tinha sido aquecida pelas chamas. A temperatura do sangue menstrual, do sêmen que acabou de sair do corpo de um homem.

— Os vendedores de frutas afegãos às vezes injetavam veneno nas laranjas e romãs que vendiam para nós, soldados soviéticos.

O pomar é uma renda de folhagens ao redor deles enquanto Marcus e Lara caminham entre as árvores de manhã. A névoa está descendo das montanhas sobre a casa.

Marcus respira os odores verdes da manhã de primavera.

— Uma vez, quando visitamos a Inglaterra, havia pólen por toda parte, tudo coberto de amarelo. Um abril chuvoso seguido de um maio seco fez uma nuvem de pólen da Escandinávia flutuar sobre o leste da Inglaterra. Foi há trinta anos, mas eu me lembrei de repente.

— Stravinsky, aos 70 anos, se lembrou pela primeira vez do cheiro da neve de sua infância em São Petersburgo.

— É um cheiro muito diferente?

— Inesquecível. Benedikt mencionou isto numa de suas cartas.

Há borboletas nas árvores em volta deles. Algumas têm asas verdes, de modo que — visíveis invisíveis visíveis invisíveis — elas parecem piscar para dentro e para fora da existência quando voam no meio das folhas.

— Olhe, Lara. Aquela árvore com flores cor-de-rosa.

Ela vem e fica ao lado dele.

— É como se ela tivesse sido atingida por um raio.

— Foi Qatrina quem fez isso. Um homem de Usha engravidava a mulher todo ano. A mulher tinha 22 anos e tinha tido sete filhos em seis anos. Ele nunca permitia que o corpo dela se recuperasse, apesar dos avisos e súplicas de Qatrina, e a mulher quase morreu de complicações diversas vezes, aqui mesmo nesta casa. Quando ele a trouxe aqui pela oitava vez, ela estava quase morta. A árvore era pequena na época, um arbusto, mas bem robusta, e enquanto eu tentava estabilizar a mulher, Qatrina veio até aqui. Ao dar vazão à sua raiva, ela partiu ao meio o pequeno damasqueiro. É possível que ela quisesse arrancar um galho para bater nele.

Eles olharam para o lugar onde a árvore tinha sido partida ao meio. Para o desenho esguichado de suas flores cor-de-rosa.

A própria Lara tinha falhado mais uma vez em chegar a termo com uma gravidez, cinco anos antes. Uma mulher russa era obrigada a fazer cerca de vinte abortos durante a vida, já que os homens se recusavam a usar qualquer método preventivo, e os abortos que Lara tinha feito na juventude a tinham prejudicado.

— Você não deve pensar mal de Qatrina por causa disso.

— É claro que não.

— As mulheres sempre acabam morrendo de parto porque os maridos não as ouvem. Qatrina tinha que brigar com as mesquitas porque lá diziam que controle de natalidade era uma tentativa do Ocidente de reduzir o número de muçulmanos no mundo. E então veio o regime comunista e fechou os centros de planejamento familiar, dizendo que eram uma conspiração imperialista para disfarçar as verdadeiras causas da pobreza.

No último mês em Usha ele ouviu uma criança de uns 7 anos dizer para outra, ambas obviamente sem ter o que fazer: "Vamos jogar pedras no túmulo de Qatrina?" Marcus desejava não ter ouvido — ou ter ouvido mal.

Ela costumava dizer que não queria que se falasse em Deus em seu funeral.

Eles caminharam ao sol, na direção das árvores. Era fácil imaginar, numa hora assim, como Qatrina pôde encher cadernos com as cores que encontrava em 30 centímetros quadrados de natureza. Um bosque de oliveiras perto de Jalalabad — *cinza, branco, verde*. Uma flor de romã — *alaranjado, cor de enxofre, amarelo osso, sombra vermelho vinho*. As montanhas sobre a casa — *prateado, cinzaclaro, azul, safira-d'água*. Ela usava essas notas como referência para pintar. Maomé tinha dito: "Na verdade, existem cem nomes menos um para Alá. Aquele que os enumerasse entraria no Paraíso." E assim os muçulmanos os procuram no Corão para fazer uma lista. A obra da vida de Qatrina foi uma série de 99 pinturas ligadas a esses nomes — "o Artista" dentre eles. Elas agora estão perdidas por causa das guerras.

— Ela trabalhava mais tempo com os pacientes do que eu — diz Marcus. — Sempre que sabia de uma epidemia, viajava para áreas mais remotas do que eu jamais pensei em ir. Mas às vezes se sentia totalmente impotente diante do estado de seu povo.

— Estou surpresa que a árvore tenha sobrevivido.

— Ela até produz frutos, mais para o fim do ano.

— Então eu não vou prová-los. Só vou passar mais alguns dias aqui, no máximo.

— Se você não estiver com pressa de voltar, pode ficar aqui por mais tempo. Vou falar com David para acompanharmos você até o aeroporto de Cabul, vamos tentar levá-la até o avião, quando você resolver partir. — A noite que ela tinha passado sozinha na casa depositara o azul da ansiedade e do medo sob seus olhos.

— Não é preciso — ela balança a cabeça mas murmura um agradecimento.

Nos três dias seguintes, David parte de manhã cedo para Jalalabad, com o canto dos passarinhos entrando em seus ouvidos como alfinetes delicados, e volta para casa à noite. O gerador está quebrado, ele descobre, e o leva para Jalalabad para ser consertado. A casa continua a viver à luz de velas, movendo-se entre poças de luz fraca.

Uma manhã, acontece uma demonstração em Jalalabad, os cartazes e os gritos expressando desprezo pelas pessoas que tinham planejado e executado a explosão da escola. O governo do Paquistão tinha negado que membros atuais ou antigos de seu serviço secreto estivessem envolvidos no crime. Num outro dia, o pai de uma das 11 crianças mortas insiste, chorando, que os americanos saiam do Afeganistão porque se eles não tivessem vindo, a atrocidade não teria ocorrido. E uma mulher, devastada de dor por ter perdido uma filha e um filho, se aproxima de David e exige saber por que os americanos tinham libertado aquele criminoso da prisão. Ela exige que eles prendam seus cúmplices e os levem para ser torturados até a morte em algum lugar.

Ele se senta nos degraus de pedra que vão dar na fábrica de perfume. Quando chega a noite, mal consegue ver a cabeça do Buda, exceto pelos pequenos talhos de luz que definem seu cabelo e sua boca. Ele espalha âmbar-gris nas mãos. Sua cabeça enchendo-se com o cheiro do mar. Ele descobriu uma quantidade pequena num pote, como um pedacinho de manteiga preta. O âmbar é obtido das entranhas de baleias cachalote, mas os árabes que o vendem ao longo da Rota da Seda sempre disfarçam suas origens, protegendo um segredo comercial. Durante um longo período os persas acreditaram que ele vinha de uma fonte nas profundezas dos oceanos, e os chineses, que ele era o cuspe de dragões.

Corre um boato de que o prédio ao lado da escola era um depósito de heroína que pertencia a Gul Rasool, o homem que é o tribunal de apelação de tudo em Usha. Se o alvo pretendido era o depósito, então Nabi Khan deve estar vivo. Deve ter sido ele, tentando dar um golpe contra o inimigo. Mas a declaração deixada pelo agressor suicida provava que o alvo pretendido era a escola. Ela terminava com as palavras "*Morte à América*".

Também tinha sido espalhado um rumor de que o ataque fora realizado pelos próprios americanos, para que o conceito de jihad pudesse ser acusado e desacreditado.

Ele fica sentado calmamente à mesa com Lara e Marcus, escutando a conversa deles. Duas vezes durante os meses em que esteve com ela, Zameen acordou gritando de um sonho em que era atacada pelo soldado soviético. Lembranças saindo dela como contusões enquanto ele a abraçava. Um sonho em que ela estava deitada, imóvel, no chão, o atacante manipulando seu corpo "como quando um cadáver é lavado antes de ser enterrado", arrumando as pernas dela antes de começar.

— É claro que ele cometeu um crime — disse ela—, e se estes fossem tempos normais, eu gostaria de tê-lo visto preso. O que mais posso dizer? Isso não muda o fato de que sou grata por ele ter me ajudado a fugir da base militar. Ele pode ter salvado minha vida. Quando penso nisso, torço para ele estar a salvo, onde quer que esteja.

Quando não está com os outros dois moradores da casa, David passeia pelo pomar e pelo jardim, algumas plantas mais jovens finas como flautas *nai*. Uma noite ele faz uma fogueira na margem do lago. Quando rapaz, ele foi a Berkeley para uma entrevista na universidade e, subindo no telhado do prédio de astronomia e olhando para a baía de São Francisco, com seus barcos a vela, ele tomou uma decisão. Comprou um velho veleiro de 27 pés e, durante os quatro anos seguintes, morou na marina de Berkeley. E toda vez que ele visitava Marcus, este lago implorava para que alguém remasse nele. Desta vez, ele trouxe dos Estados Unidos os materiais básicos para construir uma canoa de casca de bétula; ele tinha pensado em passar uma semana construindo-a na casa de Marcus. Um dia, ele trouxe o material que tinha deixado em Jalalabad, num depósito na escola semidestruída, e guardou-o num cômodo sem uso. Ao visitar os lagos do norte dos Estados Unidos quando era criança, na companhia de seu irmão Jonathan e de um tio, ele tinha visto um mar de arroz engolir uma mulher ojibwa sentada numa canoa. Um escorrega para a colheita: ela inclinou gentilmente as hastes delicadas que saíam da água e jogou os grãos para dentro do barco, para vender por 25 centavos o quilo. O último conflito armado entre as forças militares dos Estados Unidos e os americanos nativos tinha ocorrido bem ali no Leech Lake, em 1898. Oficiais e soldados brancos — e ao redor dele na floresta, rodeando-os silenciosamente no chão gelado, 19 nativos com rifles Winchester.

Ele percorre a casa, se reacostumando com ela. Os casais pintados, quebrados, o cercam quando ele entra no aposento do último andar. Nas paredes douradas, ou eles estão reunidos ou estão fazendo vigília uns pelos outros em bosques e pavilhões. Esperando. Quando entra, é obrigado a parar de repente — ao ver as centenas de fragmentos coloridos arrumados no chão. No início, não sabe ao certo o que significam, mas, ao caminhar em volta deles, descobre a perspectiva de onde eles não parecem arbitrários, de onde a imagem está na posição correta.

Um homem e uma mulher.

— Eu vou catar isso. Você quer usar o quarto? — disse Lara, entrando.

— Não os tire daí por minha causa, por favor. Eu só estava andando pela casa, recordando coisas.

Tendo removido uma peça oval na qual as cordas de uma harpa estão pintadas — só umas linhas pretas como que feitas por galhos mergulhados em tinta —, ela fica com a mão parada a dez centímetros do chão, suspensa no ar, indecisa, e depois a coloca de volta no lugar e se levanta.

Eles olham um para o outro, e ele não sabe como preencher o silêncio, e então ela sai.

Ele vai até a janela para olhar para o vasto céu da Ásia, preso entre o interior e o exterior.

Foi nesta parte do mundo que David ouviu pela primeira vez o grito de morte à América. Uma turba enlouquecida pelas visões de uma verdadeira sociedade islâmica, gritando: "Matem todos os americanos!", "Presidente Carter, o Cão, tem que morrer!" Isto foi em Islamabad, no Paquistão, em novembro de 1979. Ele tinha 22 anos.

No começo de novembro, um grupo de manifestantes no Irã invadiu a embaixada americana em Teerã, tomando 49 americanos como reféns. No Paquistão, 17 dias depois, David chegou a Islamabad bem tarde e dormiu imediatamente em seu quarto de hotel, exausto da viagem. Ele tinha terminado a faculdade e pretendia passar o outono viajando pelo norte do Afeganistão. Seu plano era ir de Islamabad para Peshawar, e de lá — uma estrada longa, cheia de curvas, como um rabo de pipa — atravessar o desfiladeiro de Khyber até a cidade de Jalalabad e depois Cabul. Os idiomas em volta dele ainda eram um emaranhado de letras em sua boca e seus ouvidos, mas David tinha certeza de que daria um jeito. Sete dias por semana, durante oito semanas, ele tinha feito um curso de grego no verão, descobrindo de repente que tinha um dom para línguas, e estava levando com ele um exemplar da mais antiga tragédia grega que havia sobrevivido, os *Persas*, Ésquilo contemplando a dor e o choque do Oriente ao se ver derrotado pelo Ocidente.

Enquanto dormia, os guardas sauditas cercaram a Grande Mesquita em Meca, na Arábia Saudita. Um fundamentalista desvairado tinha declarado ser o Messias e, entrincheirando-se dentro da mesquita com seus seguidores algumas horas antes, tinha atirado nos fiéis. Os fanáticos — eles queriam um islamismo mais puro na Arábia, com o banimento de músicas, filmes e esportes — tinham contrabandeado seus rifles e granadas dentro de caixões, já que a mesquita era um lugar em que os mortos eram abençoados. O governo saudita não contou a ninguém quem era o responsável pela invasão do lugar mais sagrado do islamismo, o lugar para o qual cada muçulmano virava o rosto cinco vezes por dia. Pouco depois que David Town saiu da cama na manhã de 21 de novembro, espalhou-se o boato por todas as cidades islâmicas — de país em país, de continente em continente — de que os assassinatos na Grande Mesquita tinham sido cometidos por americanos num golpe contra o islamismo, talvez em retaliação pelo cerco da embaixada de Teerã.

Ele não sabia disso quando saiu do hotel. Ele tinha que visitar a embaixada dos Estados Unidos para se inteirar sobre a situação no Afeganistão. A rebelião contra o governo comunista, iniciada na primavera, se espalhara para a maioria das províncias.

Num cruzamento de pedestres, ele enfiou a mão no bolso e tirou um caderninho para checar alguma coisa. Na noite anterior, enquanto jantava no hotel, ele tinha tido uma breve conversa com um paquistanês na mesa ao lado. Ao saber do interesse de David por pedras preciosas, o encantador pedante disse-lhe que a riqueza do imperador Shah Jahan incluía 37 quilos de diamantes, 50 quilos de rubis, 125 quilos de esmeraldas, 25 quilos de jade e dois mil espinélios. David tinha anotado tudo isso, mas naquela manhã quis confirmar um outro detalhe em seus registros: o tesouro também continha 4 mil pássaros cantores vivos.

Ele deu uma olhada no caderno e, nesse momento, o carro que tinha parado para ele atravessar, com o para-choque a meio metro dele, avançou alguns centímetros. O motorista tinha decidido dar um susto nele, de brincadeira. David deu uma olhada e continuou andando — não porque tivesse nervos fortes, mas porque estava distraído com os quatro mil pássaros e não tinha visto o carro se mover até ele parar, sabia que não ia ser atropelado.

O carro foi embora, mas voltou minutos depois, parou de repente ao lado dele e quatro homens desembarcaram. Eles eram amigáveis, mais ou menos da mesma idade que ele, e o convidaram para ir a uma casa de chá ali perto, contentes por terem conhecido um americano, perguntando como poderiam emigrar para os Estados Unidos, o Belo. Quando David recobrou a consciência cerca de duas horas depois, numa viela, sua cabeça estava quebrada em dois lugares e havia cortes e hematomas no resto de seu corpo. Ele não se lembrava direito de nada, só tinha uma leve impressão das feições do motorista, um rosto cheio de maldade, e de um braço o enforcando por trás. Ao não reagir como devia quando o carro pulou subitamente para frente, David obviamente tinha deixado o motorista mal com os companheiros.

David achou que nunca mais veria aquele homem de novo, mas ele iria vê-lo poucas horas depois em circunstâncias ainda mais homicidas. Ele soube que o nome dele era Fedalla. E, alguns anos depois, ele seria uma das primeiras pessoas de que David suspeitaria que estivesse envolvida quando Zameen e Bihzad desapareceram.

Com sangue no rosto e nas roupas como uma caligrafia cursiva, ele chegou à embaixada por volta do meio-dia e foi admitido ao mostrar o passaporte. A enfermeira tinha acabado de atendê-lo quando ônibus começaram a parar do lado de fora do portão principal. Centenas de homens armados saltaram e começaram a pular a cerca, dando tiros e atirando coquetéis Molotov.

Havia seis fuzileiros navais na embaixada, mas eles não tiveram permissão de abrir fogo. De todo modo, eram minoria. Em poucos minutos, um deles, um rapaz de 20 anos de Long Island, estava com uma bala na cabeça.

Os desordeiros eram liderados por uma gangue de estudantes da ala fundamentalista islâmica da universidade da cidade. Inspirados pelos eventos em Teerã e pelo triunfo avassalador do aiatolá Khomeini, eles estavam esperando por uma chance de demonstrar seu poder.

David, 139 funcionários da embaixada e o fuzileiro moribundo se viram atrás das portas de aço de um cofre no terceiro andar, enquanto aguardavam que o governo paquistanês enviasse a polícia ou o exército.

O cofre ecoava com o som de uma marreta que destruía o equipamento de código da CIA, que não podia cair nas mãos da multidão que estava agora 15 mil vezes mais forte.

Ao redor e abaixo deles o prédio estava em chamas, e o chão do cofre começava a ficar muito quente. Os ladrilhos estalavam sob seus pés. Os outros fuzileiros ainda estavam lá fora, mas o pedido deles para abrir fogo foi negado, já que isso poderia incitar ainda mais os rebeldes. Quando o térreo ficou totalmente tomado pela fumaça, os fuzileiros recuaram e se juntaram aos outros no cofre, atirando gás lacrimogêneo em cada lance de escada enquanto subiam.

Apesar dos diversos pedidos do embaixador e do chefe local da CIA, passaram-se várias horas sem qualquer tentativa de resgate por parte dos paquistaneses. Colunas gigantescas de fumaça cheirando a gasolina saíam do prédio, visíveis a quilômetros de distância, onde os baderneiros em ônibus de propriedade do governo também estavam atacando a Escola Americana, na qual as crianças se esconderam em salas trancadas.

A multidão na embaixada subiu no telhado e bateu no alçapão que dava no cofre. David, olhando para o teto, viu o alçapão tremer com os golpes durante uma hora, o oxigênio acabando, muitas pessoas desmaiando ou vomitando. Mas o alçapão aguentou, e quando o sol se pôs em Islamabad, os baderneiros se dispersaram na escuridão.

Eles saíram do cofre com o corpo do fuzileiro morto. Dois empregados paquistaneses da embaixada estavam caídos no primeiro andar, mortos por asfixia e depois queimados. Um piloto americano tinha sido espancado até ficar inconsciente e tinha sido deixado para morrer no incêndio.

Do telhado, David assistiu à chegada de uns poucos soldados paquistaneses. Eles se espalharam, e David reconheceu um deles — o rapaz que estava ao volante do carro no cruzamento de pedestres aquela manhã. As fotografias que foram tiradas naquela hora, mais tarde confirmaram suas suspeitas. Fedalla. Então ele era do exército.

Mais tarde naquela noite, David e a maioria dos outros que tinham temido por suas vidas no cofre por mais de cinco horas, ficaram atônitos ao saber que o presidente Carter tinha telefonado para o ditador do Paquistão, general Zia, agradecendo a ajuda dele.

No futuro, quando entrasse para a CIA, David entenderia que existe uma explicação para alguns acontecimentos em outro plano, um mundo paralelo que tem seus próprios julgamentos e leis. Ao ver o embaixador do Paquistão em Washington aceitar a gratidão dos Estados Unidos e declarar que as forças militares paquistanesas tinham reagido "prontamente e com rapidez", ele não tinha ideia das coisas mais importantes que estavam em jogo, não sabia por que os Estados Unidos não podiam falar do assunto. A revolução de Khomeini tinha significado a perda de importantes postos de observação no Irã, ocupados por pessoas que tinham sido treinadas a respeito da União Soviética. O general Zia tinha aceitado uma proposta da CIA para conseguir novos locais em solo paquistanês.

Estranhos sacrifícios eram exigidos naquele mundo nebuloso, estranhos compromissos. Mais um mês, e a União Soviética iria invadir o Afeganistão, e o ditador militar corrupto e brutal do Paquistão iria se tornar um aliado festejado não só dos Estados Unidos, mas da maior parte do mundo ocidental, sendo que o próprio David esteve presente em diversas ocasiões em que o homem foi extravagantemente recebido e adulado, e ele próprio juntou sua voz ao coro desonesto.

— Lara carrega com ela uma folha do Carvalho Cósmico que cresce no Kremlin — diz Marcus a David. — Seu pai cosmonauta foi morto quando a sua espaçonave teve um defeito durante o retorno à Terra em 1965.

Os dois homens estão no lago, ao lado de uma pequena fogueira que David fez. Insetos noturnos, articulações do mais fino arame, cruzam e tornam a cruzar a linha de luz ao redor das chamas.

— Há boatos de que ele sabia, enquanto estava em órbita, que estava condenado, que seus gritos desesperados durante o mergulho de volta à Terra foram gravados por estações de monitoramento americanas.

— Onde ela está agora? Ela sabe que estamos aqui?

Marcus aponta para a janela iluminada da casa.

— Ela sabe onde estamos. Eu disse a que ela nunca mais a deixaria sozinha aqui. Um de nós estaria sempre com ela. — Marcus tem nas mãos um botão de rosa de uma das plantas às quais ele pacientemente devolveu a antiga elegância, e, de vez em quando, cheira as pétalas dele.

David traz mais lenha para o fogo, dois galhos mortos que quebra em oito partes, colocando-os na pirâmide de fogo, em espaços regulares.

Ele olha para a janela dela. Sabe que o Carvalho Cósmico foi plantado para lembrar a primeira nave espacial pilotada por Yuri Gagarin.

— A última viagem do pai dela tinha sido minuciosamente cronometrada para comemorar o dia da Solidariedade Internacional

— diz Marcus —, e o Kremlin ordenou o lançamento apesar da recusa do projetista chefe em assinar os papéis de endosso do voo para a reentrada da nave.

— Eu me lembro quando pousamos na lua em 1969. Jonathan me levou para comer o que estavam chamando de "hambúrgueres da lua", com uma pequena bandeira americana enfiada sobre o pão. — Ele sorri com a lembrança. — Eu tinha uns 12 anos, ele devia ter 18.

Poucos minutos antes da meia-noite, eles vão até a casa para buscar Lara — esperando por ela perto dos ciprestes ao lado da porta até ela sair com um lampião —, e então os três vão até o carro de David para ouvir o boletim de notícias. As pilhas do rádio da cozinha estão gastas, e David vai ter que comprar pilhas novas no dia seguinte. Uma viagem noturna, ao longo da sequência de lilases persas. Marcus diz que quando os discípulos de Maomé saíam de sua casa, ele punha a mão para fora da porta e a luz de sua palma iluminava o caminho deles.

Há um vestígio de perfume de acácia no ar, assim como há a leve presença do nome de Alexandre na palavra Kandahar, assim como há a presença de Ahmed no sobrenome de Anna Akhmatova, cujos versos Lara tinha citado durante uma conversa na véspera: *"Como se eu estivesse bebendo minhas próprias lágrimas nas mãos em concha de um estranho."*

Eles entram no carro e fecham a porta para evitar o som da água do lago e dos milhões de folhas, para evitar os insetos famintos de luz.

O noticiário anuncia que surgiu uma declaração irada, supostamente daqueles que arquitetaram o ataque: eles querem apontar a hipocrisia dos americanos que condenam esta matança de crianças, mas cujo presidente tinha apertado a mão de pessoas que, nos anos 1980, explodiram um avião de passageiros quando este levantou voo do aeroporto de Kandahar levando estudantes afegãos para serem doutrinados na União Soviética.

— Isso é verdade? — pergunta Lara, virando-se para David, mas ele não responde.

Fora isso, não há nada sobre o ataque de Jalalabad no noticiário. Os dois permanecem sentados por algum tempo no escuro, os diversos metais e mecanismos do carro esfriando em volta deles, depois de Marcus voltar para a casa.

— Nos Estados Unidos, nós as chamamos de cinamomos — diz David a ela enquanto caminham vagarosamente sob os lilases persas, indo na direção do lago. — As frutinhas são venenosas. Meu irmão e eu dissolvíamos sua polpa numa parte funda do rio e quando os peixes passavam por essas águas, eles ficavam tontos. Nós os pegávamos com as mãos.

— Marcus me contou sobre seu irmão.

Uma força militar de 180 pessoas examina as montanhas, campos e floresta do Vietnã para determinar o destino de mais de mil americanos desaparecidos lá. No Vietnã, bem como no Laos e no Camboja, testemunhas são entrevistadas, locais de colisão são escavados, lagos são drenados e fragmentos de ossos são retirados de covas rasas.

Homens desaparecidos em emboscadas há muito esquecidas.

Homens desaparecidos na queda de B-52.

Homens vistos com vida pela última vez nas mãos de seus captores.

— Ele tinha 20 anos, 1971. No mês passado eu estava olhando para um retrato dele daquela época. Como ele era novo, como a gente parece incrivelmente jovem nessa idade! — Como uma daquelas minúsculas folhinhas novas que você vê na pontinha de um galho, aquelas que podem ser esmagadas entre o polegar e o indicador, deixando uma mancha verde e úmida, tão pouco desenvolvidas, tão... sem resistência.

A fogueira está apagada quando eles chegam ao lago, só há um resto de brasas vermelhas e uma coluna de fumaça que muda de direção a cada instante.

— Eu li em algum lugar que um dia existiu em Burma um rubi tão grande e brilhante que quando o rei o punha numa tigela de leite, o leite ficava vermelho. — Ela está soprando o fogo enquanto ele procura pedaços de madeira que podem estar espalhados por ali.

— O relógio que meu pai deu a Jonathan quando ele partiu para o Vietnã tinha um pequeno espinélio dentro, preso numa das placas que segurava o mecanismo. Ele dizia que era do Afeganistão. Esta foi uma das razões de eu ter vindo para este país há tantos anos. Eu sempre quis visitar o Afeganistão por causa daquela pequena joia. E então, é claro, a União Soviética o invadiu e o meu interesse aumentou. — Ele tinha visitado minas de pedras no Afeganistão mesmo durante a ocupação soviética, quando não era permitida a entrada de americanos. Entrando clandestinamente pelo Paquistão e saindo sem deixar uma pegada oficial em lugar algum.

— Você ajudou os guerrilheiros antissoviéticos, os *dukhi*? Ajudou?

Ele não responde. O som da madeira crepitando quando o fogo torna a pegar. A água balançando.

— Está tudo bem — diz ela. — Os dois impérios se odiavam. Eu sei que quando as tropas soviéticas entraram no Afeganistão, a reação dos Estados Unidos foi: "Agora temos a chance de dar à União Soviética o seu Vietnã." Vingança.

Mas ele balança a cabeça.

— É possível que os outros estivessem lutando contra os soviéticos pelos motivos errados, que fossem mercenários ou desonestos, fingindo entusiasmo por cobiça. Até desejando vingança, sim. Eu nunca duvidei que minhas razões fossem boas, autênticas.

Assim como não importa para uma pessoa quando ela está numa sala de espelhos — ela própria sabe que ela é a real. A confusão fica para os espectadores.

Ele diz:

— Como eu me sinto sobre a confusão que ajudei a criar, como eu vivo com isso, é uma outra questão, mas minha oposição aos princípios que estavam por trás da União Soviética ainda é a mesma, minha oposição ao que o império soviético fez com aqueles que viviam nele, aqueles que nasceram nele.

MARCUS TIRA VIRGÍLIO DA ESTANTE. NA capa há uma pintura de Enéas fugindo do incêndio de Troia. No fundo, o grande coração partido da cidade. Enéas está acompanhado de seu jovem filho — um caminho para o futuro — e carrega seu velho pai no ombro — a lembrança do passado. O velho segura as estátuas dos deuses da casa na mão direita, e como a outra não está à vista, está oculta pelas dobras da sua capa, invisível além do pulso, Marcus pensa por um momento em si mesmo. Sendo assim, David é Enéas — ele se ofereceu para carregar Marcus até o alto minarete de Jalalabad. O rapazinho, ele é Bihzad?

Ele abre o livro no sumário, e seu olho desliza pela lista de capítulos, penetrando na história degrau a degrau, Enéas criando um império, mas perdendo a alma ao longo do caminho. Uma hesitação no olho de Marcus: alguma coisa escorrega entre as páginas e cai no chão. É um dos pedaços de papel absorvente branco em que ele testava perfumes. Ele o aproxima do rosto e convence a si mesmo que tem o cheiro de Zameen, mesmo que muito leve, do perfume que ele criou especialmente para ela.

Depois de ser obrigado a acompanhar Nabi Khan na guerra, para tratar dos soldados feridos, ele acabou no campo de refugiados de Peshawar, cercado por milhões de outros afegãos traumatizados, deslocados pela rebelião contra os soviéticos. Ele não sabia onde estava Qatrina, não a tinha visto desde que Gul Rasool a levara com ele para a sua guerra. Então, um dia, em 1986, descobriu onde Gul Rasool estava baseado em Peshawar: ele estava morando numa mansão na região rica da cidade, University Town, com sua família e seu bando de soldados. As flores pesando como bandos de pássaros nos galhos, Nabi Khan também vivia perto daquela área enfeitada de magnólias, assim como outros líderes tribais e chefes militares, todos santos guerreiros, todos enriquecidos pelas centenas de milhões de dólares canalizados para o jihad. Marcus foi ver Gul Rasool para perguntar onde estava Qatrina, e no final da conversa sentiu um cheiro forte e doce vindo de algum lugar. Rememorando o fato, segundo a segundo, ele o relacionou com um ruído de vidro quebrado no aposento ao lado. Do lado de fora, teve que se apoiar numa árvore para não cair — um frasco do perfume de Zameen tinha sido quebrado atrás daquela grossa porta de mogno. Ela estava dizendo a ele que estava lá.

Ele não podia ter perguntado nada a Gul Rasool sobre as mulheres da casa e agora não sabia como proceder. Estava certo de que o perfume era uma mensagem dela — um chamado, um alerta. Por meio de um dos empregados da casa, descobriu que um moça tinha sido levada para lá havia pouco tempo e que ela vinha da rua dos Contadores de História no centro de Peshawar.

Marcus foi até a famosa rua e, depois de uma hora de perguntas e respostas com os moradores, no meio de muita confusão e barulho, ele subiu dois lances escuros de escada e se viu num pequeno apartamento. Quase em prantos, bateu na porta diversas vezes e então forçou sua entrada, sem se importar mais com coisa alguma. Só depois de um tempo ouviu alguém entrar atrás dele. Ele encostou as mãos e um ouvido na parede. Ficou assim por muito tempo, como se estivesse tentando localizar o coração de um organismo vivo. Ele respirou o mais silenciosamente possível e evitou roçar a roupa e a pele na parede. Então, subitamente, foi dominado e atirado ao chão com um pé sobre o rosto. Ele lutou para se levantar e viu um revólver apontado para a sua têmpora, o metal brilhando na luz fraca que entrava pela janela.

— O que você está fazendo aqui?

— Estou procurando minha filha. — Sua boca estava esmagada contra o chão. — Uma moça chamada Zameen.

A pressão da bota diminuiu sobre sua cabeça.

— Tenho motivos para acreditar que ela mora aqui — continuou ele.

— Qual é o seu nome? — perguntaram a ele, desta vez em inglês, com sotaque americano.

— Marcus Caldwell. — Ele se ergueu e sentou no chão. O homem que estava inclinado sobre ele endireitou o corpo, movendo o rosto num retângulo de luz que entrava pela janela. Marcus viu que era um jovem caucasiano. — Quem é você?

— Meu nome é David Town — disse o americano e acendeu a luz. — Zameen me contou sobre você, sobre Qatrina.

David jamais revelaria nada a respeito das atividades secretas por trás de seu comércio de pedras preciosas, e Marcus não perguntou nada, tendo adivinhado mais ou menos na mesma hora que ele estava envolvido com espionagem. Ele disse que tinha estado fora por um período e que tinha voltado recentemente e não tinha encontrado nenhum vestígio de Zameen e do filho dela ali.

— Eu sei onde ela está. Ela tem um filho?

— Onde ela está?

— Você é o pai?

— Onde ela está?

Marcus contou-lhe onde achava que ela estava, aceitando o ceticismo do rapaz de que a pista tinha sido fornecida por um perfume.

Eles acabaram sabendo que desde o dia da visita de Marcus, Nabi Khan tinha invadido a mansão de Gul Rasool em University Town. Havia batalhas regulares entre os dois chefes guerreiros rivais nas ruas de Peshawar, carros bombas e assassinatos, mísseis e granadas atiradas em prédios e no meio da multidão. Nabi Khan tinha levado diversas das mulheres e filhos de Gul Rasool durante o ataque, para serem explorados ou vendidos, Bihzad dentre eles. Diversas pessoas tinham morrido, inclusive Zameen.

Tudo isso foi descoberto aos poucos, ao longo dos anos.

Marcus cheira agora as poucas moléculas do perfume que ainda habita as fibras do papel branco, com Virgílio aberto no colo. Qatrina tinha desenhado o frasco — um mapa do mundo e a palavra

Zameen gravada no vidro. O espaço dentro dele parece se expandir com o perfume que o penetra.

Estame, pederneira, pétala e musgo do rio. As mulheres afegãs, em suas canções, não desejam o Paraíso de Alá depois da morte, desejam tornar-se rios e grama, brisa e poeira. A terra colocada sobre elas no túmulo, elas cantam, elas a recebem como a um amante.

O prego tinha perfurado o papel. Um buraco do tamanho de uma célula de colmeia. Ele o coloca de volta na *Eneida*.

LARA VIRA AS PÁGINAS DO ATLAS até estar com os Estados Unidos nas mãos. Leite é um rio em Montana, iluminado por sua vela. Coração é um rio em Dakota do Norte. Rifle, Dinossauro, Delhi. Estas são cidades do Colorado. Cornos. Dois Remédios. Vinte e Nove Palmos. Falando sobre Usha, Gota de Lágrima, o lago do lado de fora desta janela, ele tinha dito que um lago chamado Lágrima de Nuvem é a fonte do rio Hudson. Ela o está procurando. Cidade de Nova York. Marcus contou-lhe que David estava lá em 1993 quando terroristas muçulmanos tentaram explodir o World Trade Center pela primeira vez. Oldland, Montana, foi onde ele nasceu em 1957.

Ela o segue com a ponta do dedo: para a universidade na Califórnia e de volta para Montana. Um avô era relojoeiro, e o menino David entrou em contato com pedras preciosas por intermédio dele. O pai — filho de fazendeiro — tinha sido encorajado pelos professores a se candidatar a uma vaga em Harvard, e a mãe era secretária de um médico e, mais tarde, enfermeira. Ela enrolava o cabelo no vidro do carro para acordar com um puxão caso adormecesse durante a longa viagem até a escola de enfermagem. Enquanto ele falava, ela percebeu uma satisfação na voz dele? Um contentamento pelo fato de sua família ter tido a chance de melhorar ao longo de décadas e gerações, encorajada pacientemente a prosperar pela América e sob o sol da América?

Ela ergue os olhos, alerta, pensando ter ouvido um som no quarto de Marcus. Ela inclina a cabeça procurando o melhor ângulo, lembrando-se da tia que, quando ia ao Teatro Mariinsky, sempre se sentava lá no fundo da sala, dizendo que, apesar de não poder ver direito a expressão dos cantores e os detalhes do figurino, a acústica era melhor ali.

Só havia silêncio do outro lado da parede onde Maomé está vestido com o verde islâmico, com a mão enfiada num jarro de barro cheio d'água — consolidando e expandindo o império islâmico, selando um acordo com uma mulher.

Ela notou que Marcus tenta esconder a mão decepada. Ela pensa se "esconder" é a palavra certa. É possível esconder uma coisa que não existe? Ele tenta esconder *o fato* de não ter mão.

Lara fecha o atlas e se dirige para a cama. Estes são os aposentos onde Qatrina perdeu a razão, quando Marcus teve que dizer a ela que não precisava ter medo só porque a barra de sabão vermelho fazia uma espuma branca. A própria mãe de Lara e Benedikt, uma pessoa que se formou na Faculdade de Filologia da Universidade de Leningrado e que tinha trabalhado como engenheira e como tradutora, foi declarada esquizofrênica e confinada por seis anos num hospital psiquiátrico onde foi tratada com medicamentos. Ela era uma ativista de direitos civis e foi presa em 1969 por participar de uma demonstração contra a invasão soviética da Checoslováquia. Como o pai de Lara e Benedikt já tinha morrido, consumido pelo fogo acima do planeta, os dois foram alojados com diversos parentes daí em diante, alguns tão desamparados quanto eles, outros bem relacionados — nestas casas até as vassouras eram mais macias. Mas nada pôde ser feito, não havia uma rede de influência e proteção à qual eles pudessem recorrer quando Benedikt foi convocado pelo exército.

Para ser mandado para a temida guerra contra fantasmas no Afeganistão.

Para se tornar também um fantasma.

4

Carta Noturna

CASA SABE QUE PODE EXTRAIR CIANETO de damascos. Ele o produziu num campo de treinamento do jihad e já o injetou no corpo de criaturas. Ele se lembra disto quando passa por uma árvore frondosa na beira de uma rua no centro da cidade de Jalalab, as flores ainda não inteiramente abertas perdendo o perfume neste fim de tarde. Uma formiga sobe pelo tronco com a velocidade de uma centelha num fio.

Lápis. Limões. Xarope de milho. Pigmentos. Caminhando pela rua, ele sabe que pode fabricar explosivos com muitas coisas que estão nos carrinhos e nas lojas a seu redor. Açúcar. Café. Tinta. Ele sabe até como fabricar uma bomba com sua urina.

Três veículos militares da patrulha internacional passam com soldados de uniformes cáqui, provocando um nó no trânsito porque todos os outros carros têm que dar passagem a eles. Entre os soldados, há mulheres e negros, segundo Nabi Khan, uma tentativa do mundo ocidental liderado pelos Estados Unidos de humilhar os muçulmanos ao fazer com que seus novos governantes sejam porcas e macacos.

Eles foram informados de que a explosão em frente à escola agradou aos talibãs, à al Qaeda e ao grupo secreto de oficiais paquistaneses liderados por Fedalla. Eles prometeram mais ajuda.

O próprio Casa nunca foi à escola, só frequentou diversas instituições religiosas. A maioria tinha ao lado um campo de treinamento militar. Com cerca de 10 anos ele tinha pedido permissão para lutar na Bósnia, mas foi informado de que era longe demais para alguém tão jovem. A resposta foi a mesma aos 11, quando ele quis buscar o martírio na Chechênia. Nessa época ele já carregava um Kalashnikov havia três anos. Ele já sabia que o dedo no gatilho ficava mais firme durante a expiração, em oposição à inspiração. E sabia desmontar e limpar o rifle de olhos vendados em sessenta segundos. Ele já havia atirado com ele de veículos em movimento e no escuro, havia atirado depois de correr por uma hora para simular os batimentos acelerados do coração durante uma batalha. Tinha orgulho por aquela ser uma arma soviética. O Corão contava a história de Daud, o jovem inculto sem armas nem escudo que usou a própria espada do gigante Jaloot, conhecido pelos cristãos como Golias, para matá-lo. Daud o feriu primeiro com um estilingue; da mesma forma os afegãos usaram armas soviéticas apreendidas como instrumentos de destruição do próprio império do mal. Como o Corão é um guia para todos os tempos, este método continua a ser relevante. Dos 36 mísseis Tomahawk lançados sobre os campos de treinamento afegãos nos anos 1990 de um navio de guerra americano no mar da Arábia, a milhares de milhas de distância, alguns tinham falhado — e estes tinham sido vendidos pela al Qaeda aos chineses por milhões de dólares.

Casa estava presente num campo no exato momento em que os mísseis caíram. Ele estava inclinado diante de Alá e tinha acabado de erguer a testa do tapete de oração. A agulha da pequena bússola presa na ponta do tapete — para permitir que os fiéis sempre encontrassem a direção de Meca — girou em grande velocidade, como costumava fazer durante uma tempestade de raios. Ele ficou gravemente ferido, mas Alá poupou sua vida, porque tinha outros planos para ele.

Como nenhum muçulmano de verdade deve temer matar a sangue-frio, seu treinamento no jihad incluía cortar a garganta de ovelhas e cavalos enquanto recitava o verso sagrado do Corão que dá permissão para massacrar prisioneiros de guerra: "*Não cabe ao Profeta ter cativos enquanto ele não tiver espalhado o medo da carnificina na terra.*" Nos laboratórios dos campos, cheios de tambores com rótulos de diversos ácidos, acetonas, celulose, composto de madeira e pó de alumínio, ele aprendeu a misturar nitrato de metil e bateu numa gotinha da substância com um martelo para vê-lo rachar. Ele explodiu um carro com um saco de fertilizante e óleo de nitrato de amônia, o chassi em chamas fez um arco no ar e caiu a cem metros de distância. Destroçou uma rocha com vinte quilos de C-4 feito nos Estados Unidos, e, por comparação, outras com C-1, C-2, C-3, e também com Semtex checo. Sabia que os americanos estavam tentando tirar dos afegãos o Semtex que eles tinham fornecido para ser usado no jihad contra os soviéticos, tão perigosa era a substância. Durante tudo isso, entoava as palavras sagradas do Corão. *"Eu instilarei terror nos corações dos infiéis, arrancarei suas cabeças e arrancarei a ponta de cada dedo deles."*

Os rostos das mulheres estão descobertos em volta dele, mas ele mantém os olhos baixos enquanto anda. Hoje em dia, não pensa nessas coisas, mas ele já sonhou com uma esposa, de preferência uma das milhares e milhares de mulheres bósnias que tinham sido estupradas pelos sérvios, muitas delas ficando grávidas, fazendo com que os bósnios as expulsassem. Estes homens não conseguiram suportar a ideia de criar uma criança que era metade inimiga. Mas Casa e seus irmãos nos campos e madrassas achavam que era seu dever casar com elas e criar seus filhos para se tornarem mujahideen, que iriam matar os sérvios cujo sangue partilhavam.

Ele chega ao cruzamento onde alguém o apanhará. Para levá-lo para junto de Nabi Khan, na fazenda de papoulas. Lá, eles vão se preparar e esperar. Esta noite, ocultos pela escuridão, ele e mais quatro irão para Usha.

EM CIDADE DE DEUS, SANTO AGOSTINHO registra sua crença de que a carne do pavão tem a propriedade concedida por Deus de resistir ao apodrecimento depois da morte. Marcus tira a mão de dentro do peito da ave, tendo enfiado a tesoura na figura esculpida para aparar um galho. Ele está na estufa em ruínas a oeste da casa, com quase todos os vidros faltando. A chama da vela treme enquanto ele corta, reparando de repente nas três figuras paradas na beira do lago, olhando na direção da casa. Ele se encaminha para a casa, onde Lara está lendo na mesa da cozinha, à luz de um lampião.

— Fique aí, Lara — diz ele, sem entrar. — Pode me emprestar o lampião por um momento?

Ela se levanta depressa demais. Num momento de vertigem, a mesma que sentiu antes com os livros nesta casa, tem a sensação de que as coisas impressas no papel vão ser tragadas pelo buraco no meio da página. Da porta, ela o vê desaparecer na curva do caminho, seus olhos registrando o último vestígio de sua jaqueta azul acinzentada no meio da vegetação.

Ela está no escuro. Liga o telefone celular que trouxe de São Petersburgo, embora ele esteja sem sinal. No clarão prateado do telefone, ela caminha até vê-lo ao longe, conversando com três pessoas perto da árvore partida em dois pelo amor deprimido de Qatrina por seus conterrâneos.

Ela vê David chegar do dia passado em Jalalabad. Ele salta e se junta ao grupo, uma voz chegando até ela sempre que o vento sopra em sua direção — e ela percebe que está começando a reconhecer as vozes daqueles dois homens.

— O médico de Usha está fora da cidade por alguns dias — diz David, enquanto se aproxima dela. — Um dos homens lá fora foi ferido na semana passada, mas a ferida que ele achou que estava cicatrizando de repente começou a incomodá-lo. Ele quer a ajuda de Marcus.

Ela sabe que eles não querem entrar na casa porque têm medo do fantasma da filha do fazedor de perfume. Do Buda, a pedra sofredora que sangrou ouro, que foi ressuscitado por tiros.

— Vou arrumar mais luz, para Marcus poder ver melhor.

Quando ela apareceu em Usha e perguntou por Marcus, foi levada, por engano, à casa do médico atual, e a filha dele — professora da escola de uma só sala que Gul Rasool tinha permitido que funcionasse em Usha para agradar aos Estados Unidos — se encarregou gentilmente dela. Antes de partir para a Rússia, Lara pretende visitar a moça.

Ela segue David até o lago, levando um lampião e uma lanterna. De forma geral, os afegãos que conheceu foram prestativos e amáveis com ela — exceto o rapaz que a atacou com o ferro e o guia que ela contratou para levá-la de Cabul a Usha, que uma noite fugiu com quase todo o seu dinheiro.

Marcus está inclinado sobre o ombro ensanguentado de um homem sentado num toco de árvore e, com uma exclamação de espanto, ele extrai um pedaço de papel de dentro do ferimento. Este está encharcado de sangue e dobrado várias vezes até ficar do tamanho de uma moeda. O homem tenta dar uma explicação enquanto Marcus o desdobra: parece que são versos do Corão. Como ela não entende a língua que o velho está falando, Marcus explica:

— É um talismã. Dado a ele por alguém na mesquita, para fazer a ferida cicatrizar. Em vez de usá-lo em volta do pescoço, ele o inseriu no ferimento, achando que isto iria apressar a cura! É por isso que o sangramento não para.

Ela sente o cheiro do machucado, da pequena porcentagem de sangue no ar.

O homem tira o papel da mão de Marcus e começa a dobrá-lo de novo, os dois balançando a cabeça um para o outro e falando muito depressa — ele obviamente quer inserir as palavras sagradas de volta sob a pele.

Os três estrangeiros olham de vez em quando para ela, que acha seus rostos bonitos, a barba de um deles cor de raposa por causa da hena, os olhos de outro de um azul sem limites. E o amor do islamismo pelas flores! Eles apanharam um rosa em algum lugar e a estão passando de um para o outro.

Um dos homens, a pele da cor de um violino nesta luz, diz algo referindo-se a ela. Ela percebe o que é: *Rus.*

Rússia.

Ela balança a cabeça afirmativamente.

— *Rus* — diz de novo o homem, sorrindo, e faz um comentário que provoca uma reação de surpresa em Marcus e David. Eles fazem perguntas a ele, e logo os outros visitantes começam a contribuir, uma discussão com muitos gestos.

— O que eles estão dizendo? — pergunta ela, sorrindo. Talvez um deles tenha visitado a Rússia no passado. Ela diz a si mesma para conter a expressão de seu rosto, seu guia tinha dito que ela sorri demais para uma mulher. Um dos homens sacode a rosa e a atira para os outros.

A conversa continua e então ela escuta um dos homens dizer claramente, com cuidado, o nome Benedikt, sílaba por sílaba.

De repente, ela fica gelada.

— O que foi que ele disse?

— Nada — responde David, mas ela o vê trocar um olhar com Marcus.

— Ele não disse Benedikt?

— Não, não.

Um dos homens começa a desenhar uma forma no chão entre os pés. Um paralelogramo com um caule. Uma folha de carvalho? Como a que ela tem, como a que Benedikt carregava com ele. Ou ela está enganada? Poderia ser o mapa do Afeganistão.

David apaga rapidamente o desenho com a mão, evitando olhar para ela, enquanto Marcus finge estar atarefado, com o rosto virado para o outro lado.

— Eles só estão contando de uma visita à Rússia — diz Marcus finalmente. — Os afegãos são grandes viajantes. Cultivando os vales da Califórnia ou atravessando os desertos da Austrália para vender suas mercadorias.

— Há mais de um Giovanni Khan nas aldeias italianas que os pais deles viram no calor da batalha da Segunda Grande Guerra — acrescenta David e, virando-se para Marcus, diz: — Agora temos que tentar convencê-lo a esconder o papel nas dobras das ataduras e não dentro da ferida.

Ela não pode deixar de se sentir excluída. Há um profundo mal-estar ao redor deles. Mesmo o ar e a luz parecem diferentes para ela, e depois de ficar um pouco afastada do grupo por alguns momentos, ela volta para a casa. Sem saber ao certo o que aconteceu.

Lara fica calada e deprimida a noite inteira e se retira para o quarto mais cedo que de costume.

— Contamos a ela o que os homens disseram, David?

— Ela sabe que estamos escondendo alguma coisa.

Um dos três homens tinha dito que Gul Rasool e Nabi Khan tinham lutado, muitos anos antes, pela posse de um soldado soviético. O soldado, chamado Benedikt, tinha uma folha no bolso. Mas seus companheiros — contradizendo-o e oferecendo outras possíveis visões para a história — tinham deixado Marcus e David na dúvida.

— Benedikt tinha uma folha com ele?

Marcus faz sinal que sim.

— Acho que ela mencionou isso.

Marcus está sentado, encostado na lira pintada na parede, e parece que o instrumento está preso em suas costas, sua moldura aparecendo de cada lado do corpo dele, as pontas recurvadas projetando-se sobre seus ombros.

— Temos que contar a ela. É por isso que ela está aqui, para saber a verdade sobre ele.

— Vamos tentar primeiro descobrir um pouco mais sobre o assunto. Não há necessidade de preocupá-la se não for verdade.

E se a verdade for terrível demais? David deixou que Marcus acreditasse que Zameen tinha morrido na mansão de Gul Rasool em Peshawar, durante um ataque de Nabi Khan. Foi o que informaram originalmente a David. Mas a verdade — quando ela surgiu mais tarde, anos depois — era algo que ele não podia contar a Marcus.

— Você acha que Gul Rasool e Nabi Khan o mataram, David?

— Não, não foi isso que eles disseram. Os dois só brigaram por causa dele. Provavelmente pela pistola dele, embora eles tivessem um grande arsenal na época. Eles só precisavam de uma desculpa para brigar. — Velha rivalidade tribal.

Eles estão na cozinha, David sentado na soleira da porta, as mariposas se alimentando perto das flores que crescem na base dos ciprestes.

O toco de vela se apaga com um chiado, só restando a luz das estrelas, a lua ainda não apareceu. Cada estrela é uma gota de néctar transparente, de um tamanho que só dá para encher o estômago de uma mariposa.

— É possível que Benedikt tenha ido parar num país ocidental? Procurando por ele, ela diz que entrou em contato com os pais de um soldado que conseguiu chegar à América. Eles não acreditaram nas cartas que ele escreveu para eles de Chicago, convencidos de que tinham sido escritas pela CIA.

— E as cartas que eles enviaram para ele, ele deve ter achado que foram ditadas pela KGB.

— Em trens e ônibus americanos, ele tirou retratos de crianças e os mandou para sua irmãzinha em Moscou.

Houve discordância entre os três homens a respeito da folha. Um deles disse que tinha ouvido dizer que era uma flor. O destino que alguns soldados e desertores soviéticos encontraram nas mãos dos guerreiros afegãos como Gul Rasool e Nabi Khan foi terrível. Para poupar balas, eles eram enterrados vivos. Ou jogados várias vezes de um telhado até morrer. Atirados do alto de montanhas, só restando deles ossos na base de um penhasco depois de terem sido devorados por lobos. Muitos não passavam de crianças, e os mais bonitos eram estuprados e trocados por uma boa faca ou um revólver ordinário, antes de serem fuzilados pelos donos em algum momento. Os afegãos desconfiavam da lealdade dos desertores soviéticos e se recusavam a lhes dar armas, de modo que, pesos mortos, eles eram executados quando uma grande ofensiva se aproximava. Se tivessem a chance, os rebeldes de hoje fariam tudo isso e mais alguma coisa com os soldados americanos, com as cidades e aldeias inimigas de seus corpos.

São 2 horas da manhã e Lara sai silenciosamente da casa, só acendendo o lampião depois de estar a certa distância, na beira do lago, para que uma partícula de luz ou um pedacinho de fumaça não alerte David ou Marcus. Ela tinha se sentido infeliz a noite inteira e, agora, este sentimento se transformou numa espécie de determinação, talvez num desafio. Se eles não querem contar o que os três visitantes disseram mais cedo, ela vai até Usha para descobrir. A filha do médico de Usha vai ajudá-la, vai ajudá-la a localizar os homens que visitaram Marcus mais cedo. Ela tem certeza de que vai lembrar como encontrar a casa onde moram pai e filha. Uma casa com macieiras no pátio. Um inseto noturno resolve ocasionalmente acompanhá-la, desaparecendo, depois, na noite. As partes de sua roupa mais próximas do lampião parecem fosforescentes. À direita dela está o lago. Quando queriam terminar suas vidas, as mulheres afegãs normalmente escolhiam água em vez de enforcamento ou de uma facada no coração. Era uma última afirmação de dignidade, uma última proclamação de sua humanidade. Por que escolher cordas ou facas, as coisas usadas pelos homens para dominar e matar os animais?

Ela tropeça, e o globo de vidro do lampião, aceso um momento antes como um pote de mel, desaparece, a chama sumindo em vapores de óleo e vidro quente. Ela fica tão imóvel que imagina que até o fluxo de sangue dentro de seu corpo parou, mas então se obriga a continuar, chegando à primeira casa de Usha e depois ao labirinto de ruas que levam ao centro escuro. Logo percebe que está perdida e, em pânico, dá meia-volta, ofegante, imaginando como fazer para se localizar. Uma mesquita, ela sabe, tem um nicho apontando para o oeste, a direção de Meca. Talvez ela devesse ir até a maior casa de Usha, a mansão de Gul Rasool, e pedir ajuda.

Quando Marcus estava fora e ela estava sozinha na casa, ela tinha olhado para fora de madrugada e tinha visto um cão atravessando o espaço entre duas árvores com um pássaro na boca, a cabecinha deste balançando no pescoço mole. Ao avistá-la com o canto do olho, o cão arreganhou a boca e rosnou. Ela tinha acabado de acordar e mais tarde não teve certeza se tinha mesmo visto aquela cena perturbadora. Ela então diz a si mesma que está apenas imaginando o rosnar de um cão em algum lugar à sua frente. Os mastins aqui enfrentam lobos. Os cães de caça afegãos podem matar leopardos.

A religião islâmica, em seus fundamentos, não acredita no estudo da ciência, não acredita que o mundo funciona de acordo com leis racionais e previsíveis. Alá destrói o mundo toda noite e o recria de novo ao amanhecer, uma nova realidade que pode ou não combinar com a do dia anterior, os sacerdotes muçulmanos exigindo que até as previsões de tempo sejam banidas, já que só Ele pode decidir sobre uma coisa dessas de acordo com Sua vontade. Então, no escuro, Lara tem a sensação de estar enterrada viva sob as ruínas do universo, sob o peso de sóis e luas quebrados e extintos.

David mergulha até a cintura no capim em sua pressa de alcançar Usha, de encontrar Lara, seu corpo abrindo uma trilha negra na massa de talos de grama prateados pelo luar, o feixe de luz da lanterna balançando na noite. O sol fornece calor porque é feito de fogo, e dado o frio da noite, é possível acreditar que a lua é feita de gelo. Ele tirou da mente o medo de minas. Ele se recorda de suas saídas à noite com os rebeldes afegãos nos anos 1980 para plantar minas ao longo das estradas frequentadas por tanques soviéticos, da explosão horas depois, arrancando o topo de um T-72 e atirando o tanque e a arma a vários metros de distância, o aço grosso e pesado da fuselagem furado como uma peneira. Ele tinha visto os rebeldes abrirem uma bomba soviética que não tinha explodido num campo de trigo, extraindo dela meia tonelada de explosivos, que seriam usados para aumentar a potência das minas chinesas.

Hava hu, hava hu — ele ouve o chamado do chacal em algum lugar atrás dele quando ele se aproxima de Usha. Ou será o djinn? No alto das montanhas a névoa se movimenta em câmera lenta.

Antes de entrar em Usha, ele fica escutando, procurando possíveis sinais dela. Num dos livros de arte da casa, ele viu uma miniatura preciosa do século XVI, mostrando Jalal em sua busca pela bela e alada Jamal, que o incentiva visitando-o disfarçada em diferentes pássaros, fazendo-o encontrar árvores em que o nome dela está escrito em todas as folhas, fazendo-o conversar com flores que falam e com um tambor e até mesmo matar um membro hostil de sua própria família.

O médico de Usha não tinha levado Lara até a casa de Marcus quando ela chegou lá porque, apesar de ser um homem da ciência, ele acredita no djinn e em fantasmas.

E agora, de repente, David sabe para onde Lara foi — para a casa do médico. Ele tenta se localizar. A casa, ele se lembra, tem uma placa grande do lado de fora, com o nome e as qualificações do médico pintados nela, tem as copas de diversas macieiras aparecendo por cima do muro. Zameen disse que ao visitar a Inglaterra pela primeira vez quando era criança ficou espantada ao descobrir que as duas metades de uma maçã eram sempre simétricas lá.

Ele passa pela mesquita em cuja sombra Qatrina foi apedrejada até a morte. Ela estava usando a burca quando eles a mataram. Depois, quando estava estirada no chão, um homem fez um nó na ponta da burca, como se fosse um saco, arrastou-a como um embrulho e sorriu da própria criatividade, bem como os espectadores. O sangue escorria pelos buracos da parte bordada que cobria os olhos.

Ao lado da mesquita, há uma casa que pertence a uma viúva. Marcus disse a ele que ela tinha fugido para o deserto com suas duas filhas adolescentes no final de 2001, tendo ouvido dizer que os americanos iam chegar, estuprar e matar todos que vissem. Lá no deserto, as três mulheres caíram nas mãos de um grupo de talibãs, e os americanos chegaram bem a tempo de lhes salvar a vida e a honra, levando-as de volta para esta casa.

Talvez ele só tenha imaginado, mas a uma centenas de metros dele, na rua estreita, algo se movimenta, uma forma cinza-grafite atravessando a escuridão na diagonal. Ele ergue a lanterna, mas não há ninguém no fim do túnel de luz. Sua outra mão está apoiada numa parede, e ele sente a umidade dela — no vale curvo entre o polegar e o indicador. Um movimento da lanterna, e a Carta Noturna, a *shabnama*, colada no lado da casa talvez há poucos minutos, é revelada, a cola brilhando sob a luz. Ele fica parado lendo o texto, depois se vira. Tem alguém andando por ali, colando estes avisos para os americanos e seus simpatizantes afegãos, jurando o extermínio iminente em nome de Alá. Há outra carta colada na casa do outro lado da rua. Em Montana, no século XIX, o número 3-7-77 era colado nas casas dos "indesejáveis" no meio da noite. Um ultimato dos Vigilantes para eles deixarem a cidade. Até hoje, ninguém sabe o que este número significa e existem muitas teorias a respeito. Você tem 3 horas, 7 minutos e 77 segundos para sair ou então enfrentará a violência? Ou são as dimensões de um túmulo — 3 pés por 7 pés e 77 polegadas? Um dos tios-avôs de David foi achado enforcado numa ponte em 1917 com este número pregado em sua roupa.

Ele ilumina a rua seguinte. Diversas folhas de papel são reveladas nas paredes.

Ela está por ali, com forças demoníacas soltas perto dela.

Neto de relojoeiro, ele apela para a misericórdia do deus que decreta o momento sem volta. O momento em que a flecha sai do arco, o momento em que o clímax sexual não pode ser interrompido, o momento em que a inspiração poética começa.

Casa vai para a sombra de uma parede quando as nuvens se separam no céu e deixam de fora a lua. Tentando, inconscientemente, se acalmar, ele toca o Kalashnikov que traz pendurado no ombro, sentindo o frio do metal. *"Alá enviou o ferro"*, diz o Corão, *"para que do mundo invisível Ele possa saber quem O apoia e aos Seus mensageiros."*

Ele usa a última das cinquenta folhas de papel para tirar a cola das mãos, amassando-a e atirando-a na água de um bueiro. Tudo isso sem fazer um ruído. Ele é veterano em emboscadas que podiam ser canceladas depois de três dias porque alguém tinha simplesmente respirado com força.

Viajando no escuro, ele e mais quatro homens tinham chegado aos arredores de Usha por volta de 1 hora da manhã para entregar as *shabnama*. O Corão pede aos muçulmanos que espalhem o temor entre os infiéis. Três afegãos, um checheno e um uzbeque — eles estacionaram as motocicletas nas sombras e depois se espalharam por estas ruas e becos, um par indo na direção da casa de Gul Rasool, embora ela pudesse estar protegida por minas. As instruções expressas de Nabi Khan tinham sido de colar um aviso na porta da frente da casa do inimigo:

— O Ocidente hipócrita gosta dele agora, apesar de ele ter matado um jornalista ocidental nos anos 1980 por ter escrito um artigo favorável a meu respeito.

A lua brilha no alto enquanto ele se move pelas ruas de Usha. O arcanjo Jibraeel, ele sabe, tinha sido instruído a diminuir um pouco do brilho da lua com as asas, porque a humanidade tinha pedido isto a Alá, por ela ser clara demais à noite. As marcas cinzentas no disco branco radiante foram feitas quando ele pressionou três vezes suas asas sobre ela.

De sombra em sombra, ele caminha na direção do lugar onde vai se encontrar com os outros para voltar para Jalalabad — nas ruínas de um santuário, no cemitério onde eles deixaram suas motocicletas. Está cercado de inimigos ali. E não são só aqueles que carregam armas. De acordo com as leis do jihad, o inimigo pode incluir toda a cadeia produtiva. Aqueles que lhes dão água, aqueles que lhes dão comida, aqueles que lhes dão apoio moral — como jornalistas que escrevem em defesa de sua causa. As mulheres também nem sempre são inocentes. Se ela rezar pela segurança do marido na guerra contra os muçulmanos, ela não é considerada culpada. Mas se rezar para ele matar e vencer os muçulmanos, então ela se torna inimiga. Se uma criança levar uma mensagem para guerreiros inimigos, pode ser exterminada.

Lara decidiu perguntar o caminho aos mortos. Chegando a um cemitério, cercado de ciprestes, ela entrou nele porque os túmulos muçulmanos são alinhados na direção norte-sul, para assegurar que o rosto esteja virado para Meca e os pés na direção oposta. Embora o hematoma de seu pescoço já esteja quase bom, é improvável que ela se esqueça disto.

Uma floresta de ossos. A maior parte dos que estão enterrados ali deve ter morrido de forma violenta, vítimas das guerras do último quarto de século.

A casa de Marcus fica para o sul, mas ela está cansada demais para calcular em que direção deve estar o sul, lembrando-se de que às vezes, no calor de uma manhã de verão, ela não conseguia nem colher flores numa campina, uma tarefa que exigia concentração porque as flores frescas se misturavam com as mais antigas, os pontos cor-de-rosa e amarelos que cobriam a faixa de grama atrás de sua dacha. Ela se senta no chão e encosta o corpo numa lápide. Seu Stepan morreu na dacha depois de testemunhar a favor de oficiais que estavam sendo acusados de torturar prisioneiros chechenos. Dois dias depois que o julgamento terminou, Stepan e Lara tinham saído para a dacha cercada de neve no golfo da Finlândia, desejando reparar os desentendimentos das semanas anteriores, causados pela fúria de Lara com os comentários de Stepan. O casal estava lá havia poucos minutos quando Lara — andando no corredor — ouviu Stepan falando com alguém na outra sala. Ela parou e ficou escutando.

— *Você não me reconhece, Stepan Ivanovich. Eu estava torcendo para você me reconhecer.*

— *Eu jamais o vi. O que você está fazendo em minha casa?*

— *As pessoas sempre disseram que meu irmão e eu éramos parecidos, então achei que você ia me reconhecer por causa da semelhança. Você já viu o rosto de meu irmão.*

— *Eu conheci seu irmão? Como é o nome dele?*

— Você não o conheceu. Você só viu fotografias dele. Ele foi sequestrado pelos militares para me obrigar a aparecer, para me obrigar a voltar do Afeganistão para a Chechênia. Por favor, fique onde está. Estou pedindo educadamente, mas meus amigos aqui não serão tão educados se eu der o sinal para eles.

Uma brisa nos ciprestes e ela abre os olhos. Um farfalhar. Ela sabe que a noite entrou em sua segunda metade, ela tem certeza. Ela vai ficar ali até amanhecer, com o ombro encostado na lápide de mármore. Com o toque da pedra ela experimenta uma sensação da infância — um desenho que foi preenchido com lápis de cor, o papel sedoso. Toda a cor está ali.

— Lara.

David se aproximou e estendeu a mão para ela, puxando-a para longe do ímã da lápide. O dia em que Stepan morreu tinha se tornado o primeiro dia do resto de sua vida. Ela só tinha um punhado de lembranças novas até chegar à casa de Marcus. No decorrer dos meses ela tinha se afastado de todo mundo, deixando Moscou — para onde tinha se mudado depois de se casar com Stepan — e voltando para São Petersburgo. Ela não queria se comunicar com ninguém e passou dias inteiros sem falar com pessoa alguma.

— Vamos, vou levá-la para casa — diz ele.

O vento levanta grãos de poeira do chão e depois os solta.

— Eu não pude trazer o carro porque achei que o motor ia acordar Marcus. — A voz dele, falando sobre coisas práticas, é baixa na escuridão, trazendo energia e foco para sua mente.

— Como você soube que eu não estava lá?

— Eu não consegui dormir. Desci e a porta da frente estava destrancada. Você devia ter trazido seu telefone.

Na ausência do gerador de eletricidade, ele carrega os telefones na bateria do carro.

— E por que não trazer uma luz, Lara?

— Ela quebrou.

— Eu estava indo para a casa do médico, mas vi você sentada aqui. O brilho branco de suas roupas.

— Temos que voltar pelo caminho que eu vim, para podermos levar o lampião quebrado para casa.

— Tudo bem. — E, ao deixarem Usha para trás, ele diz: — Já estamos na metade do caminho.

— Benedikt teve grande dificuldade para decorar o alfabeto inglês quando era pequeno. Quando o recitava, a letra M era sempre um alívio para ele, pois indicava que ele já estava na metade do caminho. — Ela para. — David, conte-me o que os três cavalheiros disseram.

Ela ouve o que os três visitantes falaram sobre a folha do Carvalho Cósmico e ouve as razões de David por ter ocultado dela a informação.

— Então Gul Rasool pode saber o que aconteceu com Benedikt?

— É uma possibilidade. Nós achamos melhor checar primeiro, não queríamos alarmar nem aborrecer você à toa. Desculpe.

Aproximando-se da casa, ela atravessa o jardim enquanto ele fica perto do lago, o céu incendiado de estrelas. Mais tarde, sentada com um restinho de vela na mesa da cozinha, ela o ouve entrar na casa por uma porta lateral, que dava para a sala que tinha sido o consultório dos médicos. Quando ele ficava muito cheio, os pacientes ficavam no pomar, deitados sob as árvores, o soro preso num galho florido acima deles. Marcus dizia que teria sido apropriado se a sala dedicada ao tato tivesse sido transformada em consultório, mas ela ficava muito alta para os doentes subirem até lá.

Lara vai até o quarto dele para pedir outra vela.

Um pouco depois, sob a luz da vela, ela ergue os olhos e o vê parado contra a parede azul e vermelha da cozinha. Numa história que ela leu quando era criança, havia uma lâmpada mágica em cuja luz você via o que o dono da lâmpada desejava que você visse. *"Vou fazer você pensar em mim."*

Ela estende a mão e apaga a vela que ele tinha dado a ela.

Com a mente lutando contra emoções conflitantes, ela dá um passo em direção à parede na mais completa escuridão, para descobrir.

Casa está passando por um grupo de acácias quando ouve um pequeno ruído. Ele para e fica escutando. O barulho é de metal encostando em alguma coisa, um leve toque sonoro. Uma lâmina ou um prego. Ele fica imóvel e abre ligeiramente a boca — um truque de caçador para apurar a audição. O mundo está cheio de fantasmas errantes, e dizem que quando uma casa ganha um telhado, ela também ganha um fantasma. Ele acende a lanterna, direcionando sua luz — e seu olhar — para a escuridão da noite. Vê a arma apontada para ele no meio da mata. Existem outras, ele vê, arrumadas em círculo ao seu redor, cada uma delas um gafanhoto preto do tamanho de seu braço.

São espingardas de pederneira, apoiadas em tripés, escondidas no meio da folhagem. Ele localiza o arame esticado no caminho. Mais dois passos no escuro, e teria pisado nele. A arma com este arame esticado teria girado no tripé e atirado em sua canela.

O bosque está coberto por arames formando um zigue-zague. Cada arma tem três arames amarrados no gatilho, o do meio vindo da base da árvore que está bem na frente dele, e os outros dois vindo da diagonal. Uma armadilha para matar chacais ou porcos-do-mato ou para aleijar ladrões. Estas coisas foram empregadas pela primeira vez na época em que os ingleses andavam pelo Afeganistão.

Ele levanta um pé e o coloca com cuidado sobre o arame à sua frente, mantendo-o lá por alguns segundos antes de fazer peso sobre o arame. Os galhos e folhas da acácia são atingidos por uma rajada de vento bem neste instante. Ela passa, e as árvores ficam imóveis de novo, como se o anjo da morte tivesse voado para dentro do bosque.

Ele continua a pressionar o arame com o pé até que, à sua esquerda, uma arma se vira para ele como a agulha de uma bússola. Com extrema precaução, ele tira o pé, subitamente consciente do peso de suas pernas. Uma mina russa PMD6 — apenas 250 gramas de TNT numa caixa comum de madeira e com um detonador — poderia arrancar suas pernas. Ele conhecia um homem que tinha pisado numa; quando Casa o ergueu nos ombros, percebeu como ele tinha ficado mais leve.

Erguendo bem os joelhos, ele passa por cima do arame, mas para em seguida. Que barulho é esse, como um sininho tocando? Um som que não parou em momento algum, esteve sempre soando em seus ouvidos? Ele ergue o facho da lanterna — a luz se dividindo em sete cores — e vê o punhal pendurado num cordão, quatro metros acima dele, balançando delicadamente. Há outros, dúzias deles, e todos brilham nas copas das árvores quando o vento os empurra na direção dos raios de luar que atravessam as folhas. Quando um deles bate num galho, faz aquele ruído.

Uma segunda armadilha.

Atraída pela luz da lanterna, surge uma mariposa que parece feita de pelo de coelho. Ele ainda não descobriu como a segunda armadilha será ativada quando seu peso dispara um mecanismo enterrado. As lâminas são lançadas ao mesmo tempo por todo o bosque, como se fossem pedaços de um espelho que se espatifou lá no alto. Uma delas quase entra em sua carne, cortando o fino cobertor que ele traz enrolado em volta do corpo. Há uma rajada de vento, tão forte que, se fosse de dia, as abelhas do bosque teriam sido deslocadas durante o voo.

Quando ele se move para a frente para evitar a faca, perde o equilíbrio e acaba de joelhos, e seu turbante cai no chão. Ele continua a cair para a frente por causa do impulso, e sua mão resvala no arame preso a uma das armas. O resultado é um clarão e uma explosão. A bola de chumbo quente se projeta para fora numa chuva de faíscas e arranha a parte de trás de seu crânio, arrancando duas polegadas de pele e tecido, e a grama seca explode numa fileira de fogo em sua direção.

Os olhos de Lara estão abertos no escuro e ela está deitada ao lado de David, a mão dele em seu quadril. Ela sente uma certa segurança ali encostada nele, embora sua mente esteja na dacha, com Stepan na mão de seus assassinos.

— *Quem está aqui? Você disse que estava sozinho, que sua mulher estava em Moscou.*

Ela então fugiu, saindo do corredor e correndo para o andar de cima, para se esconder. Eles começaram a bater em Stepan, para que os gritos dele a obrigassem a aparecer.

— *Do mesmo modo que o meu irmão foi torturado para me levar de volta para a Chechênia.*

É claro que ela apareceu, incapaz de suportar aquilo por mais tempo, Stepan rouco de tanto gritar para ela ficar onde estava e, depois, apenas por berrar.

Há calosidades em muitas áreas da pele dele, como se parte de seu corpo fosse uma casca. Ele vai sobreviver. Sob a luz quente da lanterna, ele corre pela trilha, para longe do bosque de acácias, lançando uma sombra comprida à sua frente. Ele sente que a noite ganhou vida para atacá-lo, o ar se transformando em músculo, osso e navalha. O barulho das armas disparando vai trazer homens que o perseguirão. Com uma das mãos, ele aperta o cobertor contra a cabeça para estancar o sangue, seus dedos molhados. Precisa achar um lugar para tratar da ferida, não pode perder o foco. Ele não sabe se os sons que ouve são seus próprios pensamentos ou alguma coisa fora dele. Seu sangue berra em seus ouvidos. Sente muito frio, como se seu esqueleto fosse feito de gelo. Ele sabe para onde deve ir: para a casa que pertence ao médico — ele colou uma shabnama na placa de metal do lado de fora. Ele vai pedir — ou exigir — ajuda para tratar do seu ferimento. Enquanto corre, sua cabeça gira. As fronteiras de sua alma não se sentem confinadas a seu corpo.

— De que tamanho é o Carvalho Cósmico?

— O que foi que você disse? Minha cabeça estava em outro lugar.

— Nada.

David está parado na janela.

Nós e outros como nós jamais pararemos até nos cobrirmos de glória por alcançar Jerusalém e explodir a Casa Branca, diz a Carta Noturna.

Ele se vestiu, e ela está sentada na cama enrolada num lençol, abraçando a si mesma com os dedos que tinha passado delicadamente pelos cabelos dele mais cedo, quando ambos estavam procurando por si próprios, um no outro.

Quando tocou nela, ele sentiu que não estava no presente. Foi como se ele fosse um fantasma, assistindo a si mesmo pôr a mão no ombro dela, a boca em sua coxa. Um fantasma ou uma lembrança. Ele não é jovem o suficiente para acreditar que um momento possa ser agarrado, não é mais uma criança que fitava as centenas de relógios na oficina de seu pai sem ver que os ponteiros estavam se movendo como foices.

— Hoje vou tentar achar James Palantine e conversar com ele — diz a ela, indo na direção da porta. — Ele vai falar com Gul Rasool para saber o que aconteceu com Benedikt.

— Quem é James Palantine?

— O pai dele, Christopher, era um conhecido meu. James é amigo de Gul Rasool, "aliado" talvez seja uma palavra melhor. Ele é responsável pela segurança de Gul Rasool. Eu conheci seu pai em Peshawar nos anos 1980.

— Quando você trabalhava com espionagem?

Uma hesitação.

Tanto ele quanto Christopher eram espiões. Ele pensa no lema da CIA, um verso do Evangelho de João: *"E conhecereis a verdade e a verdade vos libertará."*

Ele abre a porta e sai. Do lado de fora, o vento sopra nas árvores como se tentasse dizer o nome de alguém.

5

A rua dos contadores de histórias

DAVID OUVIU DIZER QUE NENHUMA OUTRA guerra na história foi combatida com a ajuda de tantos espiões. Quando o exército soviético atravessou o rio Oxus e entrou no Afeganistão em dezembro de 1979, agentes secretos de todo o mundo começaram a se reunir na fronteira, na cidade paquistanesa de Peshawar. Ela se tornou, então, o principal palco do jihad contra os invasores soviéticos, rivalizando com Berlim Oriental como a capital do espionagem no mundo em 1984.

Naquela altura, 17 mil soldados soviéticos tinham sido mortos, e David estava morando na cidade havia dois anos. Como, um dia foi o segundo lar do budismo, pôde contar com Cidade de Lótus entre seus nomes quase esquecidos. A figueira sob a qual diziam que o Iluminado tinha pregado continuava a crescer numa praça tranquila.

A Cidade das Flores.

A Cidade do Trigo.

Ela tinha se transformado num lugar de conjeturas, com suspeitas improváveis e uma desconfiança frenética. Os nervos de todos estavam à flor da pele, todo mundo fazia alguma coisa secreta. Durante a maior parte de sua história, tinha sido um dos principais centros comerciais ligados à Rota da Seda, e, a partir daquele momento, os Estados Unidos enviavam armas para o Afeganistão por ela. Para onde quer que David olhasse, via vestígios da guerra na qual aquelas armas estavam sendo usadas. Ambulâncias precárias cheias de feridos e moribundos desciam as montanhas na direção de Peshawar, às vezes carregando crianças que tinham sido incendiadas por soldados soviéticos para fazer os pais revelarem os esconderijos dos guerrilheiros. Dentistas enchiam cáries com chumbinho de espingarda em Peshawar.

Treinado pela CIA, David tinha um escritório no Bazar dos Joalheiros, seu interesse por pedras preciosas funcionando como uma fachada perfeita. Tinha conhecido Christopher Palantine durante o cerco à embaixada em Islamabad em 1979, quando Christopher aventara a possibilidade de que David poderia responder a algumas perguntas quando retornasse de sua próxima viagem ao Afeganistão. Para obter informações sobre a União Soviética, a CIA interrogava até os peregrinos das Repúblicas Centrais da Ásia que iam a Meca, e o governo da Arábia Saudita permitia isso por causa da aversão que tinha pelo comunismo. David também tinha concordado prontamente com o pedido de Christopher. Quando sua vida consciente começou, havia no ar que as crianças americanas respiravam um ódio e um medo do comunismo, e isto poderia ter permanecido, simplesmente, como uma animosidade inconsciente, mas havia a questão da morte de Jonathan. A União Soviética tinha apoiado os guerrilheiros vietnamitas e tinha, portanto, desempenhado um papel no desaparecimento e na provável morte de seu irmão. Ele tinha 14 anos quando chegou a notícia de que Jonathan estava desaparecido e provavelmente morto. Tudo o fazia lembrar-se de Jonathan, e até as ocasiões festivas passaram a ser tristes por causa de sua ausência. Ele tinha chorado com a cabeça entre as mãos, parado na frente da casa: assim que completaram 12 anos, ele e Jonathan receberam permissão para tirar o carro daquela mesma garagem e levá-lo até a rua enquanto o pai pegava o casaco e as chaves. Com o passar dos dias e sem receber notícias de Jonathan, seu pai começou a perguntar delicadamente se ele era capaz de controlar as lágrimas — os dois precisavam dar forças à mãe dele. Mas um fogo de grande intensidade ardia dentro de seu corpo jovem. Um dia, apanhou um coiote no bosque e começou a bater nele com um bastão. Não importava que isso fosse errado. Precisava de uma válvula de escape e, como se desejasse apagar as provas do que tinha feito, continuou a bater no bicho muito depois de ele estar morto. E pelo resto de minha vida eu vou fazer tudo o que puder para ferrar com os Vermelhos.

Mas isso foi naquela época. Quando foi para Peshawar como empregado da CIA, sua oposição ao comunismo era resultado de estudo e contemplação. Não algo que nasceu de uma ferida pessoal.

Ele estava em Peshawar como um crente.

Um poeta de cabelos brancos, quase cego, morava no apartamento ao lado do escritório de David no Bazar dos Joalheiros em 1984, depois de fugir das ameaças tanto dos comunistas quanto dos guerrilheiros islâmicos em Cabul alguns meses antes. Durante a maior parte do dia, ele ficava sentado de pernas cruzadas sobre um tapete puído no chão, cercado de livros. Um deus de pedra imutável, a terra toda seu pedestal.

David tinha entrado no apartamento dele para verificar se havia algum dispositivo de escuta: muita gente poderia querer espioná-lo — a KGB, o ISI paquistanês, a agência de espionagem da Arábia Saudita ou o serviço de espionagem afegão, treinado pela KGB, que nesta altura do conflito tinha 30 mil profissionais e 10 mil informantes pagos, mantendo bases secretas em Peshawar, Islamabad, Karachi e Quetta. O jihad estava no auge na época, e se alguém quisesse ter acesso a uma conversa no escritório de David, bastaria abrir um buraco na parede do apartamento do poeta com uma furadeira e inserir um microfone.

Ele encontrou o lugar livre de dispositivos, mas antes do fim do mês seu ocupante tinha desaparecido: enquanto o poeta estava fora, uma tarde, uma menina de 5 anos com a garganta cortada tinha aparecido no apartamento dele. Uma multidão clamando vingança foi até lá e o homem nunca mais foi visto.

David soube através de _____, sua fonte no ISI paquistanês, que um oficial do serviço de espionagem paquistanês tinha mandado que uma criança fosse apanhada nas ruas de Peshawar, levada para a casa do poeta e assassinada lá. A multidão e a polícia foram então enviadas para investigar o crime. O oficial do serviço de espionagem queria o lugar vazio para poder instalar um inquilino que concordasse em espionar David.

— Então foi Fedalla quem fez isso? — disse Christopher Palantine quando David lhe contou.

— Sim. Ele foi uma das pessoas de quem suspeitei.

Cinco anos tinham se passado desde que Fedalla e seus amigos tinham atacado David em Islamabad, e David o reconhecera quando o viu numa reunião com os militares paquistaneses, pouco depois de ir para Peshawar como funcionário da CIA. Em 1979, Fedalla era um capitão louco para ser promovido a major, o que já tinha conseguido, mais pesado de rosto e de corpo. David esperou uma chance e então o confrontou, mas Fedalla negou qualquer conhecimento do ataque em Islamabad.

— Você tem que sair logo do Bazar dos Joalheiros — disse Christopher a David.

David conseguiu acomodações numa rua próxima, a rua dos Contadores de Histórias, que em tempos antigos foi local de acampamento de caravanas e de tropas militares, os contadores de histórias recitando baladas de amor e guerra para os viajantes e os soldados. Ela se estendia de leste para oeste no coração da cidade, e, em abril de 1930, soldados britânicos massacraram ali uma multidão de descontentes desarmados, um momento decisivo na luta para expulsar os ingleses da Índia. Quando os rebeldes da frente foram atingidos, os de trás avançaram para receber os tiros, praticamente cometendo suicídio. Com os peitos nus, ondas de revoltosos foram abatidos com até vinte balas atingindo alguns corpos. Isto continuou das 11 às 17 horas, a corte marcial aguardando os soldados que se recusaram a puxar o gatilho.

Seus novos vizinhos no prédio de três andares estavam limpos, bem como o apartamento desocupado do andar de cima. Um dia, alguns meses depois, quando estava saindo do escritório, uns cinquenta carretéis de linha vieram rolando pela escada que ia dar no apartamento de cima, alguns parando e outros continuando a rolar até o próximo lance de escada, pulando sobre o corrimão até se desenrolar completamente.

A suspeita foi imediata: a moça que estava parada na porta aberta no alto da escada era uma espiã.

A mão com que ela segurava a linha estava suja de hena, indicando a possibilidade de ela ter ido a um casamento recentemente.

— Obrigada — disse ela em inglês, depois que ele a ajudou a juntar as linhas de seda.

— Como é o seu nome?

Ela parou e olhou para ele da escada, então seu rosto altivo se iluminou com um sorriso.

— Todos os nomes são meus nomes — disse ela com um ar travesso e desapareceu.

Ele entrou no apartamento dela na tarde seguinte, quando ela saiu com a criança. Não achou nada lá que sugerisse subterfúgio, nem naquele dia nem nas buscas que fez em outras ocasiões.

Zameen.

Uma única palavra.

Com que facilidade uma pessoa dizia seu nome a outra, e, no entanto, como ele ficou inquieto durante as poucas horas em que o ignorou, descobrindo-o por métodos próprios. Soube pela primeira vez que podia haver algo mágico no nome de alguém — uma mera palavra, mas quanto poder continha, como num conto de fadas. Era, afinal, a primeira coisa que uma pessoa sabia a respeito de outra. Uma aproximação e uma possibilidade.

No momento dessa primeira aproximação, ele estava indo se encontrar com Christopher Palantine, e pensou nela durante o encontro. Depois ele passou vários dias fora, desaparecendo mais uma vez em esquemas que ele tinha posto em ação na cidade fervilhante, ele e Christopher Palantine grandes aventureiros, causando certa ansiedade aos seus superiores quando passavam semanas invisíveis. Mas quando voltou à rua dos Contadores de Histórias, ele sincronizou diversos aparecimentos na porta de seu escritório apenas para encontrá-la, para tornar a vê-la. Uma vez, quando a cidade mergulhou na escuridão por causa de uma pane de energia, ele subiu para pedir um fósforo em vez de descer até o bazar. Sabia, quando iniciou este trabalho, que teria que fazer sacrifícios. A solidão era o preço que eles pagavam por serem quem eram. Entretanto, sentado na luz do lampião aceso com o fósforo dela, não pôde deixar de ver o quanto sua vida era incompleta. Havia casas e estabelecimentos em Peshawar que ele às vezes frequentava para aliviar a solidão, e ele se encontrava com uma certa mulher toda vez que ia à cidade de Lahore, encontrando-a por algumas horas no Falleti's, o hotel onde Ava Gardner ficou quando esteve no Paquistão filmando *Bhowani Junction*. Mas isto era diferente, parecia ser mais profundo.

Ele ouvia os pés dela andando no teto, seguia seus movimentos.

Então, uma tarde, conseguiu falar abertamente com ela, encontrando-a por acaso na rua, na barraca de um vendedor de fitas cassete. Antes dos afegãos saírem para enfrentar os soviéticos, eles punham uma fita virgem no gravador para gravar o som do combate. Eles ouviam a fita mais tarde, durante períodos de recreação ou lazer, para reviver a luta. Elas estavam à venda na rua. Assim que David pegava uma fita, o vendedor começava a gritar os trechos mais importantes dela:

"*Emboscada de Qala-e Sultan, abril, há dois anos, uma batalha pouco conhecida, mas...*

"*Ofensiva de Dehrawud, outubro de 1983, o som dos helicópteros e aviões de combate, os gritos dos feridos. Contém a famosa morte por tortura de um infiel soviético capturado...*

"*Batalha pelo Distrito Central de Alishang, agosto de 1981, em três cassetes. Os soviéticos são obrigados a recuar apressadamente, mas eles obrigam os idosos da aldeia seguinte a pedir ao mujahid os corpos dos soldados soviéticos mortos que ficaram para trás...*"

Ele reconheceu os motivos decorativos na mão esquerda pintada com hena que se estendeu na direção de um cassete ao mesmo tempo que a dele. Quando ergueu os olhos, viu que sim, que era ela. A gravação era de um ataque a uma escola que tinham acabado de abrir numa aldeia, onde os professores e os funcionários haviam sido massacrados.

— Aconteceu uma coisa assim no lugar de onde eu vim — disse-lhe Zameen no apartamento dela, mais tarde. — Um lugar chamado Usha. Isto quer dizer "gota de lágrima".

Ele tinha tentado falar com ela na rua cheia de gente, mas ela tinha sacudido a cabeça, assustada, cochichando rapidamente para ele subir dentro de alguns minutos.

— Por que só uma das mãos?

— A hena? Ela demora um pouco para secar, eu tenho que trabalhar e cuidar do meu filho. Foi por isso que deixei a mão direita livre. De todo modo, eu agarrei a criança errada um dia no caos lá de fora. — O menino estava andando de joelhos no chão, empurrando um carrinho de brinquedo.

Eles ficaram olhando um para o outro sem saber o que dizer ou fazer. Ela se inclinou para tirar os papéis com contornos de folhagens, flores, libélulas e trepadeiras. Eram riscos de bordado, e ele se lembrou de que lhe haviam contado que, pouco antes da Primeira Grande Guerra, jovens alemães patriotas entraram na França com redes de caçar borboletas, apanhando espécimes e desenhando modelos de asas para levar de volta para a Alemanha. Criptografados nos desenhos das asas de borboleta havia mapas com informações estratégicas, tais como a localização exata de pontes e estradas.

Ele pegou um dos papéis e o examinou. Os camponeses franceses conheciam suas borboletas locais e logo perceberam que os desenhos estavam incorretos, desmascarando os espiões antes que a informação pudesse ser enviada para fora.

— Vocês dois moram aqui sozinhos?

Ela estendeu a mão para os desenhos.

Ele a ouviu contar sobre os pais desaparecidos e depois, com o coração sangrando, sobre o homem que ela amava, um rapaz tão bonito que tinha que andar de véu quando era menino.

— Ele foi ferido pelos soviéticos. Eu estava com ele naquela noite, e foi a última vez que o vi. Achei que ele estava morto, mas depois soube pelos refugiados que vieram de Usha que ele sobreviveu. Eu não sei onde ele está.

Uma noite, tendo conseguido acesso ao seu apartamento para ver se ela estava envolvida com espionagem ou escuta, enquanto olhava para ela, adormecida, no escuro, David a ouviu dizer o nome de um homem.

Ele compreendeu que era o do amante desaparecido.

Ela queria a ajuda dele para encontrar essas três pessoas, já que ela — sendo mulher — não podia se movimentar livremente.

Quando estava saindo, o garotinho foi até a cozinha e, achando que ninguém estava vendo, pôs de volta na prateleira a faca que tinha mantido escondida no corpo durante toda a visita dele; David o tinha visto apanhá-la instantes depois da mãe ter aberto a porta para ele. *O que teria acontecido com eles?*

Alguns dias depois, quando estava saindo do escritório, notou que a porta do apartamento dela estava aberta, algo incomum naquela hora. Ele ficou ouvindo e depois subiu a escada devagar. Bateu na porta. Chamou por ela. E como não obteve resposta, entrou.

Ela estava sentada na cama, de costas para a porta — o menino estava dormindo, e só havia a luzinha de um abajur sobre a mesa. Ele ouviu os soluços dela claramente.

— Zameen — disse ele, mas ela não se virou. A impressão que ele tinha tido dela era de uma mulher autossuficiente e forte: depois de um incêndio, ela provavelmente não se transformaria em cinzas, mas em carvão. Mas ali havia o escuro e a solidão. O lado oculto da coragem exigida dela diariamente.

Ele tornou a dizer o nome dela.

Ela se virou para ele, mas não o reconheceu. Ele era como o barulho do vento na janela.

Ele ficou ali até ela chorar tudo o que tinha para chorar e então a viu pegar uma tesoura e começar a cortar as roupas, pronta para dormir, mas ainda tonta, incapaz de saber o que fazer.

As roupas caíram em pedaços do seu corpo.

— Zameen — disse ele baixinho, com medo que ela machucasse a si mesma.

Ele ficou onde estava até ela se deitar apenas com a roupa de baixo, depois saiu e passou a noite em seu escritório. Só quando a ouviu trancar a porta, quando o dia estava quase amanhecendo, foi que ele voltou para o apartamento alugado, a poucos quilômetros de distância.

Antes do mês terminar, ele encontrou o homem que ela estava procurando, num dos campos de refugiado perto da fronteira do

Afeganistão. Ele estava lá para tratar de outro assunto quando uma pessoa parecida se aproximou e começou a ajudar com a tradução porque David estava tendo certa dificuldade com os dialetos.

Enquanto conversavam, ficou claro que o nome dele e os detalhes eram os que Zameen tinha dado acerca do seu amante desaparecido.

Ele não contou ao rapaz que ela o estava procurando.

Ele voltou para a rua dos Contadores de Histórias e, quando se deu conta, tinha se passado uma semana, e ele não tinha dito nada a ela. *Vou contar a ela esta tarde. Vou contar amanhã. Amanhã. Amanhã.* O filho dela estava se afeiçoando a David, ficava feliz quando ele estava por perto, o menino que nasceu debaixo de uma árvore quando ela estava a caminho de Peshawar, e, sim, ele tinha começado a notar nela alguns sinais de atração. Ele voltou duas vezes ao campo de refugiados e conversou com o rapaz que, ele descobriu, acreditava no comunismo, apesar de os soviéticos terem destruído sua terra.

Ele não sabia o que fazer.

Vou contar a ela amanhã.

Ele entrou no apartamento e viu mãe e filho na pequena sacada de madeira. Estava chuviscando, uma espécie de névoa que cobria tudo, e eles estavam inclinados na direção de uma planta, observando algo com grande concentração. Ela acenou para ele se aproximar, o menino imediatamente se encostou nele, com um barulho de trovão ao longe. Ele viu que em cada folha da planta os pontinhos minúsculos de umidade se juntavam formando uma gota, bem no centro da folha, equilibrando-se ali por alguns instantes. E então, numa questão de segundos, a gota ficava tão grande que a haste da folha não conseguia sustentá-la: a folha começava a se balançar e, finalmente, derramava a gota no chão, endireitando-se em sua haste e repetindo todo o processo.

Ela sorriu para ele — mostrando-lhe aquela maravilha da natureza.

Sua consciência doeu.

Hoje eu só quero ficar aqui, amanhã eu conto a ela.

Casa abre os olhos e vê o rosto gigantesco suspenso sobre ele, a primeira luz da manhã caindo delicadamente. Ele levanta a cabeça do chão e olha em volta. Ele se lembra de ter descido os degraus no escuro algumas horas antes, parando ao ver o objeto de pedra. Seu contorno tinha surgido na borda do feixe de luz de sua lanterna. Ele procurou com a lanterna e viu que era o rosto de um Buda. Aproximou-se e estendeu o cobertor no chão, com dificuldade porque sua cabeça estava tonta apesar de ele estar controlando a hemorragia com tiras rasgadas do cobertor. Não tinha havido resposta para as batidas na porta da casa do médico, e ele tinha decidido ir até o cemitério: ao chegar lá, as três motocicletas tinham desaparecido — seus companheiros tinham fugido sem ele. A arma disparando no bosque de acácias tinha alertado os habitantes de Usha para a presença de um ladrão e depois as *shabnama* devem ter sido descobertas, causando furor no lugar.

Ele não sabe onde deixou cair seu Kalashnikov. Depois de estender o cobertor no chão, ao lado da cabeça de pedra, ele tirou da cintura o pano que usara como turbante. Ele se deitou sob o pano — que é, na verdade, sua mortalha, todo mundo leva a sua em operações perigosas, para sinalizar que está disposto a morrer.

Cinco dias antes, o homem chamado Bihzad tinha sido enviado para explodir a escola, mas não porque Casa e os outros fossem covardes. Eles sabiam que uma missão mais importante os aguardava, o ataque a Usha.

Ele precisa se levantar e voltar para Jalalabad.

Ele tenta erguer o corpo, mas, como num pesadelo, não consegue. Casa queria ao menos poder se levantar e escolher outro lugar para morrer — um lugar que não fosse tão perto desta imagem —, mas não tem forças, sua mente está confusa.

Fica ali deitado, consciente da presença do gigante pairando sobre ele na meia-luz.

Os olhos quase fechados.

O sorriso.

Lara está descendo a escada quando percebe a figura. Ele está adormecido, encostado na parede pintada de tal modo que um arbusto com flores amarelas sai do seu quadril esquerdo, a cabeça decapitada do Buda a poucos metros dele. Ela nunca conseguiu encontrar nenhum sinal na pedra das marcas de bala que dizem que fizeram brotar ouro. E às vezes ela imagina que o fato de estarem pregados nos tetos da casa fez os livros gotejarem brilho sobre o assoalho de cada cômodo.

Ela só tira os olhos do rapaz quando chega no último degrau e então corre para a alameda de lilases persas, a alameda de cinamomos. O carro de David, sempre estacionado ali sob aquelas árvores, está se movendo na direção do lago, levando-o para Jalalabad para passar o dia, e ela pode ver Marcus saindo da cozinha para pôr um copo na cesta de louça lavada que ela deixou secando no sol da manhã.

David diz a eles dois para ficarem do lado de fora e entra na fábrica, voltando cinco minutos depois.

— Ele está ferido — diz ele. — Perdeu muito sangue. Ele diz que foi atacado por um bandido na noite passada, nas montanhas. Ele desceu a encosta e caiu lá dentro, provavelmente perdendo os sentidos.

Lara e Marcus olham para baixo, para onde ele está sentado, imóvel, encostado na parede, o lado da cabeça recostado nas flores. É magro, tem poeira no rosto, nas roupas e no cabelo, e há um pano empapado de sangue amarrado em sua cabeça. Uma borboleta vermelha na parede acima dele dá a impressão de que uma pequena quantidade de sangue espirrou e saiu voando.

David traz o carro de volta para a fábrica e desce para levar o estrangeiro para cima, passando um braço pela cintura dele para apoiá-lo, mas o rapaz se solta delicadamente.

— Acho que você deve levá-lo para Jalalabad — diz Marcus depois de dar uma olhada na ferida, conseguindo soltar o pano duro de sangue coagulado e com cabelo grudado. — Leve-o para o hospital. Ele vai precisar de pontos... um ou dois.

O rapaz se senta no banco de trás sem uma palavra e sem olhar para ninguém, bebendo alguns goles do chá com bastante açúcar que lhe deram. A parte de trás de sua camisa está manchada de sangue, mas ele recusa, erguendo a mão, quando Marcus lhe oferece uma muda limpa de roupa. Ele devolve a xícara de chá sem erguer os olhos e então se ajeita e se cobre com o pano branco. Sua única comunicação é um aceno de cabeça quando David lhe diz em pashto que ele vai ser levado para a cidade.

Eles atravessam Usha, a aldeia está quieta por causa das *shabnama*. Em outras aldeias, as Cartas Noturnas mandam que as pessoas plantem papoulas de ópio, uma planta proibida pelo novo governo, mas em Usha, Gul Rasool já cultiva papoulas, apesar de fazer parte do governo. O armazém ao lado da escola em Jalalabad era usado por ele como depósito de heroína. Assim como no Vietnã, assim como no Afeganistão nos anos 1980, onde a CIA ignorou o tráfico de drogas dos guerrilheiros anticomunistas que ela estava financiando, as atividades de Gul Rasool têm que ser toleradas porque ele é necessário. No mês anterior ele estava entre os 12 políticos que tinham xingado uma congressista mulher enquanto ela discursava no Parlamento, gritando "levem-na e a estuprem". Perseguida e ameaçada, ela muda regularmente de endereço e tem burcas de oito cores diferentes para evitar ser seguida.

A Carta Noturna é de uma organização que prefere chamar a si mesma de Construindo o Novo Muçulmano — o bombardeio da escola foi realizado pela organização Construindo o Novo Afeganistão. Poderia ser a mesma organização: se eles tiverem conseguido simpatizantes ricos fora do Afeganistão, pessoas que têm objetivos islâmicos, elas podem ter pedido para o nome ser mudado. Isto não se refere a um país em particular — mas à glória e às aspirações do Islã. Saladino lutou por Alá e Maomé e ganhou a Palestina, mas os palestinos hoje estão lutando apenas pela terra, mesmo ela sendo sua própria terra, e, portanto, estão perdendo.

A Carta Noturna oferece uma recompensa financeira de 200 dólares para qualquer habitante de Usha que possa ajudar na guerra que estão prometendo contra Gul Rasool por —entre outras coisas — ter permitido que meninas fossem instruídas. Sim, podia ser a organização de Nabi Khan. Ele devia estar vivo. O dinheiro que eles estão oferecendo é uma soma inacreditável para a maioria das pessoas comuns de Usha e algumas poderiam sentir-se tentadas por ela, vendo-o como uma forma de sair da pobreza.

Os olhos do passageiro de David permanecem fechados durante quase toda a viagem para Jalalabad, embora ele de vez em quando beba um pouco de água de uma das garrafas que foram parar perto da casa de Marcus. Assim que se aproximam da cidade, entretanto, ele quer sair do carro, revigorado e cheio de determinação, olhando para a direita e para a esquerda. David tenta argumentar com ele, uma discussão que leva vários minutos, com o carro parado ao lado da estrada e David estendendo a mão para trás para impedi-lo de sair, dizendo que um médico devia examinar seu ferimento.

— Eu não tenho dinheiro para os médicos porque o bandido levou tudo.

— O hospital fica logo ali adiante.

— Eu tenho que ir embora.

Sua mãe sabe que você está querendo desperdiçar o sangue que ela fez a partir do seu próprio sangue, do seu próprio leite? Alguém tinha dito isso a ele depois de ele ser ferido aqui no Afeganistão, mas é uma coisa íntima demais para dizer para este rapaz.

— Eu quero sair.

— Não se preocupe com o dinheiro.

Ele acaba concordando e eles vão até a entrada do hospital, passando pelos guardas que protegem o prédio.

David deixa-o na sala de espera, aguardando o médico, e sai do prédio, indo até debaixo dos pinheiros com pegas e cotovias nos galhos. Não há vento, mas um arbusto de alfazema está em constante movimento por causa das abelhas que pousam em seus galhos ou saem voando deles. Um menino se aproxima com uma quantidade de livros em pashto, em dari e em inglês para vender: *1001 melhores mensagens românticas*, um livro intitulado *The CrUSAders* e também *Mein Kampf* traduzido como *Jihadi*.

Quando vê meninos como estes, David às vezes pensa se eles são Bihzad, esquecendo que o tempo passou, que Bihzad é um adulto em algum lugar.

A fronteira do Paquistão fica a apenas três horas, na direção leste. Se você atravessar os 37 quilômetros do desfiladeiro de Khyber, você chega a Peshawar. A rua dos Contadores de Histórias.

Onde ele a havia conhecido e se apaixonado por ela e ela por ele.

Agora ele sabe como os lugares se tornam sagrados.

— Onde está o pai do menino? — perguntou David a ela. O menino que tinha vencido toda queda de braço com David nas últimas semanas.

Ela sacudiu a cabeça, e ele viu que não devia insistir. Mais de um mês tinha se passado desde que a conhecera, mas às vezes sentia que era pouco mais do que um simples vizinho. Por quase duas semanas sabia que o homem que ela realmente desejava estava a poucos quilômetros de distância, num campo de refugiados.

— Quem paga este apartamento?

— Uma instituição de auxílio. Eles pagam para eu ficar aqui para que as mulheres dos campos de refugiado venham aqui para bordar em segredo. — O trabalho que ele achou que podia estar ligado a espionagem. — É segredo porque os fundamentalistas que construíram inúmeras mesquitas nos campos de refugiados proibiram trabalho e educação para as mulheres. Uma mulher que possua um carretel de linha é rotulada de devassa. Foram as organizações de ajuda ocidentais que começaram o esquema de bordado para dar às viúvas de guerra uma chance de ganhar a vida. Os fundamentalistas dizem a elas para mendigar nas ruas, que este é o modo de Alá usá-las para testar quem é caridoso e quem não é, ou para mandar seus filhos pequenos para trabalhar nos bazares. Temos que ser muito cuidadosos porque sempre há o perigo das mulheres serem seguidas até aqui por eles.

Imaginando a solidão dela, ele se sentiu arrasado, mas o homem que ela queria em sua vida — o comunista — só traria mais dificuldades para ela, ele tinha certeza. Resolveu visitá-lo pela última vez para perguntar a ele, o mais abertamente possível, a respeito de seus planos e intenções.

— Eu não me importo que o comunismo tenha fracassado na Rússia — disse ele. — Ele continua sendo a grande esperança para um país como o Afeganistão. Algumas pessoas no meu país não têm dinheiro nem para comprar veneno para se matar, que dirá comida. Não existe outra maneira de nos livrarmos dos senhores feudais e dos mulás ignorantes que nos governam com seu poder e seu dinheiro, abrindo suas bocas para mentir ou para xingar.

— Você não sabe do que está falando. O comunismo matou milhões e milhões de pessoas...

— Vamos aguardar até ele matar mais algumas centenas de milhares, os sanguessugas que controlam o lugar em que nasci. Aí eu vou concordar em denunciá-lo.

Pessoas como estas tinham que saber que o comunismo não era a única forma de acabar com a desigualdade.

— Nós não temos esse tipo de pessoas, os religiosos e os senhores de terras, nos Estados Unidos...

— Então por que vocês os estão *apoiando*, dando-lhes dinheiro e armas?

Ele estava falando baixo: em volta deles havia vítimas do comunismo, e David não podia imaginar o que eles fariam se o ouvissem falar daquele jeito. Em 1917, um dos tios-avôs de David, um minerador de cobre que era simpatizante dos Trabalhadores Industriais do Mundo, organização de esquerda, tinha anunciado a todos suas opiniões sobre a recente entrada da América na guerra. Ele tinha chamado o presidente Woodrow Wilson de "tirano mentiroso" e os soldados americanos de "patifes de uniforme", sem se importar com o fato de que o estado de Montana, tomado de febre patriótica, estava ficando cada vez mais intolerante. Uma noite, em setembro, um pequeno grupo de homens mascarados o tirou à força de casa, o enforcou e o deixou pendurado para todos verem de manhã. Um pedaço de papel com o número dos Vigilantes de Montana do século XIX, 3-7-77, estava pregado no corpo dele, com as iniciais de outros quatro homens ameaçados de ter o mesmo fim.

Não, David não podia permitir que este homem pusesse Zameen e o menino em perigo.

Ele podia ver que o ardor do homem era genuíno, mas estava voltado para falsidades. David tinha pesquisado tudo sobre a morte do tio-avô e tinha decidido que — por mais que seu enforcamento tivesse sido um crime terrível — ele não podia concordar com as opiniões do homem. Elas teriam resultado no envolvimento dos Estados Unidos com a revolução, como o resto dos países que tinha adotado o comunismo e seus desdobramentos. Revoluções que eventualmente devoraram seus filhos e transformaram metade do planeta numa prisão. Aqueles eram os primeiros anos do século, e ele admirava o otimismo de gente como o seu parente distante, tinha até orgulho de ter uma pessoa assim em sua linhagem, alguém que se importava com igualdade e justiça. Mas na outra ponta do século estavam as consequências para quem quisesse ver. Na época de David, um objetivo de desigualdade e injustiça significava ter que conter e desfazer estas consequências.

— Espere até os soviéticos serem derrotados — disse David. — Então nós ajudaremos vocês, afegãos, a expulsar os chefes militares e os mulás.

— Os soviéticos estão nos ajudando agora. Construindo estradas, hospitais, represas que o seu povo não para de destruir.

Eles não estavam construindo nada. Era tudo de terceira categoria ou só para enganar — e, de todo modo, eles estavam cobrando milhões do Afeganistão por aquilo.

— Os soviéticos estão levando milhares de nossas crianças para Moscou para lhes dar educação gratuita. Se eu tivesse um filho, eu

133

o mandaria para lá. — E então disse que ele e um pequeno grupo de homens e mulheres que pensavam da mesma forma tinham se juntado e estavam planejando voltar para Cabul dentro de algumas semanas para oferecer seus serviços ao regime comunista.

David foi embora.

Na tarde seguinte, Christopher Palantine informou-lhe que os militares soviéticos iam realizar um ataque aéreo sobre o campo de refugiados onde o rapaz vivia. Os campos de refugiados de Peshawar eram o centro dos guerrilheiros antissoviéticos, onde comandantes e guerreiros vinham se reagrupar e se recuperar depois de lutar contra o exército vermelho no Afeganistão. Testados sem piedade, os soviéticos tinham violado o espaço aéreo paquistanês para bombardear os campos muitas vezes antes — e esta tarde fariam isso de novo.

Ele e Zameen tinham se beijado pela primeira vez na noite anterior, parados na escada que ia dar no apartamento dela, e ela tomara a iniciativa.

Tendo sabido do ataque aéreo com antecedência, Christopher disse que, por intermédio de um informante infiltrado na agência de espionagem do Afeganistão, a CIA tinha providenciado para que jornalistas e câmeras de televisão de diversas cidades importantes do mundo Ocidental e muçulmano estivessem presentes em Peshawar, para que notícias e imagens da carnificina se espalhassem ao redor do mundo.

Ele se sentou debaixo de uma árvore enorme junto com Christopher Paladine, num santuário não muito longe da rua dos Contadores de Histórias, o túmulo do homem santo coberto de ladrilhos coloridos. Ele sabia que não havia tempo suficiente para chegar ao campo de refugiados e avisar o homem. Então ele se sentou lá com seu amigo e observou a enorme multidão no pátio à sua frente. Havia principalmente mulheres. Os santuários dos santos muçulmanos eram locais visitados mais por mulheres do que por homens, havia lhe dito Zameen, porque o desespero delas era maior, suas necessidades mais básicas e mais urgentes. Elas vinham de diversos lugares do país e ficavam dias perto de um túmulo sagrado, uma vez que seu santo era, quase sempre, a única pessoa nesta vida que elas podiam questionar impunemente e até acusar de negligência, com a linguagem e o jeito de uma amante traída.

Quando voltou para o escritório, um bilhete tinha sido enfiado por baixo da porta, e só ele sabe como conseguiu chegar ao campo nos sessenta minutos que restavam antes da chegada dos jatos soviéticos. O bilhete de Zameen dizia que ela tinha descoberto que seu amante estava morando naquele campo e que ia se encontrar com ele.

David chegou lá antes dela, e, quando ela chegou, ele levou o menino e ela para longe dali. O lugar estava, é claro, uma fornalha, com fumaça subindo em golfadas, como se demônios tivessem sido libertados pelas bombas. Todos os caminhos que iam dar na parte do campo em que o homem tinha seus aposentos estavam intransponíveis, com fileiras e fileiras de casas pegando fogo. Ao levá-los embora daquela carnificina de inocentes, ele olhou por cima do ombro. O mundo civilizado ia ver isto e condenar a brutalidade soviética, obrigando Moscou a repensar sua política.

Naquela noite, David se tornou seu amante e em poucos dias ela significava quase tudo para ele.

Ele a viu despejar água em seus ombros enquanto se banhava, a água se espalhando numa fina camada sobre sua pele e depois quebrando em formas que pareciam países e ilhas, que pareciam continentes. Ela levantou o cabelo, revelando a extensão do pescoço, e disse que ela e suas amigas tinham ficado chocadas quando o príncipe subiu pela corda do cabelo de Rapunzel.

— Nós todas tínhamos lido o *Livro dos Reis*, de Ferdowski. Quando a filha do governante de Cabul joga o cabelo para fora da janela, Zal não consegue suportar a ideia de usá-lo como corda.

A única parte dele que parecia viva era onde os dois entravam em contato. Não havia como identificar muitos dos corpos depois do bombardeio, mas uma coisa era certa: ninguém que vivesse na parte bombardeada poderia ter sobrevivido. Entretanto, a princípio ele teve medo de que o outro homem aparecesse, reconhecesse David e revelasse sua mentira. Ele já tinha pedido a ela para se casar com ele. Eles iriam continuar procurando por Marcus e Qatrina. E quando os soviéticos fossem derrotados e o Afeganistão estivesse em paz — e os pais dela estivessem de volta em casa, lá em Gota de Lágrima —, David, Zameen e Bihzad se mudariam para os Estados Unidos.

Ela dizia que o olfato do pai era tão agudo que ele podia distinguir com o nariz uma palavra escrita com perfume sem cor numa folha de papel.

A CIA exigia que ele declarasse qualquer pessoa com quem tivesse tido contato por mais de seis meses. Esse período estava terminando, e ele teria que mencioná-la no relatório que preenchia — embora ele tivesse revistado a casa dela e soubesse que não havia necessidade de causar-lhe o incômodo de ser colocada sob investigação. A Agência também fazia os recrutas assinarem um papel dizendo que não mencionariam para seus cônjuges a verdadeira natureza do seu trabalho, mas ele não conhecia ninguém que não contasse tudo para a esposa ou o marido — era mais fácil do que ter que explicar aqueles encontros tarde da noite com agentes.

Era o ano de 1986 e a guerra estava entrando num estágio sem precedentes: os serviços secretos dos Estados Unidos, da Grã-Bretanha e do Paquistão tinham concordado que os ataques guerrilheiros deveriam ser executados *dentro* da própria União Soviética, no Tajiquistão e no Uzbequistão, os Estados que eram rotas de suprimentos para o exército vermelho no Afeganistão. Isto devia ser feito por guerrilheiros afegãos, mas David tinha decidido ir junto com eles. Ele se encontrou com um grupo de afegãos, sabendo o pesadelo que seria se um espião americano fosse capturado no país, mas convencido de sua habilidade em evitar ser capturado: quando se tratava desses assuntos, na idade adulta nunca tinha se sentido cercado por forças maiores do que ele mesmo.

Munidos de morteiros, barcos e mapas com os alvos, ele e os guerrilheiros pretendiam atravessar o rio Oxus e montar operações de propaganda e sabotagem dentro do Uzbequistão. Eles despejaram diesel sobre a pintura de seus veículos para que a poeira das estradas colasse neles, servindo de camuflagem. Os cartógrafos principais da União Soviética tinham, a pedido da KGB, falsificado todos os mapas por quase cinquenta anos. Mas David e os afegãos estavam levando mapas detalhados referentes à região fornecidos pela CIA. As estrelas sobre eles eram como sinais de espelho, as cachoeiras do Oxus lançando um brilho fantasmagórico na escuridão, os árabes o tinham rebatizado de "rio Louco" quando o conheceram séculos antes.

Além de armas, eles levavam milhares de exemplares do Corão na língua do Uzbequistão, uma tradução encomendada a um exilado que morava na Alemanha. O islamismo tinha que ser incentivado na União Soviética, para fazer com que os muçulmanos russos se rebelassem contra Moscou. Cinco dias depois — diversas explosões já tinham ocorrido em prédios-chave, em pontes e estradas vitais —, David viu uma mulher numa aldeia que cultivava bicho-da-seda sendo arrastada nua pelas ruas. Ela se encolhia enquanto era espancada por homens por ter cometido adultério, por ter sido amante de um russo. Os homens que a chicoteavam faziam parte do grupo clandestino que David e os guerrilheiros afegãos conheceram no Uzbequistão. A cabeça dela tinha sido raspada e uma cruz verde tinha sido pintada em sua testa. Os homens estavam rindo: "Chame seu amante para salvá-la, Sasha, Sasha, socorro, socorro!" Não havia nada que ele pudesse fazer para pôr fim ao seu tormento — eles pararam ao ouvir os gritos de revolta dele, mas ele sabia que isto era temporário —, e ele viu um homem se aproximar e colocar em volta do pescoço dela um dos exemplares do Corão que ele tinha trazido.

Pouco antes de partir para o Uzbequistão, ele tinha voltado de uma viagem de dez dias ao Camboja, sua procura por Jonathan o tinha levado até lá. A alegria dela ao vê-lo de volta a fez sugerir que eles fossem ao Dean's.

— Nós três. O mundo que se dane.

Eles tinham tentado manter o caso deles o mais secreto possível até então, temendo represálias contra ela. De todo modo, ela tinha mentido sobre Bihzad, nunca tinha revelado que era ilegítimo, afirmando ser uma viúva cujo marido tinha morrido na guerra.

— Você tem certeza?

— Sim.

Uma fonte caía em camadas como uma escultura de gelatina no Dean's. Querendo sentir os respingos de água no rosto, algo que amava desde criança, ela se levantou e foi até lá. Ela havia lhe contado que a cada 15 dias um homem vinha pela margem do lago com uma cesta de caranguejos que despejava na fonte atrás da casa. Os afegãos não comiam aquelas criaturas, eles as chamavam de "aranhas-de-água", mas concordavam em apanhá-las para os médicos em troca de dinheiro ou de tratamento médico. Os caranguejos ficavam na bacia de pedra até serem requisitados na cozinha. E Zameen ia buscá-los, tirando-os da água pelas garras com um par de pinças.

— Quem era aquele? — perguntou ele distraidamente, ocupado com a criança, quando ela voltou. Sob um arco, ele a tinha visto trocar algumas palavras com alguém.

— Quem?

— O homem com quem você estava falando.

— Eu não estava falando com ninguém. — A voz dela não vacilou. A voz com que ela tinha recitado os Coríntios para ele. "*E agora vou mostrar-lhe o melhor caminho.*"

Ele ergueu lentamente os olhos. O rosto dela era uma máscara.

— Está bem.

Eles continuaram a comer. Algo semelhante já não tinha acontecido duas vezes antes? Ela o havia convencido de que ele estava enganado, mas desta vez ele tinha certeza. Ela estava usando uma túnica cor-de-rosa estampada de flores amarelas, sobre uma calça branca justa e uma longa estola de gaze branca sobre o ombro esquerdo. Era mesmo ela que ele tinha visto, embora a luz fosse fraca debaixo do arco.

Seria o seu amante comunista, ele teria sobrevivido afinal? Como David iria explicar a ela que guardara segredo da existência dele porque a amava, porque tivera medo de perdê-la? Àquela altura, parecia incrível até para ele mesmo que tivesse feito uma coisa daquelas. Na sua raiva, ela se afastaria dele para sempre, nunca mais deixaria que ele visse Bihzad, seu filho, de novo.

E então, de repente, tudo ficou claro. Oh, Deus, ela o estava espionando. Ele não tinha omitido nada dela sobre suas atividades. De repente, tudo ficou perigoso. Se fosse outra pessoa, ele teria sabido exatamente o que fazer. Mas ela não era outra pessoa.

Deixando-a na rua dos Contadores de Histórias, dizendo que tinha uma coisa para fazer e que estaria de volta em uma hora, ele voltou para o Dean's, percorrendo os corredores para ver se o homem ainda estava lá. Consciente da tensão nos músculos de seu rosto, consciente do revólver sob sua camisa, respirando forte. Ele ficou sentado até de madrugada naquele arco, depois pagou um quarto no Dean's e acordou por volta do meio-dia. E agora? Em poucas horas ele estaria partindo para o Afeganistão, para entrar no Uzbequistão por lá. Ela sabia disso. Haveria uma emboscada? Ele telefonou para ela e disse que o plano tinha mudado, que ele não ia mais para o Uzbequistão.

— Dentro de poucas horas estarei aí.

Quando voltou da viagem ao Uzbequistão 19 dias depois, ele encontrou o apartamento vazio. Sentiu imediatamente que havia alguma coisa errada: o silêncio nos dois aposentos parecia mais profundo do que um simples silêncio. Isto era mais do que uma mera ausência. Sobre o parapeito da janela, nove velas tinham queimado até só restarem pequenas moedas de cera. De dia ou de noite ela acendia uma vela ali para indicar que ele podia subir, que ela não estava na companhia das mulheres afegãs que se reuniam em sua casa em segredo para bordar.

Sua maior lealdade era para com aquelas mulheres. Na única ocasião em que ela brigou com David foi por um assunto ligado a elas. Uma das mulheres tinha acabado de perder diversos parentes num bombardeio na semana anterior. Dezenove, entre avós, tios, tias e primos.

— Parecia a lista de convidados para uma festa de casamento — disse Zameen a David.

— Como ela está? Ela vai ficar bem?

Ela não respondeu, movendo-se em silêncio pelo apartamento durante alguns minutos, cuidando de várias coisas.

Ele se levantou para ir embora — estava na hora das mulheres chegarem.

— Você está bem?

— Eu tenho que estar, não é? — Ela disse por cima do ombro com uma veemência que o espantou. — Nós temos que estar, não é? Desde que vocês, americanos, e os soviéticos possam jogar os seus jogos por aqui, nada mais importa!

Ela se virou para olhar para ele, os olhos vermelhos e brilhando de lágrimas. Desafiando-o a se aproximar dela.

Depois disso, a vela ficou apagada uma semana. Então, um dia, ela o chamou. Um massacre de inocentes o tinha mandado embora e, agora, outro tinha causado o encontro. As notícias do dia tinham sido tão terríveis que ela precisava dele.

— Eu me sinto tão só.

Agora David estava procurando essas mulheres, para perguntar se elas sabiam onde ela estava. A maioria se encolhia ou soltava exclamações de medo quando ele se aproximava. Mas, eventualmente, uma delas não teve medo. Tomado de grande desespero e pressa, ele começou a interrogá-la a respeito de Zameen, perguntou se ela sabia quem era o homem com o qual Zameen negara ter falado.

— Eu a conhecia muito bem — disse a mulher. — Então posso dizer que só existe uma razão para ela ter mentido para o senhor. O recém-nascido Bihzad estava quase morto quando ela chegou com ele ao Afeganistão. Dizem que há cuidados médicos para todos nos campos de refugiados, mas os paquistaneses são corruptos. E os campos eram governados por senhores da guerra que não fariam nada se ela não se registrasse no partido deles, quanto mais membros um partido tinha, mas dinheiro eles conseguiam dos americanos. Ela precisava ter um cartão para que eles olhassem para o menino, e ele estava morrendo, ela precisava de dinheiro para salvá-lo... O senhor consegue adivinhar como ela conseguiu dinheiro? Eu prefiro não dizer em voz alta.

— Sim.

— Ela teve que fazer isso por três meses. Não havia outra alternativa, o senhor entende. Depois que ela parou, às vezes era abordada por seus antigos... clientes.

Ele ficou imóvel, tentando absorver esta informação.

Naquela noite ele sonhou com o rosto dela, cheio de decepção, talvez até de desprezo por ele. O rosto que tinha rido de sua impaciência em relação ao jazz e lhe havia dito que Tolstoi cheirava a cipreste. O rosto que tinha expressado a mais pura das alegrias quando ele comprou para ela um livro de pinturas do mestre persa Bihzad, um livro que os pais dela possuíam, mas que ela não tinha conseguido encontrar nas livrarias de Peshawar.

Mas onde ela estava agora? Ele ficava sentado no apartamento onde nada parecia ter sido mexido. Enquanto ele estava viajando para o Uzbequistão, ela acendeu as velas: ele dissera que a viagem fora cancelada e ela deve ter achado que ele a estava evitando, que de algum modo ele tinha descoberto o que ela tinha tido que fazer para salvar o filho. Que ele ia ficar longe até descobrir o que sentia em relação ao que tinha descoberto. Tentando ver se conseguia deixar de amá-la.

Não havia sinal de arrombamento. As pedras preciosas com as quais Bihzad gostava de brincar ainda estavam ali — duas safiras e duas esmeraldas, como alguém de olhos azuis olhando para alguém de olhos verdes. Os livros dela estavam empilhados num canto, velhas histórias que chegavam ao fim na última página, mas lançavam sua sabedoria décadas e séculos no futuro, ali no meio de todos. E todo o resto, exceto o frasco dourado de perfume que estava sempre com ela, que o pai tinha criado para ela. Talvez Fedalla e o ISI tivessem cortado a garganta dela e do menino para ficar com o apartamento para alguém que fosse espioná-lo. Um vendedor de óleo de cobra estava sempre instalado perto do prédio, com um grande lagarto sentado no meio das garrafas, e David sempre se surpreendia com o fato de ele não fugir, até que lhe disseram que a espinha dele tinha sido quebrada pelo dono. Ele disse a David que enquanto ele esteve fora, tinha havido uma explosão do outro lado da rua. Uma bomba de bicicleta tinha explodido, ferindo três pessoas. O próprio David tinha ensinado aos rebeldes como construí-las, para matar soldados soviéticos em Cabul e Kandahar, em Herat e Mazar-i-Sharif.

Ele ficava ouvindo a voz dela.

Ainda que eu falasse as línguas dos homens e dos anjos,
E não tivesse amor,
Seria como o metal que ressoa ou como o sino que tine.
E ainda que tivesse o dom da profecia, e conhecesse todos os
mistérios e toda a ciência,
E ainda que tivesse toda a fé, de maneira tal que transportasse os
montes,
Se não tivesse amor, eu nada seria.

Ela havia contado por que tinha tido que sair do campo de refugiados e vir para a rua dos Contadores de Histórias: o religioso de Usha tinha voltado para Peshawar. Um dia, atônito, ele a viu numa rua que saía do campo. Este lugar era particularmente sagrado para o punhado de cidadãos hindus de Peshawar porque havia ali dois tipos de figueira crescendo lado a lado, suas raízes interligadas para simbolizar a união entre o corpo e a alma. Zameen tinha ido lá quando soube que as pessoas da mais nova mesquita do campo tinham atacado as duas árvores com machados. A CIA não se interessava pela afiliação religiosa dos guerrilheiros, queria que os fundos fossem para aqueles que lutavam com mais afinco contra os soldados soviéticos, mas os paquistaneses faziam questão de providenciar que o dinheiro fornecido pelos Estados Unidos, pela Arábia Saudita e pelo resto do mundo fosse canalizado apenas para os fundamentalistas islâmicos, que assassinavam os religiosos e os chefes militares moderados. Zameen se retirou quando viu o clérigo supervisionando a mutilação das árvores sagradas. Em poucos meses ele tinha mandado assassinar sete mulheres por serem prostitutas. Cinco estavam no campo, mas duas estavam na própria cidade de Peshawar, porque ele tinha ligações com extremistas paquistaneses. Ele foi preso uma vez e confessou ter matado duas mulheres pecadoras, mas foi libertado um mês depois por falta de provas — ou, melhor dizendo, porque tinha apoio religioso. Seus patronos tinham dado dinheiro aos parentes das mulheres assassinadas e, portanto, ele tinha sido perdoado de acordo com a lei islâmica. Ele inspecionava os habitantes do campo para ver se havia algum indício de conduta imoral, invocando a ira de Alá sobre eles em seus sermões de sexta-feira, e Zameen sabia que ele viria atrás dela um dia. A polícia e os magistrados da cidade pareciam apreciar ou aprovar o que ele e pessoas como ele estavam fazendo, porque logo depois de cada assassinato, de cada espancamento ou incêndio, as testemunhas desmentiam seus depoimentos anteriores devido a ameaças ou a persuasão.

Zameen começou a receber visitantes da nova mesquita que lhe pediam para provar que seu filho era legítimo. Ela estava planejando fugir para outro campo, mas então, felizmente, ela ouviu falar sobre a instituição de auxílio que precisava de alguém para morar e cuidar de um apartamento na cidade.

Talvez ela também tivesse sido expulsa de seu apartamento na rua dos Contadores de Histórias.

— *Sasha, Sasha, socorro, socorro.*

— David, David, socorro, socorro!

Ele não conseguia tirar estas palavras da cabeça. O vento levou uma folha de figueira para dentro do apartamento uma tarde, e nos dias que se seguiram ela ficou lá, cada vez mais murcha e marrom, com as veias salientes. Para ele, era como se fosse uma pessoa de verdade morrendo.

O que eles, os americanos, realmente sabiam sobre aquela parte do mundo, sobre as camadas de selvageria que a tinham formado? Eles tinham chegado ali sem perceber como eram frágeis as defesas que a maioria das pessoas do lugar tinha erguido contra a crueldade. Levando a vida sob a luz de um vaga-lume.

Naquele momento ele entrou no verdadeiro inferno que eram os campos de refugiados afegãos erguidos ao redor da cidade, procurando os dois no meio de três milhões de pessoas. Crianças berravam ao ver aquele homem branco, achando que ele era um soldado soviético. Ele tinha certeza de que poderia reconhecê-la só por sua sombra, mas era tomado de pânico quando pensava em Bihzad. A cada dia ele crescia mais, tornando-se irreconhecível. Ele não podia descansar porque o menino tinha que ser encontrado logo. Ele sabia que alguns pássaros não reconheciam o filhote se ele caísse do ninho porque não o tinham visto daquele ângulo em particular, só dentro do ninho. E Zameen havia lhe contado sobre as jovens gruas que pousavam no lago ao lado de sua casa em Usha, durante sua migração para a Sibéria todos os anos: como os filhotes perdiam seu grito agudo no primeiro ano de vida, de modo que os pais simplesmente não respondiam a eles. Invisíveis, embora ainda perto deles.

Ele viu os anos se estendendo à sua frente, as décadas sem saber para onde as brutalidades da guerra tinham levado a mãe e o filho. Um dos temores que um funcionário da CIA enfrentava em Peshawar era ser sequestrado pelo serviço secreto afegão ou pela KGB, mas David não se importava com isso ao percorrer os campos, com os clérigos gritando dos minaretes que enquanto a União Soviética era uma prisão, e os Estados Unidos um bordel, o Islã era a resposta. A música tinha sido proibida em vários campos já fazia dois anos ou mais.

Uma noite ele estava olhando um par de crianças que brincava de esconde-esconde numa rua de casebres, estavam agachadas perto de um esgoto a céu aberto que despejava uma substância preta, com os olhos fixos na porta de onde o pegador provavelmente sairia, o cheiro de fumaça e pão flutuando no ar da tarde. David viu as duas crianças darem um salto e agarrarem o garotinho que apareceu na porta, mastigando, tendo acabado de comer. Eles o levaram até um canto e então, rapidamente, sem que David pudesse acreditar no que estava vendo, nem reagir, um dedo foi enfiado na garganta do menino, e o vômito caiu nas mãos do agressor, que começou a comer a comida ainda não digerida. O menino tropeçou e caiu, com os olhos cheios d'água. E David saiu correndo pela "rua" de um metro de largura, tentando achar a saída daquele labirinto. Ele ajudara a criar aquilo tudo.

Não, aquilo tudo era culpa da União Soviética porque... Ele não conseguiu completar o pensamento. Mais tarde ele completaria, mas não naquele momento.

As flores de hena já teriam desbotado de sua mão àquela altura, mas ela tinha duas marcas iguais de nascença no ombro e na coxa. E a marca no corpo de Bihzad era a queimadura logo acima da cintura, do lado esquerdo, causada por uma daquelas velas que ficavam sobre o parapeito da janela e que tinha caído em cima dele um dia.

O que seria da criança neste lugar? Quando eles saíram do Uzbequistão e entraram no Afeganistão, ele e os guerreiros afegãos tinham caído numa emboscada dos soviéticos e perdido três homens. Descobriu-se que um menino e uma menina órfãos, de uma aldeia próxima, dois pastores, tinham guiado os soviéticos pelas montanhas até eles em troca de comida. David acordou no dia seguinte e viu os companheiros tomando chá sob o arbusto onde estavam pendurados os corpos das duas crianças.

Ele passou vários dias procurando, e então, uma noite, ele voltou — exausto como um combatente do fogo — e viu que o apartamento dela tinha sido arrombado e a porta estava aberta. Ele entrou no escuro e ficou escutando. No aposento sobre o sentido do tato em Usha, ela tinha dito a ele, havia um arqueiro que podia apagar uma vela com uma flecha, de olhos vendados, mirando no calor da chama.

— Estou procurando a minha filha — disse o homem que ele prendeu no chão, com a arma na mão. — Uma moça chamada Zameen.

David se inclinou sobre o homem e tirou o pé da cabeça dele. O pai da Inglaterra? De Canterbury, a cidade que deu origem ao santo venerado como protetor do clero secular. O inglês estava agora sentado no chão, o rosto iluminado por um retângulo de luz que entrava pela janela. Quando contou a ele que Zameen tinha um filho, David disse que não era o pai, que ela não lhe contara quem era o pai da criança. Ele quis deixar que ela contasse a Marcus muito ou pouco sobre Benedikt, o que preferisse.

Ele disse a David que tinha sentido a presença dela na casa de uma pessoa chamada Gul Rasool, que ela tinha feito um sinal para ele ao quebrar o frasco de perfume.

David não quis se aproximar de Gul Rasool e dizer que tinha sido Marcus quem lhe havia contado que Zameen estava em sua casa, pondo em perigo a vida de Marcus. Por fim, o carro de Gul Rasool foi atingido numa estrada deserta perto de Peshawar. Quase três anos tinham se passado, duas tentativas malsucedidas tinham sido feitas para prendê-lo. Então Gul Rasool foi tirado do veículo amassado e levado para as ruínas de uma mesquita. Ele foi interrogado com David presente, mas escondido, olhando pela grade de um andar mais alto.

Tudo isto baseado em algo tão fugaz quanto perfume. Mas ele não sabia mais o que fazer.

O teto da mesquita — ladrilhado com fragmentos azuis — tinha caído no chão e parecia uma tigela gigante rachada em que a chuva tinha se acumulado. Quando a água se movia, a caligrafia corânica no meio dos mosaicos se contorcia como um ninho de víboras. Com a ajuda daquela água, dentre outras coisas, Gul Rasool foi obrigado a falar.

Foi só usar uma daquelas garrafas de água do jeito certo — a informação esguichou do homem.

Gul Rasool disse que estava numa das lojas na rua dos Contadores de Histórias quando a bomba de bicicleta explodiu ali perto e então tinha visto Zameen, com a cabeça e o rosto descobertos porque tinha saído apressada ao ouvir a explosão para procurar o filho. Gul Rasool reconheceu imediatamente a moça como sendo a filha dos dois médicos de Usha, o inglês e Qatrina, tendo-a visto várias vezes em Usha, e Qatrina tinha levado um retrato dela quando acompanhou Gul Rasool para o campo de batalha.

Ele perdeu Zameen no meio da multidão do bazar, mas logo avistou seu rosto brevemente numa janela, iluminada por uma vela.

A vigília que ela estava mantendo por David.

Gul Rasool bateu na porta e, dizendo a ela que tinha uma mensagem do seu pai, levou-a para a casa dele.

Então Zameen estava lá quando Marcus foi visitá-lo.

David ouviu tudo isso atrás do painel filigranado. Diversos artifícios tinham sido usados para chegar à informação sobre Zameen sem que Rasool percebesse, levando-o a pensar que os interrogadores estavam interessados em assuntos totalmente diferentes. E eles não podiam deixar que ele visse David, porque Rasool poderia vê-lo mais tarde na companhia de Marcus.

Gul Rasool revelou que Nabi Khan tinha encenado um ataque à sua mansão em University Town, um ataque durante o qual ele levou, dentre outras coisas, o grupo de mulheres e crianças que ele mantinha para seu prazer. Zameen e Bihzad dentre elas.

Logo depois David soube que isto era uma meia verdade. Só Bihzad foi raptado por Khan — alguns outros, inclusive Zameen, tinham permanecido nas mãos de Rasool. Apesar dos seus esforços, os homens que tinham interrogado Rasool na mesquita em ruínas tinham sido obrigados a perguntar especificamente sobre as mulheres e as crianças, e Rasool deve ter adivinhado que elas eram o motivo do interrogatório. Sem querer ser considerado responsável por qualquer uma delas, ele tinha dito que todas tinham sido levadas por Khan.

O destino da criança permanecia um mistério até hoje. Ele não conseguiu arranjar uma oportunidade para falar com Nabi Khan, estes chefes militares estavam sempre se metendo em combates, retirando-se para esconderijos e abrigos. Ele lançou avisos e mandou mensagens por intermediários, mas não obteve sucesso. As pessoas dizem a ele que o menino provavelmente foi vendido ou dado, abandonado enquanto Khan e seus guerrilheiros se movimentavam de um lugar para outro. Elas provavelmente estão certas.

Comparado com isto, como foi rápido, depois daquele dia atrás do cimento filigranado, que ele descobriu qual tinha sido o destino de Zameen. O que aconteceu com ela quando ela ficou sob a custódia de Rasool sem o filho. O que Rasool a obrigou a fazer com a promessa de que a ajudaria a encontrar Bihzad.

E, seguindo a trilha dos seus assassinos, David iria descobrir que estava pisando nas próprias pegadas.

CASA CAMINHA PELO CORREDOR FRIO DO hospital. Sua imagem refletida no chão recém-lavado. O cheiro de remédio no ar. É final de tarde, seus pontos estão finalmente no lugar, ele acabou de ligar de um telefone emprestado para seus companheiros irem buscá-lo. Ele está contente por ter conseguido convencer o americano a ir embora algumas horas antes, sua gentileza um embaraço e uma confusão desnecessária para ele. Quando se aproximaram de Jalalabad, ele teve medo de ser levado para outro hospital próximo, um lugar em que havia a chance de alguém o reconhecer como um dos 12 combatentes feridos que tinham sido levados para lá em dezembro de 2001, seus corpos quebrados em vários lugares, os enfermeiros horrorizados quando eles foram encaminhados depressa à sala de raio-x e viram que eles todos carregavam pistolas e facas e que tinham granadas amarradas no corpo. Loucos de ódio e de dor, quatro eram árabes, três eram do Uzbequistão, um era um muçulmano uighur da China, um checheno e os outros eram afegãos. E eles avisaram que tirariam os pinos de suas granadas caso se sentissem ameaçados ou se avistassem algum estrangeiro.

Ele consulta as horas no relógio preto de plástico, Casio, que tem no pulso, os números digitais avançando segundo a segundo.

Eles devem estar chegando. Seu outro temor, quando estavam se aproximando de Jalalabad, foi de que alguém pudesse vê-lo na companhia do homem branco. O ataque que Nabi Khan planejou para Usha é importante demais para se correr o mínimo risco. Eles sonham em formar um grande exército com a ajuda do ISI, usando Usha como base. Se eles tiverem motivo para duvidar da lealdade de Casa, eles o torturarão. Embora ele só detenha informações vagas, não saiba nem mesmo a data exata. É quase certo que eles o executariam imediatamente.

Pela janela no final do corredor, ele olha para a rua, tocando distraidamente nas ataduras, nas longas faixas brancas que envolvem sua cabeça. Quando ele tinha 6 anos e morava num campo de refugiados no Paquistão, algumas mulheres chegadas do Afeganistão tiravam bordados que haviam enrolado nas pernas e no torso por baixo das roupas. Aprendizes de contrabandista, elas retiravam quilômetros de tecidos macios e os meninos entravam no quarto para recolhê-los. Eles podiam sentir o calor dos corpos das mulheres nesses tecidos, nesse emaranhado de cores. Os meninos mais velhos às vezes escondiam alguns — para, ele sabe agora, seus momentos de excitação sexual.

Ele ergue os olhos e sente um frio no estômago ao ver David, o americano, caminhando em sua direção.

— Você está bem?

Casa o afasta da janela.

— Achei que você tinha ido embora.

— Não sem ver se você precisa de mais alguma coisa, e temos que pagar pelo seu tratamento. Eu saí para resolver algumas coisas.

— Achei que você já tinha pagado, que já tinha ido embora.

Ele tira três conjuntos novos de *shalwar-kameez* do saco plástico que traz consigo.

— Para você. Eu não tinha certeza do tamanho, mas acho que vão servir.

Casa pega o saco, e no momento em que o homem tira um maço de notas de dinheiro afegão e diz: "Você quer acertar a conta do hospital?", Casa vê três figuras na outra ponta do corredor, olhando para ele. Seus companheiros de luta. Eles dão meia-volta e vão embora, antes mesmo do dinheiro estar nas mãos de Casa.

Eles foram contar a Nabi Khan o que viram, perguntar-lhe o que devem fazer. Pessoas centrais, como Khan, não podem usar equipamento eletrônico, têm que se precaver porque estão com a cabeças a prêmio. Só o círculo externo pode ser contatado por meio de celulares — eles iriam passar a mensagem pessoalmente a Nabi Khan e receber sua resposta e suas instruções. Casa tem no máximo dez minutos até que eles voltem para matá-lo, para enchê-lo de balas. As pessoas em volta também vão morrer porque as balas são cegas. Ele tem que pensar depressa, muito depressa. Nenhum lugar na cidade é seguro para ele. Eles conhecem todos os cantos em que ele pode se esconder por alguns dias para pensar no que fazer.

De repente, ele sente sede, uma sede intensa, como se tivesse sido obrigado a engolir espinhos. Onde está aquela garrafa de água?

— Fico contente que você tenha voltado — diz ele a David. — Você faria a gentileza de me levar de volta com você?

Ele ainda tem a sua mortalha. Ninguém fez nenhum comentário sobre isso até agora — enrolada no corpo por baixo da manta, ela parece ser apenas uma camada extra para ele se aquecer —, mas ele precisa escondê-la em algum lugar quando chegarem de volta a Usha. O pano branco está manchado do sangue dele. Um menino da Arábia Saudita a tinha dado de presente para ele, depois de mergulhá-la na água sagrada da fonte em Meca que brotou quando o infante profeta Ismael bateu no chão com o calcanhar, para aplacar a sede de sua mãe, depois que os dois foram abandonados no deserto pelo pai dele por ordem de Alá.

David tem que negociar sua ida para Usha. Em consequência da *shabnama*, homens armados foram colocados na estrada de Jalalabad. Um terço de um pomar foi destruído e as árvores foram arrumadas para formar uma barricada, uma gigantesca guirlanda de flores brancas na frente da qual os homens estavam parados com suas armas, as últimas abelhas do dia esvoaçando entre as flores. Gul Rasool estava fora, mas agora já tinha voltado para Usha.

Ali perto, um pai castiga um garotinho por jogar futebol porque aqueles chutes todos iam estragar seus sapatos novos.

David tinha telefonado para James Palantine mais cedo e perguntado se poderiam se encontrar. Ele também estava em outra província, mas estava indo para Usha a pedido de Gul Rasool. Um grupo de seis homens dele, todos jovens americanos como o próprio James, estão ali para cuidar da segurança de Gul Rasool enquanto isso.

— Ele vem até aqui para falar comigo — diz David a Lara quando eles chegam. — Vou perguntar-lhe sobre Benedikt.

Eles estão levando um travesseiro, um colchonete e alguns lençóis para a fábrica de perfume, para o rapaz. Ele é reservado demais para entrar na casa, disse que vai dormir lá embaixo.

David olha para ela sob o céu do crepúsculo, a luz que vem de cima filtrada pelas folhas das árvores. O dia todo ele teve vontade de tocá-la, mas não houve nenhum contato desde sua volta. Marcus esteve sempre presente. Havia também a questão do hóspede inesperado. E, sim, ele tinha que admitir, ele sentia uma certa vergonha, uma certa dúvida. O que o fazia merecer estes momentos de contentamento no meio de toda esta destruição? O Afeganistão ainda estará aqui de manhã?

Enquanto ele e Zameen faziam amor no apartamento da rua dos Contadores de Histórias — aquela coisa que o cabelo comprido de uma mulher faz, quando, acidentalmente, cobre o rosto em camadas, suas feições vistas através de um véu! —, canções entravam pela janela aberta, palavras trazidas pela brisa da noite. A princípio ele não tinha entendido por que nestas canções eram feitas observações mundanas na primeira estrofe — o zumbido de um mosquito, o som de uma vassoura no pátio — acopladas na segunda estrofe a expressões da mais profunda saudade. Mas ao sentir o perfume de jasmim em seus seios, ao contemplar as profundezas estonteantes de seus olhos, ele compreendeu que, em sua obsessão, o coração responde a tudo fazendo ecoar uma verdade sobre o amante, fazendo ecoar uma verdade sobre o amor. Tudo — tudo — faz você se lembrar dela. "A *romãzeira produziu sua primeira flor*", cantava uma mulher no rádio, lá embaixo no bazar, e enquanto Zameen suspirava em seu ouvido, a cantora dizia: "*No caminho em direção ao amado, você vive morrendo a cada passo.*"

Vagarosamente, ele levanta a mão e toca o pescoço de Lara com as costas dos dedos enquanto caminham na direção da fábrica de perfume.

Casa está escalando o rosto gigantesco, usando as mãos e os dedos dos pés para buscar apoio nas feições de pedra. O arco do lábio. A plataforma do nariz. O buraco entre as sobrancelhas. Ao chegar ao topo — que é o lado da cabeça, cheio de mechas onduladas de cabelo —, ele se senta ao lado da orelha horizontal, sentindo a pedra granulosa sob a palma da mão. O chão está 3 metros abaixo dele. Ele olha para dentro do buraco do ouvido e tira do bolso a lanterna. Meio minuto depois, apaga a lanterna e enfia os dedos lá dentro.

Ele desce e, em seguida, sobe a escada onde o lampião a óleo que deram a ele arde no sétimo degrau, saindo no corredor escuro de árvores, passando pelo carro de David. Ele está carregando o velho ninho de passarinho que descobriu dentro da orelha. Um emaranhado de capim. O pássaro deve ter entrado na fábrica por uma das janelas quebradas. No meio da palha e do capim, há uma pena preta, um pétala de rosa cor-de-rosa em forma de diamante e pedacinhos de musgo. Com um jeito acanhado, tentando não sorrir, ele entra na cozinha e coloca o ninho em cima da mesa onde os três estão sentados. A chama da vela tremendo com o deslocamento de ar, a luz se derramando para um lado do aposento como água. Ele se vira e sai, ouvindo uma pequena exclamação de prazer e surpresa da parte de Lara, atrás dele.

DAVID SE MOVE NO MEIO DAS sombras na estufa. Uma quantidade de estrelas lá no alto. A Faixa de Palha, Keh Kishan, é como a Via Láctea é chamada em persa. Zameen contou isso a ele.

Depois que o exército soviético admitiu a derrota em 1989 — a guerra tinha durado mais do que a Segunda Guerra Mundial —, Marcus voltou para Usha e David, para os Estados Unidos, retornando a cada poucos meses nos cinco anos seguintes. Uma noite, num evento na embaixada de Islamabad, ele encontrou Fedalla, que era agora um coronel, rico com todo o dinheiro que tinha desviado das guerrilhas. Uma casa grande, um harém de carros. Ele estava num grupo com _____, o informante de David no ISI, e estava participando, meio embriagado, de uma conversa sobre o Afeganistão. Como a chegada, desde 1979, de milhões de refugiados afegãos, imundos, tinha arruinado a outrora bela cidade de Peshawar.

— Olhem para as formas dos dois países num mapa e verão que o Afeganistão parece uma enorme carga sobre o mapa do pobre do Paquistão. Um pacote de miséria.

Quando a conversa passou a girar em torno das 10 mil bombas que tinham caído sobre a cidade de Cabul no mês anterior, depois do início da guerra civil, _____ deu a entender que tinha algo para revelar a David.

— Em 1986 — David foi informado quando eles se encontraram no dia seguinte —, Christopher Palantine combinou de se encontrar com Gul Rasool numa localidade perto de Peshawar. Rasool estava vendendo mísseis fornecidos pela CIA para os iranianos. Christopher tinha a prova e queria confrontá-lo, mas, chegando mais cedo, viu uma jovem mulher colocando uma bomba lá. Rasool o havia atraído para o encontro porque Christopher tinha de ser eliminado, não podia expor Rasool e interromper o financiamento que este recebia da CIA. Christopher acusou Rasool de tentar matá-lo quando ele e seus homens chegaram, mas ele disse: "Eu teria vindo aqui se a tivesse enviado?" Ele a tinha mandado matar ali mesmo para provar que ela não tinha nada a ver com ele. Mas ele estava mais de uma hora atrasado, então podia ter sido ele. E agora nós sabemos que foi. Sem sombra de dúvida.

Por algum motivo, David temeu o momento em que o nome da jovem fosse revelado. *"Todos os nomes são meus nomes."*

— Talvez ela tenha sido enviada pela KGB ou pelo serviço secreto afegão para eliminar Christopher.

— Essa foi uma das primeiras suspeitas de Christopher. Fedalla, que soube do incidente por alguém, estava nos dizendo isto na noite passada, convencido de que ela fora mandada por vocês, pela CIA. E Fedalla estava assombrado de que a CIA permitisse que um de seus agentes fosse morto. Ele disse que esta esperteza e determinação é que tinham transformado o seu país numa superpotência. Que o serviço secreto paquistanês se preocupa demais com sua gente, se preocupa demais com os civis para ser realmente eficaz.

— Como era o nome dela?

— Eu não sei. Mas ela implorou para ser libertada, dizendo a Christopher que não podia dizer quem a havia enviado porque nunca mais tornaria a ver o filho. Obviamente, com medo de Rasool.

No dia seguinte, David foi para Nova York, ligou para Christopher Palantine e pediu para se encontrar com ele.

Christopher já estava no restaurante quando ele chegou e se sentou sem dizer nada, seu silêncio pesado interrompendo as poucas palavras de Christopher sobre o seu prazer em vê-lo depois de tanto tempo. Amigos que se amavam como irmãos.

David só conseguiu olhar fixo para ele. Um dia frio de fevereiro do lado de fora.

— O que foi?

David tirou do bolso um retrato de Zameen e, estendendo o braço por cima da mesa, colocou-o diante dele, girando-o no ar para que ele ficasse virado para o outro homem.

Christopher contemplou a imagem e então ergueu o retrato, e suas mãos desapareceram sob a mesa junto com ele, sem que seu rosto perdesse a expressão neutra. Compostura perfeita. Afinal, eles eram espiões, tinham orgulho de sua profissão, suas conversas eram entremeadas de expressões como "negação plausível" e "não posso dizer como fiquei sabendo disso" e "nós nunca tivemos esta discussão". Tais palavras eram ditas com tanta frequência em Peshawar que podiam ser colhidas no ar sujo da cidade.

Seguiram-se momentos de incredulidade e desespero quando David obteve sua resposta. Não foi preciso dizer nada. Em confirmação, ele ouviu o som do retrato sendo rasgado debaixo da mesa. Três rasgões que deve ter dividido o retângulo de papel em tiras estreitas; elas foram reunidas, e ele ouviu três rasgões mais curtos e mais grossos, que devem ter resultado em 16 quadradinhos. David se lembrou dela dizendo que alguém da mesquita do campo de refugiados — ao ouvir boatos de que o filho dela era ilegítimo — tinha arrombado seu alojamento e desenhado um punhal no seu espelho como aviso. Ela tinha se aproximado do espelho e visto a arma superposta ao seu rosto.

David se encostou para trás na cadeira e fechou os olhos, subitamente esgotado, os olhos de Christopher ainda fixos nele.

Ele teve vontade de gritar, o grito como um soco no ar.

— Acabou, Christopher — conseguiu dizer. — Estou acabado. Homero usou a mesma palavra, *keimai*, para Patroclus que jazia morto em combate e para Aquiles, caindo de joelhos ao lado do corpo dele, chorando. E, mais tarde, quando Thetis veio consolar o filho, o poeta a fez segurar a cabeça dele entre as mãos, o gesto da carpideira no funeral de um homem.

Foi então, logo depois das 12h17 daquela tarde de fevereiro de 1993, que a bomba de 1.300 libras explodiu a um quarteirão deles, na garagem subterrânea da torre norte do World Trade Center.

Era um caminhão Ryder, estacionado lá por um homem treinado num dos campos de treinamento instalados no Afeganistão para lutar contra os soviéticos. A explosão deveria liberar gás de cianureto dentro do prédio, mas o calor da explosão o consumiu. Uma torre deveria cair sobre a outra — os terroristas tinham pretendido matar 250 mil pessoas.

O chão balançou. Os fragmentos do retrato da mulher caíram das mãos de Christopher. Eles quase tinham combinado de se encontrar no Windows of the World, 106 andares diretamente acima da bomba.

Correram para a rua. Havia flocos de neve no ar, flutuando como pedacinhos de vidro, se misturando com a fumaça. Pessoas corriam de todas as direções para o local — logo havia médicos, ambulâncias, carros de polícia, espectadores, grupos de operários de um canteiro de obras próximo, um deles usando uma camiseta com *IRA, GUERREIROS DA LIBERDADE* impresso nela. Sirenes e gritos e berros.

Ele podia ter estado lá em cima, sem elevadores nem eletricidade, a fumaça invadindo a torre e indo em sua direção. E ele sentiu como se estivesse lá, rodeado de devastação e com aquele buraco profundo do lado de fora.

— Eles estão aqui — murmurou para Christopher, ao reconhecer, chocado, a inevitabilidade daquilo.

Ele viu a si mesmo claramente, descendo as escadarias escuras, e quanto mais ele descia, maior o número de pessoas feridas e desorientadas que se juntavam a ele como sombras no Inferno, a escuridão e a fumaça aumentando. *"Onde quer que você esteja, a morte o alcançará, mesmo que você se abrigue em torres altas"*, dizia o Corão.

Eles estão aqui.

Guardas com lanternas estavam guiando as pessoas para fora quando eles se aproximaram do gigantesco buraco.

Christopher arrastou-o para dentro de algum lugar.

— Quem era ela?

Mas ele ainda estava lá em cima com eles.

— Quem era ela, David?

— Eu a amava.

— Eu não sabia quem ela era, ou não teria permitido que ela morresse.

— Onde estão os restos dela?

— Eu não sei. Duvido que alguém saiba.

Os operários que fizeram as fundações destes prédios anos antes tinham encontrado antigas balas de canhão e bombas, uma âncora de navio de um modelo não posterior a 1750 e uma xícara de chá de porcelana com a borda dourada, ainda intacta, com dois pássaros pintados nela.

Ele deixou Christopher e foi embora.

O religioso que tinha inspirado o ataque — ele morava e pregava do outro lado do Hudson, em Jersey City, tendo buscado asilo nos Estados Unidos — tinha incitado os muçulmanos a atacar o Ocidente em vingança pelos séculos de humilhação e dominação, "interrompam o transporte entre suas cidades, arrasem tudo, destruam sua economia, queimem suas empresas, eliminem seus lucros, afundem seus navios, abatam seus aviões, matem-nos no mar, ar ou terra". A bomba resultou em mais pessoas feridas do que qualquer outro evento na história americana desde a Guerra Civil. E como ficou a vida dele depois disso? Ele ficou inconsolável. Foi como um passo em falso numa escada ou como perder o equilíbrio por um momento — aquela sensação se estendeu por horas, dias, anos.

Ele olha na direção da janela do quarto de Lara, ainda apagada. Meia-noite, e ela ainda está com Marcus. Ninguém jamais mencionou — em lugar nenhum — o pardal coberto de poeira e cinzas que um homem acariciou carinhosamente no dia 11 de setembro, o pássaro atordoado na calçada uma ou duas horas depois que as torres desabaram. Esta foi uma das imagens mais marcantes mostradas naquele dia na televisão, mas ninguém se lembra de ter visto. Talvez ele se lembre disto porque depois ele leu que o apelido de Muhammad Atta, quando ele era criança, era Bulbul.

David não quis se vingar de Gul Rasool — por ter matado Zameen e por mentir sobre ela para seus homens durante a tortura. Ele estava deprimido e exausto — e também tinha medo de que isso pudesse pôr em risco a segurança de Marcus.

E agora Gul Rasool é um aliado dos Estados Unidos, e James Palantine faz a segurança dele. James deve saber que Rasool um dia quis matar o pai dele. Após os ataques de 2001, Gul Rasool era o único que estava por lá para ajudar a tirar o Talibã de Usha, para ajudar a capturar os terroristas da al Qaeda e mantê-los a distância, com os Estados Unidos pagando regiamente por seu apoio. O primeiro grupo da CIA que chegou ao Afeganistão logo depois dos ataques, para convencer os senhores da guerra e os líderes tribais, tinham levado com eles 5 milhões de dólares. Este dinheiro foi gasto em quarenta dias. Mais 10 milhões foram levados de helicóptero: pilhas de dinheiro da altura de crianças — quatro caixas de papelão guardadas no canto de uma caixa-forte, com alguém dormindo em cima delas como precaução.

Originalmente, a ideia de pedir a Gul Rasool sofreu resistências, o nome de Nabi Khan foi sugerido primeiro. Mas quando Gul Rasool soube, ele despachou um esquadrão da morte para assassinar Nabi Khan. Khan — que, também farejando dinheiro, tinha mandado seus próprios homens para matar Gul Rasool — foi ferido primeiro e, portanto, ficou impossibilitado de apoiar os americanos.

David vê a luz iluminar delicadamente o quarto de Lara, consegue visualizar a chama acesa da vela. Ele imagina que notícias James Palentine trará para Lara. Ele não via o rapaz havia muitos anos quando entrou em contato com a família ao saber da morte de Christopher. Ele entra na casa, passando pelo ninho de passarinho na estante, e caminha pelo chão verde-escuro do corredor.

LIVRO DOIS

6

Casabianca

O ANO DE 1798 FOI UM desastre para o Islã. A invasão de Napoleão Bonaparte aquele ano no Egito — o centro do mundo muçulmano — foi o símbolo da transferência de liderança para o Ocidente. Deste momento em diante, exércitos e dinheiro ocidentais infestaram as terras dos muçulmanos.

Casa recebeu este nome por causa de um poema sobre um menino que morreu em 1798 na Batalha do Nilo. Giocante Casabianca. O filho de 12 anos de um almirante francês. Ele estava a bordo do *Oriente*, o principal navio da frota que levava Napoleão e seu exército para o Egito. Um tiro de canhão incendiou o *Oriente* e o tiroteio que se seguiu impediu que o fogo fosse apagado, mas Giocante Casabianca permaneceu no deque, sem abandonar o posto até que seu pai o permitisse. As chamas envolveram a vela e caíram sobre ele.

Ele gritou: "Diga, pai, diga,
Se a minha tarefa está cumprida!"

O pai estava quase morto embaixo e não teve força para erguer a voz. A explosão dos depósitos de pólvora do navio foi tão forte que foi sentida a 15 milhas de distância, em Alexandria.

Um dia, em 1988, o menino Casa, de 6 anos, conhecido então apenas pelo genérico "garotinho", mostrou igual valor e obediência, e um dos adultos em volta dele riu e o chamou de Casabianca.

Casa encontraria de novo aquele homem na adolescência e o lembraria do fato. O homem se lembrava bem — ele contou que tinha sabido de Giocante Casabianca por um poema na escola — mas então ficou zangado. O homem tinha iniciado sua educação numa escola cara, estilo ocidental, mas como as circunstâncias da família tinham se deteriorado, ele foi tirado de lá e matriculado numa escola islâmica gratuita, e, a partir de então, ele acreditava na primazia e na supremacia dos muçulmanos. Ele disse que, mesmo naquela época, minutos depois de ter se referido ao corajoso e fiel garoto de 6 anos como Casabianca, ele tinha ficado enfurecido por ter sido obrigado a aprender história ocidental num momento de sua vida, junto com histórias ficcionais em que os personagens principais podiam facilmente ser cristãos ou hindus. Não personagens secundários, não vilões — mas heróis! Apesar de sua raiva, o nome que ele deu ao menino pegou, abreviado para Casa.

A história completa do menino cujo nome tinha se tornado o dele tinha fugido de sua mente. Só restavam vagas impressões.

> *"Fale, pai!", ele gritou mais uma vez,*
> *"se eu já posso sair!"*

Ele acorda na fábrica de perfume pouco antes do amanhecer, pensando imediatamente que não deveria ficar muito tempo ali. Nabi Khan e seus homens em breve viriam para Usha.

No lago, ele se lava, a água tão parada que parece ter sido alisada à mão, e diz suas orações numa pedra, usando o cobertor como tapete.

Ele se senta enrolado nele depois, e olha à sua volta enquanto o céu começa a clarear sobre ele, o vapor branco subindo do lago como leite. Baixinho, ele lê os versos que devem ser lidos no começo do dia.

> Ó, Alá, eu lhe peço o bem que este dia pode reservar
> E busco meu refúgio em Você do mal que ele possa trazer
> E lhe peço para me conceder a vitória, mas não a vitória sobre mim.
> Ó, Alá, guarde-me com seu olho que nunca dorme

E aceite meu arrependimento, não me deixe perecer.
Você é minha esperança. Meu Mestre, Senhor de generosidade e
majestade,
A Você mostro o meu rosto, então traga Seu nobre rosto para
perto de mim
E me livre de meus pecados, atenda minhas súplicas e guie meu
coração,
E me receba com Sua profunda clemência e generosidade,
Sorrindo para mim e contente comigo em Sua infinita
misericórdia.

Ele se levanta e caminha na direção do carro de David. Ele podia dar o carro de presente para Nabi como símbolo de boa vontade, para convencê-lo da verdade do que acontecera no hospital. O ar está carregado do perfume dos lilases trazido pelo vento quando ele se aproxima do veículo.

As chaves estão na casa. Mas David informaria à polícia sobre o desaparecimento do carro, e ela talvez seguisse sua pista até Nabi Khan, que, em todo caso, talvez não o visse como o presente sincero que Casa pretende que seja, talvez achasse que os espiões americanos tinham plantado instrumentos de rastreamento nele. Ele não quer ser torturado por eles, embora possa entender que Nabi Khan se sinta no direito de usar a dor para saber a verdade. Quando Ali tomou conhecimento dos boatos sobre a virtude de Ayesha — a esposa do profeta Maomé, que a paz esteja com ele —, Ali mandou torturar a criada de Ayesha para saber se o boato tinha alguma base em fatos. Maomé, que a paz esteja com ele, estava ciente disto.

O ato de obediência corajosa que lhe valeu o nome tinha ocorrido num depósito de armas situado numa área residencial densamente povoada perto de Islamabad. Os Estados Unidos tinham dado cerca de mil mísseis Stinger para o Paquistão em 1986, para serem repassados para os guerrilheiros afegãos. Mas um destes mísseis, em outubro de 1987, quase acertou um helicóptero dos Estados Unidos no golfo Pérsico. E três dias depois, dois afegãos foram presos por tentar vender Stingers para representantes do governo iraniano, por 1 milhão de dólares cada um. Isto levou a uma investigação por parte dos Estados Unidos e ficou decidido que haveria uma auditoria das armas fornecidas aos militares paquistaneses. Casa não pôde acreditar nisto, mas dizem que o ISI, prestes a ver expostas sua corrupção e sua duplicidade, tinha posto fogo no enorme depósito, de modo que foguetes e mísseis no valor de 100 milhões de dólares tinham chovido sobre a região ao redor, matando mil pessoas e ferindo milhares de outras.

Numa mesquita, a um quarteirão do depósito, o menino de 6 anos fora designado para guardar a porta atrás da qual um prisioneiro estava sendo mantido — um cristão que tinha sido espancado até confessar que era responsável pelo exemplar desfigurado do Corão encontrado numa vala de esgoto.

Ele se lembra dos foguetes caindo em volta dele várias vezes, explodindo em fragmentos de fogo e metal, incendiando os tapetes de oração enfileirados no chão. Ele tinha ficado onde tinha sido mandado ficar uma hora antes, tremendo de medo no meio da fumaça ácida e das cinzas e da luz, as calças molhadas e os ouvidos doendo por causa do barulho incrível, como pancadas de martelo, gritando por socorro, mas percebendo que nenhum som saía de sua boca. Ele estava segurando um revólver que era mais velho do que ele e durante todo o tempo manteve-o apontado para a porta como tinham mostrado a ele para fazer.

Ao ver a porta da cozinha ser aberta por David, ele entra no pomar. Estes estrangeiros — quem os está protegendo? Eles devem pertencer a uma organização de caridade ou de ajuda, peças numa engrenagem de bondade. Alá — em sua sabedoria — plantou estes impulsos de compaixão no coração de infiéis para que os muçulmanos os explorassem e se beneficiassem deles.

Ele baixara a guarda ao pegar o ninho de passarinho na noite anterior. Ele estava procurando um lugar para guardar sua mortalha e tinha ficado tão encantado com a descoberta que quisera compartilhá-la com outro ser humano, a fascinação momentânea o tinha feito agir de uma forma que ia contra sua natureza.

Tendo estudado manuais de armas e computadores, de microprocessadores e placas-mãe, tendo aprendido a falsificar passaportes e cartões de crédito e tendo examinado cuidadosamente as cenas mostradas na mídia de quase todos os ataques realizados contra alvos no Ocidente, ele sabe a língua inglesa. Ele tinha ajudado a fazer filmes nos campos do jihad nessa língua, para serem vendidos nas mesquitas das cidades europeias depois das orações de sexta-feira — propaganda e pregação, o Jihad da Língua. Mas ele não consegue acompanhar estas pessoas quando elas conversam entre si, porque as palavras saem muito depressa. Se eles se comunicassem por escrito, ele levaria algum tempo, mas decifraria as frases, da mesma forma que ele tinha se tornado um especialista em telefones celulares apenas estudando os manuais que vinham com eles, alertando Nabi Khan de que mesmo que o chip seja trocado, uma pessoa que continue usando o mesmo aparelho pode ser rastreada — pela polícia, pelos americanos. Khan e sua gente tinham sido informados que não pelos vendedores de telefone, e esta tinha sido a entrada de Casa no círculo íntimo de Khan.

A mortalha, mesmo bem enrolada, não cabia na orelha de pedra, então ele a escondeu num armário.

Ele fica espantado ao ver David sair da casa carregando uma mortalha, depois percebe que é um longo pedaço da casca de um vidoeiro, dobrada e amarrada.

— É o material para fazer um barco — explica ele a Casa. — Estou levando para o lago, vou construí-lo lá.

Casa o ajuda a carregar uma caixa de ferramentas até a margem, as longas peças de madeira para a estrutura do barco, com o céu brilhando no alto.

Ele pega os dois furadores com alças de chifre.

— São para fazer buracos na madeira. A canoa é costurada com raízes de abeto — explica David. — Com isto. — As raízes descascadas, como grossos barbantes, formam laços do tamanho de pulseiras. — Não são usados pregos nem parafusos para prender a canoa.

Ele desenrola a casca de vidoeiro como se fosse uma peça de tecido duro, com uns dois centímetros de espessura, um lado branco, o outro dourado. Há pedaços menores, mas o mais comprido tem cerca de 4,5 metros de comprimento e 1,5 metro de largura.

Aparentemente, a canoa é uma coisa de índios americanos.

— E isto é para o trabalho mais delicado — diz David, olhando dentro de um saco e tirando uma faca com a lâmina feita de navalha. — Chama-se faca curva, porque o cabo é curvo, e não a lâmina. — Ele a entrega a Casa. — O polegar fica na parte curva do cabo. Os índios não tinham o vício de amontoar o trabalho, então eles o seguravam com uma das mãos e usavam a faca com a outra.

Casa segura a faca como ele tinha dito.

— Mas, Casa, eu acho que você devia descansar. Vá se deitar e coma alguma coisa. Marcus já deve estar acordado. Daqui a pouco eu vou lá me encontrar com você.

Os mísseis que caíram no campo de treinamento do jihad de Casa tinham sido batizados com o nome de uma arma dos índios americanos: Tomahawk. Casa conhece outras palavras também, como Comanche, Apache e Chinook. Primeiro os americanos exterminam os índios, depois batizam suas armas e aviões de guerra em homenagem a eles. O que aqueles índios fizeram para que os americanos brancos os respeitassem?

ELE TOMA O CHÁ VERMELHO SENTADO na mesa com David e Marcus — na cadeira mais afastada deles, a que fica perto da porta. Marcus está expressando sua preocupação com o fato de a fábrica de perfume ser fria demais durante a noite.

— Eu não sei por que você não dorme na casa.

— O senhor é muito amável.

Ele está agradecido pela gentileza que eles estão demonstrando e sente que deve expressar sua gratidão para com eles — mostrar que ele também se preocupa com o bem-estar deles.

— O senhor é dos Estados Unidos? — pergunta ele a David. — Veio de avião para cá?

— Sim.

— O senhor devia tomar cuidado com aviões.

David sacode os ombros.

— Por quê?

— Caso os judeus repitam o ataque de 11 de setembro de 2001.

David se levanta de repente e despeja mais chá na xícara de Marcus. O inglês também se anima um pouco e começa a falar rapidamente.

— Vejam nós três aqui. Como uma profecia de Blake! América, Europa e Ásia. — Ele aponta para o teto. — Eu tenho que trazer o livro para baixo um dia desses.

— Minhas mãos já estão doendo — diz David. Ele passou as últimas três horas com a canoa. Já passa das 9 horas e ele está se preparando para ir para a cidade.

— Eu ajudo o senhor a construir a canoa — Casa se oferece.

Por enquanto eles são seus únicos aliados, as únicas pessoas que tentariam agir se Nabi Khan entrasse por aquela porta neste momento.

Duas horas antes, ele próprio estava pensando em roubar o carro, mas o fato é que se ele visse alguém tentando roubá-lo, ele faria tudo para impedir.

Ele então pergunta sobre os livros pregados, e Marcus lhe diz que aquilo tinha sido feito por sua esposa, a pobre mulher tinha enlouquecido em seus últimos dias. Usava seus longos cabelos para tirar o pó dos móveis. Ele se lembra de fazer ruídos apropriados, simpáticos, embora, é claro, sendo mulher devesse ter sido fácil para ela enlouquecer, como disse Maomé, que a paz esteja com ele: "As mulheres têm menos racionalidade do que os homens."

Marcus contou-lhe que é muçulmano, mas ele tem que ficar vigilante caso os outros dois tentem convertê-lo ao cristianismo. Ele volta para a fábrica de perfume pelo pomar ensolarado, um lagarto fugindo quando ele se aproxima. Ali perto, um besouro tenta manter o equilíbrio na pétala de uma tulipa. Algum coisa cheira a resina. Uma outra coisa lenta e peluda pode ser vista atrás de uma samambaia — uma lagarta listrada. Ele ouve um bater de asas e avista um clarão vermelho numa árvore de folhas prateadas. Ele não pode pegar o carro e desaparecer na direção de Cabul ou Kandahar porque os homens de Gul Rasool cercaram Usha. Eles vão querer saber quem ele é, como ele foi ferido. Entrando na fábrica de perfume, a ideia de ficar perto daquele ídolo lá embaixo é de repente um aborrecimento para ele. O Afeganistão é um país muçulmano. O mundo inteiro tem que se submeter ao Islã um dia: quando o Messias chegar pouco antes do Dia do Juízo Final, ele fará um convite para todos se tornarem muçulmanos — os que se recusarem serão erradicados, de modo que a terra seja habitada apenas pelos fiéis.

A esposa do faraó, Asiya, e a mãe de Jesus, Maria, estão esperando no céu para se casarem com Maomé, que a paz esteja com ele.

Sentado numa alcova diante da estátua sorridente, para pegar o sol que vinha de cima, ele examina os cadernos guardados numa prateleira a um braço de distância. Cada página está cheia do que parecem ser desenhos de constelações, mas que são, na verdade, fórmulas químicas de diversas moléculas de perfume. Pequenos palácios de geometria confusa. As capas são marrom-avermelhadas, a cor da pele que envolve o amendoim, ou verdes como manchas de grama numa toalha branca, a cor que o mundo tem visto através de óculos de visão noturna. Ele tinha ganhado um par desses óculos de alguém que viera da Chechênia para o campo de treinamento do jihad; ele os tinha tirado de um soldado russo morto e viera para o Paquistão com um carregamento de tapetes antigos para financiar a guerra em sua terra natal.

Ele tenta ver se a cabeça de pedra pode ser deslocada em alguma direção. Ela devia ser levada e vendida para não muçulmanos para financiar o jihad contra eles, apressando o triunfo do Islã.

Casa se sente aliviado porque Lara não estava na cozinha enquanto ele tomava café, sem saber ao certo como deveria se comportar perto dela, o que iria sentir. Ver uma mulher é uma ideia ocidental, ele tinha sido informado por um religioso num seminário quando era jovem. Estas dezenas de religiosos — o emir, o haji, o hafiz, o maulana, o xeque, o hazrat, o alhaaj, o xá, o mulá, o janab, o janabe-aali, o molvi, o kari, o kazi, o olama, o huzoor, o aalam, o baba — o tinham assustado ao pregar, quando ele era muito pequeno, movendo-se aleatoriamente pelo registro da voz humana, de um murmúrio a um grito, ora berrando, ora chorando, ora injuriada e virtuosa, ora queixosa. No começo eles recitavam alguns versos do Corão para demonstrar que tanto o orador quanto o ouvinte estavam agora no reino do sagrado, mas o que se seguia era, de fato, história — um lamento pela glória e pelo poder perdidos do Islã, uma civilização outrora orgulhosa, diminuída pela astúcia de outros, sim, mas principalmente pela perda de fé entre os próprios muçulmanos, os homens decadentes, as mulheres desobedientes. A criança Casa foi ensinada a suplicar durante as orações e a pedir perdão por não amar Maomé o bastante, que a paz esteja com ele, um homem cujo suor era mais perfumado do que um carregamento de rosas.

Ay naunehalan-e-Islam, Ay farzandan-e-Tawheed, Ó, filhos do Islã, Ó, filhos do Credo Sagrado...

Então, Casa e as outras crianças tinham chorado. Quando ele tinha uns 12 anos, ele e os outros meninos no seminário não viam uma mulher havia cinco anos. Havia boatos de que um grupo de meninos mais velhos tinha uma fotografia de um rosto feminino, cortado em dez pedaços e escondido em diversos cantos e buracos. Vindos de lugares distantes, os fragmentos se juntavam de vez em quando para formá-la.

Casa tinha esperado ardentemente pelo momento de vê-la — este pensamento era como uma borboleta amarrada a seu coração por um barbante — e quando, finalmente, pôs os olhos nela, o simples fenômeno de sua existência o abalou. Sem conseguir respirar nem controlar o coração, ele tinha perdido a consciência. A primeira coisa que ele lembrou ao voltar a si foi que durante as Cruzadas belas moças tinham sido enviadas para seduzir e corromper Saladino e seus generais, os padres cristãos prometendo perdão às moças por todo pecado cometido a serviço de sua religião.

Ele se arrependeu. Os professores do seminário tinham dito às crianças que a astúcia das mulheres era imensa, seu comportamento era pernicioso, que elas eram más e mesquinhas, que todas as aflições, as desventuras e as desgraças que se abatiam sobre os homens vinham das mulheres, que Maomé, que a paz esteja com ele, tinha dito que quando uma mulher sai de casa, Satã fica feliz. Entretanto, numa noite gelada ele se viu, junto com um grupo de meninos, despejando gasolina num túmulo e fazendo-o pegar fogo, vendo o fogo saltar no ar numa dança dourada, suas sombras formando uma roda nos outros montículos do cemitério. O menino no túmulo em chamas — ele tinha sido martirizado durante um exercício noturno quando, cansado e desorientado, o pé dele tinha escorregado e ele tinha mergulhado num desfiladeiro — tinha amado os olhos da mulher de papel e, num momento de emoção do qual se arrependiam agora, seus amigos tinha colocado o recorte de um dos olhos em sua mortalha pouco antes do enterro. Eles o queriam de volta agora. A terra gelada era dura como metal e difícil de cavar, então eles estavam usando fogo para derretê-la. Na falta de pás e enxadas, eles usavam ossos de animais que tinham sido mortos para comer ou durante exercícios. Havia pouca esperança de conseguir outro retrato porque os meninos eram proibidos de ver jornais e revistas de fora do seminário: "Onde está a notícia que possa animar os fiéis? Onde está a notícia de que um exército muçulmano conquistou uma terra infiel?"

Aos 10 anos ele já tinha suportado todo tipo de ataque a seu corpo por parte de homens ou de meninos mais fortes, e aos 14 anos tinha feito o mesmo com meninos mais moços e mais fracos. Bem no fundo dele havia a crença de que os seres humanos tinham pouco a oferecer além de crueldade e perigo.

Seus trajes estavam quase sempre sujos e rasgados, pois ele aprendera que não devia querer se exibir para os homens, só para Alá.

O importante era que sabia que uma arma podia ser contrabandeada para dentro de um avião escondida numa mistura de epóxi e grafite, sabia como defender uma casa e como invadi-la, como sequestrar e assassinar e como matar com as mãos e com os pés.

"*Se você não lutar, Ele vai puni-lo severamente e colocar outros em seu lugar*", dizia o Corão. Ele tinha sido pendurado pelos tornozelos e levado choques para ver se cederia sob tortura, seu corpo tremendo por muitas horas, depois, como se a corrente elétrica ainda estivesse passando por ele. Testando sua resistência, tentando ver até onde conseguiam quebrar sua resistência, seus companheiros o tinham sujeitado a confinamento sem luz, sem cheiro, sem som e sem qualquer referência a tempo e lugar. Ele sabia que, se fosse capturado pelos americanos, tinha que dizer a eles que conhecia seus "direitos" e pedir um advogado, dizer-lhes que queria ser julgado num tribunal em Nova York ou em Londres ou, melhor ainda, num país europeu, assim como os guerreiros mais jovens sabiam o que deviam dizer aos ocidentais: que eles não eram "criminosos de guerra", mas "vítimas de guerra", que tinham sido submetidos à "influência nociva de adultos" e sido "doutrinados" para atirar balas e granadas. Os que tinham entre 8 e 14 anos eram obrigados a aprender de cor, junto com os versos do Corão, frases em inglês como "as proteções especiais acordadas em relação às crianças soldados" e "a violação de princípios internacionais". Eles não sabiam o que estas palavras queriam dizer, mas isso não era impedimento para decorá-las; eles também não sabiam o que os versos do Corão que recitavam dia e noite queriam dizer, já que eram em árabe. Uma das raras distrações permitidas às crianças era representar um esquete sobre um guerreiro sagrado capturado pelos americanos, que repetia aquelas frases em inglês e deixava os captores tão frustrados que eles socavam o chão, fazendo a plateia rir às gargalhadas, com o prisioneiro saindo em liberdade para prosseguir no caminho do jihad, executando os americanos antes de partir.

Ele sabia que, quando uma bala atinge um corpo, você ouve, e é um som inconfundível e inesquecível, e sabia que HE38 queria dizer que a granada era Altamente Explosiva e que se romperia em 38 fragmentos. E sabia que gelatina de dinamite tinha o mesmo cheiro dos doces que eram feitos de creme de amêndoas.

ANTES DE PARTIR PARA JALALABAD, DAVID atravessa o corredor na direção do quarto de Lara.

— Até hoje — tinha dito Zameen a ele na rua dos Contadores de Histórias — meus sonhos se passam naquela casa em Usha.

Ela queria levá-lo lá, e depois daquele apartamento apertado na rua dos Contadores de Histórias, ele queria estar com ela em quartos iluminados por fileiras de janelas. Curioso com a transformação que ocorreria em seu rosto num cenário diferente, numa temperatura diferente. Ele abotoou os botões transparentes da camisa de Bihzad, que não eram maiores do que as lentes dos olhos de um rouxinol, e quis que ele pudesse correr e pular num jardim bem grande.

— Como os heróis lendários, ele nasceu no meio da noite — disse ela —, na hora em que os maus estão dormindo. — Duas horas depois do nascimento dele, o ar tinha se enchido de borboletas.

Bem ali na noite anterior — nesta parede com a pintura de uma mulher a cavalo tocando uma harpa —, ele decidira que não podia ir até Lara e continuara na direção de seu próprio quarto, tomado, subitamente, de vergonha e arrependimento. Ele devia ser a última coisa para ela se preocupar no meio de toda esta desordem. Ele também se perguntou até que ponto a outra noite tinha acontecido apenas pela necessidade que ela tinha de se sentir protegida, por um desejo de segurança. Talvez ela estivesse em choque. Mas então ele ouviu a porta se abrir atrás dele.

— Eu acabei de ligar de novo para James Palantine — diz ele para Lara. — Ele vai estar em Usha amanhã.

Ela balança a cabeça. Vestida de branco.

— Você sabe que deve estar preparada para o pior?

— Sim. — Ela está olhando diretamente para ele, sem piscar, depois se vira e se ocupa de alguns objetos numa saleta. Ele traz jornais para casa no fim do dia, e ela está forrando as prateleiras com as atrocidades e as pequenas esperanças do dia anterior. O rosto dela está quase todo oculto. Só uma parte de uma sobrancelha está visível, os fios castanhos finos como seda... uma asa de pássaro em fuga. Este é o meu 12º dia como hóspede de Marcus. Eu queria ter voltado mais cedo para casa. Marcus deve achar que a casa está muito cheia de repente.

— Ele não se importa.

Ela se volta para olhar para ele e sorri.

Ele caminha na direção dela, mas para, e ambos olham para a porta porque alguém está passando no corredor. Embora não haja necessidade de esconder nada de Marcus, eles não se sentem confortáveis de revelar isto a ele.

Marcus tinha ficado preocupado com ele quando, depois da morte de Zameen e do desaparecimento de Bihzad, depois da derrota soviética, ele voltou para os Estados Unidos e continuou ligando para o Afeganistão, fazendo visitas, escrevendo.

Marcus achava que ele estava sofrendo demais por Zameen e pelo menino, que não estava indo em frente com sua vida. Uma vez David contou a ele sobre uma namorada chamada Ângela, e ele ficou muito desconfiado e disse que da última vez o nome dela era Angélica.

No meio do caminho ele tinha adquirido a capacidade de suportar o isolamento. Não havia amantes, apenas momentos de amor. Parecia suficiente. E também ele era jovem e estava sob a impressão de que — morando num país ocidental, seguro, um país cujas regras ele conhecia — tinha as coisas mais ou menos sob controle. Mas ele ainda não conhecia as leis do tempo. Ele achava que podia desperdiçar oportunidades ou deixá-las passar por enquanto e encontrar a felicidade ou algo parecido mais tarde. Isso aconteceu de repente com ele. Um choque. Marcus era mais velho e mais experiente e sabia que isso nem sempre pode ser garantido, mesmo em terras pacíficas.

Quando ele acabou se casando, Marcus continuou desconfiado. Não tinha certeza se podia acreditar nele. E quando ele se divorciou quatro anos depois, Marcus deve ter tido a confirmação de que David finalmente tinha resolvido pôr fim à ficção que tinha criado para ele.

Enquanto percorre Usha de carro, ele sabe que o povo deve estar odiando a ideia de que a Carta Noturna tenha vindo de Nabi Khan, temendo uma volta aos dias da guerra civil, com Nabi Khan e Gul Rasool reduzindo dois terços de Usha a escombros no início dos anos 1990, matando um terço da população enquanto brigavam pela supremacia, quinhentos foguetes caindo em várias partes da província num só dia. Visitar certas ruas era compreender que apenas o céu continuava igual ali.

Ao se aproximar da cabeça de pedra, Marcus se lembra que Buda negou a existência da alma.

É de manhã e o rapaz está dormindo a uma certa distância da estátua, imóvel como uma efígie.

Foi no Afeganistão que Buda recebeu um rosto humano, já que as representações mais antigas dele eram apenas símbolos — uma sombrinha, um trono, uma pegada. Uma vasilha de pedinte. Os gregos no Afeganistão deram-lhe as feições de Apolo, o deus da sabedoria, o deus que se arrependeu. A única adição asiática a Apolo foi um buraquinho na testa e os cachos na cabeça.

Um encontro de continentes. Quando descreveu o Paraíso Muçulmano, Maomé, provavelmente, se baseou nas lembranças dos palácios bizantinos que tinha visto antes de ser profeta, quando era um caixeiro-viajante.

Parece que o rapaz andou olhando seus velhos cadernos. Marcus tira um deles da estante. Qatrina, Zameen e ele amavam tudo sobre livros. Em papel fino, em caixas de papelão, em copos de papel, eles identificavam o cheiro do imutável, o odor das bibliotecas.

Ele vira as páginas e se lembra de tudo. Cis-3-hexanol cheira a grama cortada, ele recorda com uma pontada de tristeza. Como pode contar as coisas que agora estão perdidas? Para ele. Para este país. Os 47 nomes pelos quais um amante pode se dirigir à sua amada estão preservados em algum lugar? As tabuletas de etiqueta. E o sinal único, específico para cada situação, que mostra o caráter e as intenções de uma pessoa: *Meu amigo hesitou antes de entrar em minha casa, então eu soube que não podia confiar nele.* Alguém se lembra das curvas e dos arabescos azul-escuros na água, os metros de linhas sinuosas, quando o kohl escorria dos olhos das mulheres que lavavam o rosto no lago ao anoitecer? E isto é lembrado? Como se fosse a lua entrando em seu sono, os homens de Usha acordaram uma noite com colunas de ouro descendo sobre eles da cadeia de montanhas, um sopro de meia-noite no ar enquanto eles contemplavam uma centena de colunas de luz se aproximando, como a realidade sobrenatural de um sonho. E então as mulheres, pois eram elas, se aproximaram e ergueram a parte da frente de suas burcas, mostrando que suas roupas estavam cheias de vaga-lumes, um para cada centímetro quadrado de tecido, a pele das mulheres cintilando. As esposas tinham saído e capturado estes pedacinhos de luz e voltavam como se fossem lampiões vivos, o brilho saindo pelo tecido. Sua pele reagia tentadoramente cada vez que a asa de um inseto a roçava com força, enchendo de desejo o coração dos homens. Os maridos tinham adormecido rapidamente ao voltar dos labores do dia algumas horas antes, o cansaço borbulhando como refrigerante dentro deles, a exaustão que às vezes os fazia reclamar até mesmo de ter que arrastar as próprias sombras. E se havia raiva em alguns deles agora por terem sido abandonados durante o sono, eles se lembraram de medir as palavras porque sabiam que uma mulher decide quem merece ser chamado de homem.

Alguém mais se lembra daquela noite?

Há milhões de marcas de amor na terra, runas e cuneiformes na água, no próprio ar. É a sabedoria de mil Salomões. A escrita comunitária do amor. O Primeiro Texto. Em um lugar onde poucos sabem ler e escrever, a memória de cada pessoa é um frágil repositório de canções e cerimônias, fábulas e histórias, e se a pessoa desaparece sem as passar adiante, é como a ala de uma biblioteca pegando fogo.

O garoto se mexe no chão. Pois é isso que ele é. Um garoto. Visitando o Ocidente, Marcus sempre ficava surpreso ao ler a palavra "homem" sendo usada para descrever rapazes de 18 ou 19 anos. Eles são crianças, que, mesmo que já saibam muito sobre o mundo, ainda não sabem nada sobre si mesmos. E não vão saber por muitos anos.

— Achei melhor dar uma olhada em seu ferimento — diz Marcus quando ele abre os olhos. — Talvez seja melhor trocar o curativo.

— Por que o senhor tem este ídolo aqui? — pergunta ele, começando a desenrolar as ataduras.

— Ele sempre esteve aqui. Faz parte do passado do Afeganistão.

Ele apenas balança a cabeça em resposta. Ele está meio dopado por causa dos analgésicos.

— Durante muito tempo ele não incomodou ninguém, durante muito tempo mesmo. — Os árabes que vieram lutar contra os soviéticos chamaram os afegãos de "burros", dizendo-lhes que sua versão do Islã estava errada, dizendo até que eles não sabiam orar corretamente. Eles atiraram foguetes nos túmulos dos santos afegãos. — As pessoas costumavam vir trabalhar aqui embaixo muito antes de você nascer. Isto era uma fábrica de perfumes. — Ele recorda o chão coberto de montanhas de rosas.

— Eu acho — diz Casa — que só um mau muçulmano deixaria de se importar com esta coisa. — Ele fala com muita calma, é difícil saber se há maldade no que diz.

— O Corão mesmo diz que a raça dos djinns que pertencia a Salomão tinha decorado sua caverna com estátuas.

— Por favor, não diga isso — diz Casa, visivelmente incomodado.

— Desculpe. — Maomé tinha salvado pessoalmente as imagens de Jesus, Maria e Abraão do santuário de Kaaba, enquanto ordenava que outras fossem destruídas.

— Achei que o senhor tinha dito que havia se convertido ao islamismo.

— É verdade.

— Então não entendo por que está desrespeitando o Livro Sagrado.

— Eu não sabia que estava. Mas não vou mais falar no assunto.

— Obrigado.

No café da manhã, nem David nem Marcus souberam como reagir às palavras de Casa. Qatrina, é claro, o teria desafiado delicadamente, mas com firmeza. Às vezes, é importante *dizer* coisas, ela teria afirmado. E embora, sim, Marcus se lembre de ter mudado por causa de alguma coisa que ouviu alguém dizer, alguma convicção que calou fundo nele, ele não quer discutir com o rapaz.

— Às vezes eu me pergunto — disse Qatrina uma vez — se alguém não deveria deixar as pessoas ouvirem uma frase do tipo: "Eu não acredito na existência de Alá." Elas ficariam atônitas, mas iriam embora e pensariam a respeito. Elas talvez tenham ouvido falar em pessoas assim, mas ouvir esta frase de uma pessoa com pele, boca e olhos, uma pessoa parada diante delas, isto tem um impacto completamente diferente. Elas veriam que eu sou alguém cuja pulsação elas poderiam sentir se esticassem o braço e pusessem a mão na veia de meu pescoço... e que não fui atingida por um raio por causa do que disse.

Marcus examina a parte de trás da cabeça de Casa em silêncio e depois torna a colocar as ataduras, as três mãos trabalhando juntas, subindo e descendo. Substitua apenas um átomo de carbono por um átomo de silicone na molécula de 1,1 — dimetilciclohexano e o cheiro passa de eucalipto para desagradável. Quem sabe como o rapaz formou estas opiniões? Que pequena coisa as outras pessoas do mundo poderiam ter feito de forma diferente para alcançar um resultado melhor, qual o pequeno erro que foi cometido? Lobos que apresentam um comportamento estranho — apanhados em armadilhas e se debatendo, ferido por outras criaturas ou por balas, filhotes sofrendo de epilepsia — são atacados e mortos pelo outros membros do bando. Mas aqui todo mundo é humano e tem que tentar entender o mistério um do outro. A dor um do outro.

Casa não disse nada a respeito de si mesmo, exceto que é um trabalhador itinerante de uma aldeia nas montanhas ali perto.

Ele agradece a Marcus pelo curativo e pergunta se há algo que possa fazer para retribuir sua gentileza. Marcus diz a ele para simplesmente descansar.

— Foi uma mina, a sua mão?

Marcus sacode a cabeça e se levanta para sair.

— Dói?

— Às vezes.

— Sinto muito. O que foi que aconteceu?

— O Talibã a cortou.

Casa nem titubeou. A informação não foi nada perturbadora ou incomum para ele.

— Você roubou alguma coisa?

— Sim.

— Que Alá nos conserve a todos no caminho certo — diz ele e torna a se deitar.

Quando Ricardo Coração de Leão demonstrou uma força brutal ao quebrar uma barra de ferro com a espada, a cimitarra delicadamente afiada de Saladino se contrapôs dividindo ao meio um lenço de seda. O que se perdeu foi o desejo de acreditar na delicadeza de Saladino e de se orgulhar dela.

Marcus sobe a escada, lançando um último olhar ao Buda — a pedra que tem o tom marrom-claro de um bicho de maçã levado da Austrália até os jardins ingleses.

Ele sai para a luz da manhã. O mundo é amarelo-claro com sombras azuis. No sura 27, Salomão ri ao ouvir a conversa de duas formigas — um raro exemplo de humor no Corão. Essa mesma narrativa tem uma versão budista do século III com duas borboletas em vez de formigas. Não adianta compartilhar com o rapaz a ideia encantadora de que as histórias podem viajar, ou de que dois grupos de pessoas, separadas por oceanos, podem imaginar mitos sagrados semelhantes.

Entretanto, ele consegue compreender a ansiedade dos fiéis acerca da poluição — o fato de não quererem ser infectados ou contaminados pelo ambiente. Décadas antes, num voo de volta da Índia — ele tinha ido visitar os famosos fornecedores de matéria-prima para perfumes na Muhammad Ali Road, em Bombaim —, Marcus distinguiu Hanuman, e Ganesh e Radha nas formas das nuvens abaixo dele, tão impressionante tinha sido a visão dos deuses e deusas hindus, tão forte tinha sido a marca deixada por suas formas voadoras e dançantes em sua consciência. Não era de espantar que a poesia sânscrita celebrasse *a beleza do pé levantado* e *a cintura de haste de lótus.* Não houve nada disso na ida para a Índia. A "poluição" ocorreu enquanto ele estava lá.

Manteiga de raiz de íris de Florença. Limão. Rosa da Bulgária. A madeira do *oudh* indiano que foi comida por fungos. Estes foram alguns dos ingredientes que usou quando misturou o perfume para Zameen — a filha que está desaparecida há mais tempo do que ele chegou a conviver com ela.

O docemente perfumado putchuk de Kashmir era usado na Europa em 288 a.C. como oferenda a Apolo.

Quando um soldado morre, sua arma é chamada de "viúva" por seus companheiros de luta. Além disso, Casa se lembra de ter sido instruído a guardar a sua "como se fosse seus olhos". Procurando por seu Kalashnikov, Casa começa a refazer seus passos na noite da *shabnama.* Ele atravessa o pomar, tentando ver se seu sangue está na terra. Não derramado, mas oferecido a Alá.

Ele não devia ter dito nada a Marcus sobre o Buda. Ele devia frear as palavras quando falasse com estas pessoas, devia tentar ser agradável. Se for banido daqui, não terá segurança.

Ele precisa manter a compostura. E precisa procurar o seu rifle.

"Você tem sido uma ideia na mente de Alá por toda a eternidade." Com estas palavras de incentivo, o menino Casa, de 14 anos, e milhares de outros foram enviados de sua madrassa no Paquistão, em 1996, para conquistar Cabul das sete facções rivais. Para conquistá-la em nome do Único Deus Verdadeiro. "História é Alá agindo através do homem", eles tinham sido ensinados. "Isto não é novidade para vocês: vocês estão tomando de volta o que sempre foi seu." No fluxo do tempo secular cristão, eles teriam parecido apenas um bando de garotos esfarrapados, mas no ano correspondente do calendário islâmico — 1417 — eles eram guerreiros que estavam desembainhando as espadas para sempre, ajustando suas roupas para lutarem desimpedidos, uma continuação de uma longa linhagem que vinha desde Maomé, os reis do amanhã, que odiavam a carnificina que precisavam causar, mas que tinham que causar mesmo assim.

Enxames de caminhões Datsun, com pesadas metralhadoras calibre .50, canhões, armas antiaéreas e lançadores de foguetes montados em plataformas — tudo fornecido pela Arábia Saudita e pelo ISI, os amantes de Alá — invadiram Cabul. O antigo presidente comunista — que, como chefe do serviço secreto afegão, tinha sancionado e supervisionado a tortura de milhares de afegãos — buscou abrigo no complexo das Nações Unidas, achando que ele era sagrado. Casa e quatro outros talibãs tinham entrado lá durante a noite, depois que os guardas já tinham fugido, bem mais cedo, ao ouvir o som de tiros nos arredores da cidade.

Depois de espancar o presidente e o irmão até eles ficarem inconscientes, os talibãs jogaram os dois numa picape e foram para o Palácio Presidencial, que estava às escuras. Lá, eles o castraram, prenderam seu corpo atrás de um jipe e o arrastaram ao redor do palácio. Depois o mataram com um tiro. O irmão foi torturado e morto da mesma forma. Pouco antes do amanhecer, o comboio de Casa chegou ao local e, como era importante aterrorizar os habitantes da cidade para obrigá-los a se submeter, ele ajudou a pendurar os dois corpos inchados e ensanguentados num poste, a poucos quarteirões do prédio das Nações Unidas.

Ele está saindo do pomar quando vê que o velho e a mulher estão poucos metros à frente dele. Recuando até uma distância segura, ele observa o rosto dela através dos galhos, as folhas brilhando ao sol. Ele se sente envolvido por um fogo verde quando olha para ela. Qualquer um pode visualizar o Paraíso, pode tentar vestir o outro lado com as cores deste mundo. Mas sempre que, na época em que era chofer de táxi, os passageiros ocidentais lhe perguntavam sobre a outra vida no islamismo, sua lascívia era uma ofensa para ele. Casa não conhecia um único muçulmano cujo primeiro pensamento ao ouvir a palavra "Paraíso" fosse "72 *virgens*". Os tribunais do mundo eram tão imensos e severos que pecar era inevitável, então, ao obter permissão para entrar no Paraíso, um crente ficava, antes de tudo, feliz por ter sido poupado do Inferno. *Esse* era o primeiro pensamento, e o segundo e o terceiro e o quarto e o quinto. O resto vinha muito depois, inclusive as exigências daquilo que foi a primeira coisa que os anjos criaram quando Alá lhes pediu para moldar Adão no barro.

Figuras maternas. Mulheres da idade de Lara são as que ele observa mais atentamente quando tem uma chance. Evitando os rostos perturbadores das mais jovens, contente quando as burcas as conservavam invisíveis durante o regime talibã. Um resíduo da infância — quando ele existia sem noção do tempo, quando achava que os adultos tinham nascido do tamanho que tinham — há um leve traço de inveja nele até hoje quando vê um menino acompanhado da mãe. Sua mão deve fornecer anestésico junto com a dor quando ela bate no filho para castigá-lo por uma travessura.

Ele pensa na magnitude do crime que está cometendo ao olhar para o rosto de Lara, mesmo que seus pensamentos sejam puros. Ele sente um desejo de prolongar a ternura que está sentindo no peito. Uma mãe. Uma tia ou irmã mais velha ou prima. Ele finalmente se obriga a esquecer a sensação de conforto e se afasta para procurar outro caminho para o lago.

Lara e Marcus estão estendendo roupa num varal, ao sol. Eles não têm pregadores, então estão usando grandes alfinetes de segurança. Se estivesse na época das romãs, pensa ela, eles poderiam tê-las colocado nos bolsos para fazer peso e evitar que as roupas voassem com o vento.

— Você sente saudade da Inglaterra?

— Eu penso nela, sim. É natural.

Numa das mangas de sua blusa, não inteiramente branqueada, é possível ver um terço de uma flor cor de laranja.

— Teve um período em que íamos para lá quase todo ano. Zameen conhecia o Lake District, conhecia Edimburgo e Londres quase tão bem quanto conhecia Mazar-i-Sharif e os Budas de Bamiyan.

— Os pântanos de Yorkshire.

— Os bosques cheios de jacintos.

— Depois que eu e David partirmos, você vai ficar sozinho aqui de novo.

— Você sabia que Turner usou os desenhos que fez dos pântanos de Yorkshire quando pintou o exército de Aníbal cruzando os Alpes?

— Você tem família na Inglaterra?

— Uma pintura de grande poder. Uma pincelada de preto sobre os soldados. Os soldados extraviados sendo apanhados pelos montanheses selvagens... Preciso descer o livro de pinturas dele que está pregado no teto do corredor do segundo andar. Depois, quando ele pintou uma tela sobre a vitória de Waterloo, também não se via glória nela. Só os mortos caídos no campo de batalha com esposas e namoradas andando no meio deles. E este foi o lado *vitorioso*.

Só então ele ergue a mão dela até os lábios. Ele beija seus dedos, frios por causa da roupa molhada.

— Obrigado por se preocupar comigo.

— Eu vou partir dentro de poucos dias, com certeza.

— Não há motivo para você não vir me visitar de novo.

Ela concorda com a cabeça.

— E depois que você voltar para a Rússia, David vai ficar sozinho também.

Ela olha para ele, vendo seu sorriso, a expressão de benevolência em seu rosto.

Ele se senta na soleira da porta e ela se junta a ele alguns minutos depois, a luz filtrando-se pelas roupas estendidas. Ela o vê fumar o cigarro do dia. Um pouco de fumo enrolado por ele em papel de pipa. O papel pode ser azul ou branco.

— Como um perfumista pode fumar?

— Os fumantes geralmente têm melhor olfato do que os não fumantes.

— Isso não tem lógica. — Ela sorri.

— Claro que tem. O monóxido de carbono do cigarro bloqueia a enzima do nariz que quebra as coisas, então o cheiro permanece mais tempo do que o normal.

— Daqui a pouco você vai dizer que existem perfumistas que continuam na profissão depois de perder o sentido do olfato.

— Existem casos.

Lara ri.

— Como Beethoven continuando a compor depois que perdeu a audição. — Ela olha para o céu. Uma nuvem aparece e se dissolve enquanto ela está olhando para ela... um fiapo de nuvem que desaparece tão completamente que ela chega a duvidar do que viu momentos antes. — Meu Stepan fumava. Eu o fiz largar.

— Você não precisa se sentir culpada por causa de David. — Ele torna a beijar a mão dela. — Nós temos que viver.

— Eu não fui sempre assim.

— Deixe-me imaginar.

— Quando eu era bem mais jovem, se estivesse feliz, você saberia, e se estivesse infeliz, também. Eu não acreditava em sofrimento silencioso ou passivo.

— A alma russa e tudo isso. Certo?

— Fale-me mais sobre Qatrina.

— Durante muito tempo eu não soube onde ela estava enterrada. Ninguém me contava.

— Você nunca mais a verá?

— Nenhum de nós acreditava em outra vida. Quando você morre, você apodrece e se torna parte da terra. Não é desrespeitar os mortos dizer que seus corpos foram consumidos por criaturas da terra. Isso nos faz dar mais valor ainda a esta vida. É muito melhor do que inventar mentiras sobre a eternidade e a outra vida. A morte *não* é maior do que a vida.

— Eu teria gostado de ver as 99 pinturas que ela fez.

— Desapareceram. — Ele ergue a mão na direção do céu.

— Por que esse tema?

— Ela representou os humanos fazendo todas as coisas que Alá supostamente faz. Foi seu comentário a respeito da não existência de Deus. Nós não temos almas, temos células.

— A tradição diz que Buda tem 99 nomes.

Mas a mente dele está em outro lugar.

— Eu levei décadas para localizá-la quando voltei do exílio. Procurei por ela, viajando pelo deserto no meio de tempestades e por florestas de carvalho, atravessei penhascos e rochas de granito. Gul

Rasool a havia abandonado nas montanhas, e ela foi de lugar em lugar. Tentando praticar sua profissão o mais que podia. Cansada como eu da cor vermelha. Em toda parte havia guerra civil. — Ele põe o cigarro numa pedra e esfrega a cabeça com os dedos. — Eu não acreditava que a tivesse encontrado, que a morte tivesse nos esquecido, que estivéssemos juntos de novo nesta casa. Ela contou que, durante os anos em que esteve em poder de Gul Rasool, os guerreiros dele, drogados com haxixe, a haviam espancado por ela ter se casado com um homem branco. Ela fugia para prestar tratamento médico aos aldeões que Rasool e seus guerrilheiros tinham atacado por não darem comida e assistência a eles. Ela usava neve da montanha como anestesia para fazer amputações depois de combates com os soviéticos. Temperaturas baixas o suficiente para congelar ácido de bateria. Coisas semelhantes aconteceram comigo quando estive com Nabi Khan. Mas nós nos achávamos afortunados, considerando a quantidade de dinamite, foguetes e granadas por toda parte. Então, um dia, a guerra civil terminou e o Talibã chegou a Usha. Era 1996. — Ele sacode a cabeça, olhando para ela com seus olhos cheios de luz. — Mas chega de coisas tristes.

A vida em Usha foi destruída e silenciada por causa da guerra entre Nabi Khan e Gul Rasool, mas o Talibã pôs os dois para correr em poucos dias. E em seguida — apenas horas depois de dominar Usha — eles começaram a chicotear mulheres nas ruas por mostrarem o rosto. Eles proibiram fumo, música, televisão, pipa, xadrez, futebol. Fizeram fogueiras com livros, vídeos e fitas de áudio. Eles ficavam parados ao longo das ruas, prendendo homens que não tinham barba, jogando-os na cadeia até suas barbas crescerem. Eles mandavam que as lojas fechassem na hora de rezar. Logo nas primeiras horas, pregaram um cantor de músicas sacras numa amoreira por ele não ter revelado onde tinha enterrado seus instrumentos. Qatrina, a caminho da clínica, tentou intervir e levou uma pancada no rosto de um jovem — com tanta força que achou que ele tinha quebrado seu maxilar. Ele a mandou voltar para casa e disse para não sair mais de lá. Ele tinha erguido a mão no ar e ficado com ela erguida por alguns segundos em vez de bater nela. E não estava hesitando, estava demorando para dar tempo a ela de sentir medo do golpe que estava por vir.

Eram quase todos soldados pobres, com um passado primitivo e miserável. Vulneráveis e fáceis de controlar, não foi difícil torná-los fanáticos em relação ao que tinham sido ensinados a acreditar como verdade religiosa, e a dominação sobre as mulheres era uma forma simples de organizá-los e animá-los.

Eles mandaram que todas as janelas fossem pintadas de preto para que ninguém pudesse ver uma mulher. Ganhar a vida foi declarado conduta inapropriada para uma mulher, resultando em prisão por insubordinação contra a vontade de Alá. Tentando escapar de levar uma surra do Talibã por expor os pés, uma vez que sua burca não era suficientemente longa, uma jovem mulher, aterrorizada, tinha corrido na frente de um jipe Talibã que se aproximava. Ela sangrou até a morte defronte da clínica de Marcus, porque — sendo homem — ele não pôde cuidar dela. As mulheres tinham medo de adoecer — sem tratamento, a doença podia piorar e levar à morte; Marcus viu uma menina de 12 anos morrer de sarampo.

Eles tinham proibido escolas para meninas no início, mas depois as proibiram também para os meninos, e ninguém podia fazer nada. Os homens aceleravam o passo e desviavam os olhos quando uma mulher era surrada na rua — se tentassem interferir, estariam perdidos. O Afeganistão se tornou uma terra cuja geologia era medo em vez de rocha, onde você respirava terror e não ar.

Apesar desta escravidão monstruosa, Qatrina e Marcus continuaram a atender pacientes dos dois gêneros em segredo.

Um dia, ao visitar a casa de um paciente, ele viu num canto a grande arca de madeira onde Qatrina tinha guardado suas 99 pinturas. A arca estava dentre as coisas que tinham desaparecido da casa em ruínas perto do lago quando eles voltaram do exílio em Peshawar. Ao vê-la, Marcus se aproximou e a abriu: as pinturas ainda estavam lá, ainda belas, como joias. Ela fazia uma pintura, deixava o papel secar, depois o mergulhava num pouco de água para dissolver parte da cor ou toda ela. Depois que ele secava, ela o pintava uma segunda vez e mais uma vez tirava parte do pigmento ou todo ele num banho de água. O processo chegava a ser repetido dez ou 12 vezes. Às vezes, ela adicionava uma quantidade de cor na bandeja de água antes de mergulhar a pintura, então toda a obra era coberta por uma vermelhidão muito pálida ou por um amarelo reticente, um vislumbre de azul. Camada a camada, ela construía uma pintura complexa ao longo de várias semanas.

O homem da casa disse que as pinturas pertenciam a ele. Marcus arrastou a arca para a porta, horrorizado com as mentiras, e lá fora procurou alguém para ajudá-lo a transportá-la de volta para Qatrina, na casa. Ele e o homem estavam brigando na rua quando um veículo Talibã parou. Os dois foram levados para a mesquita.

Ele não tinha como provar que as pinturas eram dele, então ficou decidido que na sexta-feira sua mão seria cortada como castigo por roubo.

Os talibãs não sabiam o que fazer com as pinturas — cada uma tinha um dos nomes de Alá em caligrafia arábica, o Misericordioso, o Imortal —, mas as palavras estavam cercadas de imagens não só de flores e trepadeiras, mas de outras coisas vivas. Animais, insetos e seres humanos. Eles quiseram rasgar estes detalhes, mas não conseguiram porque os traços e as curvas do nome tomavam retângulos inteiros, alcançando cada canto, cada ângulo.

Um homem esbofeteou Marcus, expressando o sentimento de raiva de todos pelo dilema que as pinturas tinham representado para eles, e depois o levaram para um quartinho nos fundos da mesquita. Ele saiu piscando os olhos para a luz dois dias depois, fraco de fome e sede. Era sexta-feira. Ele tinha sido algemado — e tinha passado os dois dias anteriores pensando que uma das algemas iria simplesmente deslizar para fora quando sua mão fosse amputada. E eles o levaram na direção da grande multidão que tinha se reunido de um lado da mesquita. Uma mulher de burca estava de joelhos na terra, no centro do círculo formado pela multidão. Ele achou que a mão dela também tinha sido cortada porque havia sangue em volta dela, e também no tecido da burca, mas então ele viu que as duas mãos dela estavam intactas — e ele reconheceu a aliança no dedo da mulher. Era Qatrina e ela tinha acabado de realizar uma amputação. O sangue era o da vítima. No chão, havia um bisturi. Ela deve ter desmaiado e, ao se levantar e virar a cabeça, deu um grito ao ver Marcus, compreendendo o que estava por vir. Um homem chegou e recolheu a mão amputada do ladrão anterior. Ele a ergueu acima das cabeças de um bando de crianças que riam e tentavam agarrá-la enquanto ele as incentivava a pular cada vez mais alto. Ele levou a mão embora. De acordo com as instruções de Maomé, o ladrão deveria usá-la em volta do pescoço pelos próximos dias. A multidão estava recitando o Corão. Ela tentou correr, mas as figuras vestidas de preto a impediram, indicando que ela se dirigisse para o bloco de madeira encharcado de vermelho, brilhando ao sol. Eles levaram Marcus até o toco redondo de amoreira. Um homem com mãos grandes, unhas do tamanho de moedas, prendeu sua mão esquerda contra o bloco. Ela estava protestando, afastando a bandeja onde havia uma faca de açougueiro e diversas seringas de vidro. Lidocaína, pensou ele, o anestésico local. Misturado com adrenalina, para contrair os vasos e reduzir o fluxo de sangue, evitando hemorragia. Havia um pequeno serrote e um par de tesouras manchadas de ferrugem.

Eles tinham um revólver apontado para a cabeça dela.

— "Faça!" — e Marcus teve que pedir a ela para prosseguir, sabendo que eles a matariam sem hesitação. Mas ela continuou dizendo que não, enfurecendo-os com sua rebeldia, envergonhando-os na frente da multidão. Ela levantou a burca e encarou o rapaz que estava diante dela. A multidão ficou subitamente silenciosa.

— Pode me matar. Eu disse que não vou fazer isso.

Ela ergueu bem o corpo.

Ela tinha contado a Marcus que, quando era pequena, algumas mulheres de sua família tinham se preocupado com o crescimento dela, que ia ficando mais alta a cada ano, sua altura imodesta demais para uma mulher, um sinal de catástrofe. Seu corpo que não parava de crescer parecia querer rebelar-se porque este era o país onde o termo "olhos brancos" era usado para repreender uma menina ou uma moça dando a entender que ela deixava que vissem o branco dos seus olhos, em vez de mantê-los abaixados em obediência, como compete a uma mulher ou a alguém de status inferior.

Os segundos foram passando.

O revólver foi retirado da cabeça dela e dirigido para a têmpora de Marcus.

— Faça ou nós o mataremos.

Quando a lâmina desceu, ele estendeu os dedos e tocou na palma da mão dela. O último ato que sua mão realizou para ele.

Nos meses que se seguiram, eles entraram numa outra geografia mental. Ela se recusava a falar, ou não conseguia, mantinha o rosto virado para as paredes, para as sombras. Em qualquer aposento que entrasse, ela corria para os cantos. Ou saía andando sob o sol tórrido do meio-dia até que ele a encontrasse, achando que seus olhos tinham derretido naquele calor. No pomar, ela atacava romãs achando que eram pedaços de carvão em brasa, flores de fogo. A ferida dele doía horrivelmente, uma dor que ele tinha que reprimir para não assustá-la, embora pudesse ter berrado dias seguidos. A mão não estava lá, mas ainda doía como se ele tivesse fechado os dedos em volta de um escorpião, de cacos de vidro. Os músculos cortados, os ossos, não estavam cicatrizando direito, e ele tinha que se tratar em Jalalabad, contando com a bondade das pessoas para cuidar de Qatrina. Às vezes, ela o ignorava, mas outras vezes, ao vê-lo sair, ela estendia os braços para ele pelas grades da janela — um lamento saindo das cordas de uma harpa. Duas vezes ele teve que ir a hospitais em Cabul, a cidade onde estavam fazendo planos para obrigar os habitantes não muçulmanos — uns poucos hindus e sikhs e um punhado de judeus — a usar roupas de uma cor específica, para que seu status inferior ficasse aparente na rua. Aquela tinha sido uma cidade diferente, um dia. Duas décadas antes, um grupo de estudantes risonhas, ao descobrir que o carro branco estacionado em Flower Street pertencia a Wamaq Saleem — o grande poeta paquistanês que estava visitando o Afeganistão para dar um recital de poesia —, cobriu o carro dele de beijos de batom.

Ao voltar de uma estadia de uma semana no hospital em Cabul, Marcus encontrou todos os livros da casa pregados no teto.

A GRAMA ALTA CHEGA ATÉ SUA virilha quando Casa se dirige para o lago, as pontas roçando suas mãos. Duas horas da tarde.

Um bando de pardais voa no céu. Para economizar munição, ele só atirava quando tinha chance de pegar dois pássaros de uma vez — mirando no ponto em que seus caminhos iriam se cruzar.

Ele não sabe ao certo se foi este o caminho que ele seguiu até a fábrica aquela noite. Se ele tiver deixado o Kalashnikov num lugar molhado, vai ter que secar toda a água de seu interior e passar óleo em todo o mecanismo, uma tarefa que levará várias horas, isto é, se ele tiver a sorte de conseguir um pouco de óleo. Andando por ali, tentando se lembrar, pensa na época em que tinha aprendido a colocar minas, no campo de treinamento da al Qaeda. Como a operação não permitia nenhum descuido, tudo era mapeado antes com coordenadas precisas: alguns dias depois ele teria que voltar e encontrar as minas, como parte do treinamento. Um guerreiro desatento poderia ser morto por uma mina que ele próprio tinha colocado.

Ele muda de direção ao ver o pequeno bando de gruas na beira do lago. Cinzentas e brancas com tufos brancos nas orelhas e olhos vermelhos. Uma delas levanta um pouco as asas para fechá-las mais confortavelmente. Havia diversas num dos seminários no Paquistão, já que elas são melhores do que cães-de-guarda para alertar sobre intrusos. O chão se inclina sob seus pés e as gruas desaparecem de vista atrás do muro de grama enquanto ele caminha na direção delas.

Ele para ao vê-los. Eles estão imóveis, olhando para ele. Três homens brancos, jovens como ele, mas maiores. Um deles está sem camisa, com os músculos expostos. Dois estão armados com Glocks .22 de terceira geração. Então um afegão aparece e se junta a eles.

— Quem é você? — pergunta o afegão. Ele está segurando o rifle de Casa.

Casa aponta para a casa de Marcus, atrás, sem tirar os olhos do branco que estava com o dedo no gatilho, embora a arma estivesse pendurada, encostada na perna.

— A casa do velho doutor?

Ele diz que sim com a cabeça, tentando não olhar para o Kalashnikov, para não mostrar que o reconhece.

O que fez a pergunta se vira para os outros três e, falando baixinho, diz alguma coisa em inglês para eles. Olhando diretamente para ele de vez em quando.

Casa pergunta ao afegão — o cão do Ocidente — quem são seus companheiros, mas não obtém resposta. Ele repete a pergunta, mas é como se eles fossem incapazes de ouvi-lo. Eles fazem sinal para ele segui-los quando começam a sair do rio de grama, e ao se virar o homem seminu revela ter uma tatuagem em tamanho real de uma pistola Glock nas costas, à esquerda da base da espinha. Só estão aparecendo a ponta do cabo e parte do gatilho, o cano está escondido debaixo do cós da calça — exatamente como se ele tivesse uma arma guardada ali.

Quando eles entram na trilha, um dos brancos fica para trás, de modo a ficar atrás de Casa.

Com o afegão traduzindo, os homens brancos querem saber como ele se feriu.

— Um bandido. Eles são americanos?

"A grandeza de uma tribo é medida pela importância do seu inimigo", costumavam dizer os religiosos do seminário, instruindo-os a planejar para causar dor à América.

E agora os brancos querem saber por que ele está interessado na nacionalidade deles.

— Por nada.

Ele imagina quais as imagens que os outros dois homens brancos têm em seus corpos. Uma faca serrada no tornozelo? Um Magnum

.44 do lado das costelas, como se estivesse dentro de um estojo invisível com o cabo debaixo do braço e a ponta do cano tocando o osso do quadril?

Eles querem que ele mostre as palmas de suas mãos.

Eles sabem que devem procurar por calos feitos por um Kalishnikov.

Pelo menos eles não são negros nem mulheres.

Ele cruza os braços debaixo do fino cobertor enrolado no corpo.

Orgulhoso como Satã, o que está sem camisa olha atentamente para ele, como se estivesse prestes a estender a mão para o cobertor, e Casa dá um passo para trás, curvando os dedos sobre as palmas quentes e suadas das mãos.

A beirada do cobertor forma belos mosaicos. Ele é a mesquita que estes americanos querem bombardear.

Ele é perfeitamente inocente — como eles podem saber que não? —, mas mesmo assim eles estão se comportando deste jeito com ele. Todo muçulmano deve ser informado de qual será o seu destino caso sua mão que segura a espada erre. Este é o seu país; mas o senso de propriedade que detecta nos olhos deles mostra toda a extensão do perigo e do desafio enfrentados pelo Islã.

Neste exato momento o carro de David surge vindo da direção de Usha. Casa dá mais alguns passos para trás para sair do campo de força destas pessoas, que estão se virando para olhar para o veículo que se aproxima. Eles estão no meio do caminho, então têm que ir para o canto da estrada. Dois de um lado, dois do outro — Casa fica onde está a princípio, mas depois se dirige para a beira da estrada, com grande cautela, como se estivesse andando na corda bamba, olhando bem para a frente. A luz é filtrada por uma árvore à esquerda, e sempre que um inseto atravessa voando um raio, o sol acende brevemente suas asas. David para o carro e troca algumas palavras com os americanos — eles parecem se conhecer. Ele abre a porta do passageiro e faz sinal para Casa entrar, mas ele não se mexe, seus olhos dois carvões em brasa por ele estar tentando deter lágrimas de raiva e humilhação, uma fúria de muitos séculos.

O Ocidente quer amor incondicional e, na falta deste, rendição incondicional. Sem perceber que esse privilégio é do Islã.

— O que eles disseram para você? — pergunta David assim que o carro avança.

Ele apenas sacode a cabeça, e eles ficam calados durante os poucos minutos que levam para chegar na casa. Logo depois que ele deixou de ser chofer de táxi e se juntou ao grupo de Nabi Khan, Khan o tinha mandado para um campo de treinamento de martírio — para dar a ele seu título real, e não um campo de treinamento de "suicídio", como os ocidentais e seus escravos aqui iriam chamar. E, exceto pelo fato de que ele e Khan provavelmente estão afastados agora ele executaria com prazer a missão para a qual fora preparado.

Hoje em dia, todo mundo está sempre dizendo, *por que os muçulmanos se tornam homens bomba? Eles devem ser uns animais, não há explicação humana para suas ações.* Mas, com certeza, uma resposta para esta pergunta pode ser encontrada no próprio dia 11 de setembro. Ninguém se lembra do que aconteceu a bordo do voo 93 da United? Um grupo de americanos descobriu que suas vidas, seu país, sua terra, suas cidades, suas tradições, seus costumes, sua religião, suas famílias, seus compatriotas, seu passado, seu presente, seu futuro estavam sendo atacados e decidiu arriscar a vida — e no fim deu a vida — para evitar que o outro lado vencesse. Ele podia estar errado, mas para ele isso se parecia muito com o que os homens bomba muçulmanos acham que estão fazendo.

Marcus cheira um dos pedacinhos de casca de bétula. Ele a identifica como *Betula papyrifera*, dizendo que ela podia chegar a 2,5 metros de altura e 60 centímetros de diâmetro. Nos Estados Unidos, o cedro seria usado para as amuradas, para as balizas e a cobertura. O cedro-branco ocidental — *Thuja occidentalis*. Ideal para construir uma canoa, assim como é fácil de partir e resistente à doença.

Há uma lata grande e Lara o ajuda a tirar a tampa.

— Resina de abeto, para impermeabilizar tudo — diz David.

— Isto aqui é para amaciar — diz ele, pegando outro recipiente: — gordura de urso.

Estes dois, e a casca de árvore e as raízes de abeto, são as únicas coisas que ele trouxe dos Estados Unidos; o resto, a madeira para as amuradas, o revestimento, os bancos, as cavilhas com um dedo de comprimento, ele comprou no Afeganistão.

— Meu irmão e eu cavamos as raízes de abeto numa plantação abandonada de árvores de Natal quando construímos o nosso. O chão estava coberto com uma camada de musgo, e nós agarrávamos uma raiz e puxávamos, e ela se soltava do musgo macio, metros à frente. Era como se uma criatura estivesse presa na outra ponta, se afastando apressada.

Casa está segurando as pranchas compridas de madeira — as cintas internas e as externas para serem fixadas com as cavilhas na beirada do barco — e Marcus, depois de comentar sobre o brilho da madeira, diz:

— Dizem que Maria bateu em Jesus por ter trançado raios de sol numa ponte e afogado três meninos. Eles tinham se recusado a brincar com ele por causa de sua origem humilde. Ele amaldiçoou o salgueiro do qual foi feita a vara e é por isso que o salgueiro apodrece facilmente.

Casa sorri por causa desta referência desnecessária ao cristianismo. Os muçulmanos respeitam Jesus Cristo — que a paz esteja com ele —, mas aquele Jesus não se parece em nada com o que os cristãos seguem hoje. Eles deturparam a Bíblia, acrescentando e subtraindo certas palavras de Jesus — como *"Não pensem que eu vim para trazer paz à terra: eu não vim para trazer paz, e, sim, uma espada"* — e antes do fim do mundo os muçulmanos vão assegurar que não reste nenhuma lembrança deste falso Jesus no mundo.

— Os cristãos de hoje não querem que saibamos disto — Casa foi informado no campo de treinamento de martírio —, mas o Deus que compartilhamos com eles aprovam os nossos métodos. — Sim, ele sabe. Ele sabe que o desamparado e humilhado Sansão, Shamaun em árabe, tinha pedido força a Deus. *"Então Sansão chamou por Deus e disse: 'Ó Senhor Deus, lembre-se de mim, eu imploro, e me dê força, eu imploro, só esta vez, ó Deus, para que eu possa me vingar..."* E com isso ele agarrou as duas colunas que sustentavam o templo onde estava sendo desgraçado e humilhado e pôs toda a sua força nelas, a mão esquerda numa, a direita na outra. Dizendo *"deixe-me morrer junto com os filistinos"*, ele derrubou as duas colunas e fez desmoronar o enorme edifício, matando a si mesmo e a três mil outros, um ato que Deus, obviamente, aprovou porque Ele deve ter dado a Sansão a força que ele tinha pedido.

— A arca onde Qatrina guardava as 99 pinturas dos nomes de Alá era feita de salgueiro — diz o inglês. — Cada pintura estava enrolada e amarrada com uma fita de seda chinesa.

Casa tinha visto mulheres usando seda chinesa durante seus dias como chofer de táxi, quando ele levava jovens soldados americanos à Grande Muralha da China, a casa de prazer clandestina que abriu em Cabul depois que os talibãs foram eliminados. Nenhum afegão tinha permissão para entrar no estabelecimento, às vezes os homens brancos saíam de lá com mulheres nos braços, uma no esquerdo, outra no direito, as cores brilhantes de seus vestidos parecendo papel de bala.

Ele mesmo só foi tocado cinco vezes por uma mulher em toda a sua vida, quase sempre pelas enfermeiras que trataram dele em hospitais. Com certeza, isso nunca aconteceu por vontade dele. Acontece o mesmo com aqueles que pretendem levar a cabo os ataques planejados por Nabi Khan a Usha. E como Alá diz que ninguém deve morrer virgem, Nabi Khan arranjara para eles terem relações íntimas pela primeira e última vez na vida. Isso deveria acontecer no dia seguinte à noite.

— Eu não sei o que aconteceu com as pinturas — diz Marcus.
— Mas eu as vejo em minha lembrança. Para mim, isto é o que basta. Ela pintou na arca a árvore que cresce sobre o trono de Alá, segundo o Corão.

— Quanto tempo vai levar para construir a canoa? — pergunta Casa a David.

— Você e eu a poremos na água em poucos dias.

David adiantou-a esta manhã. O lado branco da casca de árvore estava quase luminoso na água, onde ela foi deixada de molho. Ele a tinha tirado de lá, bem como todas as peças menores, e as tinha levado, pingando, para um lugar seco. Colocando a peça maior no chão, com o lado branco para cima, ele tinha colocado sobre ela a madeira compensada em forma de folha que tinha cortado — a forma que ia ter a base da canoa.

Ele e Casa começam a trabalhar — silenciosamente, exceto por um resmungo de vez em quando, e com o olhar de um milhão de anos das gruas observando-os de longe.

David tinha catado umas pedras grandes da margem do lago, algumas cobertas de musgo, e elas estavam fazendo peso sobre a folha de compensado de madeira.

A peça principal de casca de árvore é só ligeiramente mais larga do que o ponto mais largo da folha de compensado, então eles vão ter que usar peças extras dos lados, costurando-as com as raízes de abeto, mergulhadas em água quente para adquirir flexibilidade, usando os furadores de cabo de chifre para fazer buracos para as fileiras de pontos duplos.

O excesso de casca de árvores está dobrado para cima em volta do molde de compensado, e estacas foram enfiadas ao longo do contorno para mantê-la virada para cima.

Eles fazem isto na sombra porque o sol iria secar a casca de madeira. E estão despejando água quente com um balde — aquecido numa fogueira ali perto — para deixar a casca maleável.

David diz a Casa que este tipo de barco tinha sido usado por pelo menos 14 mil anos, que tochas eram amarradas nas canoas quando elas eram levadas pelos nativos americanos para pescar à noite nos lagos da América do Norte.

É um despertar quando o gerador é instalado.

Casa e David trabalham no barco até o sol se pôr, o desaparecimento gradual da luz um espetáculo de vermelhos sobrepostos no céu, passando em faixas bem definidas. Depois eles tiram o gerador do carro. E, trabalhando juntos à luz de velas por meia hora, eles o põem para funcionar.

Casa tenta não ser contagiado pela alegria dos outros. Como ovos transparentes, David trouxe caixas de lâmpadas que Casa ajusta no bocal de cada cômodo, colocando cadeiras ou bancos sobre mesas para chegar no alto, com alguém sempre segurando a coluna de móveis por segurança. Ele tira as lâmpadas queimadas e as examina com atenção. Se o filamento estiver partido — e não completamente queimado — ele pode juntar de novo as duas pontas para que a corrente possa passar.

De repente, a casa está toda acesa. É como se tivessem capturado a luz do dia algumas horas antes e a tivessem levado para lá, pendurando uma gaiola de luz em cada cômodo.

É a primeira vez que ele entra na casa. Quando o interruptor é acedo, a luz jorra das lâmpadas e bate nas paredes, mas é como se elas brilhassem de dentro para fora. Elas também parecem dar um passo na direção dele. Cor. Ele fica parado, respirando-a. Marcus mostra vários detalhes para ele, deixando-o confuso com sua conversa, fazendo-o sentir, às vezes, que ele não entende muito de islamismo e muito menos das outras religiões, que ele sabe pouco sobre o Afeganistão, que dirá sobre o mundo.

Ao chegar ao aposento de cima, entretanto, quando fica parado no centro olhando ao redor, ele só consegue pensar em destruição.

Fragmentos de reboco estão arrumados no chão, no centro do quarto, representando dois amantes abraçados. Marcus remove cuidadosamente quatro peças para pousar as quatro pernas da mesa para Casa poder alcançar o bocal no teto, suspenso sobre a imagem. Ele fica tonto: as imagens indecentes das paredes parecem crescer e diminuir a cada batida de seu coração.

Ele tinha dito a Nabi Khan que para suprir a necessidade de amanhã à noite eles deviam receber uma fêmea adulta.

Os lírios estendendo suas mandíbulas, as flores menores caindo em cachos triangulares das trepadeiras — ele não gosta delas, deve admitir. Mas o resto! Se é isso que significa "cultura", então, com certeza, a cultura não é permitida no islamismo. É assim que o Demônio tem a ousadia de dizer para Alá: "Eu acrescentei cor à história de Adão", e — os sentidos minando a fé a cada volta — não é de espantar que os guerreiros sauditas quisessem que todos as mesquitas da Ásia fossem pintadas de branco por dentro e por fora, como as do deserto de onde eles vinham.

Música sai de um toca-fitas num vão de pedra enquanto ele se senta na cozinha junto com Lara e Marcus, ajudando-os a descascar batatas cozidas. Ele se levanta e enche um copo de água até a metade e o traz para a mesa — para eles mergulharem os dedos de vez em quando porque as batatas estão pelando. O seu Kalashnikov era autêntico, mas existiam cópias feitas no Paquistão que ficavam quentes quando você atirava, obrigando o soldado a enfiar a mão numa poça d'água durante as batalhas.

Ele se pergunta que tipo de instrumento produz o som que eles estão ouvindo.

Ele não se abala quando David chega com uma garrafa de vinho e a coloca sobre o parapeito da janela, ao lado da vasilha de água na qual está uma caneta tinteiro que Marcus estava limpando mais cedo, desmontando-a como se fosse um rifle.

Antes de abrir a garrafa verde-escura, David tinha perguntado a Casa se ele se importava que eles bebessem, e ele tinha sacudido a cabeça e sorrido. O cheiro de álcool chega às suas narinas em segundos. E essas coisas podiam ser vendidas nas cidades de um país muçulmano.

Elas só começaram a ser vendidas depois que o Ocidente expulsou o Talibã.

Marcus diz que, no ano 988, quando o príncipe Vladimir estava buscando uma religião para o povo de Rus, ele rejeitou o islamismo porque sabia que ele proibia o álcool. Como se Casa quisesse ouvir isto. Talvez, se a Rússia tivesse sido um país muçulmano, ela não tivesse sido o berço do desgraçado do comunismo. Quando era criança, ele quis lutar na Chechênia porque sabia que o comunismo era uma rebelião contra o Islã. O Corão diz claramente no sura 16 que: *"Para alguns muçulmanos Alá deu mais do que para outros muçulmanos. Aqueles que foram favorecidos não darão a seus escravos uma parcela igual do que têm. Eles negariam a bondade de Alá?"*

Marcus, que tinha afirmado ser muçulmano, bebe vinho no jantar. Realmente, não há limites para a astúcia dos infiéis. Ele enganou os muçulmanos crédulos e afáveis deste país só para se casar com uma mulher, mas no fundo ele ainda é um infiel. Não surpreende que Alá o tenha punido enlouquecendo-a e privando-o de sua mão.

Com a comida amargando na boca, ele termina a refeição rapidamente e em silêncio e, em seguida, depois de retirar seu prato, ele volta para a fábrica de perfume, recusando o convite deles para ficar. Ao atravessar o pomar, ele passa pelos arbustos de aloé cujos galhos grossos e serrilhados Marcus corta todo dia com uma faca, extraindo a polpa para o pescoço de Lara. A cabeça dele está girando por causa do cheiro do álcool. Ele cai de joelhos perto da planta serrilhada, pondo o lampião no chão e esperando que a onda de náusea passe. Sua mão esquerda está enfiada num monte de capim, e uma irregularidade nas hastes faz com ele olhe para elas. Ele ergue o lampião com a outra mão, e sua mente fica alerta de repente. A grama esconde uma grande mina. Ela está apenas a um ou dois metros do arbusto de aloé. Ele retira a mão esquerda e se levanta. Ele precisa refletir, ver como este objeto pode ser usado em seu proveito. Ele belisca o canto da boca enquanto pensa. Uma visão em sua mente do inglês sangrando ali até morrer. Todo um sura do Corão é dedicado aos hipócritas. *"Eles usam sua fé como disfarce... O mal é o que eles praticam..."*

Ele imagina colocar o inglês deitado em frente à cabeça do ídolo de pedra e encher de terra toda a fábrica de perfume, enterrando os dois.

Depois que Marcus for eliminado, ele poderá tomar posse da casa? Mas e quanto aos outros dois?

Ele continua andando na direção da fábrica, o céu azul-escuro sobre sua cabeça, quase preto, da cor que ele imagina que aquelas três almas teriam se fossem pregadas nos cantos do céu. Contendo apenas alguns pontinhos de luz.

Ele desce até a fábrica, mas, incapaz de tirar da cabeça a ideia do álcool, o cheiro ainda em seu nariz, ele volta e vomita como um gato no escuro, tremendo, agachado ao lado de um arbusto. Os diversos componentes de sua alma se revoltam ao lembrar que ele esteve tão perto do líquido proibido e repulsivo.

O ar frio o atinge. É como se ele tivesse tirado um chapéu de metal.

Ele sabe que tem que evitar que Marcus e os outros cheguem perto da mina. Ele não é capaz de se importar com o que possa acontecer com eles, mas é importante que a mina permaneça intacta, para estar à disposição dele se aqueles americanos tornarem a ameaçá-lo. Ele os atrairá para ela. Ela é a única arma de que ele dispõe.

— Eu li em algum lugar — diz Lara — que quando os muçulmanos conquistaram a Pérsia, eles queimaram as bibliotecas por ordem de Omar, o segundo califa.

— Essa história provavelmente é inventada — diz Marcus. — Mas foi inventada pelos *muçulmanos* para justificar queimas de livros mais tarde.

— Quando os milhares de manuscritos foram incendiados, o ouro usado nas iluminuras derreteu e escorreu. É estranho que eles tenham inventado este detalhe também.

— Para tornar o mito convincente, sim.

Segurando uma vara de bambu, um em cada ponta, eles estão subindo para o segundo andar, para descer alguns livros.

— Quando os árabes conquistaram a Pérsia, a Khorasmia, a Síria e o Egito no século VII — diz Marcus —, estas eram sociedades ricas e sofisticadas. Os ignorantes árabes do deserto trocaram ouro por prata quando entraram na Pérsia e ficaram doentes por temperar sua comida com cânfora. Dá para se perguntar, como diria Qatrina, o que seriam estas terras se elas não tivessem andado para trás com a chegada do islamismo. Na Khorasmia, os árabes mataram todo mundo que sabia ler a própria língua. Só o arábico era permitido.

Ele parou no patamar da escada, encostando a ponta do bambu num volume grosso no teto, de capa de couro marrom impressa com filigranas de ouro.

— Mas o tempo passou e os dois povos mudaram um ao outro. No fim, os muçulmanos é que mantiveram a filosofia de Aristóteles viva para os europeus durante a Idade das Trevas.

Ela tem a impressão de que ele está um pouco bêbado. E o deixa falar, acompanhando-o no assunto que ele escolhe. Talvez seja uma animação provocada por toda aquela luz. Ou apenas pelo fato de ele ter companhia. Eles estão provocando um no outro lembranças de outros tempos.

David foi para o jardim, dizendo que se lembra de ter enterrado vinho sob o algodoeiro em algum ano. Ela entra num cômodo escuro para procurar por ele na janela. Metade dos cães farejadores de minas do mundo está ali no Afeganistão.

No quarto há uma parede de luar a esta hora. Algo como um bando de rouxinóis passa por ela. Ácaros se escondem nas narinas dos rouxinóis, o inglês contou a ela, e quando o perfume começa a se espalhar sobre seus corpos, eles sabem que o passarinho chegou a uma flor — então eles saem e começam a consumir o pólen e o néctar.

— Ele vai voltar logo — diz Marcus da porta.

Ela concorda com a cabeça e se junta a ele.

— Você sempre se interessou por perfume?

— A fábrica? Eu comecei a dar às mulheres de Usha uma chance de ganhar dinheiro. Qatrina queria que elas soubessem que podiam ter uma renda independente. E este vale sempre foi conhecido por suas flores. Mais tarde, quando visitei uma fábrica de perfume durante uma viagem a Paris, com seus grandes laboratórios cheios de tubos de ensaio, eu disse a eles que minhas criações eram apenas fruto de experiências, de juntar coisas e ver o que acontecia. Eles riram: "Mas é isso o que todos nós fazemos, é tudo ao acaso; não se deixe enganar pelo equipamento sofisticado."

Eles estão sentados um ao lado do outro na escada.

— Acho que David está chegando. Eu vou me deitar.

— Fique conosco, Marcus.

— Não, vá você ao encontro dele.

Ela o vê sair, levando os livros novos. Ele tinha dito mais cedo que, no século IX, os religiosos mandaram chicotear em público o brilhante al-Kindi por suas palavras. O Pai da Indústria do Perfume, que era também filósofo, médico, astrônomo, químico, matemático, musicista e físico — al-Kindi tinha 60 anos e uma multidão aplaudiu o castigo. Também filósofo e médico, Al-Razi foi condenado a levar pancadas na cabeça com seu próprio livro até que o livro ou a cabeça se partisse. Ele perdeu a visão.

*

É uma regra que onde há poder há sempre resistência, e, portanto, um pai veio até a casa durante o tempo do Talibã e pediu a Marcus para ajudar o filho de 11 anos com seus estudos, com medo que o menino esquecesse o que tinha aprendido antes da chegada dos talibãs. Então, mais e mais pais chegaram com o mesmo pedido, querendo preparar os filhos e as filhas para as possibilidades do mundo, rebelando-se contra a insistência dos talibãs de que se cortassem as asas das crianças. Foi assim que começou. E então Marcus, com a mão amputada, decidiu ensinar em segredo aos meninos e às meninas de Usha na fábrica de perfume. Em pouco tempo aquilo tinha se tornado uma escola.

As crianças eram instruídas a ir até a casa em pares ou grupos de três para evitar atrair a atenção da Polícia Islâmica do Talibã. Um grupo vinha de manhã; o outro, de tarde. Assim, as quarenta crianças foram divididas em dois grupos de vinte, cada grupo sentando-se ao redor do Buda por quatro horas, todos os dias. Marcus tentava não falar sobre perigo com as crianças: elas estava ali para aprender, não para discutir problemas que não podiam ser solucionados. Bem alto numa parede da cozinha, ele pintou uma pipa, com três arcos coloridos pendurados em sua cauda e prendeu um barbante de verde nele: se uma criança se destacasse na lição, ele ou ela podia segurar o barbante e fingir que estava soltando a pipa como recompensa.

Uma diversão que elas mesmas tinham planejado teve de ser proibida quando ele a descobriu, horrorizado. Pulando de um lado para o outro, elas batiam com os pés no ponto onde descobriram que o piano e dois rababes estavam enterrados, fazendo soar algumas teclas, vibrar algumas cordas dos rababes e ouvindo as notas saírem do chão.

Ele próprio, privado de música, carregava em diversos bolsos pedacinhos de papel, onde tinha rabiscado acordes musicais. Como uma agulha tocando um disco, seus dedos encostavam nas notas desenhadas:

— e inundavam sua mente com a melodia lembrada. Silenciosamente. *"Eu vou cantar o meu lamento até Laila sair da casa, eu vou cantar o meu lamento implorando clemência ao amado Alá, como um bulbul entristecido pelo seu cativeiro."* Melodias seculares ganhavam nova relevância.

Quatro meses depois de iniciar a escola, o perigo bateu à sua porta. Qatrina estava sentada na fábrica ao lado da alameda de lilases persas, segurando uma cartilha inglesa de cabeça para baixo e recitando junto com as duas crianças menores, A de Ave, B de Bola, quando Marcus viu quatro homens se aproximando da direção de Usha, assustando um bando de passarinhos que estava sobre um montículo de grama. Ele tinha ido até a casa em busca de um pano para limpar os dedos sujos de tinta de Qatrina, ou, pelo resto do dia, ela iria deixar pequenas manadas de zebras em tudo o que tocasse. Ela não era a única que estava com distúrbios mentais, ele sabia. Um menininho contou a ele que sua mãe, que ficara viúva, passou a obrigá-lo a mendigar e a bater nele e nos irmãos quando eles pediam comida, ameaçando matá-los e matar a si mesma.

— Como posso ajudá-los? — Marcus saiu da casa e cumprimentou os homens. — Alguém está ferido?

Ele não sabia se estava apenas imaginando, mas podia ouvir as vozes das crianças como um leve perfume no vento.

— Nós achamos que você está dando aulas para crianças aqui, ensinando-lhes coisas diferentes do Corão.

— Isso não é verdade.

Os homens o estavam encarando. Ele reconheceu um deles. Na semana anterior, ele tinha atirado e matado um homem na rua por ele ter faltado às orações na mesquita por três dias consecutivos.

— Não há ninguém aqui além de mim e minha esposa. Ela está doente.

— Espero, para o seu bem, que você esteja dizendo a verdade. — Eles estavam olhando na direção do pomar, dos lilases persas.

— Eu mal tenho tempo para cuidar dela, para cuidar de mim mesmo, como eu poderia dar aulas a crianças ao mesmo tempo?

Um homem se inclinou para a frente e disse alguma coisa no ouvido do líder. De repente, o comportamento dele mudou — ele chegou a dar um passo para trás.

— É verdade que ela está possuída pelo djinn?

— Só Alá, o Amigo Compassivo dos Desesperados, sabe.

Ele balançou a cabeça.

— Se você tiver mentido sobre a escola, nós voltaremos e mataremos os dois — disse ele, e então foram todos embora.

Seis dias depois, estava subindo a escada da fábrica de perfume quando viu o primeiro deles aparecer no último degrau. Marcus voltou para trás, sem tirar o olho da figura escura. Então surgiram outros, 25 ao todo, todos armados, e eles estavam descendo depressa a escada. Em pouco tempo estavam todos lá embaixo junto do Buda. Um deles agarrou a garganta de Marcus e bateu com a cabeça dele na parede e, enquanto as crianças começavam a gritar de pavor, um punho bateu em seu queixo, osso contra osso. Marcus se perguntou como simples carne — o corpo humano — podia causar tanta dor.

Em choque e confuso, Marcus ergueu a mão para tocar no lugar que tinha sido atingido, mas se lembrou de que sua mão tinha sido arrancada. Um rapaz — um simples adolescente — correu para as escadas quando ouviu a voz de Qatrina no alto. Ele a agarrou pelos cabelos e a atirou escada abaixo.

— Prostituta suja. Inovadora. Vivendo sem se casar com um infiel.

Mais homens desceram e disseram que já tinham visto os seis cômodos da casa.

— Vocês dois foram condenados à morte. — Qatrina e as crianças estavam berrando. — Crianças, saiam agora. E se tornarem a voltar aqui, serão queimadas vivas. — O próprio ar parecia enlouquecido.

— Houve algum erro — disse Marcus entre uma pancada e outra —, nós somos casados.

Eles empurraram Marcus e Qatrina pelas escadas, Marcus ouvindo os próprios gritos, seu braço começando a sangrar no coto, seu corpo doendo em vários pontos.

— Sua cerimônia de casamento foi realizada por uma mulher, então não vale. — Eles batiam nele toda vez que ele tocava em Qatrina ou tentava impedir um golpe destinado a ela, porque, aos olhos deles, ela era uma estranha para ele. Do lado de fora, havia uma frota de picapes com metralhadoras montadas sobre tripés, e eles os arrastaram para duas picapes diferentes. Ele ouviu tiros vindos da casa: quem eles estavam matando? Mais tarde ele iria descobrir que eles estavam, na verdade, destruindo as paredes do aposento do último andar. Ele perdeu os sentidos na traseira da picape e, quando voltou a si, era de noite e ele estava no pomar, sem saber ao certo o que tinha acontecido. Sem se lembrar direito dos detalhes. Ele devia ter escapado, devia ter saído do caminhão, mas por que eles não tinham vindo atrás dele?

No escuro, ele andou até Usha e bateu na porta da primeira casa. As pessoas se recusaram a abrir, dizendo a ele do outro lado da porta para ir embora, mas quando amanheceu, quando as pessoas tiveram que sair para ir à mesquita — ou serem mortas —, disseram-lhe que ela tinha sido apedrejada até a morte na tarde do dia anterior.

Ao voltar do exílio no Paquistão, Marcus tinha dito a todo mundo o que havia por trás do djinn que diziam que assombrava a região ao redor do lago. David tinha contado a Marcus o que Zameen tinha visto na noite em que foi capturada pelo soldados soviéticos. Duas das esposas do clérigo estavam enterradas ali. O mito do djinn estava entranhado demais na mente do povo de Usha para que eles deixassem de ter medo de se aproximar daquela parte do lago. Mesmo assim, quando o clérigo voltou do Paquistão para Usha, foi informado de que não era mais bem-vindo.

Ele foi embora, ficando anos fora, mas — Marcus ficou sabendo, naquelas horas que se sucederam à morte de Qatrina, que ele tinha voltado recentemente para Usha, e para se vingar, para agradar aos talibãs, revelou detalhes da vida de Marcus e de Qatrina para eles. Disse que eles tinham entrado em igrejas durante suas visitas à Europa. Que a filha deles tinha sido uma mulher perdida em Peshawar. Que uma vez, sob o pretexto de obter uma amostra, os dois médicos o tinham obrigado a urinar num recipiente no qual tinha sido colado um rótulo com o nome dele todo, inclusive a bela e sagrada palavra "Maomé".

Ele distribuiu amuletos aos talibãs para garantir sua segurança quando eles invadissem a casa.

Meses se passariam antes que Marcus conhecesse todos os fatos relativos à invasão de sua casa, que um fantasma que disseram ser de Zameen tinha aparecido na casa e posto os homens para correr, que o Buda tinha sangrado ouro. Ele descobriu que eles não a mataram realmente por apedrejamento, eles a arrastaram do pátio em frente à mesquita, deixando todos pensarem que estava morta. O espetáculo que queriam foi encerrado, mas eles ficavam com medo do reaparecimento do fantasma de Zameen. Ela foi levada e atirada numa cela nos fundos de um prédio, um bolso secreto numa veste de tijolo e lama.

Foi lá que ela morreu vários dias depois do apedrejamento. Um homem da mesquita foi enviado para vê-la, para perguntar se ela queria pedir perdão a Alá por uma vida inteira de pecado. Ela não respondeu. Mas enquanto estava ali sentada, ela às vezes levantava a burca, franzia os lábios inchados e cuspia uma coisa branca num canto. Vermes tinham crescido em sua cavidade nasal e estavam caindo em sua boca.

ELA PEGA UM LIVRO NA MESA e começa a folheá-lo. Faltam vinte minutos para a meia-noite. Ela está sentada num divã cor-de-rosa, rasgado, e David está deitado ao lado dela, cochilando. Ela para numa ilustração de um jovem amarrado nas costas de um cavalo selvagem, estendido, nu, ao longo da espinha do animal. O cavalo ao qual ele está amarrado está correndo por uma floresta, à noite, com os cascos enterrados numa densa folhagem. Uma cena do verso de Byron. Como os olhos escuros brilhando, o cavalo tem os dentes arreganhados em fúria ou terror dos seis lobos negros que o perseguem. Há muito pouca luz. Ela começa a ler as linhas impressas na página oposta à imagem. O rapaz indefeso é Mazeppa, um nobre polonês que tinha se envolvido com a esposa de outro homem, e seu castigo foi ser amarrado nas costas de um cavalo selvagem e depois deixado na floresta.

Os caminhos de planetas secundários. Cada vez mais, atualmente, o interesse de Lara é atraído por personalidades e eventos nas margens das guerras, por vidas que ainda não chegaram num dos conflitos da história ou que se afastaram da conflagração — detalhes de vidas que são vividas com uma grande batalha acontecendo logo além do horizonte ou sobre a montanha acima delas.

O cavalo tinha sido capturado na Ucrânia e retornou, carregando o rapaz semimorto de fome e sede, frio e cansaço. Um guerreiro chamado Mazeppa realmente existiu, alguém que quando adulto se distinguiu em diversas expedições contra os tártaros, e sua bravura fez com que o czar o tornasse o príncipe da Ucrânia.

Ela devolve o livro à mesa. Aproxima o rosto do de David para acordá-lo ou para dormir ao lado dele. O que acontecer primeiro.

MARIPOSAS SE AFOGAM EM ÁGUAS PARADAS nas noites claras? Isto deve acontecer de vez em quando. Elas confundem a imagem que flutua numa superfície calma com a própria lua, as duas tão iguais quanto pares de moedas cunhadas juntas.

No aposento do nível mais alto da casa, Marcus está pensando — talvez sonhando — numa noite no deserto que ele tinha atravessado à procura de Qatrina, uma viagem que o levou a uma cidade onde ele supunha que ela estava.

Apenas 29 anos de toda a história humana tinham se passado sem guerras, e agora aqui estava ele também, viajando entre episódios de uma violenta guerra civil. Antes havia projéteis luminosos de uma batalha noturna ao longe: as linhas ondulantes de pontos brilhantes que eram causados pelas "cápsulas de fogo" — elas eram intercaladas com as balas de chumbo para que os atiradores soubessem para onde os tiros estavam indo.

Durante a viagem pelo deserto, havia uma tigela lisa de barro diante dele, na altura de seu peito, o disco da lua refletido na pequena quantidade de água. Ele tinha sido aconselhado a nunca perder de vista o reflexo e no final da noite ele alcançaria a próxima cidadezinha do deserto. Ele ficava parado e mantinha os olhos na tigela em suas mãos erguidas — dando um passo quando a lua estava prestes a escorregar para fora, jamais permitindo que ela fizesse isso. Ele tinha medo de tropeçar numa pedra ou numa irregularidade do terreno ou de derramar a água no chão ao se mover para a frente ou para o lado sem olhar. Seu lento progresso combinava com a marcha da luz pelo céu.

De vez em quando, ele ficava louco porque não conseguia encontrar o reflexo — ele tinha desaparecido completamente de suas mãos — e gritava desconsolado, dando pequenas corridas no escuro porque não conseguia localizar o lugar em que a lua tinha saído da vasilha. Não podia haver nem um segundo de desconcentração.

No caso de uma queda, ele espetaria uma veia, tranquilizou a si mesmo, e recolheria o líquido escuro de dentro de si para reconstruir a estranha bússola. Ele pôs a vasilha no chão e tirou diversos espinhos de um cacto para usar numa emergência como essa, prendendo as agulhas no tecido da camisa. *"Sar-e rahyat bashinum ta biya. Tora mehman konom har chand bekhahi..."* Ele entoou em voz alta na escuridão. *"Até você chegar eu ficarei sentado em seu caminho. Eu farei de você meu hóspede a qualquer custo..."*

A canção como brocado em seu crânio.

Quando o sol estava começando a nascer, ele avistou as primeiras casas no horizonte, seus braços rigidamente posicionados, cansados de falta de circulação e doloridos como se ele estivesse carregando não um pouco de água, mas algo mais pesado, como se um longo verão tivesse transcorrido desde que ele pegara a vasilha no início da noite, um verão que tinha transformado uma flor muito leve numa fruta pesada.

Ele colocou a água cuidadosamente sobre uma pedra e prosseguiu sem sua ajuda em direção à cidade semiarruinada, atravessando uma ponte danificada sobre um rio que tinha pequenas samambaias ao longo de suas margens, como um acabamento de renda numa roupa. Ele tinha tirado os espinhos de cacto da camisa e os depositado, um a um, ao lado da vasilha de água. Talvez a próxima pessoa também estivesse fazendo uma viagem movida pelo amor e apreciasse os espinhos para espetar veias caso surgisse a necessidade. Todos aqueles que amam sabem exatamente até que ponto estão dispostos a ir. Eles sabem exatamente o que é preciso fazer.

Ela não estava lá e ele teve que prosseguir em direção à próxima cidade. Ele estava esperando no ponto de ônibus, na rua central cheia de crateras de foguetes, quando se viu voltando para buscar a vasilha que tinha deixado para trás, como uma oferenda. Sob o céu da manhã, a água estava num tom leitoso de azul, como se a pílula dura da lua tivesse finalmente se dissolvido, seu pigmento se espalhado. Ele bebeu os dois goles de água, inserindo-a em seu corpo. E conseguiu voltar a tempo de subir no teto do ônibus, cujo metal estava furado de balas.

7

As flautas silenciosas

COM UM GIRO, JAMES PALANTINE DEIXA a superfície e entra no corpo do lago, abrindo com os braços um caminho na diagonal, em direção ao fundo. A água sobre ele se fecha como uma costura na seda.

Dentro do lago, ele imagina estar num anfiteatro inundado. Seu olhar fica mais calmo nesta luz abrandada, depois da brincadeira do sol nas ondas em constante movimento da superfície. A palavra é "cintilação", ele se lembra de David, o amigo do pai, negociante de pedras preciosas, dizendo-lhe quando ele era criança. Uma palavra usada pelos joalheiros para a luz que salta inquieta de faceta em faceta numa pedra preciosa.

Ele não está só enquanto percorre as camadas de água. Seus dois companheiros e ele estão se dirigindo para um ponto na lateral inclinada do lago. Em Usha, dizem que um caixote de água pode estar preso no fundo deste lago.

E aqui, nadando no fundo, James e seus amigos o encontram.

Eles poderiam ser mineiros em busca de pedras preciosas, pensa ele, enquanto afastam a lama e a matéria apodrecida, o tampão de folhas mortas. Um funil de luz amarelo-gema lançando luz de cada uma das três testas. Eles podem correr uma milha em quatro minutos, quando um soldado normal precisa de cerca de sete minutos, e por enquanto eles não estão tendo que lutar com a água a cada segundo — a força ascensional tentando expulsá-los. Forças poderosas estão presentes ali, prestes a se soltar caso sejam provocadas, nesta imobilidade aparentemente calma. Quando entrou para as Forças Especiais, os psicólogos militares o submeteram a um regime de técnicas para o caso de ele um dia ser capturado por países inimigos. Privação de sono, exposição a temperaturas extremas, isolamento, humilhação religiosa e sexual e o procedimento de afogamento simulado conhecido como *waterboarding*. Em seguida aos ataques de 2001, a CIA, sem interrogadores da casa para os terroristas capturados, tinha contratado um grupo de fora; os psicólogos militares que tinham treinado James, mas que agora estavam aposentados, faziam parte deste grupo.

Nada está sendo feito aos terroristas capturados que não tivesse sido feito aos próprios interrogadores. Nada do que o corpo não possa se recuperar.

O caixote é do tamanho de uma cabine telefônica, dois terços enterrada no leito do lago. A pequena quantidade de ar em cada uma das centenas de garrafas será suficiente para erguer o pacote todo para a superfície, depois que eles conseguirem soltar algumas das garras do lago. O desejo do ar em encontrar ar fará o resto. Mas ele está firmemente enterrado, e eles têm que voltar à superfície para encher os pulmões, respirando ruidosamente quando emergem no ar. Bolhas como elos de corrente ao redor de seus pescoços. De um minarete ao longe vem o chamado para a oração, o muezim convocando os fiéis à mesquita cinco vezes por dia. Alá é uma divindade insegura, ele não consegue deixar de pensar enquanto se prepara para voltar lá para baixo. Folhas mortas da superfície coladas em seu rosto e em seus ombros como um emplastro.

O som grave das profundezas ainda está em seus ouvidos. O zumbido de dentro de um túmulo. Antes de retornar ao fundo, ele olha em volta, cautelosamente. *"Nós, neste país"*, diz o discurso que o presidente Kennedy não viveu para pronunciar em Dallas, em novembro de 1963, *"somos — mais por destino do que por escolha — os vigias nos muros da liberdade do mundo."*

— É VERDADE QUE VOCÊS, AMERICANOS, mataram um de seus presidentes porque ele era um muçulmano?

Juntos, David e Casa tinham levado cinco horas para costurar a canoa.

— Um muçulmano?

— Sim. Ibaheem Lankan.

— O nome dele era Abraham Lincoln.

— Ele não era muçulmano?

— Quem foi que disse que ele era?

Ele apenas sacode a cabeça e desvia os olhos.

As margens do lago estão verdes com o capim alto de março, o ar acima da água cor de ouro e jade está cheio de insetos.

— Vou levá-lo para o outro lado do lago quando a canoa ficar pronta — tinha dito David a Marcus.

O antigo barco da família tinha sido devorado pelos insetos. Ele está debaixo do jacarandá, coberto por suas flores. A madeira quase oca, frágil como pauzinhos de canela ou casca seca de laranja. Pedindo a David para ficar por perto, Marcus tentou nadar no lago, mas a falta da mão o fez sentir-se como um pássaro tentando levantar voo com uma das asas cortadas. Então ele ficou no raso, a barba se espalhando como manchas de leite sobre o seu peito.

Um fio de sangue corre pela base do polegar de David e cai no pulso de Casa. Casa se distraiu e deixou a faca escorregar, ferindo David, que fez um som alertando-o do ferimento.

No caminho à margem do lago e depois ao longo do muro alto da casa, que é coberto com uma trepadeira que parece o desenho sem direção de uma criança, uma jovem mulher chegou a pé de Usha, os olhos de Casa a seguem por alguns momentos até ela desaparecer na direção da porta da frente.

David levanta os olhos do corte no dedo e acompanha o olhar dele, avistando a ponta do véu da moça. Um copo de líquido azul atirado no ar.

A distração, a fascinação, é, entretanto, momentânea — o rapaz desviou os olhos. David leu em algum lugar que se um muçulmano não olhar para uma bela mulher aqui na terra, Alá permitirá que ele a possua no Paraíso.

— O que foi aquilo?

Ele parece desconcertado, tendo sido apanhado demonstrando emoção.

— Nada — diz ele, friamente, com a testa franzida.

— Vamos ver quem é ela?

— Quem?

Não saber nada sobre mulheres é um sinal de decência nestas terras. Os intelectuais muçulmanos discutem até hoje a permissividade de um segundo olhar "proposital" em oposição ao primeiro olhar, "inadvertido".

David resiste à tentação de dizer mais.

O rapaz está sério e agressivo, sabe que foi desajeitado, mas virtude não testada não é virtude, e parece claro para David que as ideias dele nunca foram postas à prova.

Quase tão alta quanto uma harpa, a moça está encostada na parede pintada.

Marcus está preparando chá, e Lara está sentada na mesa da cozinha olhando para Dunia, a moça de 22 anos, filha do médico de Usha, a jovem professora que está encarregada da pequena escola. Treze dias antes, um de seus alunos tinha amarrado o fio de contas ao redor do pescoço de Lara enquanto ela esperava por Marcus na casa do médico.

— Hoje é aniversário de um santo, então não tem aula. Eu quis vir aqui visitá-la antes de você voltar para a Rússia.

Lara toca nas contas, o símbolo do afeto de uma criança. Existe algo nas crianças e nos jovens que os fazem confiar nos outros. Os horrores da vida ainda não atingiram seu alvo. Às vezes isto parece ser verdade até ali, no Afeganistão, uma terra dizimada como se fosse pelo próprio ódio de Deus. Os jovens de toda parte, ela desconfia, prefeririam viver em casas que só tivessem portas. E Lara tinha detectado isto em Marcus também, no modo como ele a recebeu em sua casa, embora ele tivesse visto o que a vida tinha de pior a oferecer. Com ele isto não era uma questão de idade, era uma questão de caráter.

Dunia aceita a xícara que Marcus lhe oferece com um sorriso. Há um prato de amoras secas. Quatro anos antes, o médico tinha chegado de Cabul para assumir o consultório, o cabelo cortado da menina poderia ter causado escândalo, mas a situação foi contornada com a mentira de que ela tinha tido tifo recentemente, que o cabelo tinha caído e que agora estava crescendo de novo.

— Antes de eu nascer — diz ela a Lara —, uma tia minha costumava trabalhar aqui na fábrica de perfume. Meu pai diz que o dinheiro que ela ganhava e levava para casa era perfumado.

— Seu pai voltou da viagem a Cabul? — pergunta Marcus.

— Não. Ele volta depois de amanhã.

— Ele levou seu irmão com ele?

Lara sabe sobre o irmão, o rapaz que roubava coisas de casa para comprar heroína, que tinha tentado tirar as pulseiras da irmã enquanto ela dormia.

A moça diz que sim.

— Eles visitaram uma clínica nova que abriu lá. Ele mal podia andar quando partiram. Eu queria que ele ficasse em pé direito, o mais ereto possível, porque não queria que Satã debochasse das criações de Alá.

— Espero que ele fique bom. — Marcus põe a mão sobre a cabeça dela, um gesto de amor asiático de uma pessoa mais velha para com uma pessoa mais jovem.

Casa entra neste momento e cumprimenta educadamente a todos. Lara nota que Dunia parece encolher-se, desaparecendo dentro do próprio corpo. Seu rosto virado para baixo. As mulheres deste país ainda estão nervosas, embora os talibãs tenham ido embora.

Ele diz que foi buscar uma tesoura.

— Uma tesoura forte para cortar isto. — E mostra o pedaço de casca de vidoeiro que trouxe como se fosse uma carta.

— Eu achei que você estava se arranjando muito bem com as facas e o que tinha lá — diz Marcus —, mas vamos ver se eu acho alguma coisa. — Ele pega uma tesoura velha cujas pontas estão tortas porque Qatrina a usava para aparar as penas para fazer caligrafia.

Quando Dunia pergunta a Lara — não a ele — sobre a casca, em voz baixa e tímida, ele se aproxima e a coloca na frente de Lara, com o lado colorido para cima.

— Eu estou construindo um barco.

— Casca de vidoeiro. — Há algo de experimental no sorriso da moça. — Os textos budistas mais antigos que se conhece foram escritos nesta substância. Eles foram encontrados nesta região, guardados em jarras de barro. — Ela estava olhando para Casa, mas de repente se dá conta disso e vira o rosto para Lara e Marcus.

— Os discursos do Buda — concorda Marcus. — Dentre eles o Sutra do Chifre de Rinoceronte. Os jarros de barro os preservaram, senão eles teriam apodrecido nestes dois mil anos.

— Eu não sabia que eles eram tão velhos assim — diz Dunia.

— Sim. Da mesma época que Cristo. Muito antes de Maomé.

O rapaz pega a tesoura da mão dele e se vira para a porta.

As raízes de várias romãzeiras cresceram ao redor de um aparelho de televisão. O inglês, em algum momento, deve ter tentando desenterrá-lo, mas depois desistiu do esforço, incapaz de romper a teia dura que ainda está agarrada no aparelho semienterrado. Casa passa pela pequena vala do pomar. A televisão está enrolada numa lona. Casa e os outros às vezes assistiam filmes de ação de Hollywood nos campos de treinamento, buscando ideias e inspiração. As cidades americanas explodindo e pegando fogo eram um sonho que se tornava real na tela, embora mais tarde, quando ele estava sozinho, a beleza sobrenatural de algumas atrizes e atores o enchesse de uma dor perturbadora e indecente.

Ele se lembra de repente que esta noite, na fazenda de Nabi Khan, ele teria tido, pela primeira vez, intimidade com uma mulher.

— Você disse que já construiu uma canoa destas antes? — pergunta Casa.

— Eu construí uma com meu irmão quando era jovem. E mais tarde também com James, o filho de um amigo, quando ele era menino. Você tem um irmão, Casa?

— Eu não tenho família.

— A guerra com os soviéticos?

— Provavelmente.

— Sinto muito.

— Não foi sua culpa... Agora eu tenho que ir fazer minhas orações... — Ainda é cedo para orar, mas ele precisa ficar sozinho. Quem é ela? Gul Rasool a mandou até lá para espioná-lo, ele tem certeza, os americanos de ontem devem ter contado a Rasool sobre o encontro com ele.

Borboletas marrons erguem-se brevemente da margem enlameada para deixá-lo passar e depois voltam a se instalar em lugares ligeiramente diferentes, como se as letras de uma palavra tivessem sido reorganizadas para formar outra palavra.

Atrás dele, o rádio está ligado no lago. Uma prisão em ampliação foi bombardeada pelas forças do Talibã e da al Qaeda numa província vizinha. E o motorista de um caminhão de abastecimento de combustível das forças da OTAN foi encontrado assassinado. Os americanos pediram ao governo paquistanês para controlar a expansão do que eles chamam de militantes islâmicos no interior de suas fronteiras — como se você pudesse tratar o governo de um país como amigo e o seu povo como inimigo.

Como se, junto com simples corpos, você pudesse matar ideias, também, com bombas. Eles atiraram algumas flechas na direção do céu e acham que mataram Alá.

Quando ele passa pela amoreira com suas folhas fortes, há um ruído abafado no chão, no trecho de grama que ele acabou de pisar.

Ele fica imóvel, depois põe cuidadosamente o peso na outra perna, começando a recitar mentalmente a estrofe do Corão que os fiéis devem recitar no momento da morte. Talvez ele tenha sentido e não ouvido, ele não tem certeza. É como se dois cômodos adjacentes na casa de Marcus tivessem tido a parede comum removida, uma combinação de dois sentidos.

Ele pega uma pá na estufa e começa a cavar. O utensílio é feito de um pedaço de metal de aviões soviéticos — tem uma inscrição visível atrás em cirílico. Ele para quando a placa de plástico aparece e usa a mão para tirar a terra. É um retângulo chato preso por raízes fibrosas. Ao fazer uma pequena mossa no plástico, acidentalmente, ele o arranca de lá, frustrado. O rosto de uma jovem está olhando para ele do buraco, o vidro da moldura quebrado em dois lugares pelo peso dele.

Ele retira a imagem — soprando para retirar dois roedores de caixão, como às vezes são chamados os vermes da madeira no Afeganistão — e, enojado, ele o joga de volta no buraco. Alá proíbe fotografias. A única exceção que um muçulmano é obrigado a fazer no mundo de hoje é a fotografia exigida para o passaporte: para ir em peregrinação a Meca ou para atravessar fronteiras para cumprir os objetivos do jihad. Ele joga um punhado de terra sobre ela e depois dá meia-volta, tendo ouvido Marcus se aproximar.

— O que foi que você achou?

Ele tira rapidamente a imagem do buraco, deixando a terra escorregar pelo vidro e, sorrindo, fica em pé. Ele a leva para Marcus, que diz a ele que a fotografia é de sua filha.

É como se uma pedra tivesse sido atirada em seu peito quando ele olha para cima e vê que a moça, Dunia, está na janela. Se ela já estava lá há muito tempo, deve tê-lo visto descobrir e depois começar a enterrar o retrato outra vez.

Ela está olhando diretamente para ele. Seus olhos se encontram por um breve instante e então ela se vira e sai da janela.

O SUTRA DO CHIFRE DE RINOCERONTE defende o mérito do ascetismo por buscar conhecimento, em oposição a viver como chefe de família ou numa comunidade de monges e freiras. Quase todos os versos terminam com um conselho aos que procuram para que caminhem sozinhos, como um rinoceronte.

Os perigos da vida em comunidade. Os benefícios da solidão.

Dunia está sentada numa poltrona dentro da casa. Eles a convenceram — ela os deixou pensar que a tinham convencido — de que devia passar o dia todo lá, ficar para o almoço e para o jantar.

Ela acabou de dizer suas preces. Quando terminou e se virou, viu Casa sentado na porta do quarto. Ele apontou para o tapete de oração para indicar que estava esperando que ele estivesse livre para poder orar. Afastou-se silenciosamente quando ela entregou o tapete a ele. Talvez sem ouvir o pedido de desculpas que ela murmurou por tê-lo deixado esperando.

Ela fecha os olhos por causa da luz.

No dia seguinte, sexta-feira, não haverá aula — mas, na verdade, também não haverá aula nos outros dias, assim como não houve hoje. O clérigo da mesquita tinha acusado Dunia publicamente de ser dissoluta, e as escolas foram fechadas. Dizem que na noite em que apareceu a *shabnama* um homem foi visto batendo na janela do quarto dela. Ela não sabe quem era, mas foi a chance que o clérigo há muito estava esperando para fechar a escola. Ele iniciou um boato sobre ela que ela desconhecia, mas um grupo de valentões da mesquita foi à escola anteontem para dizer que eles não iriam tolerar mais a presença da escola em Usha.

No mês anterior, o clérigo — que é filho do velho clérigo, o que foi banido de Usha por ter matado duas de suas esposas — expressou o desejo de se casar com ela, de tomá-la como terceira esposa, mas tanto o pai quanto ela recusaram. Talvez esta fosse a vingança dele.

Ele era filho da primeira esposa morta pelo marido — acidentalmente, durante uma surra, porque ela não queria permitir que ele tomasse outra esposa. Mas ao enterrá-la junto ao lago e ao espalhar a história sobre o djinn, ele percebeu que tinha sido bem-sucedido: então o assassinato seguinte foi proposital.

Ele poderia simplesmente ter se divorciado daquela mulher. Alá, em sua inescrutável sabedoria, não tinha criado dificuldades para que um homem se divorciasse da esposa: bastava ele dizer três vezes as palavras *"Eu me divorcio de você"*, e todos os elos estavam cortado. Mas a esposa pela qual o clérigo queria substituí-la era sua irmã mais moça: a família dela não teria consentido com o casamento se ele tivesse repudiado a mulher. Ao matá-la e dizer que ela tinha fugido dele, eles se sentiram na obrigação de fornecer uma substituta.

Dunia desafiou o pessoal da mesquita e deu aulas normalmente no dia anterior, mas de manhãzinha encontrou uma vasilha no meio do pátio da casa dela. Alguém tinha entrado durante a noite. Ela se aproximou da vasilha: estava cheia d'água e tinha uma única bala. Seu próprio rosto refletido na água era um aviso — uma bala na cabeça.

Os americanos querem uma escola ali e, portanto, Gul Rasool também quer, e o clérigo e seus comparsas têm tido que aturar isto até este momento — a escola é frequentada tanto por meninos quanto por meninas, e o clérigo geralmente diz às pessoas na mesquita que "a cada ano três milhões de bastardos nascem na Inglaterra por causa da educação mista" — mas agora eles inventaram ou ganharam esta desculpa: descrevê-la como desavergonhada e trancar as portas da escola até arranjarem uma professora substituta. Uma vitória momentânea.

No mínimo eles a agarrariam e mutilariam seu rosto, marcariam permanentemente o seu rosto com a vergonha.

Ela sempre tentou ser cuidadosa, sabendo que quando uma mulher se aventura a sair de casa, ao voltar, ela tem que dar conta de cada passo que deu desde o momento em que saiu.

Ela suspendeu as aulas pelo dia — as outras duas professoras, ambas moças de 19 anos, tinham sido mantidas em casa por seus pais por causa dos avisos da mesquita. Ela foi à casa dos alunos para acalmar os pais, mas alguns a maltrataram e um deles chegou a expulsá-la da casa. Ela passou o dia assustada com tudo. Ela se virava a cada ruído, achando que podia ser alguém que tinha chegado para castigá-la severamente por ter um amante ilícito. Então ela tinha se lembrado de Marcus: ela tinha que ir para a casa dele — uma fugitiva da injustiça. Outros poderiam inventar mentiras sobre suas atividades para prejudicá-la, poderiam entrar na casa dela esta noite para plantar provas. Ou poderiam fingir tê-la apanhado numa situação comprometedora com um homem. Mas quando seu pai voltasse, ele não teria dúvidas se Marcus fosse testemunha de suas ações, pelo menos a partir daquele momento.

Seu pai tinha tentado convencê-la a desistir de ser professora, dizendo que era perigoso demais.

— Eu sei que as coisas têm que mudar, mas por que você tem que ser a pessoa a mudá-las? — O medo legítimo de um pai. Mas ela o tinha convencido.

— A bala que nos atingiu hoje, a nós, muçulmanos, saiu da arma séculos atrás, quando permitimos que os clérigos decidissem que conhecimento e educação não eram importantes.

Com os olhos ainda fechados, ela encosta a mão no chão e testa sua solidez. As mulheres de Usha sempre acharam que poderiam desaparecer na terra a qualquer momento. As camadas sob a superfície são tão insubstanciais quanto as camadas transparentes de água que formam o lago.

— Vou perguntar a Gul Rasool — diz James Palantine depois de ser informado sobre o Carvalho Cósmico, a respeito do que os três visitantes tinham dito.

No lago, as gruas estão agitadas por causa da poeira levantada pelo carro de James. As que já têm quase 2 anos estão começando suas demonstrações de galanteio e passaram o dia inteiro saltando, sacudindo as asas, atirando pedrinhas. Mas, adolescentes, elas não terão chance de procriar até os 3 ou 4 anos.

Consultando o relógio, David tinha se afastado da canoa e ido para o caminho que rodeava a margem do lago, para ver James chegando pontualmente.

Christopher tinha dito que lhe teria dado o nome de David se ele tivesse nascido depois de eles dois se conhecerem.

Quando foi visitar a família depois da morte de Christopher em 2000, David achou que devia deixar a James a tarefa de reconhecê-lo — sem saber se as feições do menino que ele tinha visto tantos anos antes teriam se modificado. Mas ele reconheceu o rapaz na mesma hora. James tinha se adiantado para abraçar David, algo que ele não esperava.

E ele tinha feito o mesmo agora, saindo do carro e estendendo os braços para dar-lhe um abraço.

— Então, você viu a Carta Noturna?

— Pode ser apenas bravata — diz James. — Ou pode haver um ataque. Mas nós estamos preparados.

— Ouvi dizer que Gul Rasool comprou um porco, um javali, que pretende enterrar junto com Nabi Khan.

— Gul Rasool está convencido de que a *shabnama* veio da parte dele.

— Eu também tenho a mesma sensação.

Ele se lembra deste rapaz como um menino de cabelos claros, a quem uma manhã, durante uma visita à família, ele deu os 20 dólares que um professor tinha pedido para ele levar para a escola. Contribuição para algum acampamento ou fundo. A criança voltou de tarde para casa e disse que tinha havido um mal-entendido e que o dinheiro não era necessário.

— E o que foi que você fez então com os 20 dólares?

— Eu disse a você que eles não eram necessários. Eu joguei no lixo.

Agora ele pergunta:

— Há uma recompensa para capturar Nabi Khan, não é?

— Bem pequena, mas ele pode nos levar a fugitivos mais importantes. Eu adoraria ter a oportunidade de falar com Nabi Khan. Descobrir o que ele tem debaixo das unhas.

David tenta decifrar a expressão do rosto dele. Christopher foi sempre difícil de ler e parece que David também é, as pessoas estão sempre reclamando que ao conhecê-lo você tem a impressão de que você é que está apertando a mão dele, não ele a sua.

Global Strategies Group é uma companhia inglesa mercenária que guarda a embaixada americana em Cabul. Outras firmas ocidentais fornecem segurança em todo o país. Mas David acabou de ler sobre americanos — antigos funcionários da CIA, ou antigos soldados das Forças Especiais — que construíram prisões particulares no Afeganistão.

Ele não sabe ao certo qual é o acordo que James tem com Gul Rasool. Ele pertencia aos quadros das Forças Especiais — os operadores de elite cuja própria existência é negada pelo governo americano — que começaram a caçar a al Qaeda aqui logo depois de 11 de setembro.

— Você ainda está no exército?

— Eu ainda estou fazendo o que posso pelo meu país e pelo mundo.

— Você já ouviu falar nesses caras que sequestram e torturam afegãos para conseguir informações sobre a al Qaeda e os talibãs? Mantendo-os em prisões particulares?

James olha para ele.

— Temos que ter cuidado ao usar palavras como "tortura" nestes países. Isto pode ser provocador. Quando estes povos ouvem esta palavra, eles pensam em pessoas sendo estupradas até a morte, em membros sendo amputados, em pregos de seis polegadas sendo enfiados na cabeça das pessoas. É isso que esta palavra significa aqui, normalmente. Uma sala fria *não* é tortura. Impedir que uma pessoa ferida tome analgésicos *não* é tortura.

Segurando alguma coisa na mão, Marcus apareceu no caminho que vem da casa e está caminhando na direção do carro deles, com Casa poucos passos atrás.

— Temos um novo tipo de inimigo, David. As pessoas têm permissão para ler o Corão na baía de Guantanamo, como é seu direito humano e religioso. Mas você já o leu? Elas não precisam de literatura mujahid, elas têm o Corão. Quase toda página é um incitamento à luta, um incitamento a matar infiéis como nós.

James observa Marcus se aproximar e faz um sinal na direção de Casa:

— Foi com ele que os meus homens tiveram um pega outro dia?

— Sim. Esse é Casa.

— Sinto muito por isso. Mas vivemos tempos estranhos. Os paquistaneses acabaram de descobrir uma conspiração para explodir dez aviões sobre o Atlântico. É claro que eles usaram tortura, mas milhares de vidas foram salvas.

O próprio David tinha mandado torturar Gul Rasool. E o que ele não pensou um dia em fazer com Nabi Khan, para obrigá-lo a revelar onde estava Bihzad.

— Quem são os seus homens?

— Dois começaram no FBI, um era fuzileiro. O mais próximo dos soldados robôs que o Pentágono sonhou durante trinta anos, desde antes de eu nascer.

Soldados robôs não sentem fome, não sentem medo, não esquecem suas ordens, não se importam se o soldado ao lado deles for morto. Mas é impossível ensiná-los a distinguir entre amigos e inimigos, entre combatentes à paisana e meros passantes.

— Veja o que Casa acabou de encontrar enterrado no chão. — Marcus chegou e entregou a David uma fotografia de Zameen. — Esta é minha filha — diz ele a James, que lança um olhar rápido à imagem.

David os apresenta e eles trocam um aperto de mãos.

— Você não quer entrar? — pergunta o inglês.

— Estou com pressa, senhor. Fica para outra vez.

Casa se afastou deles alguns passos, encaminhando-se para o lago, onde se inclina para cheirar uma flor silvestre. Maomé usava âmbar, almíscar e algália como perfume e gastava mais dinheiro em fragrâncias do que em comida. Dias depois, as pessoas sabiam que ele tinha passado por ali.

— Que barulho que as gruas estão fazendo! — diz Marcus. — Costumava haver muito mais, James, especialmente na margem mais distante. Elas vêm passando por aqui há milhões de anos, mas a guerra no Afeganistão, todo esse metal voando no céu, as balas e os aviões, e depois a guerra na Chechênia, fizeram com que elas perdessem o rumo tentando mudar sua rota.

Marcus pega a fotografia de volta e se vira na direção da casa, depois que James afirma que voltará em breve para uma visita.

— Você está construindo uma canoa — diz James no caminho em direção ao lago. — Lembra-se da nossa?

— É claro. Você sabe quem era ela, a moça da fotografia?

— Você era meu tio, David, e então, subitamente, interrompeu todo contato. Eu perguntei a papai por que, e quando eu estava mais velho, ele me contou, pedacinho a pedacinho ao longo dos anos.

— Sinto muito.

— Tudo bem.

— Então você também deve saber que Gul Rasool, o homem que você está protegendo, tentou matar seu pai. Ele enviou Zameen para plantar a bomba.

O rapaz diz que sim com um movimento de cabeça.

— Assegure-se de que ele não descubra de quem você é filho.

— Sim. Mas precisamos da ajuda dele agora para combater a al Qaeda e o Talibã. Papai compreenderia perfeitamente. Meus sentimentos não são importantes quando se trata da segurança do nosso país. — E ele acrescenta após uma pausa: — Mas eu ainda não terminei com ele. Ele também vai ter que pagar por tudo quando isto terminar.

— Eu estou aqui se você precisar perguntar alguma coisa.

— Por falar nisso, quem *é* aquele cara? — James estava observando Casa, que está trabalhando na canoa, poucos metros à frente deles.

— Ele é um trabalhador. Está morando aqui por um tempo.

James sacode a cabeça.

— Esta situação é tão difícil. Por que os Estados Unidos têm que ser o único país do qual se exige o mais alto padrão? Ninguém no mundo é inocente, mas estes muçulmanos dizem que são. Eles insistem que os setecentos judeus que foram feitos prisioneiros depois da Batalha de Trench foram massacrados legitimamente por seu Maomé. Então, até que todo mundo admita que é capaz de crueldade, e não defina sua crueldade como sendo justa, haverá problemas.

Quando eles se aproximam, Casa não ergue os olhos.

— Veja só isto, David. Como é o nome dele... Casa? — Não existe uma língua comum entre os lados rivais desde a Guerra Civil, então ele começa a falar em pashto: — Você acha, meu caro amigo Casa, que todo mundo no planeta se tornará muçulmano quando o messias islâmico aparecer pouco antes do Juízo Final, e que os que se recusarem serão mortos pela espada?

Casa endireita o corpo.

— Eu nunca disse isso — responde ele. — O senhor está mal informado sobre o Islã.

No Hermitage, em São Petersburgo, disse Lara, cola feita de bexiga de ar de esturjão foi passada em tiras de papel fino e estas foram grudadas na Anunciação de Van Eyck quando a madeira de trás teve que ser removida. Depois que a cola secou e grudou na superfície da pintura — no anjo com suas asas de pavão e na moça ansiosa —, a madeira na qual o quadro foi pintado foi retirada cuidadosamente com cinzel. Não sobrou nada além daquela única camada de pintura grudada no papel fino. Ela pôde então ser transferida para uma tela, o papel fino com cola de esturjão dissolvido ou arrancado da frente. De brincadeira, Lara sugerira alguns dias antes que se fizesse o mesmo com as paredes da casa de Marcus. Transferir aquelas imagens para tela ou papel, grudar longas tiras de papel fino molhado com alguma cola suave.

— Imaginem que os tijolos e pedras desapareceram e só restaram as pinturas, uma lanterna de papel do tamanho e do formato de uma casa.

Marcus sorri com a ideia enquanto limpa a parede com um pano molhado, tirando a lama do meio de uma sacada pintada. Há uma moça com uma echarpe vermelha e dourada amarrada sobre os olhos. Esta noite ela deve ter um encontro amoroso no escuro, então está treinando andar pela casa com os olhos vendados.

Nas rajadas de vento ele ouve James Palantine e David conversando perto do lago. A ideia da mais recente batalha entre Gul Rasool e Nabi Khan o enche de medo. Presas entre os dois, as pessoas comuns de Usha sempre fizeram o possível para sobreviver. Cada vez que há uma atrocidade, elas vão até a casa da pessoa assassinada e dizem que o que houve foi muito injusto; depois elas vão até a casa dos assassinos e dizem que foi uma fatalidade o que ocorreu.

O ódio entre eles remonta a mais de cem anos, inúmeras mortes e atrocidades de ambos os lados desde então, porque o direito de vingança sangrenta é uma exigência viril, é santificado pelos códigos tribais e reconhecido pelo Corão. *"Fiéis, a retaliação é ordenada a vocês em derramamento de sangue — um homem livre por um homem livre, um escravo por um escravo, uma mulher por uma mulher."*

O ódio, transmitido ao longo dos anos, das décadas e das gerações, começou em 1865, quando uma antepassada de Gul Rasool, de nome Malalai, se viu temporariamente como chefe da tribo, com a idade de 16 anos, uma vez que os homens tinham morrido numa epidemia. Os únicos machos que ficaram vivos eram meninos em Usha ou homens adultos em peregrinação pela Arábia, uma viagem que na época levava vários meses.

A nova posição de Malalai em Usha foi considerada agourenta. As pessoas duvidavam que uma mulher pudesse tomar decisões corretas, os religiosos na mesquita se perguntavam se a *esposa* de Abraão estaria disposta a cortar a garganta do filho em obediência a uma ordem de Alá.

Depois que os religiosos se recusaram a conceder-lhe uma audiência, Malalai — escondida atrás de um véu — foi até a mesquita. O homem ficou enraivecido quando ela lembrou a ele que a rainha de Sabá — uma mulher que governava um Estado! — era mencionada no Corão. Mas ele contra-argumentou dizendo que a rainha de Sabá não era, provavelmente, um ser humano, que ela era, de fato, metade djinn e que tinha pernas de cabra.

A atitude dele era ameaçadora, então ela não teve coragem de dizer-lhe que Salomão conhecia os boatos sobre a rainha de Sabá e que tinha mandado espalhar cristal no chão quando ela chegou para conhecê-lo. Ela achou que era água derramada e levantou a bainha da saia, revelando pés humanos.

Sutilmente, Malalai continuou a governar sua tribo de trás das paredes da mansão. Afinal de contas, era Khadija — a brilhante e bem relacionada mulher de negócios de 40 anos — que tinha descoberto Maomé, que a paz esteja com ele. Khadija tinha dado ao pastor semianalfabeto de 25 anos o seu primeiro emprego remunerado, e foi a primeira a acreditar nele quando ele afirmou que Gabriel o havia visitado para anunciar que ele era um profeta.

Uma tarde, quando o sol estava quase a pino, uma criada acordou Malalai e disse a ela que havia um viajante na porta, pedindo emprestado um tapete e a sombra de uma árvore para dizer suas orações. Os viajantes eram desobrigados de orar — não era à toa que as últimas palavras do Corão eram *"Alá está sempre pronto a perdoar"* — de modo que ela ficou profundamente impressionada com a devoção do viajante. Ela fez com que o levassem para a ala dos homens e disse aos criados para mostrar a ele o nicho onde o Corão da família ficava guardado para que, depois que ele se curvasse diante de Alá, pudesse recitar alguns trechos pelos membros recém-falecidos da casa, para que os peregrinos voltassem em segurança de Meca.

E mais tarde, a garota de 16 anos, sentindo-se atraída pela voz do desconhecido, terminou sentando-se do lado de fora da sala onde ele estava lendo as palavras sagradas, a cabeça de seu filho adormecido pousada em seu joelho. Depois do recital, ao ver que ele era um viajante, ela começou a lhe fazer perguntas do outro lado da porta: se era verdade que a terra era redonda. Se era verdade que a noite não chegava ao mesmo tempo em todas as partes do mundo.

Com dois criados segurando uma cortina entre eles, ela acompanhou o viajante até um bosque de bambu no terreno murado da mansão. O sol estava se pondo e estava mais fresco. Ele a encantou com histórias de suas viagens — contou que em Bagdá tinha encontrado um estudo sobre os chinelos do profeta Maomé, que a paz esteja com ele; que tinha visto o túmulo de 30 metros de comprimento da Mãe Eva em Jeddah; que o pai de Noé, Lam, estava enterrado bem ali, num túmulo de 15 metros de comprimento perto de Jalalabad: ele tinha aparecido em sonhos para o sultão Ghazni no século XI, expressando tristeza porque seu lugar de descanso estava esquecido e não era honrado — seguindo instruções dadas a ele no sonho, o sultão chegou num lugar daquele vale e enfiou a espada no chão, de onde brotou uma fonte vermelha, e lá ele construiu um santuário visitado e reverenciado até hoje.

Os bambus tremularam com o vento e foi então que eles foram vistos pelos peregrinos que retornavam: ela tinha sido dominada pelo homem, e os criados apunhalados estavam caídos, inconscientes.

Ele fugiu. Ela disse a eles que tinha sido um estupro, mas ninguém acreditou nela. O religioso na mesquita exigiu que ela apresentasse — uma lei islâmica exigia isso de uma mulher violentada — quatro testemunhas que tinham que ser do sexo masculino e tinham que ser muçulmanos para confirmar que ela não havia consentido. Esta era a ordem de Alá e não podia ser questionada.

Felizmente, os criados não tinham morrido, e eles confirmaram que tinham sido atacados — mas um deles era mulher e o outro, embora fosse homem, era um turcomano infiel, de modo que o testemunho dele não valia. Mulheres e infiéis estavam sempre conspirando contra a virilidade muçulmana. Em todo caso, Malalai e seu amante poderiam ter facilmente ferido os criados como um disfarce, caso fossem descobertos.

Com um machado, ela entrou na moita de bambu uma noite e — apesar de estar com o corpo machucado e a clavícula quebrada das surras que tinha levado nos dias anteriores — tentou derrubar as árvores. Ela conseguiu derrubar seis antes de ser descoberta e impedida. Ela não quis explicar o que estava fazendo, mas sempre que tinha oportunidade, ela ia lá com machados e serrotes — e uma vez com uma pequena faca — para atacar os bambus. Eles souberam que ela tinha enlouquecido quando ela revelou que planejava fabricar flautas com as hastes de bambu. A moita tinha testemunhado seu estupro, *ela* sabia que ela era inocente, e mais cedo ou mais tarde seria encontrada uma flauta que iria falar com voz humana — anunciando a verdade daquela tarde para o mundo.

O viajante, uma investigação logo revelou, era um homem de Usha, um antepassado de Nabi Khan, iniciando uma rixa entre as duas casas que iria continuar ao longo dos anos e das décadas.

A própria Malalai, cercada por pilhas de flautas descartadas — todas tinha permanecido silenciosas a respeito do que tinham visto — foi mandada para fora do Afeganistão, para uma propriedade da família, no cinturão tribal de Waziristão, a região que um dia se tornaria parte do Paquistão e onde o pai de Marcus foi morto nos anos 1930.

As pinturas budistas de séculos passados nas paredes de muitas das cavernas do Afeganistão foram cobertas de lama para evitar que fossem danificadas pelos invasores muçulmanos, círculos brancos marcando os tetos onde soldados e caçadores haviam se divertido usando as imagens como alvos. A lembrança da visita às cavernas com Qatrina e Zameen deu a Marcus a ideia de forrar as paredes de sua casa. Na cidade de Herat vive o único artista afegão que foi treinado no estilo de Bihzad, e ele foi chamado ao prédio do governador quando o Talibã tomou Herat: ele tinha trabalhado durante sete anos no prédio, pintando amorosamente as cenas rebuscadas que recriavam a glória clássica de sua cidade. Ele foi obrigado a assistir, pasmo de tristeza, as paredes sendo completamente repintadas.

A água na vasilha está marrom-escura, com a lama de 30 centímetros quadrados de parede transferida para ela. Ele enche a vasilha de água limpa, olhando pela janela quando ouve o som de um helicóptero Apache no céu, a oeste. Ele volta para a parede e continua o trabalho. Como o pai de Marcus, Malalai morreu nos anos 1930. Mas ela tinha 80 anos, diferente do pai dele, e tinha passado a maior parte da vida sendo pouco mais que uma criada, alguém que era maltratada e desprezada por causa de um evento de seu passado.

Os ingleses estavam realizando uma série de ataques aéreos no Waziristão na época. Ela morreu porque seus patrões a arrancaram da cama uma noite, a vestiram com roupas de homem e a amarraram num poste no meio do campo — assim eles poderiam dizer na manhã seguinte que os ingleses estavam voando por ali em aviões, matando inocentes.

Os patrões tinham raptado uma garota sikh na Índia e, apesar das conversas com os administradores ingleses e de suas ameaças cada vez mais sérias, não a tinham devolvido. A princípio, negando simplesmente qualquer conhecimento do assunto, os raptores se recusaram a comparecer aos encontros, tornando-se violentos e dizendo que nenhum governo tinha o direito de impedir que eles raptassem infiéis — as meninas e os meninos por prazer, os homens para serem circuncidados à força e convertidos ao islamismo — ou invadissem a Índia e o Afeganistão. Tudo isso era um modo de vida para eles, uma expressão de liberdade, assim como matar funcionários do governo e soldados em patrulhas.

Malalai, amarrada numa posição agachada, não podia gritar porque tinha sido amordaçada. Ninguém viria mesmo ajudá-la. Ela tinha sujado a roupa de medo, sabendo que com a chegada da alvorada o ataque aéreo iria recomeçar, se os chacais, os lobos e os djinn já não a tivessem devorado. Ela era pouco mais do que um cadáver.

Os ingleses tinham começado recentemente a usar bombardeio aéreo na fronteira para reprimir parte da violência das tribos, e embora houvesse muita revolta na Liga das Nações, e na imprensa mundial, o bombardeio não era indiscriminado. Panfletos, impressos em papel branco, tinham sido atirados de um avião sobre a terra da tribo nove dias antes, avisando que uma incursão aérea contra a tribo seria realizada em uma semana, a menos que a menina hindu e seu raptor e uma multa de cem rifles se materializassem. Os panfletos — um monte deles tinham caído perto de Malalai quando ela estava apanhando água no poço — também definiam uma área segura, um enclave grande o suficiente para conter todas as pessoas da tribo com seus rebanhos, mas não grande o bastante para o rebanho pastar ou para se viver confortavelmente.

Vinte e quatro horas antes do ataque aéreo, milhares de novos panfletos foram atirados, estes em papel vermelho, como último aviso. Depois que o tempo estipulado passasse, qualquer pessoa apanhada fora do enclave seria atacada do alto com metralhadoras e bombas de 20 libras, embora nenhum prédio fosse ser bombardeado, a menos que estivesse sendo usado com propósitos hostis. Animais mandados para fora para pastar também seriam mortos, seus cadáveres atraindo lobos e abutres.

As tribos das áreas vizinhas tinham sido avisadas para não abrigar foras da lei nem entrar na luta. Mas ficou claro para os raptores que outras tribos tinham que ser convencidas a fazer justamente isso. Foi quando decidiram que Malalai deveria ser levada para a zona proibida durante a noite, com a boca amordaçada .

LARA ABRE O LIVRO E COMEÇA a ler.

Eu acho que todas as pessoas — as vivas,
As que já viveram
E aquelas que ainda vão viver — estão vivas agora.
Eu gostaria de partir este assunto em pedaços,
Como um soldado desmontando o seu rifle.

É uma tradução de um poema russo que ela conhece. A letra a na palavra "vivas" está faltando — tirada pelo prego —, mas o olho a fornece de memória.

Ela está no aposento do alto que está cheio de uma luz aveludada a esta hora. O mosaico que ela formou dos dois amantes ainda está lá, ao lado de sua cadeira. Ela abaixa o braço quando ouve David entrar, sentindo, de repente, que ele não tem força, e ela põe o livro virado para baixo sobre os fragmentos, imaginando por um momento as páginas ficando cobertas pela poeira colorida do reboco.

— Lara?

Ela não consegue olhar para ele.

— Eu acabei de falar com James Palantine. Ele vai perguntar a Gul Rasool. — E ele acrescenta: — Eu posso dizer a ele para esquecer tudo isso, se você quiser. — Ela ergue os olhos e o vê apontando para o telefone em seu bolso, a coisa que nunca para de tocar quando ele não está em Jalalabad, ecoando nas paredes.

— Não, eu quero saber. Você ia querer saber se fosse o Jonathan, não ia?

— Sim.

Ela se levanta e vai se sentar na cama, e ele se senta perto dela.

— Quando fiquei mais velho, meu rosto ficou parecido com o do Jonathan. Aos 19 anos, eu olhei para o retrato dele com a mesma idade. Foi como se o tivessem enterrado no espelho. Se é que o enterraram.

Esta intimidade entre eles. Os momentos em que qualquer terceira pessoa se sente uma estranha e falar parece inútil. Mas eles estão conversando assim mesmo, em voz baixa, como costumam fazer à noite, ele perguntando se pode ir visitá-la na Rússia, se ela o visitaria nos Estados Unidos. Ainda há algo de experimental do lado dela, mas, em todo caso, isso está ainda no início. Ele vai esperar.

A cabeça de Lara está encostada no braço dele, e ela se vira para olhar para ele enquanto ele fala.

Ele lhe contou que no ano anterior pela primeira vez ele se lembrou de algo de sua infância. Ele e Jonathan estavam assistindo a um programa sobre animais africanos na TV. A mãe deles também estava na sala. Os elefantes tinham que partir em busca de água porque havia uma grande seca e eles se arriscavam a morrer se ficassem. Mas um deles tinha acabado de ter um filhote que ainda nem sabia ficar em pé direito, muito menos andar. A mãe ficava tentando pôr o filho em pé, empurrando-o com a tromba, encostando-o em sua perna. O resto da manada já estava a 1,5 quilômetro de distância, e Jonathan e ele estavam gritando para a tela, para o idiota do animal abandonar o filhote e correr na direção dos outros. A mãe deles também se envolveu um pouco, olhando por cima dos óculos para a tela, dizendo-lhes para não serem cruéis. "Mas ela vai morrer se não for!", disseram eles. Ela não tinha alternativa, mas não queria abandonar o filhote. Levou algum tempo, mas, empurrando e levantando, a fêmea conseguiu fazer o filhote andar, e eles saíram juntos na direção que o resto da manada tinha seguido. E pensar que ele e Jonathan — um silêncio atônito e envergonhado tinha descido sobre eles — iam deixar o filhote morrer no deserto infernal. Alguns minutos depois ele encontrou Jonathan, que tinha 13 anos, chorando no banheiro.

Um pássaro inquieto aparece no parapeito da janela — o rabo, as asas e a cabeça movendo-se em três direções diferentes em pouco mais de um segundo — e depois sai voando.

Quando o dia nasceu, ela quis que ele a visse com uma de suas roupas coloridas. Ela vestiu a túnica e então suas mãos desapareceram sob ela para amarrar o cadarço da calça no umbigo. Ela olhou para baixo para distribuir as pregas harmoniosamente ao redor das duas pernas. Ela usou a roupa por alguns minutos e depois tornou a guardá-la cuidadosamente. Era como se ela tivesse se vestido com algumas imagens das paredes da casa. Seu rosto se modificando com todos os tons da túnica. Sua boca um belo rubi.

Agora, ao lado dele, ela está usando apenas o fino colar de contas. Sua boca de um vermelho sensual. Nos dias anteriores, o mais breve contato com ela tinha sido uma descoberta tortuosa. Zameen tinha ensinado a ele sobre a erotização de joias e ornamentos aqui no Oriente. Ouro. Marfim. Esmeralda. Até o alumínio e o vidro à margem da estrada. Tudo isso em contraste com a glória da pele nua de uma mulher. Isto está estampado nas pinturas da parede deste quarto, bem como nas inúmeras estátuas de dançarinas e deusas com correntes na cintura e pulseiras, com medalhões de pedras entre os seios. Noivas são cobertas de joias e há uma conexão sexual com a noite por vir. A poesia destas terras está consciente disto: "A *noite chega e arranca flores da moita de jasmim, como um noivo ajudando a noiva a tirar seus enfeites na noite de núpcias.*"

*

— Em que aposento o fantasma de Zameen apareceu no dia em que os talibãs vieram?

— No que tem a visão como tema.

"*Os cegos e os que veem não são iguais*", diz a inscrição sobre aquela entrada, uma citação do Corão numa caligrafia elegante.

Um retângulo azul no teto revelava quando estava faltando um livro. Estes retângulos parecem aberturas para o céu da tarde. Para evitar assombração, em certas partes da Rússia, um cadáver era carregado para a igreja, através de uma janela ou mesmo de um buraco especialmente aberto no telhado. A ideia era confundir o espírito da pessoa morta, tornando mais difícil para o fantasma encontrar o caminho de volta para casa.

Mais cedo, David tinha recebido uma ligação para dizer que a polícia de Jalalabad finalmente tinha achado a cabeça de Bihzad, dentro de uma vala, a um quarteirão de distância da explosão. Ou o rapaz tinha sido obrigado ou tinha achado que estava a caminho do Paraíso. O que os pais e as famílias destes rapazes sentem? Para comemorar o batismo de Cristo no rio Jordão, o czar — acompanhado por toda a corte e pelos chefes da Igreja — saía do Ermitério no dia 6 de janeiro todos os anos, descia os degraus da Escadaria do Jordão e se dirigia para o Neva gelado. Um buraco já tinha sido aberto no gelo, e o czar e o prelado abençoavam a água. Então as crianças eram batizadas no rio gelado, e o que deixava os visitantes de outras terras admirados era a reação dos pais quando uma criança escapava das mãos entorpecidas dos homens sagrados e desaparecia. Eles não se lamentavam porque a criança tinha ido para o Paraíso.

Stepan conhecia alguém que tinha perdido um parente distante daquela maneira.

Stepan.

É quase como se David estivesse ouvindo os pensamentos dela.

— Quanto tempo depois de conhecer Stepan você soube que o amava?

Ela vira lentamente o rosto para o outro lado.

— Acho que não me casei com ele por amor — diz bem baixinho. Olhando para a parede onde um cavalo e seu cavaleiro foram libertados por Marcus da lama perto da cama. Todo o corpo do cavaleiro tinha sido exposto, exceto a mão esquerda, como se Marcus tivesse esquecido que o braço esquerdo de uma pessoa continua depois do pulso.

— Stepan insistiu muito. Eu me senti um tanto envaidecida, mas disse não a ele muitas vezes. Acabei concordando porque... — Os olhos dela continuam se recusando a olhar para ele. — Como isto parece errado quando eu digo em voz alta... Um segredo revelado em plena luz do dia.

— Você não precisa me contar.

— Você poderia não olhar para mim neste momento?

— Claro.

— Você não pode imaginar como as coisas estavam difíceis para mim, por causa do passado de minha mãe e por causa da deserção de Benedikt. Eu me casei com Stepan, oficial do exército, bonito e bem relacionado, porque achei que ele me traria segurança. Achei que minha mãe idosa e doente não seria mais perseguida pelo governo porque em breve seria sogra dele. Que ele me ajudaria a descobrir a verdade acerca de Benedikt. Ah, eu sinto tanto...

Um pedido de desculpas ao universo, ao que havia de melhor nela, a Stepan.

Ela está sentada com a testa encostada nos joelhos erguidos. Ela sacode a cabeça, continua a sacudi-la até estar em condições de falar de novo, de construir suas frases sempre precisas — a voz cantada, o *t* suave e o *r* ligeiramente enrolado.

— Foi uma época ruim. Eu não conseguia ver uma saída. Por outro lado, um quarto do mundo oficial era amigo do pai dele. Eles o conheciam desde criança. Eles iam a festas nos antigos palácios da aristocracia. Pegavam porcelanas e quadros emprestados da coleção do czar para as festas que davam em casa.

— Por que você insistiu em dizer não no início?

— Eu estava gostando de outra pessoa na época. Mas, no fim, eu me controlei e enterrei meus sentimentos, num lugar mais fundo do que aquele de onde você extrai suas pedras preciosas... No caso dele, ao contrário de Stepan, eu soube num segundo, num segundo, que ele era alguém com quem eu queria passar o resto da vida. Durante muito tempo, depois de tê-lo rejeitado em favor de Stepan, parecia que eu tinha uma ferida dentro do peito. Mas fiz tudo para fingir que amava Stepan... Ah, eu sinto tanto...

— Eu entendo os seus motivos.

— As pessoas se casam todo dia, dizia a mim mesma. Isto só aconteceria uma ou duas vezes a cada século se o objetivo do casamento fosse encontrar sua alma gêmea. Eu dizia a mim mesma que a minha felicidade não era importante, que eu devia fazer isso para ajudar minha mãe, para encontrar meu irmão.

Na mesa ao lado da cama, ela pega o pequeno origami que tinha feito alguns dias antes da chegada de David. Ela o revira nas mãos, algo material em que se concentrar.

— Com o passar dos anos, eu passei a amar Stepan mais do que minha própria vida. Você pergunta por que eu insisti em dizer não. Em parte foi porque eu achei que seria ruim para ele se associar a mim, a nós. Eu achei que isto iria prejudicá-lo profissionalmente.

— Então você não foi inteiramente egoísta.

Dobrando e desdobrando o papel durante mais de um minuto, ela tinha refeito o origami — uma forma e um procedimento que tinham ficado adormecidos em sua mente desde seus dias de estudante em Leningrado.

— E as coisas melhoraram por causa das relações dele?

— De repente, tudo ficou fácil. Foi chocante. Isso me deixava tão zangada por dentro. Eu estou aqui por causa dos amigos dele do exército, porque ele e os amigos começaram a fazer perguntas a respeito de Benedikt. Mas, para mim, o que eu fiz continua sendo imperdoável. Outras pessoas conseguiram, por que não eu?

— Seu país a fez sentir-se culpada por não ser capaz de voar. Eles puseram tanta pressão em você, fizeram tantas exigências impossíveis. É claro que você não conseguiu corresponder e procurou uma saída.

— Eu me pergunto até que ponto isto tem a ver com o meu país. Talvez tenha a ver comigo.

— Não há como saber essas coisas.

— Eu já sabia que ele queria ser pai. Escondi dele as minhas suspeitas de que talvez fosse difícil para mim engravidar. Havia boatos de que o governo tinha mandado me envenenar, eu tinha adoecido subitamente alguns anos antes, na época em que estava tentando obter informações sobre Benedikt. Então eu tive medo de ir ao médico e ele confirmar minhas suspeitas. Resolvi torcer para tudo dar certo. No fim, eu acabei contando a ele, duas semanas antes do casamento. Mas ele disse que não se importava, desde que eu fosse sua esposa. Mas, anos depois, ele me acusou de tê-lo enganado.

Ela coloca o origami sobre a mesa. Quatro pequenos capuzes, presos uns nos outros, para serem usados nas pontas dos dedos. É um modo que as crianças usam para ler a sorte, as possibilidades ocultas sob quatro abas triangulares, uma das quais elas pedem que você escolha. Quando ela fez o origami, sentada ao lado do Buda, ela virou cada uma das abas, mesmo sabendo que não havia nada escrito sob nenhuma delas.

— Nós nunca podemos saber se poderíamos ter sido diferentes — diz David, abraçando-a. — Esta vida é tudo o que temos.

A tarde se estende lá fora. O som distante de um instrumento de corda vem do quarto de Marcus. Ao imaginar como seria o instrumento, ela se recorda da pequena aquarela de um tocador de alaúde no Hermitage. Marcus disse que às vezes vê a música como uma companheira, quase como uma presença física.

Apontando para um quadro na parede, ele disse que Ziryab da Andaluzia tinha acrescentado a quinta corda ao alaúde no século IX e tinha sido o pioneiro no uso de unhas de águia como palhetas.

O osso do quadril dele é como uma pedra quente contra sua coxa. Uma sensação que ela não sentia desde a morte de Stepan dois anos antes. Ela tinha se afastado de todo mundo, uma sonâmbula no nevoeiro, o mundo tinha deixado de existir. Em muitos aspectos, ela tinha vivido a vida de Stepan por tanto tempo — mudando-se para outra cidade depois de se casar com ele —, que ficou apenas ligeiramente surpresa por este recolhimento não ter sido tão difícil. Ela não anunciou sua volta a São Petersburgo para a maioria de seus amigos e conhecidos, deixando que a escuridão aumentasse à medida que os meses passavam.

Mas havia, sim, um mundo lá fora. E ela foi despertada abruptamente para ele, para sua responsabilidade para com ele, quando sua mãe morreu cercada por uma dúzia de cadernos cheios de pensamentos. Lara não pôde ser contatada porque quase nunca atendia ao telefone ou à porta, raramente abria uma carta, sem querer ser informada de que *Você vai amar de novo* ou *Dê tempo ao tempo*. Quando sua mãe morreu num apartamento no sexto andar, o primeiro problema dos vizinhos foi levar o corpo para o necrotério. Na nova Rússia, os homens que dirigem os carros fúnebres exigem gorjetas substanciais. Eles levam dias para aparecer e às vezes nem aparecem. Havia histórias de que nos blocos de apartamentos dos muito pobres os parentes e vizinhos desesperados simplesmente atiravam os corpos pelas janelas. Havia sempre cadáveres na neve, no inverno russo, naquelas áreas. Isto não aconteceu com a mãe de Lara, mas não havia nenhum ente querido presente quando ela foi enterrada, e quando, por acaso, Lara chegou ao apartamento da mãe para uma visita 15 dias depois, encontrou os cadernos dela espalhados pela calçada. Só a primeira página de cada um estava escrita. O resto estava em branco. Ela não virava uma página nova, escrevia e desenhava na mesma página, de modo que os pensamentos e ideias ficassem justapostos, como se fosse um livro de vidro, o olho tendo acesso às suas profundezas através da superposição de camadas de conteúdos.

Com o passar das semanas, Lara foi restabelecendo contato com os amigos da juventude, aos poucos, relembrando os tempos em que a coisa mais importante para eles era ter um sorriso perfeito. "Dizem que os lábios devem ficar na linha em que os dentes encontram as gengivas." Como parece incrível que até a adolescência ela só tivesse andado poucas vezes de carro. Ela se lembra da excitação, do cheiro de gasolina num dia quente em São Petersburgo, sua amada cidade, com ilhas e palácios e arcos pronunciados, suas famosas noites brancas. O jardim onde Casanova e Catarina tinham se encontrado e conversado sobre escultura, os cinemas onde o bilheteiro vendia para um rapaz o assento ao lado de uma garota bonita em troca de alguns rublos extras.

Sua amada Rússia. O primeiro rapaz que ela beijou aos 15 anos, o belo Mitya, conhecendo-o quando a mãe dele a chamou na rua e pediu que ela mostrasse como arrumar a salada na travessa de uma forma harmoniosa — a mulher ia dar uma festa e disse que Lara, sendo jovem, devia saber sobre essas coisas modernas e elegantes. Chamou-a no meio da rua! Mudando o padrão de sua vida na cidade. O sangue lhe subindo à cabeça quando Benedikt mostrou a Lara e suas amigas que uma canção tocada no rádio podia ser gravada, capturada numa fita cassete: até então, elas achavam que você só podia gravar músicas de LPs, algo que custava dinheiro. Mas isto era de graça, e foi uma descoberta eletrizante. Ah, as maravilhas de olhar pela primeira vez num daqueles espelhos que aumentam o seu rosto!

À medida que elas foram crescendo, descobriram que o exemplar de *Spartacus* da biblioteca só tinha metade das páginas. Aprenderam que no passado a palavra "demos" — raiz de democracia — teve de ser retirada de um livro sobre antiguidades gregas; que, segundo alguns livros, certos imperadores romanos não tinham sido "mortos", tinham "morrido" — para não encorajar entre o povo soviético o assassinato de líderes indesejados. E, sim, o pai de Tatyana Ulitskaya entrava numa garrafa de vodca toda noite e nadava em círculos lá dentro, engolindo uma camada de líquido a cada volta, até que, uma manhã, foi encontrado deitado de bruços no vidro vazio. E, sim, embora muitas delas não pudessem imaginar que seriam capazes de existir fora da Rússia, algumas tinham sonhado em se mudar para o Ocidente, tinham sonhado com uma vida fácil, até mesmo com riquezas — as árvores de dólar que iam brotar das palmas de suas mãos quando elas chegassem lá, produzindo frutos dourados que elas guardariam em cofres de banco.

Mas não importa o que cada uma delas pensava, uma coisa era sempre certa: mesmo que sofressem e tivessem que lutar, às vezes, para dar sentido e dignidade às suas vidas, e mesmo que em sua busca por justiça e verdade elas se frustrassem e se desapontassem muitas vezes, suas vidas não estariam disponíveis para serem usadas como uma ilustração. As histórias delas não eram histórias que pudessem ser lidas como uma afirmação de outro sistema.

No POMAR, CASA CORRE O RISCO de ser engolfado pelas chamas. Enquanto rezava, ele arrumou o cobertor em volta dele, atirando uma das pontas por cima do ombro, e um pedaço do cobertor ficou por cima do lampião que estava aceso ao seu lado, à esquerda de onde ele está sentado sobre o tapete de oração. Ele está com os olhos fechados e a cabeça baixa, não tem ideia da mudança da luz perto dele. A luz em volta de uma pessoa que reza é, de todo modo, uniforme, pois Alá envia anjos para segurar uma cobertura de raios sobre ele.

Dunia está encostada no tronco da árvore, com as mãos cruzadas para trás para se proteger da aspereza do tronco. Pôr do sol. Se ela se aproximar para tirar o tecido fino de cima do vidro e do metal quentes, ela pode perturbar a prece dele, introduzindo um elemento mundano em seu ato de contemplação. Talvez ele esteja ciente da possibilidade do fogo e considere isto trivial. Uma eventualidade que ele pode controlar.

Ela vai ficar vigiando. Apenas dez passos os separam, o suficiente para ela correr e apagar uma chama eventual.

Uma moça cercada de árvores cobertas de flores vermelhas.

Sua mãe morreu durante um ataque com foguetes Katyusha, feito pelos soviéticos, quando ela era criança, e ela aprendeu que o foguete tinha este nome por causa de uma canção russa do tempo da guerra, Katyusha era a moça triste e sozinha num pomar cheio de flores de maçã e de pera, esperando a volta do soldado amado. *"Ele guardará a terra da pátria amada..."*

— Há um crescendo no terceiro verso de cada estrofe — disse Lara quando ela perguntou a respeito —, então deve ter parecido apropriado dar este nome ao foguete. Por que você pergunta?

As montanhas erguem-se atrás do pomar. Há aldeias nas encostas de algumas delas, no meio da pedra e do gelo, e seu pai gosta de rezar lá em cima sempre que vai visitá-las. Ela imagina que seja porque, lá em cima, ele se sente mais perto de Alá. Elas são uma marca grande e nítida da mão dele.

Casa termina e ela o vê tirar o cobertor de cima do lampião, um fio de fumaça já saindo dele. Ao vê-la, ele leva o tapete para ela. Toda a vida dele está em seus olhares, fazendo-a compreender por que o primeiro gesto que declara que um corpo até então vivo se tornou um cadáver é o gesto de fechar seus olhos.

— O que aconteceu?

— Nada.

Ele começa a se afastar, mas para.

— Então, por que você parece tão assustada?

Ela não tinha desconfiado de que seus sentimentos eram tão aparentes.

— Eu achei que você ia se machucar.

— O fogo?

Ela assente.

— Mas você nem me conhece.

Ela balança a cabeça, concordando.

— De repente eu fiquei paralisada. Não sabia o que fazer. — A fuga de Usha a tinha deixado exausta? Se ela se vir diante de algum perigo aqui, ela acha, de repente, que não vai conseguir resistir.

Ela passa o dedo no olho e tira uma lágrima com grãos de kohl dissolvido. Ela fica tão atônita quanto ele quando sua mão alcança o rosto dele e esfrega o kohl dissolvido no lado direito de seu rosto. Uma manchinha. Uma asa de abelha.

— O que você está fazendo? — pergunta ele com uma voz grave. A testa dele está enrugada, formando linhas perfeitamente espaçadas que perdem toda a uniformidade no centro, como duas ondas quebrando uma sobre outra.

— Para evitar mau-olhado. — Para tornar algo um pouco menos perfeito, para evitar que o djinn fique com inveja.

Com um ar estupefato, ele abre a boca. Ela olha para o rosto dele, para ver o que ele vai dizer. É como ver a ponta de uma caneta fazendo contato com o papel: o que se tornaria aquele pontinho — um poema, uma charada, uma carta?

— Eu... eu não queria me sentir tão sozinho o tempo todo — diz ele finalmente, bem baixinho.

— O que foi que você fez?

Por razões que ela não compreende, ele estende as mãos e mostra as palmas para ela. Será que ele acha que ela sabe ler mãos? Mas o que ele diz em seguida deixa claro que ele é uma pessoa traumatizada pela invasão dos Estados Unidos:

— Eu odeio a América.

Há uma deliberação antes de cada palavra, que parece escolhida com todo o cuidado. Ela tem a sensação de que ele está procurando a ponte mais estável e mais direta entre o seu eu interior e o mundo.

— Às vezes nada faz sentido, e eu fico com medo — diz ele.

— Você não precisa se sentir sozinho.

— Há tantas perguntas.

— Essas perguntas estão sendo feitas por todo mundo. Você não precisa se sentir sozinho.

Ele abaixa a cabeça.

— Nós vamos destruir a América do modo como a União Soviética foi destruída.

— A União Soviética era odiada por seu próprio povo. Os Estados Unidos são amados por seu povo; portanto, não podem ser destruídos. — Ela aproxima os dedos dos lábios dele.

— Mas como podemos deixar alguém destruir o islamismo?

— Eles não conseguem. E pelo mesmo motivo. Os muçulmanos amam o islamismo. Mas os muçulmanos odeiam o fundamentalismo. *Isso* pode ser destruído. — Ela toca o canto da boca dele.

— O que aconteceu aqui? Esta pequena cicatriz. O que temos que garantir é que os muçulmanos não se encantem com o comportamento dos fundamentalistas, aí nós estaríamos com problemas.

Ele estremece e recua, tirando-a também de seu transe. Até o som da consciência dela foi calado. Ele limpa o kohl, esfrega-o como se fosse ácido sulfúrico.

— Práticas e hábitos de infiéis, de adoradores de estrelas.

Ela tem vontade de ir embora — é óbvio que, com ele, a fonte da oração não é o prazer, é o medo da vingança de Alá —, mas para, apertando o tapete contra o peito, devido ao que ele diz em seguida.

— E você não tem vergonha de andar desse jeito? — Há um tom agressivo na voz dele. — Uma mulher muçulmana deve manter o rosto coberto.

— Quem foi que disse isso para você? — Uma carga de adrenalina em seu sangue.

— O quê? — Ele não estava esperando por isto. É como se ele tivesse ouvido um coração bater numa pedra.

— Você ouviu muito bem o que eu disse.

— Está no Corão.

Houve um início de rebelião em Kandahar quando as filhas do rei Daoud apareceram em público sem véu, em 1959, obrigando o rei a mandar uma delegação de religiosos e estudiosos — o pai de Qatrina dentre eles — para debater o assunto com os mulás da cidade, pedindo-lhes para que apontassem exatamente, no Livro Sagrado, onde estava escrito que as mulheres tinham que ocultar o rosto.

Enquanto esperava que ela terminasse sua oração, mais cedo, ele tinha ficado sentado no corredor, e mais tarde ela notou que um terço do pescoço de uma gazela tinha sido raspado da parede pintada. A ilusão do sol no pelo da criatura dava a impressão de que ela estava vestida com agulhas douradas, e ela tem certeza de que teria visto traços amarelos e cor de bronze sob as unhas dele se ele não tivesse se lavado para rezar.

— Eu vi o que você fez na parede da casa mais cedo. Você acha que essas coisas são órfãs?

— Eu não sei do que você está falando.

— Quem é você? O que você está fazendo aqui? — Ela já viu este comportamento inúmeras vezes, em homens que só tinham paixão onde deveriam ter conhecimento. — Você acha que ninguém ama aquelas pinturas, e as práticas e os hábitos deste país?

Ele não tem resposta.

Embora sentindo remorso, porque demonstrações de raiva desagradam a Alá, ela continua a encará-lo até que ele, finalmente, se vira, pega o lampião e desaparece na direção do lago, deixando as mariposas voando às cegas, em busca da luz desaparecida.

Ele vai ter que se encontrar com ela de novo quando estiver na hora de dizer as últimas orações do dia, dentro de poucas horas, não importa o que pense dela. Eles se inclinam diante do mesmo Deus.

Antes do amanhecer.

Ao meio-dia.

Quando o sol começa a empalidecer.

Com as primeiras estrelas do crepúsculo.

No escuro.

Cinco encontros no tapete de oração. Não, não, ela precisa evitar qualquer outro contato. O que foi que a levou a tocar nele? Se ele vier a atacá-la, vai dizer que ela o encorajou. Ela tem que pensar na reputação de seu querido pai. Embora seja médico, ele tem dívidas — o dinheiro necessário para o tratamento do irmão nos últimos anos, e para os subornos que o mantiveram fora da prisão depois de seus diversos roubos motivados pelo vício. Os pagamentos estão atrasados, e seu pai agora está sujeito aos gestos de desrespeito de seus credores. A emoção e o êxtase de ser dono de alguém. Em reuniões, ele é obrigado a ouvir insinuações humilhantes que são claramente dirigidas a ele. No mês anterior, na casa de chá, um de seus credores fez um comentário sobre a ousadia das moças de hoje, imitando as mulheres ricas das cidades, andando com a cabeça descoberta, mesmo quando os pais estavam falidos, mendigos disfarçados em devedores, incapazes de manter a palavra. Uma naturalidade fingida acompanhando a observação. Dunia tinha passado por ali momentos antes sem a echarpe na cabeça — ela era de um material tão fino que o vendedor o chamava de "tecido de brisa" e era difícil mantê-la no lugar com seu cabelo liso, ela tinha que prestar atenção o tempo todo. Os homens, inclusive seu pai, perceberam, horrorizados, e o credor fez aquele comentário um minuto depois. Seu pai foi para casa e, pela primeira vez na vida, bateu no rosto dela.

Ela começou a caminhar de volta para a casa, o vento batendo nas romãzeiras. Por meio de um artifício, ela conseguiu que a convidassem para passar a noite lá. Quando eles forem atrás dela, o que farão com certeza, vão encontrar sua casa vazia. O zelador da escola — que devia ser a presença masculina principal e seu guardião na ausência de seu pai — desapareceu pela manhã. Subornado ou ameaçado.

— Não é aconselhável gostar de brigar na sua idade — havia lhe dito um dos valentões quando ele a defendeu durante a visita deles à escola. — Ossos velhos não consertam direito quando se quebram.

A escuridão toma conta do pomar atrás dela, uma friagem no ar como se fosse de madrugada. Um pássaro estava cantando num galho de árvore no pátio e uma peninha branca de vapor surgia a cada nota, cada vez que ele abria a boca para cantar.

A MULHER ESTAVA 12 MIL METROS acima dele. Bem na beirada do céu. Enquanto falava com ela, James Palantine conseguia imaginá-la claramente. A constelação de Orion estava bem sobre a cabeça dela e ela tinha lanternas presas nas pontas de seus dedos. Ela era um oficial de armamentos, sentada sob a cabine em forma de bolha de um jato F-15. Seu assento era equipado com foguetes de ejeção e havia uma pistola 9mm, carregada, no colete que ela estava usando.

Se fosse de dia, ela poderia ver a curvatura da terra daquela altura. Mas não havia sol e, cercada pela temperatura subglacial e pela escuridão profunda, ela tinha a visão do prédio onde um grupo de homens do ministério talibã da propagação da virtude e da prevenção do vício estavam passando a noite.

Quando não estava voando sobre o Afeganistão na velocidade do som nestas saídas de dez horas, ela estava na base americana perto da Cidade do Kuwait, finalizando o trabalho para um mestrado em engenharia aeroespacial. Os professores enviavam para ela, da Califórnia, via FedEx, videoteipes das aulas.

Protegido pela escuridão, James Palantine tinha sido lançado, junto com outros três soldados das forças especiais, sobre os picos dentados do Afeganistão e deixado à própria sorte, vivendo de comida enlatada ou de lagartos e insetos. A guerra para punir e destruir a tirania teocrática do Talibã e da al Qaeda acontecia ao redor deles enquanto seu grupo andava de um lado para o outro na paisagem gelada das montanhas, enchendo o tanque de seus veículos de quatro rodas na gigantesca bexiga de combustível que eles tinham guardado numa caverna, raspando pedacinhos de um bloco de explosivo

C-4 sobre a lenha para poder acender uma fogueira. Ele precisava de clareza mental e emocional para o serviço que estava desempenhando por seu país e, apesar da morte de seu pai poucas semanas antes, estava conseguindo permanecer focado, dormindo na neve e na lama ou na pedra fria, com o céu sobre ele cheio de aviões de guerra do exército, da marinha, dos fuzileiros navais e da força aérea dos Estados Unidos e da Inglaterra: tantos aviões que havia perigo de eles colidirem no céu ou de serem atingidos por bombas atiradas de um avião que voasse mais alto.

Grupos como o dele eram os olhos e os ouvidos deste ataque aéreo. Tão sensíveis ao seu ambiente quanto animais selvagens, notando a menor mudança, eles se infiltravam em território inimigo, perto de aeroportos, de fortes e de concentrações de tropas inimigas. Ele usava um laser infravermelho para "pintar" um alvo no chão e, com a voz soando na cabine, 7 ou 8 quilômetros sobre ele, mandava a tripulação do avião de combate jogar as bombas.

O prédio onde os homens do ministério talibã para a propagação da virtude e da prevenção do vício tinham se reunido foi destruído quando uma bomba de 227 quilos caiu sobre ele. Feita de metal e planejada para se dividir em estilhaços quentes, a bomba teria vaporizado qualquer pessoa num raio de poucos metros — uma mancha preta na tela do avião lá no alto. Em seguida, o grupo de James partiu a cavalo, comunicando à tripulação do jato que, em breve, entrariam de novo em contato de uma cidade próxima que estava sob ataque de guerreiros chechenos e árabes: os talibãs da aldeia tinham se rendido aos americanos e os guerreiros da al Qaeda estavam promovendo um massacre em vingança.

Com o dia quase amanhecendo, exaustos da incursão, já sem bombas no avião, o piloto e a oficial de armamentos voltaram para o Kuwait, informando a James que eles pretendiam colocar o avião no piloto automático acima das montanhas do sul do Paquistão e fazer sua refeição do Dia de Ação de Graças, usando as lanternas nas pontas dos dedos de suas luvas para encontrar a comida fria.

Embora os alvos daquela noite fossem legítimos, James sabia que outros não tinham sido. Com base em informação dada a ele pelo líder guerrilheiro Gul Rasool, o grupo de James tinha indicado a casa de seu rival, Nabi Khan, para um bombardeio, causando a morte de civis. Ninguém num raio de 200 metros sobreviveu ao choque e aos estilhaços. Depois, Gul Rasool disse que não tinha tido a intenção de enganar os americanos e que seu próprio serviço de espionagem tinha errado.

Neste momento James Palantine está em Usha como hóspede e guarda-costas de Gul Rasool.

Ele acorda depois de quatro horas de sono. Fica deitado, imóvel, por alguns minutos. Bem acima de sua cama há uma gravura do príncipe Edward III da Inglaterra sendo atacado por um assassino muçulmano em 1272. A época das Cruzadas. O sultão Baibar mandou o homem — um escravo pérfido — entrar no quarto dele durante a noite. O punhal está envenenado. O príncipe, despertado de seu sono, tenta virar a arma contra o agressor.

Ele contempla o próprio corpo, coberto pelo cobertor. Se estivesse no chão, deslocaria o solo com seu corpo. Este era o tanto de terra necessário para formá-lo.

Quando era mais moço, gostava de ouvir David falar. Ele se lembra de vê-lo escalar uma cascata gelada no Oregon, durante um inverno muito rigoroso, o gelo preso na encosta da montanha como cera derretida escorrendo pelos lados de uma vela gigante. Ele tinha acompanhado David duas vezes ao Havaí, onde a mulher que foi esposa dele por alguns anos tinha sido criada numa fazenda de cana. David deu a ele a ombreira do uniforme de oficial da Patrulha Rodoviária de Montana, onde estava bordado o número 3-7-77, os dígitos que um dia foram o ultimato de um vigilante para acabar com os malfeitores, mas que passaram a ser usados como um emblema da lei e da ordem em Montana, estampados no uniforme e nas portas dos carros dos oficiais.

James recebia objetos enviados por ele do mundo inteiro, com bilhetes rabiscados nos embrulhos. Havia um punhal de um chefe nômade do Afeganistão, os selos mostrando os Budas de 1.500 anos de Bamiyan. Sim, James conhecia o Afeganistão — Watson tinha acabado de voltar do Afeganistão quando conheceu Sherlock

Holmes. E trazia para ele histórias do Vietnã ou de Angola, contando que o tesouro do xá Janan incluía quatro mil pássaros canoros.

A voz de David era como música sendo tocada no ritmo do metrônomo que havia dentro do menino — ela tinha o ritmo lento dos pensamentos de James.

Ele se levanta e sai para a noite para se encontrar com os outros, passando por uma porta trancada atrás da qual — ele tinha descoberto ao tentar abri-la disfarçadamente — estão empilhadas toneladas de alimentos doados pelo Programa Mundial de Alimentos, destinados aos pobres da região, mas recolhidos pelos chefes militares.

Eles dormem em turnos. Portanto, enquanto alguns estão indo para a cama, outros, como ele, acordaram há poucos minutos, prontos para a noite.

Os afegãos dentre eles estão discutindo as mais recentes regras criadas pelo grupo de importantes religiosos muçulmanos reunidos nos Emirados Árabes: sim, pela lei islâmica, um homem pode se divorciar da mulher por meio de um SMS.

James tenta manter uma expressão neutra. Pensar que a América teve que se envolver tão de perto com gente como esta.

Quase todo dia alguém pergunta a ele se pode emigrar para os Estados Unidos e, embora ele esteja disposto a ajudar de toda maneira possível, uma pequena parte dele às vezes se pergunta como — com seus jejuns e suas orações, e seu desejo por quatro esposas e a segregação dos sexos, seu gosto pelos crimes passionais e seu horror à própria palavra "álcool", sem esquecer sua agressiva autopiedade — eles se ajustarão à vida no Primeiro Mundo. Não seria melhor para eles e para os Estados Unidos se eles ficassem onde estão? Um grupo de terroristas — muçulmanos e descendentes de muçulmanos desta região que se mudaram para a América — tinha sido preso no mês anterior por tentar instalar campos de treinamento do mujahid nas florestas do Oregon.

Ele não quer negar a ninguém a chance de uma vida melhor. Ele só gostaria que eles estivessem mais bem informados sobre o que iam encontrar. É bem possível que eles encontrem decepção e raiva no final da viagem para o Ocidente. Mais cedo, ele os tinha visto fascinados por um DVD de um filme de Hollywood: as cenas com carros modernos, mulheres exuberantes ou tiroteios os fizeram compreender por que o resto do mundo achava que os americanos eram malucos. Poucos minutos depois, entretanto, ele já não tinha tanta certeza. Quando você aprende que o resto do mundo acha que a vida na América é assim, que isto não é apenas entretenimento, que não é *compreendido* pelos americanos como diversão momentânea, você percebe como o resto do mundo é maluco.

Todo mundo, em toda parte — inclusive as pessoas que vivem nos Estados Unidos e no Ocidente — pode pensar o que quiser dos Estados Unidos e do Ocidente. E isso está certo. O dono da loja de conveniência perto da casa de James fica com a Rádio Islâmica ligada o dia inteiro e só sabe umas poucas palavras em inglês. James tentou convencer a ele e a família a ouvir algumas estações americanas, sem sucesso. Fora o que ele vê dela no Al Jazeera, a América não interessa a ele, ao que parece. Quando ele comprou a loja, retirou os pacotes de bacon, as latas de presuntada, o álcool e tudo que ofendesse a ele e à família, embora a vizinhança fosse 95 por cento branca. Ele se recusa a vender jornais judeus ou hindus e em casa ele assiste à Al Jazeera ou ao Canal Islâmico. Quando a noiva de James convidou a esposa e as filhas do homem para um recital de música, elas reagiram como se ela tivesse sugerido algo obsceno. Nada disso é um problema para James — mas quando suas crenças o levam a planejar o assassinato em massa de americanos — de seus companheiros americanos — você tem que ser detido. De qualquer maneira.

Dois anos depois de conversarem, ela instalada num jato supersônico e ele agachado na paisagem empoeirada do Afeganistão, ele se encontrou com a oficial de armamentos — uma pessoa que foi criada em apartamentos conjugados, dormindo em camas de armar, filha de um vendedor ambulante de Detroit. James a pediu em casamento no início do ano e vão se casar em setembro. Ele quer que David esteja lá.

E, não, a esposa e as filhas do dono da loja de conveniência não sabiam que ela tinha tomado parte no bombardeio do Afeganistão. Mas se soubessem, e se fosse por isso que tivessem se recusado a sair com ela, então elas deveriam saber que ela estava ajudando a expulsar terroristas, que todo o esforço era feito para manter as mortes de civis nos níveis mais baixos possíveis.

E elas não vão saber nada disso pelo Canal Islâmico ou pelos jornais árabes, que não ensinam nada além de inventar injustiças.

É difícil apreciar a beleza de um lugar quando você duvida de sua legitimidade.

A lua derrama sua luz sobre ele, uma claridade que parece pertencer ao início do dia e não ao início da noite. Regras para o turismo espacial estão sendo elaboradas na América e se recomenda que as companhias de turismo consultem a lista da Homeland Security para ter certeza de que nenhum terrorista jamais chegue ao espaço.

— Então esses ocidentais pretendem continuar a irritar os muçulmanos — disse um dos afegãos em pashto quando ouviu falar nisso —, se eles acham que o terrorismo vai existir também no futuro. — Bem, hoje eles estão zangados com as injustiças cometidas contra eles há dois séculos. Quem sabe quando a mania que eles têm de ficar remoendo velhas feridas desaparecerá?

James finge que mal sabe a língua deles, para deixá-los pensar que podem conversar livremente em sua presença.

Dentro do vasto complexo murado da propriedade de Gul Rasool, há um terreno com velhos carros russos — Volgas, Zhigulis, Muskoviches — datando do tempo dos soviéticos, quando tanto Gul Rasool quanto Nabi Khan tinham se mostrado adeptos de sequestrar e matar comunistas. Ambos ainda afirmam que a União Soviética invadiu o Afeganistão com o propósito específico de matá-los.

Ele atravessa o longo corredor que leva aos aposentos de Gul Rasool para perguntar a ele sobre o soldado soviético que tinha uma folha de carvalho. No dia seguinte ele vai dar a resposta a David. Visitando-os na casa, ele teria outra chance de examinar aquele rapaz que estava morando com eles. Havia alguma coisa estranha nele. Se os gestos e o comportamento de um homem indicam o trabalho que ele faz, aquele Casa não era nenhum trabalhador, como dizia ser.

Ele passa por uma perdiz *chakor* numa gaiola no corredor. Quando ele disse aos afegãos que a solidão e o cativeiro tinham enlouquecido a pobre ave — ela ficava balançando a cabeça para a frente e para trás o dia inteiro —, eles ficaram atônitos. Sendo um Ocidental infiel, ele não era capaz de ver, disseram eles, mas a ave estava, de fato, louvando Alá, do mesmo modo que as crianças muçulmanas marcam o ritmo quando leem o Corão em seminários e mesquitas.

Estas pessoas precisam de educação ou vão continuar sendo cruéis sem perceber.

A resposta para isto é, frequentemente:

— Elas são assim porque os governos ocidentais favorecem déspotas corruptos que mantêm seu povo na ignorância e na escuridão.

— Sim, os Estados Unidos são abertamente simpáticos aos reis sauditas: provavelmente a família mais corrupta da história humana, seu reino um lugar em que, para dar apenas um exemplo de uma longa e repulsiva lista, centenas de criminosos — mulheres e crianças entre eles — são publicamente decapitados todos os anos. Mas a questão é a seguinte. Alguém pensa realmente que se amanhã os sauditas suspendessem estas práticas bárbaras os Estados Unidos retirariam o apoio que dão ao reino? De fato, isto seria motivo de grande prazer para os americanos. As práticas selvagens são mais antigas do que o apoio que os americanos dão aos governantes sauditas. São mais antigas do que os Estados Unidos!

E as pessoas que querem substituir o governo saudita hoje em dia não querem pôr fim a esta barbárie: querem *estender* a decapitação, as chicotadas e a amputação de mãos e pés a outros países. Ao resto do planeta.

David enche um copo com água no escuro, mas em vez de beber ele o coloca numa prateleira. Algo explodiu dentro de seu peito. Ele se senta numa cadeira e começa a chorar, silenciosamente a princípio, mas depois deixando o som escapar. Seu rosto contorcido e pegando fogo do esforço de manter o som baixinho, os ombros sacudindo.

Uma tristeza do tamanho do céu.

Este tem sido o clima de sua alma há muito tempo.

Ele se levanta quando a tristeza passa momentaneamente e se move na direção do copo d'água. Qatrina dizia que outra explicação para as lágrimas é que o corpo precisa livrar-se dos elementos que causam estresse, expelindo certos metais do organismo.

Com os cílios molhados, ele fica imóvel ao ver a figura entrar no aposento pela janela que dá para o pomar, a forma negra pulando pelo parapeito.

Às 3 horas, Casa entra na escuridão do recinto, o céu do lado de fora cheio de nuvens. Ele se movimenta pelo corredor escuro sabendo que está sendo observado pelos olhos das criaturas e das figuras pintadas nas paredes. Pode sentir a presença dela neste interior, o perfume de seu véu azul. A quilômetros de distância, neste exato momento, seus companheiros devem estar conhecendo a intimidade com uma mulher. Algumas horas antes ele tinha dito as últimas orações do dia em seu tapete, sem esperar que ela o deixasse vago. Desde que ela começou a usá-lo, ele não tinha conseguido se concentrar em suas orações no tapete: seus pés estavam onde os dela tinham estado, sua testa encostada onde a dela tinha estado momentos antes. O hálito e o perfume dela estavam no veludo e nos ciprestes inclinados de forma a mostrar que eles também estavam se prostrando diante de Alá.

A caminho da casa, momentos antes, ele passou pelo tapete, pendurado num galho baixo da amoreira. Ela deve tê-lo deixado lá para ele usar para as orações de antes do amanhecer, dentro de poucas horas.

Pouco antes do jantar, ela disse a seus anfitriões que preferia que eles não bebessem vinho em sua presença, porque o cheiro a deixava nauseada. A naturalidade desse comportamento o deixou surpreso. Seria mesmo assim tão fácil alguém exprimir seus sentimentos e suas ideias para os outros? Ele sempre tinha que ocultar coisas. E então, durante a refeição, sua franqueza o chocou ainda mais: ela disse a eles que uma parte dela estava contente pelo fato de a América ter sido atacada no dia 11 de setembro de 2001, porque se não fosse por isso o Afeganistão ainda estaria sofrendo nas mãos do Talibã. Embora ele ocultasse sua raiva por esta difamação dos talibãs, fiéis a Alá, ele teve medo que os outros fossem reagir à sincera hostilidade dela em relação aos americanos. Por mais bondosos que fossem, tendo concordado sem problemas com o pedido dela a respeito do vinho, eles ainda apoiavam os Estados Unidos. Mas a reação deles à declaração dela foi ainda mais inesperada. Eles pareceram refletir seriamente sobre o que ela tinha dito — Marcus com a cabeça baixa e os olhos fechados, seu cabelo e sua barba tão brancos quando a fumaça de um pauzinho de incenso — e pareceram até entender a posição dela.

Ele se sentiu subitamente esmagado, insuportavelmente só e cansado de percorrer as estradas sombrias da sua vida, absorvendo os golpes e seguindo em frente.

Ele nem sabe o seu próprio nome, nem sabe como foi parar nos orfanatos e nas madrassas. Uma criança sem nome se torna um fantasma, tinham dito a ele, porque ninguém sem um nome pode pisar com firmeza no outro mundo. Fica vagando no mundo, fazendo-se visível para os vivos a fim de ser chamado de alguma forma — *"aque-*

le de cabelos compridos", *"aquele de olhos verdes"* —, mas os humanos fogem de fantasmas e não se dirigem a eles.

De repente ele foi atirado de volta a si mesmo. Ele tinha ouvido esta bobagem sedutora sobre fantasmas de uma das pessoas encarregadas de um mausoléu de um santo. Ele tinha ido lá para fazer um reconhecimento: lugares como estes eram contrários à forma pura do Islã e tinham que ser destruídos. E, alguns dias depois, ele ajudou a pôr fogo no prédio, depois de atacá-lo, primeiro, com foguetes.

À medida que a noite foi passando, foi ficando mais difícil para ele suportar as palavras dela. Não era à toa que Omar, o segundo califa do Islã, tinha dito: "Adote opiniões contrárias às das mulheres — há um grande mérito nesta oposição." E Ali, o quarto califa, tinha acrescentado: "Nunca peça conselho a uma mulher, porque ele não tem valor."

Quando David se levantou durante o jantar e ligou o rádio, estavam noticiando um ataque suicida em Kandahar e o último pronunciamento de Osama bin Laden. E ela disse:

— Estes ataques suicidas não trazem proveito à causa do islamismo como ele afirma, eles salvam a ele e seus seguidores da morte, de serem entregues aos Estados Unidos em troca de recompensa. Ele está sendo protegido por gente a quem estão sendo prometidos milhões de dólares em troca de sua captura. É do interesse dele produzir e veicular estes vídeos, para certificar-se de que as pessoas não se esqueçam dele e de seu dito jihad. O momento em que os muçulmanos disserem "Osama, quem?" é o momento que ele teme.

— E acrescentou: — A estabilidade é o inseticida que ele teme.

Na hora, ele se controlou, e também mais tarde, quando ela disse que odiava o Paquistão por ter imposto o Talibã a seu país.

E pensar que ela estava transmitindo estas opiniões a crianças indefesas na escola em que ensinava. Preparando seus alunos para uma eternidade no Inferno. Ela, sem dúvida, tinha enorme orgulho de seus diplomas e de seus certificados, sem ver o que eles eram na verdade, pedaços de papel dizendo que ela podia funcionar bem no mundo de Satã.

Ele caminha sob os livros pregados no teto, um lembrete da insensatez das mulheres, e sobe a escada silenciosamente. Quando abre a porta de vidro que dá no patamar, ele se lembra que sobre a maçaneta da porta de uma táxi amarelo em Cabul e em Jalalabad está sempre escrita a palavra

آبسته

— conselho para todos aqueles que estendem a mão para ela: Com delicadeza. Como esta outra vida parece distante agora. Impossível retornar a ela, os homens de Nabi Khan estão à procura dele. O rádio disse mais cedo que um homem tinha sido enforcado como espião por um bando de rebeldes em Kunar porque uma carteira de identidade da USAID tinha sido achada com ele. Dunia acha que Casa é um operário, mas, sem dúvida, ela desprezaria um motorista de táxi também. Alguém como ele jamais será suficientemente bom para uma moça como ela. Ele se pergunta se ela sabe o que é ser esbofeteada. Ela deve ter visto mulheres ocidentais se comportarem de forma indecente na televisão e no cinema e decidido imitá-las. Ele põe a mão no bolso e tira a lanterna quando chega à porta do quarto de Marcus. Ele sabe onde David está, exatamente 13 passos atrás dele. O americano o está seguindo de perto. Ele acende a lanterna e sobe na estante do lado de fora do quarto de Marcus, movendo o círculo de luz pelos diversos volumes por alguns segundos. Ele apaga a lanterna e, no escuro, ergue a mão para o livro que tem a palavra *Bihzad* escrita na capa. Ele o tinha visto durante o dia e tinha ficado curioso o dia inteiro a respeito dele. O rapaz que tinha sido mandado para a morte na escola em Jalalabad tinha esse nome. Passando as pontas dos dedos entre as beiradas do livro e a madeira do teto, ele o arranca e se dirige para a janela aberta no térreo, passando por David que recua para um nicho na parede quando ele se aproxima.

David sobe a escada que leva ao telhado da casa. Em alguns momentos, ele tinha estado tão perto que poderia tê-lo tocado. O que faltava na casa de Marcus, ele tinha pensando então, era um aposento dedicado ao sexto sentido. Alguma coisa que o permitisse identificar uma fragrância que não estava lá. E um terceiro olho, um terceiro ouvido e uma segunda boca.

A apenas 3 metros dele, naquela escuridão profunda, ele prendeu a respiração quando o rapaz se aproximou da porta atrás da qual as duas mulheres estavam dormindo. Mas Casa passou pela porta e prosseguiu pelo corredor.

Ele tinha vindo buscar um livro de pintura! O mesmo livro que Zameen tinha desejado durante seu exílio em Peshawar e que ele tinha conseguido para ela depois de semanas de procura. Agora, do telhado, ele olha para baixo. Ele vê Casa sair da casa num passo apressado, com o livro debaixo do braço, como um lobo de um conto de fadas roubando um bebê, correndo nas pernas traseiras para dentro da floresta. Ele o vê entrar na estufa e acender a lanterna. Antigamente, os arbustos ao redor da casa eram podados, pelo próprio Marcus, no formato de animais e pássaros. Depois de anos de guerra e de ausência, eles tinham perdido a forma, embora Marcus tenha podado novamente os arbustos quando a guerra com a União Soviética terminou. Mais tarde, vieram os talibãs, e eles os teriam destruído definitivamente, por serem representações de coisas vivas, se Marcus não os tivesse transferido, um por um, para a estufa, deixando-os a salvo lá. Os animais marinhos e a pantera morreram de choque, mas os outros voltaram a ser arbustos indisciplinados. Ele disse a David o que pensava deles, das criaturas ocultas naquelas folhagens.

A seca os tinha matado, mas eles continuavam em pé, mortos, em seus vasos, a seiva petrificada em suas veias. De vez em quando, Marcus ainda os aparava, tentando recordar as formas de antigamente perdidas dentro dos galhos secos e das folhas quebradiças.

Pelas vidraças empoeiradas, ele pode ver Casa lá dentro, segurando a luz amarela em uma das mãos, o livro na outra. Ele está perto da metade de um urso pardo. Há ainda uma ave em fuga, também inacabada, a massa não aparada de galhos fazendo com que ela pareça estar voando em chamas. E um flamingo. Em seu diário, o imperador Babur registrou ter visto milhares deles no Afeganistão, em 1504.

8

O califado de Nova York

Maomé pediu aos muçulmanos que não fizessem nada desagradável nas vizinhanças dos pomares, já que isso ofenderia os anjos apontados por Alá para proteger as árvores frutíferas e evitar pilhagens.

David contempla o pomar do aposento mais alto da casa, os braços cruzados no parapeito da janela, debruçado no vento. As flores têm um ar fantasmagórico às 5 horas da manhã, quando ele despertou, tendo tido o mesmo sonho de novo. Alguém, David nunca consegue ver o rosto, se afasta dele durante um temporal. No momento da separação, a queda das gota de chuva é interrompida, cada esfera de água pendurada no ar. Um tempo presente perpétuo e doloroso para ele. Mas a figura que parte abre um corredor no meio de toda aquela água suspensa, cinzenta e prateada. David entra nesse estranho túnel e começa a viagem que vai terminar num encontro. Ele sempre acorda antes de conseguir chegar.

Ele olha na direção da estufa. Quando ele se deitou, o rapaz ainda estava lá com o livro. Mas não está mais lá. Deve estar dormindo na fábrica de perfume, lá onde homens e mulheres costumavam trabalhar antigamente, no meio de jasmins que nasciam durante o dia e morriam à noite. Cíclame. Gengibre, rosa e cardamomo. Vindos de Usha e descendo as escadas, uma camada abaixo no passado de seu país.

A cadeia de montanhas no horizonte está coberta pela neblina, o dia está prestes a amanhecer.

Em 1981, tendo fugido da base militar soviética, Zameen e Benedikt tinham se escondido num pomar numa hora como aquela. Com os primeiros raios de sol, os galhos sobre Zameen tinham ficado cobertos de flores. Benedikt jamais encontraria o caminho de volta para ela agora. Zameen disse que ela tinha prosseguido em direção a Usha. Ao ver estranhos armados nos arredores e os canteiros pisados, ela se escondeu. Os soldados da resistência tinham tomado a casa, mas onde estavam seus pais? Ela esperou o dia todo e só saiu quando o sol desapareceu. Ela desceu para a fábrica de perfume, mas parou porque, no quarto degrau, antes de chegar ao chão, seu pé pisou num objeto. Ela se inclinou e investigou com a mão. Um revólver. Ela passou a mão pelo degrau e descobriu que havia mais de um. De fato, todo o chão da fábrica estava coberto deles, uma pilha de armas que — como uma enchente — deixava submerso um dos olhos, uma narina e um terço da boca do Buda. Ela tropeçou ao caminhar sobre a pilha de armas e passar pela cabeça de pedra. Num canto, cavando no meio de toda aquela morte de metal, o mais silenciosamente possível, ela conseguiu abrir um armário e enfiou os braços lá dentro, tirando a garrafinha do perfume que seu pai tinha criado para ela. Um mundo de vidro nas mãos.

Ela foi para o cemitério de Usha, mas entre as novas covas ela não conseguiu ver o túmulo do rapaz amado que tinha sido ferido à bala na noite em que ela foi capturada por soldados soviéticos.

Sete meses depois, sob um arbusto espinhento, Bihzard nasceu mais morto do que vivo, enquanto ela se dirigia para o Paquistão. Ela tinha descoberto que estava grávida de Benedikt durante os estágios iniciais da viagem que a levou de aldeia em aldeia. Foi uma época de progresso lento em que ela estava acompanhada de outros refugiados, que variavam de número, alguns atingidos pelo fogo soviético que vinha do alto, alguns pela cólera ou pela exaustão ou pelo calor. Paquistão, Paquistão, Paquistão. O Afeganistão tinha se tornado um inferno, e todo mundo queria alcançar um campo de refugiados no Paquistão, onde o sofrimento iria ter fim. Guias que levavam refugiados para o Paquistão — atravessando deserto, rio, pedra, território de bandidos, território de lobos — pediam um dinheiro que ela não tinha. Ela deu à luz prematuramente dentro de uma barraca feita com uma burca azul, enfiando uma longa vara na terra e colocando a burca sobre ela, abrindo-a bem e prendendo as pontas com pedras. Se a árvore sobre ela fosse mais baixa, ela teria arrancado seus longos espinhos para prender o tecido no chão. Fumaça da vela escapava pela tela do olho e desaparecia nos galhos mortos da árvore. Naquele estágio de sua viagem, não havia adultos com ela, só três crianças, que ficaram do outro lado da tenda aquela noite e que adormeceram quando escureceu. Ela tinha achado uma delas um mês antes, vagando pela floresta, tendo fugido da caravana de refugiados onde estava a família — era um menino de 10 anos que queria voltar para casa e lutar o jihad contra os soviéticos.

Duas horas depois de Bihzad nascer, ela ouviu helicópteros passando sobre sua cabeça. Ela conseguiu se arrastar e olhar para fora do cone de tecido que a cercava. No escuro, algo resvalou em sua testa e caiu. Ela ouviu o barulho de pequenos objetos caindo perto dela. Era como se alguém estivesse atirando pedras ou galhos em sua direção. Ela levantou a vela e, nos dois segundos que o vento levou para a apagá-la, viu um mina borboleta bem na frente dela, jogada pelos helicópteros, e as crianças adormecidas cobertas de minas. Ela imaginou como a noite deveria estar cheia de outras ainda caindo. Os soviéticos as tinham criado especialmente para esta guerra. Feitas de plástico verde e no formato de borboletas ou sementes de plátanos, com uma asa para permitir que descessem rodando, vagarosamente, até a terra. Sabia-se que os soviéticos tinham atirado minas disfarçadas de brinquedos nas aldeias — bonecas e canetas de colorir, relógios de plástico de cores vibrantes. Coisas destinadas a atrair as crianças. Elas caíam sobre casas e ruas, e o resultado pretendido era encorajar os pais a sair da aldeia, de um lugar onde as crianças não estavam mais seguras. Estas aldeias abrigavam guerrilheiros e tinham que ser esvaziadas de qualquer maneira. E centenas de milhares de minas borboletas estavam sendo usadas para impedir o trânsito de guerrilheiros para dentro e para fora do Paquistão.

Por um momento, ela se perguntou se o piloto do helicóptero conhecia Benedikt, se perguntou se, por acaso, os dois homens soviéticos já teriam se encontrado.

As três crianças adormecidas. As borboletas iriam arrancar um pé, ou uma das mãos ou metade de um rosto, aleijando mais do que matando, embora as longas distâncias que tinham de ser percorridas até se achar um hospital causassem a morte da vítima por perda de sangue, gangrena ou simplesmente choque. Das três crianças dormindo do lado de fora da burca, duas morreram instantaneamente, a terceira ela conseguiu levar com ela na direção do Paquistão, mas ela também acabou sucumbindo aos ferimentos. Ela não tinha forças para enterrá-lo, o chão ainda estava muito duro, mas ela sabia que precisava tentar. Um galho, um osso — enquanto procurava algo para cavar, ela viu o brilho da água ao longe. Aproximando-se, descobriu que centenas de fragmentos de vidro de vários tamanhos tinham sido colocados sobre um cadáver, para que ele não fosse comido por abutres. Os pássaros pousavam a poucos metros de distância, mas ficavam amedrontados com seu próprio reflexo sempre que se aproximavam. Eles batiam as asas ali sentados, como se estivessem abanando o fedor que saía da carne em decomposição. Ela tirou alguns fragmentos e colocou o corpo do menino ao lado do outro corpo. Depois de arrumar os pedaços para cobrir os dois, o abraço da morte, ela prosseguiu na direção do Paquistão. Para comer, ela só tinha um saco de amêndoas, uma cebola, um pouco de mel. Bihzad e o perfume eram as únicas coisas que possuía além disso. Fora isso, estava de mãos tão vazias quanto um fantasma.

O DIA AINDA NÃO NASCEU DE todo — as flores estão cobertas de orvalho e o lago, iluminado pela estrela da manhã —, mas Casa e David já estão ao lado do barco. Uma atmosfera cinzenta ainda é a presença principal em volta deles. David pensa se deveria dar à canoa o nome de John Ledyard, o primeiro cidadão dos Estados Unidos, após sua independência, a explorar as terras do Islã, visitando o Oriente Médio em 1773.

Ela pesa menos de 25 quilos. Sua base é um equilíbrio entre achatamento e curvatura, de modo que, embora esteja em terra, ela se vira facilmente, uma indicação da facilidade com que vai girar e mudar de direção na água. Ela parece viva sob seus dedos, impaciente como uma criança sendo vestida ou cortando o cabelo. A tarefa diante deles neste momento é a colocação do revestimento — as finas tiras de madeira que cobrem o interior, sobrepondo-se como as penas de uma ave — e depois as balizas. Enquanto trabalham, a concentração deles às vezes é tão grande que o outro homem simplesmente desaparece, deixa de existir.

A *Ledyard*?

Numa carta escrita do Egito, dias antes de morrer, John Ledyard tinha pedido a seu amigo Thomas Jefferson para pegar todas aquelas descrições maravilhosas do Oriente — Homero, Tucídides, Savary — e queimá-las, aconselhando-o a nunca visitar o Egito.

— Como você acha que devemos chamá-lo, Casa?

Mas ele apenas dá de ombros em resposta. Olhando em volta, como se estivesse procurando pelo pássaro cujo canto, com suas pequenas explosões agudas, está chegando até eles.

David não sabe ao certo quem foram os primeiros muçulmanos nas Américas. Quando os espanhóis trouxeram os primeiros escravos africanos para o Novo Mundo em 1501, eles tentaram assegurar que eles não fossem muçulmanos. Estes espanhóis católicos tinham pavor de que os índios nativos se convertessem ao islamismo. Um dos motivos era que se os muçulmanos africanos — que entendiam de cavalos — convertessem os índios e depois os ensinassem habilidades equestres, grande parte da vantagem militar espanhola estaria perdida. Eles queriam que os índios continuassem achando que cavalo e cavaleiro eram um único animal que às vezes se dividiam para se movimentar independentemente.

Entretanto, apenas uma década antes, os muçulmanos eram os governantes da Espanha. Quando a Espanha Islâmica foi extinta em 1492, Cristóvão Colombo estava a meses de sua descoberta do Novo Mundo. Cristãos ocidentais, não muçulmanos, iriam descobrir a América do Norte e a América do Sul e os grandes oceanos que unem o planeta. Nunca iria existir o califado de Nova York.

Não é de espantar que os muçulmanos ainda chorem pela Espanha. A ideia dela é um consolo para eles, mas também é uma tragédia. É como se a Inglaterra ainda tivesse pretensões na América.

Eles trabalham acompanhados pelo radiotransistor, pelo som de sapos na água, ou pelo barulho das asas de uma grua voando no céu. Casa é aplicado, embora seja preciso admitir que não há nenhum entusiasmo nele com relação à canoa, como acontece com David.

— Pode-se fixar um motor neste barco, atrás? — pergunta ele, olhando para os remos como se eles fossem uma frivolidade.

— Teoricamente, sim.

— Bom — ele balança a cabeça, satisfeito, estendendo a mão para pegar a faca. Casa às vezes fica em pé ou ajoelhado muito perto de David, mas David sabe que, embora no Ocidente a distância entre as pessoas seja normalmente de um braço de comprimento, aqui ela pode ser a metade disto. Ele sabe que não há nenhuma ameaça implícita. Em reuniões, os ocidentais que não sabem disto, costumam recuar para longe da pessoa com quem estão conversando, que, por sua vez, vê isto como uma rejeição.

Casa maneja as ferramentas com habilidade e com graça, talvez com um certo prazer, e transita com eficiência por qualquer área. Embora, é claro, a habilidade dos afegãos com tudo que é mecânico seja um mito, encorajado pelos Estados Unidos e pelo Ocidente durante a guerra com os soviéticos. A maioria dos rebeldes era composta de camponeses com pouca ou nenhuma experiência militar. Eles vinham de aldeias em montanhas distantes e, contrariando os romances históricos, não eram guerrilheiros nem soldados naturais. Eles precisavam de treinamento em armamentos e em tecnologia, eles ainda tinham medo de eclipses e achavam que os satélites de comunicações que circulavam pelo céu noturno eram, de fato, estrelas sendo movidas de um lado para o outro por Alá. Uma equipe encarregada de morteiros disparava sua munição sem antes ligar o detonador dos morteiros. Eles sabiam pouco sobre camuflagem ou mapas e destruíam um rádio, cheios de frustração, quando ele parava de funcionar porque as pilhas estavam gastas. Eles brincavam com suas armas até arrancarem pedaços delas. Pequenas armas eram disparadas aleatoriamente, com o atirador mantendo os olhos firmemente fechados. Eles cortavam um oleoduto com um machado e depois punham fogo nele, tentavam abrir bombas que não explodiam com uma pistola ou um martelo. Milhares de homens, mulheres e crianças foram vítimas da própria incompetência e da falta de conhecimento técnico dos afegãos. Houve comandantes que não tomaram uma única cidade dos soviéticos em uma década de luta.

O Afeganistão era conhecido como o Cemitério de Impérios, sim, mas estas e outras alegações de ferocidade foram inventadas por historiadores britânicos tentando explicar o final da Primeira Guerra Anglo-Afegã do século XIX, a mais vergonhosa derrota da história britânica. Durante os anos 1980, os jornalistas ocidentais reviveram e abraçaram entusiasticamente estes estereótipos, para satisfação de agências como a CIA.

— O que você acha de *Bliss*? — pergunta David a Casa. — Existiu um americano chamado Daniel Bliss que deu ao mundo árabe a sua primeira escola moderna, em 1866, em Beirute...

Casa sabe quando um pássaro sai voando de susto. Um útil indicador de perigo. E num campo de treinamento nas selvas de Kashmir, ocupada por paquistaneses, ele tinha aprendido a saber se havia uma cobra perto dele: prestando atenção nos macacos nas copas das árvores — as cobras atacavam esses macacos com tanta frequência que havia uma palavra para designá-las na linguagem deles, um som específico que dizia a todos os outros para olhar para baixo porque ela estava por perto. Naquele campo operado pelos militares paquistaneses e pelo ISI, ele tinha até visto um pavão cruzando com a fêmea, o que é — dada a extravagância da dança de acasalamento — um evento intensamente privado, tão misterioso que algumas pessoas acreditam que a fêmea fica prenhe porque bebe as lágrimas que escorrem pelo rosto do macho. Então ele mal ouve as palavras de David, prestando atenção no ambiente ao seu redor.

Como no caso dos macacos e cobras, os americanos agora aprenderam palavras como "jihad", "al Qaeda", "talibã", "madrassa".

E em sua esperteza, eles as conhecem o suficiente para minar o Islã, para fazer com que muçulmanos comuns se virem contra os guerreiros sagrados. Em vez de dizerem "mujahid", os jornais e as rádios estão sendo aconselhadas a empregar a palavra "irhabis", que significa "terroristas". Em vez de "jihad", eles estão sendo instruídos a usar "hirabah" — "guerra profana". Em vez de "mujahideen", é "mufsidoon" — "os destruidores".

Ele ergue o corpo e estica as costas, fazendo uma pausa no trabalho, enxugando o suor da testa. Ele vai até a beirada do lago, tira a camisa e joga água no torso.

— Como você conseguiu essa cicatriz aí do lado? — David pergunta quando ele volta, abotoando a camisa.

— Acidente.

Nos dias anteriores, os dois homens só conversaram quando Casa iniciava uma conversa. Ele dá respostas rápidas sempre que David faz uma pergunta, só se sentindo seguro quando qualquer informação a seu respeito permanece oculta. Ele já cometeu o erro de mostrar seus calos para Dunia. Mas não vai mais sucumbir a ela.

Quando David perguntou se o nome dele era o diminutivo de Kasam, ele disse que não. O homem não tinha adivinhado o nome verdadeiro, então um sim não teria feito diferença, mas era importante fazer essas pessoas pensarem que seus instintos e suas ideias a respeito dele eram inexatos. Ele dirá a eles o que pensar.

— Na verdade, é o diminutivo de Qaisar.

Agora ele finge não ouvir porque David está perguntando:

— Que tipo de acidente foi esse?

Um dos Tomahawks que os americanos tinham atirado no campo de treinamento do jihad tinha lançado uma placa de metal contra sua cintura quando ele estava rezando na direção de Meca. O calor da explosão tinha esterilizado o metal antes de entrar nele — a placa estava vermelha, de um vermelho vibrante —, então não houve uma infecção imediata, mas a ferida infeccionou depois, os pontos romperam durante uma expedição nas montanhas. Com o hospital a uma semana de distância, eles o deitaram de lado, derramaram sobre a ferida a pólvora raspada da cabeça de mil fósforos e colocaram fogo nela, um método de cauterização que deixou uma cicatriz do tamanho da mão de uma pessoa no seu flanco.

O olhar de David é intenso, mas, paradoxalmente, fora de foco. Casa tem a sensação de que ele está lendo seus pensamentos.

Ele gostaria que o homem tirasse os olhos dele.

— Quantos anos você tem, Casa, 22?

— Sim.

Talvez sua hostilidade tenha ficado aparente em sua voz, porque David abaixa a cabeça e volta a trabalhar.

Ele fica parado, olhando para o assento esculpido da canoa — liso e macio ao toque. David o tinha mandado fazer em Jalalabad e Casa o tinha levantado várias vezes para avaliar seu peso. Ele já foi encaixado, mas pode ser retirado sem muita dificuldade. O primeiro derramamento de sangue no Islã foi feito com a caveira de um camelo, os idólatras tinham interrompido a oração dos muçulmanos e o santo Saad de Zuhrah tinha ferido um deles com a primeira coisa que viu.

David ainda está inclinado sobre o trabalho, sua nuca vulnerável.

Se o homem tinha tanta vontade de marcar o encontro entre os Estados Unidos e as terras do Islã, ele podia chamar o barco de *Guantánamo*. Se ele quer homenagear os heróis, que tal *Osama*? Ou *ISI*?

As vozes das duas mulheres — Dunia e a russa — chegam até ele vindas da direção do pomar, e ele tenta ocultar seu susto. A mina. Mas não há nada que ele possa fazer, então ele continua a jogar água quente em cada uma das balizas de madeira — elas ficaram de molho no lago por dois dias até ficarem flexíveis o suficiente — e então as dobra com as mãos, e com os pés, para colocar na canoa. David disse que o fundo tem que ser mais chato do que arredondado, ou a canoa ficará inclinada. Elas vão ficar ali durante a noite para esticar e dar forma à madeira: no dia seguinte elas serão retiradas por algum tempo, aparadas nas pontas e recolocadas permanentemente.

Ele precisa daquela mina. Não vai permitir que ninguém o capture. Bihzad disse que enquanto estava na prisão militar de Bagram, tinha tentado se matar mordendo uma artéria do braço — tendo ficado desesperado, uma noite, depois de saber que, em dezembro de 2002, dois prisioneiros tinham sido espancados até a morte por seus captores americanos.

Bagram.

Na noite anterior, na estufa, quando ele abriu o livro intitulado *Bihzad*, viu que ele era cheio de gravuras coloridas. Era como a casa de Marcus. Ele tinha passado quase duas horas olhando para elas e lendo as legendas até a pilha da lanterna acabar como alguém que fica cego de repente. Elas eram as coisas mais bonitas que ele já tinha visto, embora, desobedecendo aos desejos de Alá, representassem animais e homens. Rustam, o neto do rei de Cabul, vingava a própria morte iminente numa das gravuras: vestido com sua pele de tigre e espetado pelas lanças em pé no fundo de um poço profundo, ele gritou o nome do irmão que tinha feito aquela armadilha para ele. "Dê-me o meu arco para que ao menos eu não seja comido pelos leões." Com pena dele, o irmão fez o que ele pediu, e Rustam atirou uma flecha e o matou através do tronco de árvore atrás do qual ele estava escondido. A árvore se mostrou tão frágil à flecha de Rustam quanto a casca que forma este barco.

O vento torna a trazer o som das vozes das duas mulheres. Ele pensa na mina como o poço que ele cavou e encheu de lanças. Ele deseja que as duas mulheres se afastem dele. Pede ajuda a Alá.

David parou de falar porque o rádio está transmitindo as notícias.

Casa sempre o desliga quando o noticiário termina e música ou conversa entra no ar, dizendo a David que é para "poupar as pilhas", mas, na verdade, é porque essas canções e as diferentes opiniões são como punhais para ele, uma vez que o Talibã baniu tais frivolidades durante seu regime.

Todo mundo quer fazer deste mundo sua casa, esquecendo sua impermanência. É como tentar ver e identificar constelações durante um espetáculo de fogos de artifício.

Os sinais de Alá estão lá, mas eles se recusam a ver. Depois que voltou da lua e começou a percorrer vários países do mundo, Neil Armstrong tinha parado um dia num bazar, com o rosto pálido, e perguntado que som era aquele que vinha de um minarete próximo. Ao ser informado de que era o chamado muçulmano para rezar, ele tinha começado a chorar, dizendo que tinha ouvido aquele som quando estava na lua, que o assombrava desde então. Ele se converteu imediatamente ao islamismo.

— David, você pode vir até a casa um instante? — Marcus apareceu e está chamando-o com a mão.

— Só um minuto. Estamos querendo terminar o máximo possível do revestimento hoje. Vamos selá-lo com cola amanhã à noite e colocá-lo na água bem cedo na manhã seguinte.

— É urgente — diz o inglês, e o tom da voz dele faz David olhar em sua direção.

— Neste momento?

— Sim.

Casa fica para trás, mas depois vai atrás dele, parando na porta, ao lado do cipreste, e olhando para dentro da cozinha, onde os quatro estão reunidos.

— Nós achamos melhor contar para você, David — está dizendo Marcus.

— E você não faz ideia de quem foi que bateu em sua janela? — David pergunta à moça.

Dunia sacode a cabeça.

— Eu não ia contar nada para vocês, mas a ideia de voltar para Usha me assusta.

— Isso está fora de questão — diz David, e Marcus concorda:

— Sim, você tem que ficar aqui até seu pai voltar de Cabul.

Lara e David trocam algumas frases em inglês. Marcus entra na conversa e conclui em pashto:

— Tenho certeza de que não havia ninguém na janela dela, eles inventaram isso.

— Eles querem fechar a escola, só isso. — As palavras de Dunia foram quase um sussurro. — Eu não contei isso a ninguém, mas ouvi mesmo alguém batendo na janela aquela noite, a noite da malvada *shabnama*.

Casa fica na porta mais alguns minutos, recusando o convite para entrar e se sentar.

Ele volta lentamente para perto da água, passando pelo local de onde Marcus tinha desencavado na véspera uma pequena imagem, dizendo que ela era do santo cristão que protege os médicos e que tinha pintado um retrato da mãe de Jesus quando ela era viva. Saindo da estufa na noite passada, depois de passar algumas horas vendo o livro de Bihzad, Casa tinha jogado o livro no buraco vazio e o enchido de terra com os pés, pisando em cima até a terra ficar firme, dizendo a si mesmo que quando chegasse a hora, ele iria queimar os animais e aves da estufa também.

O SOL DO FINAL DA MANHÃ ilumina a parede ao lado da cadeira de Marcus. Uma chuva de flores cor de laranja e folhagem cinzenta, as pétalas e as folhas mais ou menos do mesmo tamanho. Ele viu tecido de vestidos de mulheres afegãs estampado com telefones celulares misturados com hibiscos e flores de jasmim. Lara e a moça estão na outra sala, ele pode ouvi-las conversando quando se senta numa cadeira. Para uma moça desta terra, Dunia tem ossos longos. Alguns parentes de Qatrina insistiriam para que os pais dela a fizessem passar fome quando ela era criança, a deixassem sem algumas refeições, para que ela não ficasse alta demais para uma mulher.

Ele olha para o teto. Tanto Qatrina quanto ele tinham se preocupado com o fato de não saberem realmente como o mundo funcionava, seus diversos mecanismos. Eles também não sabiam muito sobre as diversas disciplinas que permitiam o exercício da imaginação. Eles tinham sido treinados para ser médicos, mas havia uma falha residual em seu conhecimento, e eles achavam que precisavam aprender sobre história e religiões, sobre pintura e música. Então eles colecionaram livros, aos poucos, tornando-se leitores. Aprendendo sobre eventos antigos e modernos. Sobre a melhor ficção e poesia.

Como Gul Bakoali e Taj ul Maluk foram capturados e aprisionados pelo djinn.

O que Xerxes, passando com sua charrete sobre uma ponte de barcos da Ásia para a Europa, tinha dito.

"*O imenso poder dos druidas foi a fraqueza da política dos celtas*", tinha escrito Julio Cesar em suas memórias. "*Nenhuma nação que é governada por religiosos que extraem sua autoridade das sanções sobrenaturais é capaz de um progresso verdadeiro.*"

Consciente destas falhas no conhecimento deles, Marcus nunca se convenceu realmente de que os membros do grupo terrorista que realizou os ataques de 2001 eram homens educados no sentido verdadeiro da palavra. A maioria deles tinha uma educação universitária, mas aquela educação não era em história nem em literatura nem em política. Na sua universidade na Alemanha, Muhammad Atta tinha se recusado a apertar a mão da professora que orientou sua dissertação porque ela era uma mulher. Na realidade, as opiniões e as crenças dos terroristas eram tão destituídas de nuances quanto as de Casa pareciam ser. Eles viam o mundo em termos muito crus.

Existe até uma piada sobre isto em árabe. No Egito, dizem que a Irmandade Muçulmana extremista é, na realidade, a Irmandade de Engenharia. A própria Irmandade Muçulmana está ciente disto e tentou recrutar estudantes dos departamentos de literatura, política e sociologia das universidades, mas sem sucesso.

Quando ele fecha os olhos por um momento, o tempo começa a se distorcer: a pipa de sol percorreu uma grande distância na parede quando ele torna a abrir os olhos, está prestes a voar para fora do quarto. Ele se levanta e se aproxima da janela. Casa pode ser visto lá fora em momentos variados do dia, tirando uma soneca debaixo de uma árvore no pomar cheio de abelhas, se espreguiçando e bocejando ao se levantar, suas mãos desaparecendo no galhos floridos acima. Ou dizendo suas orações em algum lugar ali perto, silencioso como um alce, tendo feito suas abluções no lago, antes, o rosto úmido e limpo, os dentes escovados com um galhinho cheiroso que ele escolhe depois de experimentar as árvores e os arbustos das redondezas, mastigando uma das pontas até ela parecer uma escova. Ele viu a intensidade da expressão do rapaz enquanto ouvia Dunia falar no jantar na noite passada. Tornou a vê-la muitas vezes, sua mente divagando sobre os dois jovens. Sim, o amor ainda é uma possibilidade numa terra como esta, embora amor signifique uma erradicação do egoísmo e poder-se-ia facilmente pensar que em um país como este o egoísmo é o principal instrumento de sobrevivência, todo mundo é um mercenário.

No corredor, ele passa pela imagem de são Lucas que tinha encontrado no chão, sem saber o que Casa sentiu ao erguê-la na luz do sol.

— Os muçulmanos dizem que veneram Cristo — tinha dito Qatrina — e chamam a atenção para o fato de que Maria é a única mulher mencionada pelo nome no Corão. Mas, segundo eles, os ensinamentos dele se tornaram obsoletos pelos de Maomé. Não há um só cristão nas terras do Islã que não sofra pressão para se converter, uma pressão sutil se tiver sorte. Uma forma notável de mostrar respeito e reverência por alguém.

Ele está varrendo o caminho do lado de fora da casa — largando a vassoura para sacudir vigorosamente o limoeiro para fazê-lo despejar as folhas mais fracas, estendendo o período de limpeza por algumas horas — quando vê James Palantine caminhando na direção dele.

Uma corda foi esticada de um lado ao outro do aposento. Lara entra e a vê, vê a figura se equilibrando acrobaticamente nela, os dedos dos pés agarrados na corda, com uma ponta presa no guarda-roupa e a outra nas grades da janela. Um jovem caucasiano. Seus braços estão erguidos na direção do teto, e ele está retirando um livro com as duas mãos, o corpo numa posição perfeita, olhando de viés para ela quando percebe sua presença. Ele atira o livro num sofá, onde estão outros, como ela nota. É óbvio que ele já está fazendo isso há algum tempo. Suas roupas cáqui são um contraste com a parede colorida. Cáqui: parecendo pó. Uma palavra que os ingleses carregaram desta região para o resto do mundo, desde quando estavam lutando contra as tribos no século XIX — a cor da terra, a cor das colinas, os soldados britânicos mergulhando os uniformes em tinas de chá, a camuflagem mais disponível.

O rapaz na ponte de corda abaixa os braços e, mantendo-os na horizontal, dá um salto e gira no ar, de modo que quando torna a pousar na corda, ele está de frente para ela. Ele sorri para ela e, mais uma vez, vira o rosto para os volumes pregados no teto.

O choque é como um aço gelado quando ela percebe que ele deve ser James Palantine — ela sabe a razão pela qual ele deve estar ali.

— Você é James?

Ele sacode a cabeça perto do teto.

— Eu vim com ele, fiquei entediado e resolvi fazer isto. Ele está lá fora.

Ela se vira e dá dois passos devagar para fora da sala, olhando para trás quando o rapaz dá uma risada e quase perde o equilíbrio.

Marcus e David estão caminhando na direção dela da outra ponta do corredor, diminuindo os passos quando a veem.

De repente, ela deseja adiar o momento, talvez até cancelá-lo, mas ela sabe que precisa ouvir as palavras que estes homens têm a dizer. É para isso que ela tem viajado desde que saiu de São Petersburgo. Não há alternativa, assim como os rios não correm contra o próprio curso, assim como a fumaça não pode entrar no fogo. Por um momento, ela sente tanto medo que não saberia dizer o próprio nome se lhe perguntassem. Todo o seu ser está reduzido a uma única emoção, a um único fato.

Os dois homens pararam, os olhos fixos nela, mas ela continua andando na direção deles.

— Lara — ela ouve David dizer. Não a voz com que ele lhe disse que a silhueta do bulbul se parece com a de certos pássaros americanos, o cardeal e o tagarela-europeu. Um som frágil e etéreo como uma palavra dita por alguém durante o sono.

Benedikt Petrovich está deitado no chão, um dos olhos olhando para cima, para o céu escuro da manhã, o outro olhando para o chão. A sensação fria da água o acordou. Ou as gotas foram jogadas em seu rosto para ele acordar, ou é chuva. Ele flexiona o braço direito para ver se alguém ou algo está perto e então ergue a cabeça do chão. O movimento desperta a dor em sua perna direita, e ele se lembra, a memória também despertada, da lâmina descendo na parte de trás de seus calcanhares momentos antes de ele desmaiar. Eles tinham cor-

tado os tendões de suas pernas. Ele abaixa a cabeça depois de ver a curva branca de giz desenhada na terra perto dele. Com muita dor, torna a levantar a cabeça e olha para os pés e vê que, por algum motivo, ele está deitado num círculo desenhado num campo. Ele tenta extrair algumas respostas do labirinto confuso em sua mente. Como foi parar naquele campo, que idade tem, onde está? Ele se lembra do dia de seu aniversário e do de sua irmã, Lara. Ele se lembra do dia em que recebeu a notícia de que havia sido convocado e se lembra também da tarde em que soube que seria mandado para o Afeganistão no dia seguinte. "Este é um retrato meu quando era mais jovem", alguém tinha lhe dito um dia — uma menina nova na escola em Leningrado? Um soldado que ele conheceu em algum momento no Afeganistão? — e ele tinha respondido: "Tecnicamente falando, todos os retratos são de quando nós éramos mais jovens, ha ha." E foi ele ou outra pessoa que escreveu isto numa carta para um amigo na União Soviética, "Mitya, você pode me emprestar seu uniforme de gala — nós só vamos ganhar uniformes de combate, então onde vamos conseguir os emblemas e o resto? Espero que você já tenha consertado seus dentes. E diga a Yuri para escrever para mim. Todo mundo disse que ia escrever, mas ninguém escreve..."

Existe atividade em algum lugar bem longe, formas se movendo, pessoas se movimentando, mas de dentro do círculo branco ele não consegue calcular a distância. Só enxerga aquela terra rachada, um ou dois talos de grama varridos do pó branco que forma a linha em volta dele. Cada um de seus calcanhares parece estar entre os dentes de um lobo, e ele sente um frio insuportável e só agora se dá conta dos sons de agonia que saem de sua boca.

Minutos depois de deixar a moça, Zameen, no pomar, ele tinha dado de cara com um dukhi afegão, de olhos tão ferozes que a princípio ele não notou a arma que ele estava apontando para ele. Ele levantou as mãos, mas o dukhi não se mexeu, e Benedikt disse-lhe em russo que era um desertor. Apavorado, ele viu outros dukhi de cada lado do que estava diante dele, dezenas deles.

— Eu tenho Kalashnikovs para vocês.

Ele apontou com a mão esquerda erguida para trás, na direção em que estavam a moça e as armas, e fez um sinal com a cabeça por cima do ombro. Na olhada rápida que deu para o pomar atrás dele, viu uma fileira de homens. Ele se virou devagar — nenhuma reação das armas na frente dele — e viu que havia um número igual de fantasmas afegãos atrás dele, todos com as armas apontadas.

Eram dois pequenos exércitos de cerca de cinquenta homens cada, com as armas apontadas uns para os outros, e ele estava no meio. Em um local à sua esquerda, os adversários estavam tão perto um do outro que suas armas se cruzavam. Talvez ele conseguisse fugir — esta batalha, esta vendeta, não tinha nada a ver com ele. Mas quando ele deu um passo para o lado, houve um movimento de armas e uma voz disse algo. Ele parou, compreendendo que era o prêmio que os dois lados desejavam. Os afegãos estavam falando agora, gritando palavras de raiva uns para os outros, apontando de vez em quando para ele. A discussão continuou até o dia amanhecer e então os dois grupos, ainda tensos, pareceram chegar a algum tipo de acordo, rindo alto dele ocasionalmente enquanto ele era levado para fora do pomar, com o sol e o céu aberto o fazendo piscar os olhos. Eles tinham amarrado suas mãos com uma corda — tão apertado que suas clavículas doíam — e de vez em quando o insultavam. Toda vez que ele diminuía o passo, era obrigado a andar mais depressa com uma pancada, um soco no rosto ou uma coronhada de rifle nos ombros. Eles o levaram para um pequeno quarto e ele ficou preso lá, ouvindo a tranca ser passada do outro lado da porta.

O que aconteceu com Zameen? Na base militar ela tinha sido acorrentada num quarto como este. Desgraça, vergonha e desonra o tinham feito entrar no quarto dela da primeira vez, tapando sua boca com uma das mãos e arrancando sua roupa com a outra. Ele e um grupo de soldados tinham ido, mais cedo, até o rio que corria ao lado da base militar. Eles tinha entrado na água com o tanque para lavá-lo. Havia carne humana presa na esteira, de uma semana antes, quando alguns habitantes de uma aldeia, suspeita de ter abrigado rebeldes, foram obrigados a se deitar no chão e eles tinham passado o tanque sobre eles. Vermes tinham nascido na carne podre, nos ossos e nos cabelos, e o fedor insuportável os tinha obrigado a entrar com o tanque no rio. Eles usaram gravetos para soltar os pedaços de roupas e os corpos. Um talismã de cobre que um dos homens mortos estava usando ao redor do pescoço. E foi lá que eles encontraram a moça, escondida no meio do junco. Ela disse que era da aldeia cujos homens tinham sido esmagados pelo tanque, dentre eles seu pai e seu irmão, e que ela tinha seguido a trilha do tanque até a base militar e estava escondida na margem do rio havia cinco dias, esperando. Ela queria recolher o máximo possível de restos mortais para cavar uma sepultura para eles.

Os mortos estavam mortos, mas os ritos e as cerimônias fúnebres não eram para os mortos — eram para os vivos. Ela estava viva e tinha suas responsabilidades e seu amor. Ela era fraca demais para tê-los protegido quando estavam vivos, mas podia proteger sua carne de ficar exposta aos elementos, às feras do dia e da noite.

A moça, que tinha uns 14 anos, foi levada para dentro do tanque e os soldados se revezaram violentando-a. Benedikt permaneceu montando guarda do lado de fora, continuando a tirar os pedaços de carne da esteira. Quando eles disseram que era a vez dele, ele não quis subir — então eles a mantiveram debaixo d'água e depois a deixaram flutuar para longe. Suas pulseira não podiam ser ouvidas enquanto ela lutava dentro da água, e o rio também tinha silenciado o som da arma, e então começou uma briga porque os outros riram e começaram a especular por que Benedikt tinha recusado, tocando sem saber na verdade de sua inexperiência e de seus receios. Ele enrubesceu, sentindo-se infeliz. A notícia chegou ao coronel, que, cada vez mais bêbado com o passar do dia, tinha chamado Benedikt e o tinha humilhado na frente de todo mundo.

Mais tarde naquela noite, a lembrança aaquilo o fez entrar no quarto onde Zameen estava acorrentada.

Agora, prisioneiro, ele esperava que a provação dela tivesse terminado, que ela estivesse a salvo.

Na madrugada do dia seguinte, três dukhis entraram na cela e ele ouviu por duas vezes a palavra "buzhashi" ser pronunciada excitadamente. Ele sabia que buzhashi era o esporte nacional dos afegãos.

Um jogo perigoso e sangrento, semelhante a uma batalha feroz, em que o corpo de um bezerro ou cabrito era colocado num círculo desenhado no centro de um campo, e os dois lados opostos se juntavam perto dele a cavalo. Um tiro de rifle dava a partida e eles se lançavam sobre a carcaça. Para ganhar um ponto, eles tinham de erguê-la, carregá-la até um ponto determinado a 1,5 quilômetro de distância, e trazê-la de volta para o círculo, sem permitir que nenhum jogador adversário a arrancasse das mãos deles, os cavaleiros às vezes literalmente presos à montaria pelo estribo, os chicotes entre os dentes. Havia até mil jogadores, e quando a carcaça estava destruída, como acontecia com frequência no meio dos cascos dos cavalos e das chicotadas, o juiz decidia qual o time que tinha o controle do pedaço maior.

Os dukhi que tinham entrado no quarto de Benedikt tiraram a folha do Carvalho Cósmico que ele estava segurando e que lhe dava uma sensação de consolo. Eles a rasgaram, sem dúvida por não entenderem como ela poderia significar alguma coisa para alguém. Em seguida, eles o obrigaram a ficar de joelhos, dois deles agarrando seus braços perto dos ombros. O terceiro ficou atrás dele, aparentemente para arrumar ou posicionar seus pés, agarrando o tendão sobre cada calcanhar. A luz vinha de trás dele e Benedikt podia ver a sombra do fantasma na parede em frente a ele. Ele viu a lâmina escura balançar na parede e desaparecer num movimento descendente sobre seus calcanhares e em seguida desmaiou.

Agora ele está deitado no círculo, ouvindo seus próprios gritos de dor, e os cavalos se aproximam vagarosamente dele, uma nuvem de poeira na frente deles. Ele pode sentir o chão vibrando através de sua pele, como se um trovão roncasse debaixo da terra. Com o olho que está olhando para o céu, ele vê uma fileira de aves, gruas ou garças siberianas. As aves parecem estar paradas, fazendo-o pensar que você podia andar de um pedaço do céu para outro pisando nas costas das aves, uma ponte, perfeitamente suspensa lá em cima.

Ele se ergue nos joelhos e cotovelos, numa posição de cachorro, mas torna a cair em segundos. Ele precisa tentar correr, fugir, mas a única sensação que tem nas pernas é de dor. Ele percebe subitamente *que é frágil como vidro agora que os animais estão parados do outro lado do círculo, tudo fora de foco por causa da poeira. Acima dos joelhos dos cavalos, muitas mãos humanas estão penduradas, e de vez em quando o rosto de um cavaleiro se projeta para rir dele. Quando ouve o tiro de rifle, ele acha que eles atiraram nele, mas não, ele não foi atingido, e agora uma dezena de mãos agarram seus membros, seu cabelo, suas roupas e ele sente que é erguido do chão...*

— Acho que vou partir amanhã — diz Lara num tom distraído depois que David e Marcus terminam de falar, de contar a história. O que Nabi Khan e Gul Rasool tinham feito com seu irmão.

Marcus olha para David.

— Sim, acho que vou. Marcus, obrigada por tudo, pela sua hospitalidade. — Ela se levanta de repente, os olhos brilhando de energia, e vai até sua mala. David se aproxima e tira as mãos dela da alça da mala, tenta levá-la de volta para a cadeira, mas ela resiste. Ele não consegue nem fazê-la olhar para ele.

— Primeiro temos que providenciar as coisas, confirmar sua passagem de avião....

— Eu vou para Cabul, vou ficar num hotel.

— Não. — Ele respira o perfume de seu cabelo, de sua pele, de suas roupas. Hoelun, a futura mãe de Gengis Khan, tinha dado sua túnica para o marido, pedindo que ele fugisse dos seus perseguidores, deixando-a para trás na floresta. O cheiro dela na roupa faria com que ele se lembrasse dela. Para os povos da estepe, ele faz parte da alma.

— Eu não posso ficar aqui sabendo que esse homem, Gul Rasool, está a pouco mais de 1,5 quilômetro de mim. O que foi que eles fizeram... com os restos?

— Eu perguntei, mas James diz que eles não se lembram.

Ela balança a cabeça.

— Foi há mais de duas décadas. Eu preciso ir.

— Não, Lara — diz Marcus atrás deles. David se vira e vê que Marcus pôs a mão no rosto para ocultar a tristeza. Talvez haja um fantasma aqui, ele tinha dito uma vez para David, porque às vezes eu tenho a nítida impressão de que estou acariciando o rosto de minha filha com a mão que me arrancaram.

Mais do que qualquer outra coisa, ele está com medo da partida deles, David percebe agora. O medo de ficar sozinho é o que está naquele rosto escondido.

Lara vai se sentar ao lado dele.

David vai até a janela. Em busca de ar fresco. Ele pode ouvir as palavras de desespero que eles estão dizendo baixinho atrás dele. Talvez não devessem ter contado a ela. Se ele tivesse sabido antes, em outro momento, distante de Marcus, ele não teria contado a ela. Mas ela queria saber, e ele tinha sido rápido, poupando-a dos detalhes desnecessários. *"Você não gostaria de saber o que aconteceu com Jonathan no Vietnã?"* Uma guerra diferente — mas talvez fosse a mesma guerra. Assim como as guerras de amanhã serão geradas pelas guerras de hoje, uma continuação delas. Rios de lava emergindo na superfície a muitos quilômetros de distância. James Palantine tem a idade que David tinha quando estava aqui, combatendo o inimigo da América.

Os filhos dos pais.

Aqui nesta sala, eles três são os velhos. Quatro se você contar com o fantasma de Zameen. E lá fora estão os filhos. Dunia. Casa. James. O futuro do planeta.

Os ANJOS AGRADECEM CONSTANTEMENTE A ALÁ por ter criado barbas para os homens e cabelos compridos para as mulheres.

Recitando o verso do Corão contra a vaidade, ele olha para a água do lago.

Localizando seu reflexo, ele ergue a mão até o rosto, onde ela tinha espalhado kohl na véspera. O rosto dele. A informação mais importante do instrutor uzbeque, que o ensinou como executar um ataque suicida, foi inclinar a cabeça para baixo ao explodir a si mesmo. A cabeça tem que ser completamente destruída, senão ele entrará no Paraíso com o corpo decapitado.

Ele está pensando nela? Se ela mantivesse o rosto e o cabelo ocultos, ele não teria se distraído.

Se o rosto dela estivesse coberto, ele não teria podido ver que ela estava quase chorando por causa dele ontem, imaginando que ele pudesse se machucar.

Quando eles despejaram vinho numa taça, esta brilhou como uma joia vermelha. Então ele a viu olhando num espelho, e ao passar por lá mais tarde, ele compreendeu que sem o reflexo dela o espelho era apenas um pedaço de vidro.

Ele está pensando nela. Não, ele não sabe por que deveria sentir-se responsável pelo fato de que o bem-estar dela foi ameaçado por causa dele, por causa do que aconteceu na noite da Carta Noturna. Ele não tem tempo para essas questões fúteis.

Em certas horas do dia, um pequeno enxame de vespas vem beber água nesta parte do lago. Ele para e olha para elas quando iniciam sua descida, depois continua a caminhar pela margem. Os ingredientes usados em alguns perfumes são tão preciosos, o inglês disse no dia anterior, que em vez de pesos de metal, usa-se uma frutinha para pesá-los. Os corpos destas pequenas vespas poderiam ser usados com este propósito também, ele tem certeza, por elas serem tão pequenas. Alguma coisa também poderia pesar tanto quanto um daqueles besouros vermelhos que têm manchas pretas nas costas. Ele os viu pintados em diversos lugares dentro da casa. No último dia, ela estava orando ao lado de uma folha de trepadeira que tinha um.

Alá, em sua compaixão, entende o que ele está sentindo. Quando apenas seis gerações dos filhos de Adão tinham passado pela terra, o mundo estava cheio de corrupção e outras consequências da tentação, e os temores que os anjos tinham expressado a Alá na época da criação de Adão começaram a parecer legítimos para eles. Quando os anjos repetiram suas queixas em relação à fraqueza da humanidade, Ele respondeu: "Se eu tivesse mandado vocês viverem na terra e instilado em vocês o que instilei neles — uma natureza apaixonada — você teria agido da mesma forma que eles."

O campo de treinamento de martírio ficava próximo à aldeia de Kazha Panga, onde a Linha Durand separava a cidade de Azam Warsak no Waziristão do Sul da província de Paktika no Afeganistão. Havia centenas de outros recrutas. Embora não houvesse meninas nem mulheres — era como se o recato delas pudesse ser comprometido quando eles explodissem a si mesmos e certas partes do corpo ficassem espalhadas, à vista de todos.

Alguns dos recrutas tinham sido trazidos de escolas, contra a vontade de seus pais infiéis em tudo, exceto no nome, que não se importavam que os Estados Unidos e outras potências ocidentais estivessem ocupando o Afeganistão. Não entendiam como era importante que os muçulmanos se revoltassem contra eles, lançassem uma tempestade de raios em âmbito mundial. Os recrutadores chegavam nas escolas e as crianças, depois de ouvir seus discursos e assistir aos DVDs de guerras santas, se ofereciam para ser preparadas para o martírio. Mas havia tiroteios frequentes quando os diretores das escolas chamavam a polícia ou impediam que as crianças entrassem nos ônibus e nas vans que as levariam para os campos secretos. Uma vez lá, eles eram instruídos a adotar o estilo de cabelo dos mujahideen — penteado para trás e cortado reto na nuca, como dizem que Maomé, que a paz esteja com ele, usava. Além do Corão, eles estudavam três livros publicados no Paquistão.

Rehbar ki Shanakhat, "A marca do líder" traduzido para o pashto para aqueles que não falavam urdu.

Fidayee Hamlay, "Ataques suicidas".

Tareekh-e-Shiagaan, "Uma história dos shias".

Todos os três volumes tinham sido comprados em livrarias comuns na rua dos Contadores de Histórias em Peshawar, felizmente em quantidade, pois — a pedido dos americanos — o governo paquistanês recentemente tinha banido esta literatura inspiradora. Depois de treinados, eles eram instruídos a voltar para casa e esperar até serem chamados, sendo que Casa foi dispensado disto porque voltou para junto de Nabi Khan em Jalalabad, que pretendia usá-lo e tinha pedido a Casa para cortar o cabelo e aparar a barba para não chamar a atenção.

Ele caminha pela beirada da água. Ele tinha desejado deixar a casa assim que viu os dois americanos chegarem mais cedo.

Ele olha para cima, imaginando — como costumava fazer quando era criança — a que altura fica o Paraíso. Naquela época, ele também ficava imaginando se seus pais algum dia tinham nascido, se tinham ao menos existido.

Os sonhos mais verdadeiros ocorrem durante a época do ano em que as flores abrem nos galhos, como agora. E sempre perto do amanhecer. O profeta Maomé, que a paz esteja com ele, tinha dito a seus seguidores que depois que ele partisse a profecia só viria por meio de sonhos verdadeiros, trazidos pelos anjos, que criariam imagens na mente dando notícias. No dia anterior, perto do amanhecer, ele sonhou que estava dentro do local sagrado do Kaaba, tirando leite de uma gazela. Ao acordar, ele se lembrou que, de acordo com o manual de sonhos dos crentes, tirar leite pressagiava prisão. Aquele era, provavelmente, um sonho falso, provocado por seu encontro com os americanos, na véspera. Em todo caso, foi por isso que ele começou a apagar da parede a imagem da gazela enquanto esperava que ela terminasse sua oração, na véspera. Distraidamente. Ele achou que tinha parado a tempo, varrendo os pedacinhos de reboco para baixo de uma poltrona, mas, obviamente, ela tinha notado.

Alá está testando a profundidade de sua fé com isto, colocando os americanos e a moça perto dele. Em qual dos dois ele deve focar sua atenção? Ele não pode fraquejar em sua devoção, senão estará perdido. Um homem de fé, alguém que passou a vida toda rezando, uma vez morou em cima do apartamento de um homem dissoluto que tomava vinho e ouvia música e cedia aos prazeres da carne. Uma noite, o homem do andar de cima teve vontade de examinar as orgias do andar de baixo, enquanto, ao mesmo tempo, o homem de baixo decidiu ver o que o vizinho estava fazendo. Ambos morreram na escada. O que estava descendo foi mandado para o Inferno por Alá. O que estava subindo foi admitido no Paraíso.

Tomando o caminho de terra que ia dar no pomar do inglês deste lado do lago, ele para ao ver Dunia e o americano, James.

Dois minutos adiante neste caminho iria dar no local em que a mina está enterrada.

Eles estão conversando. Ela está apresentando seu relatório a ele, contando o que Casa revelou a ela ontem quando baixou a guarda por breves momentos. E a história de ser perseguida por alguém ter batido em sua janela? Uma mentira para poder estender sua estadia na casa?

Se for assim, ele só pode admirar sua esperteza e sua capacidade de planejamento. Eles roubam as linhas da palma quando apertam a mão de alguém. Mas como ele poderia deixar de notar que a devoção que ela está demonstrando para obter a confiança dele é falsa. Ela, que acha que Alá aceita preces feitas em quartos pintados com imagens de seres vivos. Que Ele aceita preces de uma mulher que usa um véu através do qual seu cabelo pode ser visto.

Em vez de dar meia-volta e ir embora, ele dá mais alguns passos na direção deles porque eles o viram. Ao se aproximar, outro americano aparece de trás de uma árvore — ele tinha chegado junto com James, mais cedo.

— Estou um pouco cansada de ter que provar quem eu sou —
está dizendo Dunia para James em pashto. — Eu não disse a você
quem eu era quando estava vindo para cá ontem?

James aponta para o outro americano.

— Ele não estava no cordão de isolamento ontem de manhã,
então não sabia quem você era quando a viu ainda agora. Só isso.

O outro homem branco faz um gesto conciliatório com as mãos,
dizendo algo em inglês.

Isto é só para enganar Casa, com certeza, um modo de mudar de
assunto porque ele apareceu no meio da conversa.

— Nós não somos inimigos de vocês — diz James.

— Ele foi extremamente mal-educado. Ainda bem que você
não estava longe.

Ou será verdade? Então, isto é algo que Casa tem em comum com
ela, ser perseguido por este grupo de invasores, por estes ocupantes.

— Ele pediu desculpas e eu peço também. Você deve saber que
a situação também é difícil para nós. O que podemos fazer?

Submeter-se. Morrer.

— Nós estamos aqui para ajudar o seu país. Viemos para nos li-
var dos talibãs para vocês...

— Por favor, pare — diz ela. — O regime talibã já estava aqui
há anos e ninguém se preocupou em se livrar dele. Vocês não estão
aqui para nos livrar dos talibãs, estão aqui porque querem se vingar
do que aconteceu com vocês em 2001. Estou contente por eles terem partido, mas não vamos confundir os fatos.

Os americanos olham de vez em quando para Casa. Ele fica contente por ela os estar enfrentando corajosamente. É uma imagem
empolgante. Mesmo que ela esteja sendo desrespeitosa com os talibãs.

— Você não pode esperar que um país funcione como uma instituição de caridade — diz James.

— Então por que fingir que é?

— Desculpe. Isto foi desnecessário.

— Não, fico contente que você tenha dito isso. Finalmente estamos na mesma sintonia, sem ilusões.

— Eu não devia ter dito isso. — Há arrependimento na voz dele.
— Nosso governo e milhares de outras organizações americanas praticam boas ações no mundo inteiro.

— Eu disse que não?

Agora Casa vê que o rosto dela está perturbado. Estes homens a deixaram nervosa, como se ela precisasse que alguém aumentasse ainda mais seu pânico e sua consternação. Ela já devia estar se sentindo como um animal encurralado e exausto, tendo tido que fugir de Usha.

Um irmão, um primo, um amante, ele dá um passo na direção dela para mostrar a eles e a ela que ela não está sozinha. *Dois de seus edifícios desabaram e eles pensam que conhecem a escuridão do mundo, que sabem como ele pode ser um lugar perigoso!*

— Tudo o que eu peço é que vocês não me assustem nem humilhem da próxima vez que me fizerem parar — diz ela; e, apontando para Casa, olhando para ele pela segunda vez e tão apressadamente quanto da primeira, ela acrescenta: — Vocês prestam tanto quanto ele.

É como se ela tivesse dado uma bofetada na cara dele.

Ela vai embora, e os americanos também se afastam, James acenando brevemente para Casa — num cumprimento atrasado — que Casa finge que não vê, seu corpo todo tremendo e gelado pelo que ela tinha feito. Apenas segundos depois que a garganta de um animal é cortada, enquanto ele fica ajoelhado ali, prendendo com seu peso o animal que estrebucha, ele consegue sentir o calor do corpo indo embora, sente que ele está começando a ficar frio.

— Ela não tem nada a ver com os seus inimigos — ele se vê dizendo numa voz alta e clara para os americanos que se afastam.

Ele se prepara, mas eles não param, não se dignam nem a se virar para ele.

— Você parece ter muita certeza — diz James, continuando a andar. — Você sabe de alguém que *possa ter*? — Com o indicador, ele traça duas voltas rápidas ao redor da cabeça. As ataduras de Casa.

DEITADO AO LADO DO ROSTO DE pedra, ele move os dedos distraidamente pelo chão, onde os poucos painéis remanescentes de um vi-
tral estão lançando discos coloridos de sol, o vermelho com mais
calor dissolvido nele do que o azul. Depois a escuridão cai, e ele
escala a cabeça e se senta, imóvel, no topete do alto da cabeça do
Buda, o topete que se inclina para um lado porque a cabeça está na
horizontal. Os pés dele balançam no ar. O que ele esperava? Que
outra ideia ela poderia fazer dele depois da hostilidade que ele tinha
demonstrado a ela no dia anterior? Ela mostrou a ele quem ele é.
Ele não quer ser aquilo. Ele pula para o chão e pega um caderno e
uma caneta. Subindo de volta com eles, abre o caderno no meio.
Duas páginas vazias. Emana delas um leve perfume, como quando
alguém corta uma fruta por perto. Ele espera até a escuridão estar
completa e então, tendo tirado a roupa e a atirado no chão, começa
a escrever, começando no canto superior direito da página da direita
e pretendendo parar quando chegar no canto inferior esquerdo da
outra página. Frases sobre si mesmo. A verdade. Ele só pode dizer
isso no escuro. Até seus olhos estão fechados enquanto ele anota as
palavras no papel. Mas é difícil escrever assim; então, após meia
dúzia de linhas, ele vai para perto do lampião que está mais no alto,
encostado na grande orelha de pedra. Quando ele ilumina as páginas, vê que elas ainda estão em branco, que por algum motivo a
caneta prendeu a tinta. Ele sabe o motivo. Alá não quer que ele es-
creva. Ele só vê as marcas das palavras sob a luz amarela. Ele passa
as pontas dos dedos sobre as palavras fantasmas. Este é o segundo
sinal, o primeiro foi o sonho da gazela. Ou será o terceiro? Alá não

tinha arranjado para ela passar a noite na casa, a noite em que ele tinha que abraçar uma mulher, o toque final de sua preparação para o martírio? Alá está dizendo a ele o que espera dele. Ele não sacode a caneta para fazer a tinta fluir. Mas continua a escrever — sem pigmento, só com pressão — até encher as duas páginas e mais algumas. Quanto termina, ele as arranca do caderno e dobra cuidadosamente — pensando que o inglês não seria capaz de fazer isso com tanta facilidade tendo apenas uma das mãos — e sem saber o que fazer com elas, ele as deixa cair no buraco de pedra da orelha e apaga o lampião. Palavras que não podem ser vistas. Um grito silencioso, e um ouvido que não pode ouvir. Nada além do redemoinho de sua respiração no escuro, agora.

— OLÁ, DAVID.

James voltou para a casa. As primeiras estrelas da noite já visíveis no céu que até pouco antes ainda estava azul, mas a noite cai rápido no Oriente. Os pássaros ainda estavam voando, mas, de repente, não se ouviu mais o som deles, a escuridão impedindo seu caminho.

— Passei para ver se estava tudo bem.

— Entre. Fique.

— Mas preciso voltar logo. Temos que nos preparar para o ataque prometido na Carta Noturna, temos que ficar atentos nestas horas de escuridão.

Um quarto de século de guerras: um período em que alguns abutres no Afeganistão desenvolveram um gosto por carne humana — sempre que há um animal morto com um cadáver humano ao lado, eles ignoram o animal.

Lara esqueceu uma xícara de chá em cima da mesa e David de vez em quando dá um gole no líquido quase frio.

— Você sabia que o explosivo C-4 tem cheiro de limão? — diz James, indicando a xícara. — Onde está todo mundo?

— Acho que Casa está lá fora...

— Eu tenho pensado nele.

David olha para ele por um momento, depois desvia o olhar.

— Não há nada para pensar. De vez em quando Marcus acolhe pessoas necessitadas. Ele chegou há algumas noites.

— Na noite em que a *shabnama* foi entregue?

— Eu entendo a necessidade de ser vigilante, James, mas...

— Desculpe, é só que ele tem um ferimento na cabeça e diversos rifles de alarme ao redor da casa de Gul Rasool dispararam na noite da *shabnama*.

— Eu sei disso tudo. Mas deixe-o em paz, ele está indo bem.

David foi até a soleira da porta. Entre os dois ciprestes há uma teia de aranha pela metade, como uma história deixada inacabada pelo contador de histórias. James se junta a ele e os dois vão até o jardim, andando vagarosamente em torno da casa enquanto conversam. Entrando e saindo do pomar.

— Eu não quis insinuar nada com o que disse sobre ele. Mas é assim que as células da al Qaeda operam nos Estados Unidos. Eles são como fantasmas em sua frente, invisíveis...

— James.

— Você sabe, é claro.

Alguns desses homens da al Qaeda se casam com americanas e têm uma camuflagem perfeita, como cidadãos honestos, morando discretamente perto da cena de suas futuras operações.

Arrependendo-se do tom duro, ele sorri para James.

— Em 1953, aparelhos de escuta foram encontrados no bico da águia do grande símbolo dos Estados Unidos na embaixada de Moscou.

— Está vendo — diz o homem mais moço, rindo. — A al Qaeda escondida na boca da Águia Dourada. É simples, usar as leis, as liberdades e as brechas das nações mais liberais do planeta para ajudar a financiar e controlar um dos grupos terroristas internacionais mais violentos do mundo. Eles querem fazer com a Estátua da Liberdade e com o Monte Rushmore o que fizeram com os Budas de Bamiyan. Você sabe dos boatos em Usha a respeito da moça que vocês estão hospedando?

— Conte-me. — As gruas estão na margem do lago; ele as vê com os olhos da mente, todas com a cabeça virada para trás como martelos de revólveres.

— Esta tarde, em seu sermão de sexta-feira, o clérigo a denunciou como uma... — Ele ergue as mãos. — Aparentemente, ela tem um amante secreto que foi visto do lado de fora da casa dela uma noite, na noite da *shabnama*. As pessoas estão com raiva e nojo dela.

— Ela está segura aqui.

— Ótimo. Quem sabe o que farão se puserem as mãos nela? Não se esqueça de trancar as portas e as janelas à noite. Nós também vamos ficar de olho na casa.

O que eles fariam com ela? Christopher disse que no início ficou chocado com o que os guerrilheiros afegãos se dispunham a fazer, com a brutalidade deles, com o desprezo que eles tinham pela vida. Os Estados Unidos e a CIA queriam coragem, mas os guerrilheiros tinham lhes dado crueldade.

— Sim, nós usamos a coragem deles em nosso proveito — disse ele —, mas eu não teria sugerido metade das coisas que eles estavam fazendo, um terço delas já dava nojo.

Eles deram uma volta completa e voltaram à cozinha, a luz lá de dentro iluminando a escuridão como uma flecha. Antes de entrar, David olha para trás, para a escuridão, tendo ouvido sons na folhagem. O vento, ou pessoas avançando em direção à casa de várias direções, como quando um rei está em cheque num tabuleiro de xadrez?

— Preciso dizer a você que Gul Rasool acha que a moça pode estar envolvida com as pessoas que puseram as Cartas Noturnas. Poderiam ser elas do lado de fora da casa dela naquela noite. — E vendo a expressão no rosto de David, ele se encosta na cadeira e olha em volta. — Ele só estava conjeturando, só isso. — Ele faz um gesto na direção do retrato na estante. — Então, a sua Zameen cresceu nesta casa.

— Eu sinto saudades de seu pai, James. Senti saudades dele antes e de você e de sua mãe também.

— Se nós agarrarmos Nabi Khan, não vou me esquecer de perguntar a ele o que aconteceu com seu filho, Bihzad.

— Então ele lhe contou tudo.

— Sim, ao longo dos anos. Ele nunca falou muito, você sabe. Quase nunca estava conosco, o trabalho o mantinha longe. Ele dizia constantemente, nos seus últimos dias, que queria ver você, mas não houve como encontrá-lo. Você estava no testamento, mas já estava lá havia muito tempo. Depois que os médicos disseram que não havia esperança e nós o levamos para casa, para morrer, ele quis que um de seus retratos fosse colocado num porta-retratos na mesinha de cabeceira, ao lado dos retratos do resto de nós. Ele nunca conseguiu lidar com o fato de que — ele fala mais baixo e olha na direção do corredor, na direção da porta do jardim — foi obrigado a deixar Gul Rasool matar a mulher, mas ele disse que na hora não viu outra alternativa. Ele achou que ela estava trabalhando para os soviéticos.

David tira a colher da xícara e a coloca sobre a mesa.

— O quê?

— Ela estava trabalhando para os... Eu achei que papai tinha discutido isso tudo com você. Você não sabe disto?

— Discutido o que comigo?

— Ele achou que ela trabalhava como espiã para os comunistas. Que estava mentindo para você.

— Christopher me disse que achou que ela tinha sido enviada por Gul Rasool para colocar uma bomba para matá-lo. Ele me disse no World Trade Center, em 1993, que não sabia quem ela era, que foi por isso que deixou que a matassem.

— Não, ele sabia exatamente quem ela era, sabia que ela tinha um relacionamento com você havia meses. O comportamento dela despertou suspeitas, e ele designou alguém para vigiá-la, ele nunca duvidou da sua lealdade, e por fim mandou que ela fosse seguida. Ela se encontrava regularmente com um comunista. Um jovem afegão. Quando Gul Rasool quis matá-la aquele dia, ele ficou simplesmente... aliviado por ela estar fora do caminho. Aliviado ou contente, qualquer que seja a palavra.

— Ele disse que se soubesse que era a mulher que eu amava, ele teria feito todo o possível para salvá-la.

Há uma pistola presa com fita durex sob a mesa da cozinha. Um ato de precaução da parte dele.

— Eu sinto muito, achei que você sabia de tudo isto. — O rapaz tem um olhar intenso agora, as pupilas quase vibrando ao fitar David.

— Ele mentiu para mim.

— Eu achei que você sabia.

— Quem era o homem com quem ela se encontrava, o comunista? — Embora ele saiba a resposta, é claro.

— Era o homem que ela amava antes de conhecer você.

O homem que David achou que tinha morrido durante o bombardeio soviético no campo de refugiados.

— Ele já estava sendo investigado quando Zameen morreu. Por que ela estava se encontrando com ele? Ele foi interrogado depois da morte dela. Ele disse que eles tinham se amado, mas que ela agora amava aquele comerciante de pedras preciosas americano. Mas que ela se encontrava com ele em segredo porque o americano não aprovaria as opiniões dele. Ela o ajudou financeiramente algumas vezes. Eles eram ambos do mesmo lugar, daqui, de Usha, e ela se sentia ligada a ele por causa de tudo o que tinha perdido. Ela não era uma espiã, no fim das contas. Mas papai só descobriu isto depois que ela morreu e ele foi interrogado.

— Não. Ela *não* era uma espiã. Christopher não viu que eu teria sabido?

— Não necessariamente. Você espera que um espião seja especialista em mentiras. Mesmo nos melhores momentos nós não sabemos tudo sobre os outros. Exatamente o que eu estava dizendo antes sobre Casa e Dunia.

Ele pode ver o revólver através da mesa, como se ela fosse de vidro e não de madeira. O que é mais terrível, o que é verdadeiramente monstruoso, é que na confusão daqueles anos ele mesmo tinha tido que tomar inúmeras decisões como aquela. Ele se lembra das especulações alucinadas, e da urgência coletiva em agarrar oportunidades e explorar vantagens, para acabar com aquele impasse com a União Soviética de uma vez por todas. *Christopher — com base nos fatos que tinha à sua disposição na época — permitiu que ela fosse morta porque achou que ela era uma ameaça aos interesses dos Estados Unidos da América...* Ele puxa os cabelos dos dois lados da cabeça até doer. Christopher também tinha usado uma bala para acabar com a vida, a dor da doença tornou-se insuportável nos últimos dias.

Há muita corrupção na CIA. Christopher era tão bom em desmascarar fraudes que ele descobriu antes da maioria dos colegas que um dos mais renomados funcionários, trabalhando na divisão da América Latina, era corrupto: inventava a maioria de seus agentes e provavelmente embolsava o pagamento de alguns deles em diamantes e esmeraldas. Mas a corrupção certamente era baixa em Peshawar, nos anos 1980. E ele perdeu a conta das vezes em que desejou que Christopher tivesse deixado que Zameen fosse executada por causa de dinheiro: sim, Gul Rasool tinha atraído Christopher para o encontro a fim de oferecer-lhe suborno. Se ao menos isto fosse verdade. David poderia ter gritado com Christopher e, sim, poderia, talvez, ter mandado prendê-lo, demitido com desonra — mas não, Christopher era honesto neste aspecto. Isto não foi uma questão de ganância e vantagem pessoal.

Prédios em Pittsburgh e em Chicago têm o nome da família Palantine, há apartamentos de três andares no Upper East Side com Velhos Mestres nas paredes, e há casas nos Hamptons, em Washington e na Pensilvânia. O pai de Christopher ajudou a fundar a CIA, e, há três gerações, há um senador na família da mãe de James. Tudo isto comparado com os antepassados de David, que tinham cruzado o Atlântico em meados do século XVIII, mais ou menos como lastro nos navios que tinham levado semente de linho para os moinhos de Ulster, o carregamento humano compensando a flutuação durante a viagem, com o navio quase vazio, para casa. Ele tem um tio querido no Kentucky que cobra 10 dólares o corte de cabelo a seus fregueses, ou então eles podem pagar em cobras. Mas nem por um momento Christopher o fez sentir que tinha uma vantagem ou que estava acima de David por causa de seu histórico familiar. Respeitando sua inteligência, suas habilidades. Então também não era o caso de não estar ligando para a felicidade de alguém com as raízes de David.

Era sobre nações e ideais. Sobre carregar a tocha.

Ele olha para James.

— Havia alguma outra razão?

— Não. Eu contei a você tudo o que sei.

— Algo que não posso deixar de suspeitar. Podia haver uma outra razão pela qual, naquele dia em 1993, ele não me contou que sabia quem ela era. Olhando para aquela coluna enorme de vidro e aço com uma torre de fumaça dentro, ele soube que eu não queria mais saber da CIA. Soube que eu não queria ter nada mais a ver com aquilo. Mas a bomba tinha explodido minutos antes. Ele sabia que a CIA, os Estados Unidos, precisavam de mim mais do que nunca. Do meu conhecimento, dos meus contatos, das minhas habilidades.

— Ele sempre disse que você poderia ter sido diretor.

— Ele pode ter escondido a verdade de mim para que eu continuasse trabalhando com ele, ajudando-o a compreender a nova ameaça ao nosso país?

— Do jeito que as coisas aconteceram, você não poderia mesmo desistir — disse James, levantando-se para ir embora. — Você não devia ter abandonado o time, David. Quem sabe... certos eventos talvez não tivessem acontecido se você tivesse sido capaz de enterrar seus sentimentos pessoais.

E, da porta, ele sacode de leve os ombros ao ver o olhar de David.

— Eu não devia ter dito isto, sinto muito. Mas é possível. E se isto soou como se eu estivesse duvidando de seu patriotismo, também peço desculpas. Tenho certeza de que papai teria se considerado responsável se tivesse vivido mais um ano, sem dúvida, imaginando como e onde tinha errado, e digamos apenas que ele teria lamentado o fato de você não ter continuado lá.

Os ornitólogos foram consultados depois dos ataques de 2001 porque se ouviu canto de pássaro num vídeo de Bin Laden, e David também tinha oferecido o conhecimento das montanhas e sistemas de cavernas afegãs que ele tinha acumulado através de seu interesse por pedras preciosas. "*Quando Moisés ordenou a Aarão que fizesse um peitoral cravejado de joias*", ele se lembra de pensar diante dos mapas e fotografias do terreno do Afeganistão, "*com 12 pedras representando as 12 tribos de Israel, a quinta pedra foi lápis-lazúli e, muito provavelmente, ela veio daquele conjunto de cavernas...*" Era o seu primeiro contato com a CIA em mais de dois anos e foram eles que disseram a ele que Christopher Palantine tinha se matado no ano anterior.

"DO ENTUSIASMO À IMPOSTURA O CAMINHO *é perigoso e escorregadio...*"
Na sala dourada, David levanta os olhos do livro pesado em sua mão
direita, a veia de seu pulso palpitando ao lado da página. *Declínio e
queda do império romano.* Marcus, Lara e a moça estão em outro
cômodo, Casa *está* provavelmente na fábrica de perfume com um
lampião ao lado. Ele torna a olhar para o livro, o cheiro de poeira no
papel... "*o demônio de Sócrates fornece um exemplo memorável de
como um homem sábio pode enganar a si mesmo, de como um homem bom pode enganar os outros, de como a consciência pode cair
num estado intermediário e confuso entre a autoilusão e a fraude vo-
luntária.*" Os batimentos cardíacos normalmente são tomados no
local em que a artéria radial fica perto da superfície da pele, no lado
do pulso onde está o polegar. Antes de decepar a mão de Marcus,
Qatrina tinha cortado sua pele e pinçado as artérias ulnar e radial,
para evitar perda excessiva de sangue. Será que o batimento de seu
coração pode ser sentido perto da ponta de seu braço agora? O livro
é pesado. No Texas de meados do século XIX, os analfabetos guerreiros comanches se lembravam de levar Bíblias e outros livros
durante ataques a fazendas e assentamentos. Eles tinham descoberto que papel dava um excelente acolchoamento para seus escudos
de guerra, feitos de pele de bisão, absorvendo uma bala se fosse suficientemente grosso e bem compactado. Alguém encontrou um
escudo recheado com a história completa de Roma antiga — sua
ascensão, seu florescimento e, por fim, sua queda diante dos bárbaros.

— O QUE FOI?

Ele sacode a cabeça. Em seu breve passado juntos, aqueles poucos dias, ele só contou a ela alguns detalhes da morte de Zameen, pouquíssimas revelações sobre suas próprias atividades nos anos 1980.

— Você já tem coisa demais na cabeça.

— Fale.

— Eu não quero dizer isto em voz alta.

Ele vai até a porta e a tranca, olhando para ela do outro lado da sala. E, voltando, ele conta tudo a ela. Como conheceu Zameen. O rapaz que ela amava, e o ataque soviético ao campo de refugiados. Que a CIA sabia do ataque com antecedência. Sua viagem ao Uzbequistão para entregar armas e exemplares do Corão. De ter visto, lá, a mulher muçulmana sendo castigada por ter tido um amante, e ainda por cima russo. De ter voltado e ter visto que Zameen e a criança tinham desaparecido, descobrindo, depois, como as circunstâncias a tinham obrigado a se humilhar...

Ela ouve tudo isso e mais. Não há reação da parte dela, exceto um grito de surpresa quando o gerador é ligado por alguém lá fora e a cabeça de veado acende subitamente ao lado deles. Ela olha em volta para toda aquela luz, com os olhos ofuscados. Um animal com cegueira diurna exposto à luz do sol. Mais tarde, durante a conversa, a sala fica escura de novo, o gerador foi desligado por algum motivo ou o combustível acabou.

— A CIA sabia sobre o ataque ao campo onde o amante dela morreu? — Ela pergunta no meio da escuridão.

— Sim. Dias antes. Mas eu mesmo só descobri pouco antes.

— Eles sabiam que centenas de pessoas iam morrer e não as avisaram. Se você tivesse sabido antes, não teria alertado aquelas pessoas. É claro.

Ele não responde a princípio, mas então se lembra que está confessando tudo.

— Nós estávamos deixando morrer aqueles homens, mulheres e crianças para expor a brutalidade dos soviéticos. Nós estávamos salvando do comunismo as gerações futuras do Afeganistão e do mundo.

— Eu não estou discutindo com você. Mas, realmente, não posso ignorar o fato de que ninguém lhes perguntou se eles queriam sacrificar suas vidas. Pelo que sei, provavelmente todos teriam concordado em morrer para assegurar um futuro melhor para a sua terra, para o mundo. Mas ninguém perguntou a eles.

— Os soviéticos teriam realizado o ataque quer nós soubéssemos ou não.

— Mas vocês *sabiam*. É nisso que estou interessada. Meu Deus, eu tive conversas deste tipo com Stepan... Quando se tratava do que ele chamava de sua nação, sua tribo, ele também sofria de uma espécie de cegueira: ele só via o que queria. "Você acha que os seus princípios são mais elevados do que a realidade", dizia ele para mim.

— Não faz nenhuma diferença o fato de que eu sabia.

Ela parece estar em outro lugar, fica em silêncio, e depois diz:

— Você passou a vida inteira acreditando em coisas tão falsas. Você não sabe o quanto está sozinho, David? Nós estamos quase sempre sozinhos quando estamos com os mitos.

— A América não é um mito.

E você não pode me comparar com Stepan, ele tem vontade de acrescentar, mas não o faz porque a agressividade seria dolorosa para ela. *Ele era escravo de monstros e bárbaros, de um sistema que era uma abominação.*

— Acredite, eu não estou defendendo o comunismo soviético. Meu pai morreu nas mãos dele e minha mãe terminou num asilo de loucos por causa dele, meu irmão foi destroçado... Eu me lembro de um dissidente invocando seus direitos enquanto era interrogado e o brutamontes da KGB dizendo, com uma expressão de aborreci-mento: "Por favor, estamos tendo uma conversa séria aqui."

Ela está do outro lado de uma barreira agora, um rio de gelo suspenso no ar entre eles.

— Você deixou aquele rapaz morrer, o amante de Zameen... Ele sobreviveu, mas não por sua causa. Isso não o perturba?

— Disso eu sou culpado, sim, e tenho vergonha de ter sido uma pessoa assim. Eu achei que ela ia me deixar por ele.

— Se você fosse melhor do que ele, ela não o deixaria. Você devia ter dado a ela a chance de escolher.

— Na verdade, ela escolheu mesmo a mim.

Minutos de silêncio mais tarde, ele a vê caminhar na direção da porta, ouve quando ela gira a chave. Para sair e procurar luz, deixan-do-o no escuro.

— Eu tenho dúvidas sobre o perdão — diz ele calmamente, in-do sentar-se numa cadeira. — Se ele é mesmo uma possibilidade em certos casos.

Ela para, uma forma indistinta cercada pela escuridão. Ela volta até onde ele está, inclinando-se sobre ele. A mão dela se move no ar e descansa na parte inferior do rosto dele. Ele não entende o que ela está fazendo — dizendo a ele para não falar mais no assunto? —, mas o que quer que seja, ele não consegue respirar debaixo daquela mão. Então ele percebe que é exatamente isso que ela está tentando fazer. Bloqueando o seu nariz, a sua boca, fechando-os. Ele poderia libertar-se facilmente dela, poderia manobrar o lábio inferior para fora do alcance da mão dela para respirar, mas ele não quer lutar com ela, lutar contra isto, quer ficar ali para sempre.

Um minuto se passa, talvez uma eternidade, seus pulmões estão começando a arder.

Então ela tira a mão e endireita o corpo, olhando para baixo en-quanto ele engole grandes bocados de ar.

Ela vai de novo até a porta e, antes de sair do quarto, ela diz:

— O perdão dos fracos está no ar que vocês, os fortes, respiram, David. Você não sabia? Você não vê isto, mas sentiu agora há pouco. Eles *permitem* que você continue vivendo.

A BELEZA DA ROSA É CONSIDERADA um remédio. A cura pela visão, pelo ato de olhar. Marcus tinha dito isto a Casa quando lhe deu o tapete de oração, com uma fileira de botões de rosa desenhados na borda.

Ele não está no galho de amoreira onde Dunia o tinha deixado depois de tê-lo usado. Ele fica parado, contemplando a ausência dele. A casa está trancada. Já passa da meia-noite e todos foram dormir.

O gerador tinha parado de funcionar de repente mais cedo, de modo que só havia luz de velas no jantar. Por algum motivo, David não tinha comido nada e só tinha ficado na mesa com eles por pouco tempo, em silêncio, e quando Casa sugeriu que deviam ver o que tinha acontecido com o gerador, ele disse que isso podia ficar para amanhã.

A casa está escura. Alá a mandou para cá para que ele possa possuí-la. Ele está ordenando que ele faça isto e depois vá encontrar um jeito de se tornar um mártir. Quando ele caminha ao redor da casa escura, descobre uma janela aberta, com uma luzinha fraca, do lado norte do térreo. Olhando para dentro, ele percebe que alguma coisa está errada. É um instinto antes de ser uma ideia formada em sua mente. Uma vela está quase toda queimada sobre uma pilha de livros. A chama fraca e azulada. O tapete de oração está jogado no chão. Como se houvesse uma serpente dormindo sob ele.

Um dos brincos de Dunia está caído entre o tapete e a janela. Eles a tinham levado por ali.

Devem tê-la atacado durante suas orações, quando ela estava desprotegida, quando a diferença entre este mundo e o outro é lentamente apagada.

Ele pula a janela.

A casa o está perturbando, pedindo-lhe para olhar para dentro de espelhos que ele não deve. Alá não quer que ele tenha nenhum laço. Três dias vivendo com eles já é o bastante, como estas pessoas cuja própria existência é e deveria ser uma provocação — pensar que ele passou um tempo sob o mesmo teto que uma russa, os açougueiros do Afeganistão, os açougueiros da Chechênia! — e era um esforço permanecer calado o tempo todo. Ele devia roubar as chaves do carro de David e ir embora. Os americanos agora o conhecem — se eles o pararem, ele vai dizer que está indo fazer uma compra, que alguém está doente.

Ele quer voltar para o estado de guerra. Para a clareza que ele proporciona.

Se ela for inocente, o próprio Alá vai encontrar uma maneira de salvá-la. Nada é impossível para Ele. Casa ouviu dizer que um grupo de guerrilheiros talibãs e da al Qaeda tinha ficado preso aqui em Usha no final de 2001, quando os soldados americanos estavam indo de casa em casa, arrombando qualquer porta em sua caçada. Todas as rotas de fuga estavam bloqueadas, mas, subitamente, do aposento onde os guerreiros estavam mais ou menos cercados, dez pregos de ferro tinham voado para fora e caído na rua. Cada um tinha seis polegadas de comprimento e versos do Corão escritos em pequenos pedaços de papel tinham sido amarrados neles. Com as pontas apontando para a direção da viagem, os pregos formaram uma linha reta sob o luar, os raios se refletindo no ferro cinzento, depois eles viraram à esquerda, depois novamente à esquerda e entraram na rua seguinte, aumentando a velocidade ao se aproximarem dos alvos. Sem fazer ruído, eles chegaram e, atravessando os óculos de visão noturna, penetraram nos olhos dos cinco soldados americanos que estavam montando guarda ali, bloqueando o caminho para a liberdade.

Os milagres de Alá.

Agora ele penetra mais na casa e encontra um lampião, então volta e sai da casa e vai até o quiosque de madeira que abriga o gerador. Diversos fios foram cortados, ele vê. Golpes rápidos com uma lâmina. Os finos fios de cobre dentro do invólucro de borracha brilhando na luz do lampião. Ele pressiona a alavanca e levanta a tampa de vidro do lampião e apaga a chama. Ele sai e fica encostado na porta do quiosque, examinando a escuridão.

No outono de 1959, Krushev visitou Nova York, mas ficou adiando sua volta a Moscou. Quando isto despertou suspeitas, os postos de escuta do mundo ocidental na Inglaterra, na Itália, no Japão e na Turquia começaram a trabalhar e por fim localizaram sinais que vinham de uma plataforma de lançamento de foguetes na União Soviética. No meio dos sinais havia o batimento regular de um coração humano. O batimento foi ficando mais forte quando o foguete alcançou seu primeiro estágio, o cosmonauta mostrando a reação normal de medo e excitação. No momento em que o segundo estágio do foguete deveria ter sido alcançado, todos os sinais cessaram abruptamente e os aparelhos de rastreamento perderam contato. Embora a União Soviética negasse, o dono dos batimentos cardíacos tinha sido incinerado em milhões de galões de combustível. Acredita-se agora que importantes mecanismos de segurança tinham sido ignorados para que o líder soviético pudesse ter um momento de triunfo enquanto visitava o ocidente: "O primeiro ser humano a visitar o espaço é um cidadão da União Soviética."

Lara vai tateando pela parede, no escuro. Seus dedos tocam o frio espelho em forma de lira e depois viajam por sua moldura, o calor de seus dedos liberando o perfume da madeira.

Ela pega na estante a caixa de fósforos e acende um. Na breve luz amarelada, ela segura a caixa estreita que está sobre a estante. Mais cinco segundos, e uma estrela explode diante dos seus olhos, o brilho prateado no centro ofuscando sua retina. Ela se vira com a caixa na mão, a sala vibra com a luz. É um fogo de artifício infantil: uma pequena quantidade de — o que será, com certeza não é pólvora — moldada num arame duro. Ela não acha uma vela e acabou de ouvir um barulho lá fora. É 1h17. Ela vai até a janela com a estrelinha branca. Sua sombra é cinzenta com tons de lápis-lazúli e treme e oscila de um lado para o outro, quase vibrando. Como relâmpagos numa tempestade, entrando numa sala por duas janelas diferentes. Rios sinuosos de eletricidade passando pelo céu, faixas mais quentes do que a superfície do sol. Ela fica na janela, olhando para a noite lá fora, as cinco polegadas de pólvora quase no fim.

— O que você acha que aquele homem bondoso lá fora iria sentir — tinha ela perguntado a David — se você dissesse a ele que a morte da filha dele foi necessária para o amanhã seguro e feliz que vocês estavam providenciando para o Afeganistão, para este mundo?

E ele tinha respondido:

— Eu a amava tanto quanto ele. Mas Christopher cometeu um erro.

Ele não era inocente, mas não era culpado.

Ela foi um prejuízo colateral.

Todo mundo da casa se reuniu no jantar, mas depois ela fora para o quarto com Dunia. Por volta da meia-noite, a moça disse que queria rezar e desceu, e pouco depois Casa bateu na porta da cozinha. Ele estava gritando que a moça tinha desaparecido, que a eletricidade tinha sido sabotada.

Havia duas possibilidades. Ou alguém da mesquita a tinha levado, para castigá-la por ser imoral. Ou — segundo David — alguém ligado a Gul Rasool a tinha levado, achando que ela estava envolvida com as pessoas que pregaram a *shabnama* naquela noite.

Marcus está na cozinha agora. E ela não sabe para onde David e Casa foram.

Ela tira da caixa de papelão as duas dúzias de luzes que restam lá dentro e as acende. Ela controla seu tremor. Como toda a força de seus braços, ela atira os fragmentos de luz no meio da escuridão, vendo as chamas prateadas caírem lentamente no chão, iluminando o ar, as bordas das folhas, os galhos do pau-rosa que foi honrado com os três ninhos de pomba. Elas vão se apagando, uma a uma, no jardim e se tornam um punhado de momentos mortos, pedacinhos de tempo transformados em cinzas.

No século XIX, um dos tios de Marcus na província da Fronteira Noroeste fazia parte da Infantaria Ligeira do duque de Cornwall. Nas paradas, cada homem do regimento usava uma única pena vermelha na frente do elmo. O regimento tinha tomado parte no ataque noturno, bem-sucedido, contra os americanos em Paoli, em setembro de 1777, quando os americanos adormecidos foram massacrados com espadas e baionetas, o local incendiado ao redor dos feridos. Os americanos tinham jurado vingança e, num gesto de desafio, a fim de que eles soubessem quem tinha realizado o ataque, a companhia ligeira tingiu de vermelho as penas brancas que usava em seus chapéus, e esta tradição continuou por um século ou mais.

Ele não sabe o que despertou aquela lembrança, ali sentado na cozinha com uma pequena vela, a chama duas vezes maior do que a cera. A atadura manchada de vermelho da cabeça de Casa? Ou pode ter sido o ferimento que David sofreu construindo a canoa. O rapaz e David acabaram de sair dali separadamente, e ele e Lara estão sozinhos na casa.

Uma amonite descansa na palma de sua mão. Zameen a tinha encontrado durante um busca por fósseis em Cotswolds. Ele pode ouvi-la no andar de cima. Lara. Os olhos dela não devem ter parado de procurar sinais e indícios do irmão desde que ela chegou em Usha, há 15 dias. Ele sabe disso por causa de sua busca por Qatrina e Zameen e pelo menino Bihzad. E do que David contou a ele sobre a busca dele por Jonathan no Extremo Oriente. Às vezes ele achava que ia enlouquecer, interrogando a terra e a paisagem, animando-se com possíveis símbolos. Sempre dizendo a si mesmo que não estava se esforçando o bastante. Uma vez ele se levantou no meio de um cochilo, deixando o livro cair no chão. Dentre as pistas para o túmulo desconhecido de Orestes havia

os dois ventos

que, por extrema necessidade, estavam soprando,

e um lugar onde há maldade em cima de maldade.

Com estas pistas, Lichas tinha descoberto os ossos do herói na oficina de um ferreiro. Os foles eram os dois ventos. Martelo e bigorna, e o ferro sendo fundido, eram a maldade em cima de maldade.

Isto, Lichas imaginou, devia ser porque o ferro foi descoberto para prejuízo do homem.

Marcus estava em Kandahar quando leu isto e, na loucura de seu coração desvairado tinha saído no meio da noite procurando uma charrete para levá-lo a um lugar onde se fundisse ferro.

9

A vigília perdida

RAPIDAMENTE, NO BREVE TEMPO QUE OS crentes levam para recitar o último capítulo do Corão, Casa atravessa o pátio escuro da mansão de Gul Rasool, passando um pedaço de terra repleto de carcaças de carros. Há uma lâmpada fraca acesa numa alcova com mariposas caídas em volta, cada uma com poucas centelhas de vida ainda, as asas queimadas pelo vidro quente. Longe desta luz, a escuridão é absoluta. Onde está ela? Ele sente a presença de outra pessoa e fica imóvel, só avançando quando a segunda figura imita sua mão levantada e ele percebe que se trata de um espelho pendurado numa parede mais adiante. Um sonho. Mas no momento seguinte ele é trazido de volta ao presente, à realidade de um som ali perto. Um leve roçar. Ele se imagina na mira de um revólver como uma mosca presa numa teia de aranha.

Ele não devia ter ido lá.

Ele não é um bom muçulmano.

Ele não é um bom muçulmano.

É de surpreender que os infiéis tenham tomado as terras do Islã? É o castigo de Alá para homens como ele, que se deixaram levar por preocupações mundanas. Alá vai esmagá-lo. *Eu quero mergulhar meu dedo num ferimento de guerra e soletrar o nome de um herói* — esta deveria ser sua única preocupação enquanto as terras de Alá estão sendo invadidas por infiéis.

Eles o infectaram permanentemente? Quando ele disse no dia anterior que não sabia o que fazer com os sons que saíam do rádio, Marcus respondeu:

— Você escuta música com suas lembranças, Casa, não com seus ouvidos.

Talvez fosse o mesmo com os outros sentidos. Você cheira, vê, toca e sente o gosto com sua lembrança. Houve ocasiões em que ele comeu uma coisa doce e se lembrou, por um breve instante, de dinamite, da época nos campos da al Qaeda onde ele tinha aprendido a reconhecer diversos explosivos pelo sabor, colocando um pouquinho sobre a língua. Agora ele se pergunta se a voz da moça vai ser um componente que ele procurará em qualquer peça de música no futuro. Daqui a muitos anos ele se lembrará de suas experiências na casa do inglês — nos seis cômodos, na fábrica de perfume? Os dois lugares seguros.

Ele aperta o botão do lado de sua lanterna e ilumina o aposento onde tinha entrado um segundo antes. Iluminada pelo círculo de luz, a cabeça da ave permanece imóvel, embora seus olhos estejam abertos. Talvez os pavões durmam com os olhos abertos. Ele deixa a luz jorrar sobre o corpo, deixando a cabeça coroada e chegando à cauda azul e verde. Um aljave cheio de flechas enfeitadas de pedras preciosas. Como se o calor do facho a tivesse ressuscitado, a criatura estremece, vira a cabeça para olhar para ele quando ele sobe com a luz da lanterna. A ave estava descansando num nicho e agora se levanta, fazendo Casa achar que ela vai pisar no círculo de luz prateada que sai da sua mão. O diâmetro de luz que ele movimenta pelo aposento revela outras aves, adormecidas em poleiros, em galhos mortos e balanços de arame. Todas as cores estão representadas, e há vários formatos de bico, vários comprimentos de rabo. Olhos que parecem pérolas. Ele confunde alguns, à primeira vista, com brinquedos — os objetos esculpidos que foram banidos pelos talibãs. Ele toca a cicatriz profunda no lábio superior. Quando era criança, no seminário, ele tinha aprendido a assobiar, para desgosto dos professores que viam isso como uma espécie de música, sua boca um pecaminoso instrumento musical que eles queriam destruir, mas não achavam uma maneira de fazê-lo. Embora ele não quisesse abandonar a habilidade recém-adquirida, tornou-se cuidadoso em relação a quando e onde praticá-la, após diversos avisos para desistir daquilo — imitar sons de pássaros, o ritmo dos versos do Corão, o chamado para as preces. Como era inevitável, ele foi apanhado, e seus lábios foram costurados com agulha e linha durante quatro dias.

Ele toca a cicatriz no lábio superior. O lugar que ela tocou.

Ele sabe por que estas aves estão aqui. Gul Rasool, ele ouviu de Nabi Khan, mantém falcões e gosta de alimentá-los com a carne de aves elegantes, gosta de vê-los arrancar e espalhar suas penas brilhantes. Pagando um alto preço para o dono quando a ave é particularmente bonita. Em uma ocasião, havia trezentos falcões e 100 mil pombas brancas para alimentá-los.

Ao ouvir o som breve de uma corrente, ele vai para o outro canto e encontra um grande porco-do-mato preso na parede. Ele os havia caçado nas aldeias ao redor de Peshawar, ficando de tocaia a noite inteira, esperando-os entrar nas plantações de amendoim, os olhos brilhando, amarelos, no escuro. O animal vira o pescoço grosso e olha para ele. Calculando o comprimento da corrente, ele mantém uma distância de apenas 60 centímetros dela. Ele se recorda de quando, nas floresta ao redor do campo de treinamento da al Qaeda, ele capturava chacais, linces e lebres e os levava para o laboratório do campo, onde eles tinham mortes estranhas em câmaras de gás.

Agora ele ouve outro ruído e se vira para ver que o pavão está saindo de seu nicho, pousando numa tora de madeira no chão do aviário. Ele desaparece do círculo de luz, Casa não o segue porque outra coisa atraiu sua atenção. Lá, atrás de uma tora, está uma caixa octogonal com alças de cobre em forma de meias-luas dos lados. Ela está coberta de manchas brancas por causa das aves, mas ele pode ver que a árvore do Paraíso sob a qual será encontrado o trono de Alá está pintada nela. Ele abre a tampa e olha para as pinturas lá dentro, enroladas em tubos amarrados com seda chinesa apodrecida. A caixa — seus oito lados imitando o formato do trono — está cheia até a borda com os 99 nomes de Alá, ali jogada no meio de toras, galhos e diversos objetos inúteis. Com a lanterna presa na boca, ele desenrola uma pintura. *O Que Tudo Vê*. Ele torna a guardá-la cuidadosamente e tira outra, que por acaso é *O Que Tudo Ouve*. Ele enfia a mão mais fundo e descobre que tem uma outra coisa lá, um objeto de dimensões diferentes. O centésimo nome? A esta distância, a detonação de uma mina com certeza iria matá-lo. É algo esférico, embrulhado numa camisa escura e rasgada, e quando ele vê que é a cabeça de um homem, ele a deixa cair, chocado, a pele desidratada, as órbitas vazias, os nervos e vasos sanguíneos ressecados, saindo do pescoço rasgado, caindo no chão, fora do alcance da luz. Ele não sabe se emitiu algum som, um grito, mas a lanterna ainda está em sua boca, ora voltada para a parede, ora para o teto, quando ele perde o equilíbrio e cai para trás, com partículas de poeira flutuando na luz da lanterna. Em algum lugar no escuro, perto dele, está o rosto enrugado colado no crânio, os lábios puxados para trás, revelando dentes escurecidos. Ele ainda sente a adrenalina, empurra o corpo para trás com os pés, os joelhos subindo e descendo, para se afastar o máximo possível. Com as costas apoiadas na parede, ele consegue recuperar o fôlego. A camisa é de um soldado soviético, ele a reconhece por causa das diversas camisas manchadas de sangue que estão à venda nos bazares de Peshawar e de Cabul. Ele sabe que nos anos 1980 comboios de caminhões de dez toneladas, carregados de rifles automáticos, com metralhadoras e lançadores de granada, comprados secretamente pelos Estados Unidos, chegavam diariamente a Peshawar vindos do porto de Karachi no mar da Arábia, e depois seguiam para o interior do Afeganistão. Em troca, chapéus de pele ensanguentados e insígnias com a Estrela Vermelha tirados dos soldados soviéticos mortos eram retirados do Afeganistão em mulas para serem vendidos em Peshawar. Quando os guerrilheiros afegãos devolviam um prisioneiro para os soviéticos em troca de um afegão, eles cortavam fora a mão direita dele para que ele não pudesse mais lutar, e estes troféus também podiam ser encontrados nos bazares.

Ele já desejou muitas vezes ter vivido naquela época, ter podido matar um soldado soviético. Mas, quando isto acontece, ele diz a si mesmo que está vivo agora e que pode matar americanos, todos eles infiéis.

A camisa ainda está na mão dele. É só a parte da frente, na verdade, um trapo preto sujo de sangue, as mangas arrancadas, a maior parte das costas também, a gola pendurada. Atirando o pano num canto, ele se aproxima dos três degraus que levam para fora do aposento. Eles são feitos de tábuas de madeira e cada tábua tinha feito um ruído diferente ao ser pisada quando ele entrou. Ele sai sem fazer barulho e dá com James Palantine e três outros americanos olhando par ele. Um dos Kalashnikovs é dele. Ele tinha escrito em sua coronha o verso do Corão que elogia o ferro, o metal das espadas e das armas de guerra.

A nuvem está ficando mais densa acima de David, como se alguém quisesse atrapalhar seu progresso ocultando o entorno, apagando a luz fraca da lua. Quase não há referências para guiar seu caminho até Usha, a estrada disparando pedrinhas no carro. Nuvens e nevoeiro são algumas das armas que os Estados Unidos planejam usar nas guerras do futuro, convocando chuvas de granizo e raios contra o inimigo no chão, o domínio do clima. Nuvens de tempestade sobre o Laos e o Camboja foram encharcadas de produtos químicos durante a Guerra do Vietnã para prolongar a estação chuvosa, impedindo a passagem de comboios de víveres dos vietcongues.

Ele estaciona o carro um pouco antes da casa de Gul Rasool, salta e fica olhando para o prédio de certa distância. As pessoas que guardam a casa vão aparecer a qualquer momento. Ele podem sentir o peso dos olhos delas sobre ele.

Quem era ela? Dunia contou a Lara que um homem tinha aparecido dois dias antes para dizer ao povo de Usha que ela tinha tentado seduzi-lo uma vez. Entretanto, ela é que o havia recusado depois que ele, um fabricante de brinquedos, tinha tentado ganhar seu amor com um boneca que tinha vendido a ela, uma figura feita de barro no qual ele havia adicionado um pouco do seu sêmen.

Ele caminha ao longo do muro alto, em direção à porta atrás da qual há uma luz acesa que passa pelas frestas, e ele grita o nome dele quando o mandam parar.

— Estou aqui para falar com James — diz ele ao americano do grupo que se juntou perto dele.

— Você está bem longe de casa. Ele chamou você? — responde o rapaz que esteve na casa durante o dia, tirando livros do teto, em pé numa ponte de corda.

David se dirige para a porta, levando os outros com ele, de armas em punho. Ele empurra a porta, mas ela não cede, então ele dá um encontrão nela com o ombro.

— Espere. Vou pôr James no telefone para você.

Mas David já entrou.

Casa está caído de costas no chão, no centro do quarto, as pernas seguras por um afegão, o peito imobilizado pelos joelhos de um americano que também segura as mãos dele. Outro americano, ao lado da cabeça de Casa, está segurando um maçarico, sua chama azul dirigida para o olho esquerdo de Casa. Este rapaz ergue o corpo ao ver David e, neste momento, James entra por uma porta do outro lado do quarto. A boca de Casa está aberta num grito sem som, com sangue negro saindo daquele olho. O rapaz com o maçarico se levanta e olha para James, a chama azul tocando brevemente o cabelo de Casa, de modo que um pedaço pega fogo. O fogo apaga sozinho, reduzido a alguns pontinhos vermelhos. A fumaça sobe em fios pelo ar.

E então, de repente, os outros dois soltam Casa e este se levanta, cobrindo o olho ausente com uma das mãos, mas ele não consegue se manter em pé e, se inclinando de lado, bate numa parede depois de três passos em falso.

James, com as feições perfeitamente compostas depois de um leve franzir de testa, se aproxima de David e para diante dele.

O maçarico, ainda ligado, explodiria se David atirasse nele.

Ninguém fala nada até David dizer:

— Diga-lhes para não se aproximarem dele.

— Guarde a arma, David.

— Você escutou o que eu disse? — A voz dele um latido.

Casa está encolhido no chão, como ele o viu fazer muitas vezes durante as orações, mas agora é de dor, e ele está gemendo. Há uma corda amarrada a um de seus tornozelos.

James, sem se virar, faz um movimento de cabeça para a direita, e os homens vão para aquele lado do quarto. Seu rosto está tenso.

— Ele nos contou o que precisávamos saber — diz ele, encarando David. — Ele confessou que trabalha para Nabi Khan.

— Ponha aquilo em meu olho, e eu também confesso.

— Não, você não confessaria, e nem eu. E foi ele quem mencionou o nome de Nabi Khan. Não fomos nós que o sugerimos. — Ele dá um passo na direção de David. — Ele pode nos levar a Nabi Khan, e Khan vai dizer onde está seu filho. Pense nisso.

— Você acha que vai se livrar desta.

— Ele nos contou os detalhes exatos do ataque que foi prometido na Carta Noturna. A data exata. É na semana que vem, na próxima quinta-feira. Ele disse que Nabi Khan não quer apressar o ataque, que ele disse: "Não devemos apressar a história."

— James, você está ouvindo? Eu vou fazer você ser preso por isto.

— Gul Rasool está no governo — diz um dos americanos.

— Ele não está no governo dos Estados Unidos. — Ele se sente fraco como se alguém tivesse tirado um litro de sangue de seu corpo.

— Ele está no governo dos Estados Unidos instalado aqui — diz o afegão que estava segurando Casa.

James ergue uma das mãos para fazer calar seus companheiros.

— Eu fiz o que precisava ser feito, David. Essas pessoas foram treinadas a suportar técnicas de interrogatório. Para algumas delas, o verdadeiro jihad começa quando elas são presas. Então temos que ser exagerados, ir além da tolerância que eles foram treinados para ter. Eu só estou procurando pelos inimigos de meu país, David. Não é nada pessoal contra este homem.

— Nada pessoal? Você está queimando o olho dele com fogo.

— Não é entre eu e ele. É entre *eles* e *nós*.

Eles não precisam assistir aos DVDs do jihad para se tornarem radicais: basta assistir ao noticiário da televisão — com coisas como estas sendo mostradas.

— E quando digo *nós*, eu incluo a maioria dos afegãos, que querem livrar-se de filhos da puta como estes. Eu incluo a maioria do mundo, não só os americanos.

— Você faz ideia do estrago que *nos* causou com suas ações aqui esta noite?

— Nenhum, se você ficar calado.

Ao lado dele, Casa se atira na direção da porta aberta. David ouve barulho de uma briga lá fora. Se ele tivesse morrido, eles o teriam enterrado em algum lugar, protegidos pela escuridão? Ninguém jamais saberia.

— Diga para eles o deixarem ir embora — diz ele a James.

— Não. Ele pode fugir e avisar Nabi Khan. E eu quero descobrir o que mais ele sabe.

— Você sabe que tudo isto é ilegal?

— Ilegal? Isto é guerra, David. Você tem lido os livros de direito errados. Estas são decisões tomadas no campo de batalha.

— Diga para eles o deixarem ir. Você não tem autoridade para fazer isto.

— De repente você virou um anjo.

— Não importa o que eu fiz ou deixei de fazer, eu era um funcionário do governo dos Estados Unidos.

— Como você sabe que eu não sou?

— Eu pretendo descobrir. Isto ainda não acabou.

Ele olha para os outros. As veias longas e grossas dos braços do homem que está segurando o maçarico são como cabos alimentando o maçarico, o instrumento parece fazer parte dele. E David vê que em sua camiseta está impressa a imagem de ultrassom de um feto de algumas semanas. Um retângulo preto cheio de pontinhos. Seu futuro filho nos Estados Unidos, sem dúvida.

Ele se vira e sai do quarto seguido por James. Casa está no chão, lá fora, no retângulo de luz que vem da porta. E quando eles o soltam e James se aproxima para colocá-lo em pé, Casa tenta espetá-lo no rosto com o furador usado na fabricação da canoa que ele tirou das dobras da roupa, o arame grosso como um espinho de porco-espinho roçando o ombro de James. James o arranca da mão dele e se afasta.

— Eles são filhos do demônio. Eles não têm escolha a não ser espalhar destruição no mundo.

— Ele é filho de um ser humano, o que significa que tem escolha e pode mudar.

James joga o furador na escuridão.

— Olhe em volta, David. Veja a devastação por todo lado. Estas pessoas reduziram o próprio país a escombros e agora querem destruir o nosso.

— Onde está a moça, James?

— Eu não sei.

— Ela desapareceu.

— Não fomos nós. Devem ter sido os conterrâneos deste homem, as pessoas que você quer proteger. Você sabe o que *eles* já devem ter feito com ela a esta altura?

Quando Lara disse que ela era muito corajosa em ter se responsabilizado pela escola, a moça respondeu:

— Eu finjo que não existo. É mais fácil ser corajosa assim.

O que Zameen costumava dizer na rua dos Contadores de Histórias.

Casa se levantou e está indo embora, cambaleando, arrastando o pedaço de corda.

David fica na frente de James, para impedir que ele se aproxime de Casa. Eles ficam cara a cara, os olhos fixos um no outro. O espaço aumenta quando David recua na direção de Casa.

— Isto não acabou — diz ele com firmeza.

Como um raio caindo alguns segundos antes do ruído do trovão, o rosto de James fica tenso, seus olhos faíscam e o barulho de sua raiva soa.

— Nós não somos responsáveis por isto. Se ele ficar cego de um olho ou se morrer do ferimento, a culpa não é nossa. E aquelas centenas de pessoas que morreram em nossos bombardeios, e aquelas que estão presas em Guantánamo e em outras prisões, nada disto é nossa culpa. Osama bin Laden, a al Qaeda e o Islã devem responder por tudo isso. Nós só estamos nos defendendo deles. Isto não acabou? Pode apostar.

David dá as costas para ele e procura Casa. Seu rosto destruído. A água do olho secou, a cor também se transformou em fumaça e cinzas na órbita queimada. Ele olha em volta, mas não há sinal dele. Ocasionalmente, quando está na Ásia, ele visita o lugar onde ocorreu a morte de Zameen, nos arredores de Peshawar, onde ela, possivelmente, está enterrada. A primeira vez que foi lá, sentiu a presença dela, um vestígio dela como uma pequena irregularidade num pedaço de vidro. Ela o vem acompanhando desde então, a morta não ancorada? Antes de partir ele tinha se inclinado e apanhado um punhado de terra, que levou com ele para os Estados Unidos. Esta é uma das poucas coisas que podem ser ditas sobre amor e confiança. É suficientemente pequena para ser guardada no coração, mas, se fosse esticada, poderia envolver o mundo todo.

Já está quase amanhecendo e Lara está na mesa com um livro, cercada pelas paisagens e procissões pintadas na parede, há muitas horas. Marcus está numa poltrona no quarto ao lado, num estado de exaustão alerta, sem dúvida, como ela. Ela pode ver parte do corpo dele ao lado da flor de ameixeira estampada no tecido da cadeira. Pode ver parte de sua barba comprida, que parece um cometa.

— Esta terra e seus períodos de carnificina — estava ele dizendo mais cedo. — A invasão soviética levou Zameen embora, a era do Talibã engoliu Qatrina. Temo que esta nova guerra vá levar embora mais alguém.

Ela tinha ido se sentar no chão ao lado dele. A cabeça em seu colo.

— Você tem que ir embora, Marcus. Vá para bem longe deste lugar.

— Eu moro aqui.

— Isto se chama esperar.

— Você acha?

Havia, em ambos, um desejo de conservar energia; portanto; foi uma conversa cochichada. Um torpor e quase nenhuma inflexão por trás das palavras. Ele começou a acariciar o cabelo dela, mas logo parou, deixando a mão descansar ali.

— Eu estou esperando, sim, pelo meu neto. Tudo isto — ele tirou por alguns instantes a mão da cabeça dela porque, provavelmente, queria abarcar com um gesto o quarto, a casa, o que na cabeça dela é a ruína da era dourada do Islã, um *markaz* destruído talvez e uma "Zona de Paz" com ele como sufi — é dele e tem que ser passado para ele. Ter vocês todos aqui tornou ainda mais claro para mim que esta é a minha vida e a minha casa. Eu não moro aqui apenas porque não tenho outra alternativa.

— Eu herdei tudo de Stepan. Mas não quero nada daquilo, da riqueza que ele deixou. Não quero conhecer os métodos que foram usados para seu acúmulo. Você podia comprar um trem carregado de madeira por um dólar durante o craque financeiro de 1993. Não, eu não quero aquilo. Quem iria querer?

— Eu.

— Quando éramos crianças, tomamos conhecimento de uma história sobre a importância do estanho para moeda russa. Que num inverno particularmente frio, quando as temperaturas caíram abaixo de 30 graus negativos, toda a moeda do país tinha se transformado em pó branco, como acontece com o estanho sob estas condições. Estou certa de que a história é falsa, mas não quero tocar no que Stepan deixou para mim, vou deixar que se transforme em pó. Eu passei a odiar dinheiro.

— Eu não.

Ela tinha ficado chocada ao ouvir isso, mesmo estando tão cansada.

— Não posso acreditar no que estou ouvindo. Você queria ter dinheiro?

— Muito dinheiro. Por que não? Ele poderia ser usado para construir escolas e hospitais, parques, bibliotecas e centros comunitários. Eu não estou dizendo que a única maneira de salvar alguém seja por meio do dinheiro, ou que a vida deva ser reduzida ao tamanho da riqueza de cada um. Os ricos têm a ideia de que pagaram sua dívida para com o mundo ao se tornarem ricos. Não, eu estou falando sobre a diferença entre ganância e necessidade. E não só este país, tem um mundo lá fora que eu tentaria ajudar.

Ela ficou envergonhada.

— Você é bom. — *Tudo depende no quanto você considera grande a sua família.* Palavras da mãe dela.

— Eu não disse isto para dar a entender que você estava sendo autocentrada. — Ele segurou o rosto dela com as duas mãos. Ou quase isso, considerando que ele só tinha uma das mãos. Ele tentou, e ela entendeu a tentativa. Se ele não tinha a mão esquerda, não tinha e pronto.

O toque da mão dele era áspero em alguns lugares, macio em outros. Um mourão desgastado pelas partidas.

Ele disse:

— Você tem que voltar e cuidar destas questões de uma forma inteligente. Tem que se informar mais sobre a morte de Stepan, tentar descobrir o que o governo e o exército de seu país estão fazendo.

— Eu estou muito fragilizada, Marcus.

— Você vai deixar que eles fiquem impunes?

— Eles são muito fortes.

— Então você fracassará. Mas e daí? Pelo menos terá tentado.

O objetivo é ter um objetivo, a honestidade o empenho pela honestidade.

Emanava dele uma luminosidade. Uma aura de confiança. Era como se ela tivesse sido capaz de compreender cada uma das páginas que sua mãe achava que estava escrevendo em seus cadernos em seus últimos dias.

Ela se levanta e bebe um pouco de água, que, com a sede que ela estava sentindo, pareceu muito pura. Foi como beber um copo de orvalho.

Do pomar, ela contempla o lago. Durante a noite, ela andara pela estrada que ia dar em Usha diversas vezes, voltando sempre, de medo, mas recomeçando, percorrendo uma distância maior ou menor do que da vez anterior. Na dacha, eles tinham maltratado Stepan para obrigá-la a aparecer. Ela tinha ouvido os gritos dele do esconderijo onde estava, chorando. E do mesmo modo, nesta noite que está terminando, ela não parou de ouvir a voz de Dunia, chamando por ela.

Agora ela anda pela estrada de novo, tentando se acalmar. O céu ainda está escuro, mas já há luminosidade em volta, quase tudo está visível. Um som como uma chuva de vidro quebrado, e ela olha para a esquerda, para as árvores habitadas pelo djinn, avistando o pavão pouco antes de ele desaparecer com sua cauda de cascata. O enfeite retrátil de longas penas em cada asa tinha o brilho alaranjado de facas cobertas de ferrugem. Ela entra na solidão contida e abafada das árvores, o silêncio tão pesado que é como se seus ouvidos estivessem tapados. Aqui podia estar uma outra explicação para os quartos pintados da casa de Marcus: eles poderiam ter sido feitos para ensinar ao djinn o que significava ser humano. Cada interior uma sala de aula, o djinn subindo de um nível para o outro da casa enquanto seu conhecimento ia aumentando, sentido por sentido, chegando finalmente ao espaço dourado do topo.

Ela nota pequenos pássaros esvoaçando em torno e acima dela. Abelharucos, periquitos, papa-figos e pintassilgos que receberam suas caras vermelhas quando tentaram tirar a coroa de espinhos da cabeça de Cristo. Eles são muitos e são diferentes demais para aquilo ser natural. É como se a porta de um aviário tivesse sido deixada aberta. Minutos depois, perdida e incapaz de encontrar a saída do bosque, ela está encostada numa árvore quando sente um perfume intenso. Ele não chega aos poucos, não vai crescendo de intensidade — de repente está lá, como música tocando. Há movimento ao lado dela, muito leve. Ela vira a cabeça e vê dez figuras, prostradas em duas fileiras diante de Alá. Toda a atenção deles em seu Criador. Eles não percebem a presença dela, embora ela esteja a 2 metros da extremidade da segunda fileira. O belo rapaz moreno tem pouco mais de 14 anos. Como ela está perto do campo de energia que cerca esta criança de aparência inocente, do reino sublime de eventos espirituais no qual sua vida real ocorre, Maomé e Gabriel mais reais ao seu olhar apaixonado do que ela.

Ele tem feições paquistanesas. Recrutado numa escola religiosa para defender esta causa? Grupos terroristas naquele país compram e vendem meninos de até 12 anos para missões suicidas. Depois que eles recebem o treinamento, não podem mais voltar para perto das famílias, tornando-se verdadeiros prisioneiros. Sabe-se que os grupos aceitam "resgate" para libertá-los, o que justificam dizendo que nem os meninos nem o treinamento deles sai barato.

Ou ele estará fazendo isto voluntariamente? Nos próximos meses, sua mãe ou seu pai, seu irmão ou sua irmã, estarão percorrendo esta terra em busca de notícias dele.

Ao longo da fronteira da Chechênia com a Rússia, centenas de mães russas esperam, mulheres idosas que decidiram ir até lá para descobrir qual foi o destino de seus filhos recrutados, levadas pela notícia de que sua carteira militar foi encontrada ou um medalhão com o nome dele. Elas vão de cidade em cidade e revistam os vagões de trem cheios de rapazes mortos, procurando uma marca de nascença ou perguntando umas às outras se a cor do olho é a mesma depois da morte, retirando um rapaz, já irreconhecível, comido por cães ou cortado em pedaços, de sob de centenas de outros.

Uns poucos pássaros estão cantando nos galhos das árvores. A canção muito mais poderosa do que o corpo frágil do cantor.

Na América, eles teriam que olhar para o leste para rezar, e por isso, segundo David, os primeiros muçulmanos na América eram considerados adoradores do sol e da lua.

Eles ergueram o corpo ao mesmo tempo — como num livro infantil em que as figuras pulam — e agora estão em pé, com as mãos cruzadas no estômago, sobre os cintos suicidas, os rostos curvados em obediência. Hoje é o dia do ajuste de contas prometido na *shabnama*. Há uma ladeira em frente a eles, onde a grama alta está sulcada de trilhas. Eles devem ter descido por ela para executar este último ato de adoração antes de ir ao encontro de Alá, e outros batalhões devem estar em pontos diferentes ao redor de Usha.

Quanto tempo, pensa ela, até eles terminarem e a avistarem? Eles vão executar os dois movimentos que são os últimos atos da prece muçulmana: a cabeça é virada primeiro para a direita, depois para a esquerda. *Alá, eu desejo bem-estar e paz para todos os que estão deste lado. E, Alá, eu desejo bem-estar e paz para todos os que estão deste lado.* Ela tinha visto Casa e Dunia fazerem isto na casa.

Ela está convencida de que eles podem ouvir as batidas do seu coração. Ela dá um passo para o lado e não sente mais o apoio da árvore em suas costas. E dá um passo para trás. Ela olha para eles com o canto do olho e vê David do outro lado das fileiras. Ele não a viu: está se dirigindo para a fileira de trás, com os olhos fixos no terceiro rapaz a partir de onde ele está.

Casa.

David se aproxima e fica parado bem atrás de Casa, ergue cautelosamente a mão direita na direção da cintura do rapaz e a esquerda na direção da cabeça dele. Quando os outros rapazes tornam a se inclinar para a frente, David tapa a boca de Casa e, com o outro braço, prende os braços do rapaz. Um aperto firme. Ele o retira da fileira na hora em que os outros caem de joelhos e assumem uma posição fetal, os corpos compactados no chão. O ruído das roupas dos outros disfarça qualquer barulho que eles possam ter feito. *Por que os olhos de Casa estão cobertos com ataduras?*, pensa ela. David arrasta o rapaz para longe das duas fileiras do esquadrão da morte, entra no meio das árvores, conseguindo carregá-lo para que o barulho de seus pés não chame a atenção dos outros, que estão com os ouvidos perto do chão, numa atitude de adoração. As mãos dela estão molhadas das lágrimas que enxugou do rosto, sua visão entrando e saindo de foco. As roupas deles encheram o ar de perfume. Os manuais do jihad avisam aos terroristas para não usar perfume em aeroportos, porque isto revela que eles são muçulmanos devotos. É claro que eles perceberam a confusão, reagindo como num sonho, sem querer nem poder interromper suas orações. Pela lei religiosa, eles não podem nem olhar para o lado enquanto o ato de devoção não estiver completo. Mas, aos poucos, ao redor do vazio deixado por Casa, eles saem de seu transe, olham para trás e a veem, veem David e Casa naquele terrível abraço. Tudo isso acontece em questão de segundos, mas para ela parece tão lento que botões de flor poderiam nascer e desabrochar e depois fenecer em volta dela. Moedas e nomes de cidades poderiam mudar. Governos e impérios cair.

A boca de David está perto do ouvido de Casa, e ele está murmurando algo bem depressa.

Ele está tentando derrotar seu assassino com um abraço.

ELES CAEM PARA TRÁS SOBRE A terra. Casa consegue soltar a mão direita e a leva ao cinto preso em sua cintura. Com os dentes cerrados, ele diz alguma coisa, seu rosto paralelo ao céu visível numa brecha entre as folhagens. As últimas palavras que David ouve.

A explosão abre uma cova comum para eles no chão.

Mais de dez borboletas passaram pelos joelhos de Marcus e elas dobram de número quando começam a voar sobre a superfície do lago. O céu tem um brilho leitoso, o azul-claro de linhas traçadas nas páginas de um caderno infantil.

Ele está arrastando a canoa para a beira da água, as diversas madeiras dela cintilando na luz do sol. A água parece tirá-la de sua mão, tentando libertá-la dele. Ele toma cuidado para não escorregar. Ela tem um ar inacabado. As pontas das balizas salientes onde elas ainda não foram aparadas. A canoa ainda não foi selada — com aquela goma que gruda nos dedos como certas folhas antes de abrir —, mas flutua. Mantendo a mão na proa, ele entra com ela na água até o umbigo, pisando em pedras dentro d'água. Ele solta a canoa e, com sua única mão, tenta tirar do lago uma pedra pesada. Como não consegue, ele respira fundo e se agacha. Sua cabeça fica dentro d'água. Ele consegue soltar uma pedra redonda do leito do lago e a escorrega pela coxa, até o colo. Segurando-a nos braços, ele fica em pé e, com cuidado, joga a pedra para dentro da canoa. O barco afunda meia polegada, deixando entrar água. Era assim que os americanos nativos guardavam as canoas quando elas não estavam em uso, mergulhando-as na água.

Ele olha na direção da casa, da varanda do quarto onde Lara está. Ele a viu chegando da direção de Usha mais cedo e a levou para dentro de casa, ajudou-a a subir a escada, parando no sétimo degrau para pegar o livro que tinha caído do teto. Ela disse que o sangue em suas roupas era de Casa e de David. Ela não quis tomar banho na casa, rejeitando a ideia do ralo, tinha preferido o lago, para que todo o sangue se tornasse parte daquela água. A superfície ofuscada pelo sol. Houve um ano, logo depois da invasão pelo exército soviético, em que o ar em volta da casa tinha ficado amarelo, com grossas lufadas amarelas sendo trazidas pelo vento, caindo do céu, deixando todo mundo apreensivo porque tinha havido notícias de ataques com armas químicas. No fim, descobriu-se que eram os excrementos, ricos em pólen, de um grande enxame de abelhas. Eles se depositaram na água em tal quantidade que Zameen escreveu seu nome neles.

Ele sabe que Dunia jamais será encontrada. Seu rosto de uma nobreza natural. Os brincos silenciosos que ainda usava, do tempo do regime talibã, quando as mulheres erguiam uma joia e a sacudiam para ver se fazia algum ruído. Ninguém saberá o que aconteceu com ela. Em Usha, dirão que ela deve ter fugido com um amante. O pai dela responsabilizará Marcus por seu desaparecimento. Talvez a violência dele seja dirigida contra Marcus.

Ele torna a entrar na água, no meio dos raios submersos de sol, e apanha outra pedra. Depois outra. Ele faz isto cuidadosamente, imagina o barco se inclinando e derramando as pedras sobre ele, um deslizamento de terra causado por ele mesmo. De vez em quando, ele é obrigado a olhar na direção de Usha, o som de uma explosão. Foguetes. Tiros. Batalhas de rua nos esgotos e becos de Usha. Ele imagina casas destruídas, com mãos saindo dos escombros como se ainda estivessem tentando agarrar e acalmar a tempestade violenta. Os heróis do Oriente e do Ocidente estão se massacrando mutuamente no solo do Afeganistão.

Ambos os lados na guerra de Homero, quando chegam para recolher seus mortos no campo de batalha, choram sem pejo na frente um do outro. Desconsolados. É isto que Marcus deseja, as lágrimas de um lado inteiramente visíveis para o outro.

Nos dez minutos seguintes, o barco vai afundando cada vez mais na água. Há pequenos insetos no lago, não muito longe dele, como palavras suspensas na superfície de uma página. Quando a água está apenas a poucos centímetros da beirada da canoa, ele se afasta, a água escorrendo dele em densos lençóis líquidos.

Ele fica parado, vendo a água subir até a canoa desaparecer. Ele tem a sensação de ter pregado 17 pregos de diversos tamanhos num livro para fazê-lo ficar preso no teto.

Na superfície restam apenas algumas ondinhas ovais. Elas se tornam cada vez mais circulares ao se afastarem do centro.

10

Todos os nomes são meus nomes

UMA BRISA SOPRA AO LONGO DA rota migratória dos pássaros e entra no pomar. A cabeça do Buda ergue-se devagar do chão da fábrica de perfume, o primeiro movimento que ela faz em muitos séculos. O trançado de correntes, quase uma rede, ergue-a através da abertura no teto de vidro e a leva para fora, para o sol de setembro, a alameda de lilases persas — os cedros-brancos — sacudindo ao vento gerado pelas hélices poderosas do helicóptero. Em março tinha havido flores, mas não resta nenhuma, então apenas a folhagem e as frutinhas verdes chovem sobre o Buda.

O rosto de pedra está pendurado no helicóptero militar. Quando este desliza de lado e ganha altura, Marcus olha para baixo e avista a cabeça. As feições sorrindo acima da paisagem subitamente visível. Seu próprio corpo — a porção de pó terreno a ele destinada — parece insubstancial em comparação com tudo isto. Os soldados o prenderam à parede de metal, ao lado de uma janela, embora eles mesmos saibam como se mover com confiança e segurança dentro da máquina enorme. As montanhas e as colinas sobem e descem de cada lado deles. Às vezes, a sombra do helicóptero é pequena — movendo-se como um inseto pelo chão do vale profundo —, mas outras vezes ela é quase do tamanho real, projetada na encosta de uma montanha que apareceu de repente ao lado deles.

— Você mora sozinho? — Um dos soldados tinha perguntado a Marcus.

Sua família e seus amigos se foram. Ele está vivo, mas já foi enterrado em muitos túmulos.

Em julho ele recebeu uma carta de Lara. Os fragmentos de reboco pintado que ela arrumou no chão do aposento dourado ainda estão lá. Olhando para o mosaico depois que ela voltou para São Petersburgo, ele percebeu que faltava um pedaço, o pedaço em que os rostos dos dois amantes faziam contato um com o outro. Ela o tinha levado para a Rússia. Isso e um dos livros perfurados. Um parentesco de feridas. Foi *The Golden Fleece* escolhido ao acaso. *"Os mortos só podem dizer a verdade, mesmo quando esta traz desonra para eles."*

Rios e lagos brilhantes passam sob eles — uma luz de um pálido amarelo reunida pela água. Algumas das colinas lá embaixo estão pontilhadas de vermelho: as rochas foram pintadas para avisar que as redondezas ainda não estão livres de minas.

Marcus e Qatrina tinham informado ao museu Nacional de Cabul quando a cabeça foi descoberta durante a construção da fábrica de perfume, décadas antes, e eles tinham tentado retirá-la, mas não tinham conseguido. No fim, a casa de Marcus foi declarada oficialmente um anexo do museu de Cabul, e uns 12 visitantes por ano conseguiam ir até a casa para ver a escultura colossal de Gandhara. Neste verão, Marcus tinha convencido o museu a fazer outra tentativa de transportar a estátua para Cabul, uma vez que grande parte da coleção inestimável que havia lá tinha sido destruída ou tinha desaparecido durante as guerras.

Ele vê um pastor descansando sob uma árvore nas planícies abaixo. Seus animais se espalharam de tal modo que formam uma impressão viva da árvore no solo, utilizando ao máximo a sua sombra.

Da encosta de uma dessas colinas, no vale seguinte, um foguete é disparado contra o helicóptero.

Marcus o vê subir, quase em câmera lenta. Sua baixa velocidade parece desconectada com a enorme cauda de fumaça branca que sai de sua parte traseira, dando ideia de seu grande peso, do esforço envolvido em erguê-lo — das muitas mortes que ele contém. Então surge outro, ambos errando o alvo.

Os rapazes americanos em volta dele baixam o Buda sobre uma pequena colina, e ele também desce. O pássaro de metal sobe e vai investigar, os soldados dizendo a ele que preferem que ele não vá junto. Ele os vê desaparecer em direção a uma possível batalha.

Ele fica sozinho com o sorriso. De repente, ele parece vulnerável, frágil, embora feito de pedra, sem as paredes protetoras da fábrica de perfume em volta dele. Ele pode ver a paisagem ao seu redor, as planícies áridas, uma muralha de colinas verdes, azuis, mas em sua maioria cáqui, as montanhas mais adiante, e pode ouvir os sons de um combate do outro lado da colina mais próxima. Ele se senta na sombra da cabeça da estátua, com as costas encostadas em seu queixo, sua orelha perto da boca.

A escola permaneceu fechada desde o desaparecimento de Dunia, mas vai ser reaberta em breve.

— Majrooh?

Um homem tinha se aproximado dele na semana anterior e o tinha chamado pelo nome que ele adotara para poder se casar com Qatrina.

— O senhor não está me reconhecendo, mas quando eu era bem mais jovem costumava ir à sua casa para pegar livros emprestados. Sua filha e eu...

Marcus assentiu e, encorajado, o homem deu um passo em sua direção.

— Eu voltei para Usha para assumir a escola. — Ele sorriu e, apontando para sua motocicleta do outro lado da rua, onde uma criança com uma perna artificial estava sentada na garupa, acrescentou: — Eu estava passando e achei que o havia reconhecido...

Marcus sai à procura de água, encontra uma área úmida na base de uma colina e usa as pontas dos dedos para persuadir delicadamente a fonte a se revelar. A água treme na concha de sua mão, tão assustada quanto um pequeno lagarto capturado. O ataque de Nabi Khan a Usha tinha sido malsucedido, mas ele tinha prometido outro numa recente *shabnama*. Soldados americanos engajados num combate ali perto tinham se envolvido e pedido auxílio aéreo, os gigantescos aviões de combate chegaram como leões, rugindo no céu. Fazendo a terra tremer quando atiraram suas bombas. Militares afegãos especulam que a conservadora Arábia Saudita, assim como certos vagabundos do governo e do exército do Paquistão, estão financiando os ataques. Se você puxar um fio aqui, vai descobrir que ele está ligado ao resto do mundo.

O olho humano está treinado para a simetria, então o fato de alguém não ter uma parte do corpo se torna algo óbvio. Dezessete cidadãos comuns de Usha morreram na batalha naquela manhã de março, e 12 pessoas — inclusive James Palantine — perderam pernas ou braços. Ao telefonar de países ocidentais, familiares e namoradas sempre perguntam primeiro aos soldados sobre seus membros, sobre suas mãos e seus pés.

Ele volta para perto da estátua e espera.

As estrelas — uma para cada vida perdida durante as guerras das décadas anteriores — estão brilhando quando os rapazes voltam e o retiram da paisagem. Um tarde profundamente azul. Uma meia-lua com um halo colorido. Há uma claridade que sobe da terra como que em resposta ao luar.

O Buda é depositado no gramado ao lado do museu, o prédio agora guardado pelo exército britânico. Há três toneladas de antiguidades afegãs num depósito perto de Heathrow, relevos, vasilhas e esculturas que foram tirados ilegalmente do Afeganistão por ordem de diversos chefes militares, esperando para serem trazidas de volta para estas galerias empobrecidas.

Ali perto estão as duas carruagens danificadas, antes usadas pela família real, as insígnias e medalhões ainda aparentes nas laterais e nas portas da carruagem maior. A flor de seis pétalas bem no centro das rodas está cercada pelas palavras PETERS & SONS LONDON escritas em círculo.

Após algumas horas de sono, ele olha pela janela do quarto que lhe deram dentro do museu, mas não vê o rosto de pedra.

Um amanhecer coberto de neblina.

Quando o sol aparece e os soldados permitem que ele saia, ele caminha pela névoa iluminada, tateando até encontrá-la. Ele fica olhando para os lábios gigantes como que esperando por uma resposta. Apolo, o deus cujo oráculo está em Delphi, que não fala nem fica calado, mas que oferece pistas.

Ele entra no prédio e pergunta se alguém pode fazer a gentileza de levá-lo ao centro da cidade. Ele vai se encontrar lá com uma pessoa que pode ser o filho de Zameen.

Junho de 2003 — Agosto de 2007

Agradecimentos

Esta é uma obra de ficção. Os personagens e as organizações citadas nela foram usados ficcionalmente ou são criações do autor. Não se pretende nenhuma semelhança com pessoas vivas ou mortas nem com organizações passadas ou presentes. Quando um personagem ficcional é apresentado num evento real — por exemplo, David Town no cerco à embaixada em Islamabad no capítulo três, ou a criança Casa na explosão do depósito de munições do Campo Ojhri no capítulo seis — o que resulta é ficção.

Os versos na página 237 são de Yevgeny Vinokurov (tr. Daniel Weoissbort, *Post-War Russian Poetry*, Nova York: Penguin Books, 1974). O poema na página 21 é *Note on the Terazije Gallows, 1941*, de Vasko Popa (*Collected Poems*, Londres: Anvil Press Poetry, 1997). A linha em itálico na página 310 é de *Turquoise*, de Aamer Hussein (Londres: Saqi Books, 2002). As duas linhas que encerram o primeiro trecho da página 319 são dois versos parafraseados de Jigar Moradabadi. *Casabianca*, o poema, é de Felicia Hemans. O ensaio de Mark Bowden, "The Kabulki Dance" (*Road Work*, Londres: Atlantic Books, 2004) é a fonte de informação dos parágrafos sobre as investidas aéreas sobre o Afeganistão no capítulo sete. Outro livro muito útil foi *Inside the Jihad*, de Omar Nasiri (Nova York: Basic Books, 2006).

O autor é grato a Beatrice Monti della Corte da Fundação Santa Madalena, na Itália, onde uma parte deste livro foi escrita, em 2005. Agradecimentos à Lannan Foundation, ao Dr. Naeem Hasanie, aos cavalheiros do ICUK, a Muneeb e Mughees Anwar. Um agradecimento especial a Victoria Hobbs e a A M Heath. E a Salman Rashid — *khizr* e guia durante viagens por cidades afegãs. A Kathy Anderson. A Diana Coglianese. A Maya Mavjee, em Toronto. A Angus Cargill, em Londres, e a Sonny Mehta, em Nova York.

Este livro foi composto na tipologia Electra LH,
em corpo 11,5/14,7, impresso em papel off-white 80g/m²,
no Sistema Cameron da Divisão Gráfica
da Distribuidora Record.